W0319410

Une nuit inoubliable

La tentation d'une Westmoreland

CRYSTAL GREEN

Une nuit inoubliable

Passions

éditions HARLEQUIN

Collection : PASSIONS

Titre original : DADDY IN THE MAKING

Traduction française de FRANÇOISE HENRY

HARLEQUIN®
est une marque déposée par le Groupe Harlequin

PASSIONS®
est une marque déposée par Harlequin S.A.

Photo de couverture
Femme enceinte : © MERTXE ALARCON / ARCANGEL IMAGES
Réalisation graphique couverture : C. ESCARBELT (Harlequin SA)

Si vous achetez ce livre privé de tout ou partie de sa couverture, nous vous signalons qu'il est en vente irrégulière. Il est considéré comme « invendu » et l'éditeur comme l'auteur n'ont reçu aucun paiement pour ce livre « détérioré ».

Toute représentation ou reproduction, par quelque procédé que ce soit, constituerait une contrefaçon sanctionnée par les articles 425 et suivants du Code pénal.

© 2012, Chris Marie Green. © 2013, Harlequin S.A.

83-85, boulevard Vincent-Auriol, 75646 PARIS CEDEX 13.
Service Lectrices — Tél. : 01 45 82 47 47
www.harlequin.fr
ISBN 978-2-2802-8289-5 — ISSN 1950-2761

- 1 -

— Es-tu sûr d'être prêt à affronter ça ?

Occupé à examiner les deux étages de bois du St Valentine Hotel, avec ses rideaux de dentelle derrière lesquels on semblait les épier, Connall Flannigan ne répondit pas tout de suite à son frère.

Depuis quatre mois, il avait eu si souvent, par éclairs, la vision de cet endroit.

Il baissa les yeux vers sa main dans laquelle il tenait, glissé sur une chaînette en or, un pendentif en forme de R brisé, dont les deux morceaux semblaient ne jamais pouvoir se recoller. Il l'avait trouvé dans sa poche après l'accident de voiture dont il avait été victime, et il revenait à St Valentine pour découvrir ce qu'il avait signifié pour lui, et peut-être ainsi colmater les trous béants laissés par l'amnésie dans son esprit.

Il referma les doigts sur le pendentif.

— Je ne me rappelle pas très bien ce qui s'est passé, dit-il, mais ça…

Il désigna le bijou.

— … c'est du concret.

Emmet, qui possédait les mêmes yeux bleus et les mêmes cheveux châtains que lui sous son chapeau de cow-boy, parut sceptique.

— Je ne comprends pas ce que tu espères trouver

ici alors que maman, nos frères et moi t'avons raconté l'essentiel de ta vie !

Il secoua la tête. Il lui fallait un choc, qui le ramène en arrière, à un moment où il serait bien obligé de se rappeler ce qui s'était passé juste avant l'accident, et peut-être encore avant.

Il devait revenir à un moment où il pourrait se retrouver.

De nouveau, des bribes de souvenirs lui revinrent. Cet hôtel. Le nom St Valentine. Un camion fonçant sur son pick-up juste avant que l'univers n'explose.

Et…

Il retint son souffle en attendant l'image la plus bouleversante de toutes, celle d'une femme aux cheveux bruns tombant sur ses épaules nues, aux yeux gris pleins de tendresse, qui le contemplait depuis le lit où elle était allongée et tendait les bras vers lui…

D'après Emmet et ses deux autres frères, il avait connu beaucoup de femmes dans sa vie. Célibataire endurci, libre comme l'air, sans attaches, il allait, selon eux, d'une conquête à l'autre au gré de ses déplacements d'affaires.

Et pourtant, aujourd'hui, une seule femme hantait ses pensées, et il se demandait pourquoi, s'il y en avait eu tant d'autres, le souvenir de celle-ci en particulier s'était gravé dans sa mémoire, et pourquoi il recevait un coup au cœur chaque fois qu'il pensait à elle.

— Je veux juste voir l'intérieur, dit-il à son frère en désignant l'hôtel. Je veux comprendre pourquoi cet endroit m'obsède, ainsi que…

— Cette femme, termina Emmet. Je t'ai pourtant expliqué qu'elle n'est qu'une conquête parmi d'autres, Connall. Tu serais bien mieux au ranch, à te faire dorloter par les tiens, plutôt que de revenir dans une petite ville que tu as traversée une nuit.

— C'est bon, tu me l'as déjà dit.

Et répété.

Ses frères, en particulier, lui avaient beaucoup parlé de ses tendances exacerbées au flirt, et des femmes qu'il laissait dans son sillage. Ils lui avaient expliqué que, tout en exprimant franchement son attachement au célibat, il réussissait malgré tout à les persuader qu'elles comptaient pour lui, mais finissait invariablement par leur briser le cœur.

La description qu'ils faisaient de lui ne le rendait pas particulièrement sympathique à ses yeux.

— Si tu y tiens vraiment, dit Emmet, plantant un pied botté sur le trottoir de planches, allons-y. Plus tôt ce sera fait, plus vite nous rentrerons à la maison.

La maison, c'était le ranch d'élevage de bétail qu'il exploitait avec ses frères, à environ cent cinquante kilomètres de St Valentine, Texas. Connall se cramponna à cette image comme s'il craignait de la perdre.

Ses frères lui avaient aussi raconté qu'il voyageait souvent, soit pour vendre des bêtes, soit pour en acheter afin de reconstituer le troupeau. Quand l'accident s'était produit, il se rendait justement à un rendez-vous d'affaires.

Il s'était senti un lien avec le ranch dès qu'on l'y avait ramené, et pourtant, depuis, l'impression qu'il aurait dû être ailleurs ne cessait de le titiller. Plus tard seulement, il s'était rappelé St Valentine, et il avait compris que cette ville l'appelait, mais sans savoir pourquoi.

Il monta sur le trottoir, retira son chapeau et se passa

la main dans les cheveux. Il sentit les battements de son cœur s'accélérer.

Des cheveux bruns, des yeux gris…

Comme chaque fois que cette vision s'imposait à lui pendant une fraction de seconde, son pouls semblait s'arrêter.

Tout ce qu'il voulait désormais, c'était en finir avec cette histoire et reprendre le cours de sa vie, se dit-il alors qu'Emmet et lui pénétraient dans le hall de l'hôtel.

Il prit quelques instants pour examiner le décor suranné avec ses lampes munies d'abat-jour à franges, ses fauteuils tapissés de velours, et son odeur de cire. Et, bien que l'atmosphère se veuille accueillante, il ressentit un malaise.

Ils se dirigèrent vers la réception où des touristes flânaient, certains lisant les articles de presse exposés aux murs et qui évoquaient de prétendus fantômes hantant l'établissement. Il se serait agi, d'après la rumeur, d'un homme et d'une femme dont l'histoire d'amour, dans les années 1930, se serait mal terminée.

Il y avait aussi des articles concernant Tony Amati, le fondateur de la ville, dont la légende connaissait un regain d'intérêt depuis que deux journalistes locaux avaient mis au jour un nouveau mystère. D'après eux, Tony Amati, ex-ranger texan qui s'était installé dans la région et avait fondé St Valentine à la fin des années 1920, était mort dans des circonstances troublantes et non élucidées.

Et, pour corser le tout, un homme qui était son portrait vivant s'était aventuré en ville, à la période où Connall s'y trouvait. Les gens s'étaient mis à étudier de près les portraits de Tony Amati et les avaient comparés au mystérieux Jared Colton. La ressemblance, si frappante, avait mis la ville en émoi. Et on avait recommencé à se passionner pour l'homme qui avait tant fait pour St Valentine et était pourtant demeuré une énigme. Comment Tony Amati était-il mort au juste ? se demandait-on. Et pourquoi était-il demeuré un loup solitaire ?

Tony Amati et son sosie moderne avaient si bien captivé les imaginations que l'économie de la ville, qui avait durement souffert de récession, redémarrait à présent, grâce aux articles de ces journalistes qui attiraient de plus en plus de touristes. De plus, St Valentine avait fait l'objet de reportages dans des magazines touristiques, et une équipe de télévision enquêtant sur les fantômes avait même campé un temps devant le St Valentine Hotel.

Raison pour laquelle, par cette belle journée de novembre, les touristes affluaient en nombre à St Valentine.

Si Connall était aussi bien renseigné, c'était qu'il avait effectué avant de venir toutes les recherches possibles et imaginables sur la ville, ce qui cependant ne lui avait été d'aucune aide pour combler les blancs de sa propre histoire.

— Est-ce que quelque chose te paraît familier ? s'enquit Emmet.

— Pas vraiment.

Emmet désigna le bureau de la réception.

— C'est le moment de te renseigner pour savoir si tu t'es inscrit ce soir-là.

L'hôtel n'avait pas voulu lui fournir par téléphone une information aussi personnelle.

Il s'approcha du long bureau, mais s'immobilisa brusquement, avec l'impression d'avoir reçu une décharge électrique en découvrant une jeune femme aux cheveux bruns et bouclés, noués en queue-de-cheval, vêtue d'un chemisier blanc à col officier d'un style un peu passé de mode.

Dans son visage aux traits sévères, sa bouche était généreuse, et ses yeux lumineux reflétaient un trouble semblable au sien.

Son estomac se noua violemment, et il eut l'impression qu'un trait de lumière aveuglante illuminait une nuit appartenant au passé.

Des draps blancs sur un lit… une femme allongée, ses cheveux étalés sur l'oreiller. « Viens cow-boy », murmure-t-elle…

Cette jeune femme était la raison de sa venue ; il en avait l'absolue certitude.

Quand sa vision s'éclaircit, elle l'observait toujours, comme s'il avait été un des fantômes que l'hôtel était censé abriter.

Eprouvait-il cette sensation avec toutes les femmes dont on lui prêtait la conquête ? En tout cas, il ne s'était pas liquéfié ainsi devant les infirmières de l'hôpital. Certes, elles ne ressemblaient en rien à cette jolie brune…

Quoi qu'il en soit, il avait le sentiment que ce n'était pas son genre. Mais comment pouvait-il en être aussi certain ?

Serrant le pendentif au point que les bords s'incrustèrent dans sa paume, il s'approcha du bureau. La jeune femme n'avait pas bougé mais, à la façon dont elle détourna la tête, il comprit qu'il n'était pas le bienvenu.

Quand elle posa de nouveau le regard sur lui, il était dur comme l'acier.

Il n'eut pas le temps de la saluer qu'elle déclara d'un ton âpre :

— Ainsi, vous êtes revenu.

L'extrême sécheresse de sa voix le paralysa.

C'était bien la femme de ses souvenirs épars. La jeune personne aux yeux limpides qui avait commencé à lui apparaître la nuit, lui procurant des rêves très agréables. Celle qui avait tant apprécié de lui ouvrir son lit.

Il lui montra le pendentif, avec le R en deux morceaux sur sa paume. Elle haleta mais, très vite, eut un petit rire.

— Vous êtes venu jusqu'ici pour me le rapporter ? Enfin, mieux vaut tard que jamais, je suppose.

Pourquoi l'avait-il emporté ? Il l'ignorait, bien sûr, mais il sentait confusément qu'il aurait dû s'excuser.

— Pouvons-nous parler ? demanda-t-il. J'ai besoin de…

— Parler ? Quel bel euphémisme !

Sa remarque sarcastique claqua dans l'air tandis qu'elle rectifiait une pile de papiers sur le bureau.

— Je vais vous dire, cow-boy, reprit-elle en désignant le pendentif dans sa main, gardez ce trophée, et nous serons quittes. Vous l'avez depuis quatre mois, de toute façon.

Quatre mois ? Cette jeune femme se trouvait donc bien au St Valentine Hotel lors de son fatidique voyage.

Il baissa les yeux vers le pendentif, puis regarda le nom inscrit sur son badge.

Rita.

Sur le badge, le prénom était écrit dans une belle police cursive, qui n'avait rien à voir avec ce R brisé, image de sa propre vie.

Elle appela une jeune employée qui disposait des brochures sur un présentoir et, une fois que celle-ci eut pris sa place, Rita se dirigea vers l'extrémité du bureau qui faisait encore rempart entre elle et lui.

En entendant Emmet se racler la gorge, il jeta un coup d'œil à son frère par-dessus son épaule. Son expression semblait vouloir dire : « Tu vois, je t'avais bien dit qu'il s'agissait d'une aventure parmi d'autres. »

Connall redressa le menton pour lui signifier qu'il avait encore à faire et qu'Emmet ferait aussi bien de lire les articles punaisés au mur pour passer le temps.

Avec un haussement d'épaules, son frère s'éloigna.

Il vit que Rita fourrageait dans des papiers, sans doute pour lui faire comprendre qu'elle était trop occupée pour poursuivre la discussion, mais il ne s'arrêta pas à ce grossier subterfuge.

— Je vous prie de m'excuser pour le dérangement, dit-il poliment, car il ne voulait pas provoquer de scène. Mais j'aurais vraiment besoin de votre aide, ajouta-t-il.

Il sourit pour faire bonne mesure, et eut la soudaine intuition que ce sourire avait séduit nombre de femmes.

— Vous avez besoin de mon aide ? répéta-t-elle sans daigner le regarder. Vous cherchez sans doute un endroit où passer la nuit ? Un lit bien chaud, peut-être ? Une femme assez sotte pour se laisser prendre à vos belles paroles ?

Aïe…

— Pardonnez-moi, mais j'espère que vous me croirez si je vous assure que je ne sais pas ce que je vous ai raconté ce soir-là. C'est la raison de ma venue.

D'un air méfiant, elle attendit qu'il poursuive.

Il s'appuya d'un coude au bureau et y posa son chapeau. Même à cette distance, il sentait son parfum de fruits rouges et de vanille, et il faillit fermer les yeux pour le laisser voyager en lui et le réchauffer au plus profond de son être. C'était comme s'il ne l'avait jamais oublié, même si le souvenir de cette fragrance venait seulement de se préciser.

Il se secoua. Il n'était pas là pour respirer le parfum d'une femme, si enivrant soit-il ! Il avait besoin de s'entretenir avec elle, pas de se glisser dans son lit.

— Je sais que cela peut paraître bizarre, reprit-il, mais j'ai vraiment besoin que vous m'aidiez… Tout d'abord, je voudrais savoir quand nous…

— … avons fait l'amour ? Quel culot ! J'espère que vous plaisantez.

Elle était aussi directe que ses frères.

— J'aimerais bien. J'avais à faire au Hervy Ranch, à une demi-heure d'ici, en juillet…

— Je sais. Vous traitiez une affaire dc bétail. Vous me l'avez expliqué juste avant de me persuader de…

Elle se pinça les lèvres et ses joues se colorèrent. La seule allusion à ce qui s'était passé entre eux, même si le moment était mal choisi, alluma en lui un violent désir.

L'important, c'était qu'il avait fait plus que coucher avec Rita. Il lui avait parlé avant l'accident, même s'il ignorait combien de temps il lui avait fait la conversation avant de se glisser entre ses draps. Si elle pouvait lui donner quelques indications sur ces moments passés ensemble, peut-être pourrait-il reconstituer le puzzle des événements précédant et suivant l'accident.

Elle coula un regard vers lui.

— Pourquoi me demandez-vous quand nous…

Elle baissa la voix en regardant autour d'elle et constata que le hall était désert.

— … avons été ensemble ? termina-t-elle pudiquement.

— Quand j'ai quitté St Valentine, j'ai été victime d'un accident de la route assez grave.

Elle haussa les sourcils, et il vit une expression de surprise puis de sympathie passer dans son regard.

— Un accident ?

— Oui. Quand j'ai repris conscience, je ne me rappelais plus où je me trouvais, ni qui j'étais… Mes frères et ma mère m'ont aidé à récupérer mes souvenirs, et la mémoire m'est en partie revenue, mais il subsiste de grands blancs.

Elle continuait de le regarder, son expression se durcissant peu à peu. Puis elle éclata d'un rire amer.

— C'est une plaisanterie, je suppose ? demanda-t-elle.

— Pas du tout.

Seul quelqu'un de très perturbé inventerait pareille histoire.

— J'ignore ce à quoi vous jouez, dit-elle sèchement, mais ce n'est pas drôle du tout.

Il s'apprêta à lui expliquer qu'il était tout à fait sérieux, mais elle avait déjà délaissé sa pile de papiers et contourné le bureau. Et, à présent qu'il la voyait sans le rempart du comptoir, il aperçut son ventre rond sous la jupe, et se changea en statue de sel.

Rita Niles ne jeta pas un regard en arrière tandis qu'elle s'éloignait à la hâte dans le couloir.

Connall Flannigan.

Cet homme avait fait naître tant d'espoirs en elle… Au bout d'une seule nuit, elle lui avait accordé toute sa confiance. Sur un élan spontané, naïf… et très regrettable.

Elle poussa doucement une porte, et dès qu'elle se retrouva dans la cuisine déserte, elle fut submergée par une émotion si intense qu'elle faillit s'effondrer.

Elle se ressaisit toutefois, parce qu'elle s'était juré que personne ne la ferait plus souffrir. Pas après le chagrin que lui avait causé Kevin, son ex-fiancé. Et surtout pas après s'être laissé séduire par un cow-boy de passage, et avoir découvert au cours d'une nuit de passion divine qu'elle ne connaissait finalement rien à l'amour.

Luttant contre les larmes, elle posa une main sur son ventre légèrement arrondi.

Quand elle l'avait aperçu dans le hall, tout à l'heure, elle avait reçu un choc terrible. Il était comme dans son souvenir : cheveux châtains épais qui bouclaient aux pointes, yeux bleus étincelants, corps svelte, chemise western, jean et boots. Des endroits de son corps qui avaient eu la sagesse de s'assoupir quand elle avait compris qu'il l'avait oubliée s'étaient alors brutalement réveillés.

Et, maintenant encore, elle frémissait tandis que les souvenirs de cette nuit sensuelle refluaient.

Elle était assise au Queen of Hearts Saloon, fatiguée à l'avance à l'idée du travail qui l'attendait encore à l'hôtel. En jean élimé, une chemise tombant sur ses hanches et ses cheveux attachés à la va-vite, elle n'avait vraiment rien pour plaire, et pourtant, quand il était entré, il n'avait vu qu'elle.

Son regard avait allumé un incendie en elle, et elle avait deviné chez l'inconnu une émotion comparable à la sienne.

Si elle avait cru au coup de foudre, elle aurait dit qu'elle était tombée amoureuse de lui à cet instant précis. Quoi qu'il en soit, en ces premiers instants, elle s'était plus approchée de l'amour qu'à tout autre moment de sa vie.

Il était venu droit vers elle et lui avait parlé si gentiment qu'elle s'était sentie fondre. Jamais elle n'avait eu un contact aussi immédiat avec quelqu'un, pas même avec Kevin qui avait pris son temps pour l'approcher. Ce soir-là, on aurait dit que celui qu'elle attendait depuis toujours lui apparaissait comme par un coup de baguette magique.

Il l'avait raccompagnée à l'hôtel, et elle avait été la première surprise de l'inviter à entrer, dans le hall d'abord, puis, renonçant finalement à effectuer son service de nuit, dans une chambre libre du rez-de-chaussée.

Elle s'était trouvée si bien dans ses bras qu'elle avait cru… que, cette fois, les choses seraient différentes, qu'elle avait enfin franchi la ligne tracée, des années auparavant, entre les hommes et elle, quand Kevin l'avait abandonnée, enceinte de sa petite fille.

Mais il s'était avéré que Connall ne valait pas mieux que Kevin et, pour cette raison, elle le haïssait. Parce qu'il avait semblé représenter tout ce qu'elle désirait au monde, et qu'elle avait ensuite souffert le martyre, dans son corps et dans son âme, des jours durant.

Elle posa une main sur son ventre où grandissait son enfant. Elle avait été ridicule de s'imaginer qu'une nuit pourrait tout changer, surtout pour quelqu'un comme elle qui avait élevé tant de barricades pour se protéger.

Pourtant, l'espace d'une nuit, elle y avait vraiment cru.

Comme il n'était pas inscrit à l'hôtel, elle n'avait pas

son adresse. Et comme il lui avait promis de revenir le soir même, elle n'avait pas cherché à obtenir son numéro de téléphone, si bien qu'elle n'avait aucun moyen de le joindre.

Il avait alors emporté son pendentif en disant qu'il le lui rendrait le soir, comme s'il s'agissait d'un gage destiné à sceller sa parole.

Elle l'avait cru.

Elle lui avait offert sa confiance, et il l'avait trahie.

Pourtant, la révélation de son amnésie éclairait la situation d'un jour différent.

Elle éclata d'un rire amer puis, au bord des larmes, posa la tête sur ses bras repliés sur le comptoir.

Amnésique ! Il la prenait donc pour une idiote ?

Tandis qu'un sanglot la secouait, de nouveau, le doute l'effleura. Et si…

Mais non ! Elle ne devait pas croire à cette histoire à dormir debout.

Soudain, en entendant un bruit de pas, elle se redressa et s'essuya les joues. Margery Wilmore jaillit par la porte du couloir, maternelle comme à son habitude, avec ses cheveux gris et sa poitrine généreuse.

— Comment va ma Rita ?

— En pleine forme.

Cependant, Margery l'examina d'un air inquiet.

— Je te trouve une petite mine.

Rita hocha la tête. Margery faisait déjà partie du personnel du temps où sa mère dirigeait l'hôtel. Et quand, à la suite du décès de ses parents, Rita en avait repris la direction à l'âge de vingt-trois ans, Margery s'était mis en tête de lui prodiguer des conseils, alors même que Rita travaillait à l'hôtel depuis qu'elle était en âge de prendre les commandes. A présent, dix ans plus tard, Margery continuait de veiller au grain et jetait des regards soupçonneux au ventre de Rita qui commençait à se deviner.

Mais chacun ne veillait-il pas sur elle à sa façon ? Après ses déboires avec Kevin, Rita était devenue l'objet de toutes les attentions des habitants de St Valentine, pour le meilleur et pour le pire. Tomber enceinte hors des liens du mariage ne collait pas du tout avec sa personnalité de sage étudiante. Et, dans cette ville très attachée aux valeurs familiales, beaucoup de gens avaient trouvé encore plus déconcertant qu'elle assume fièrement son statut de mère célibataire après l'abandon de Kevin, et qu'elle refuse aide et conseils.

Et voilà qu'elle se retrouvait de nouveau enceinte d'un enfant qui n'aurait pas de père…

— Tu t'épuises, dit Margery, posant une main sur son front pour vérifier sa température.

Rita se déroba.

— Je vais très bien.

Margery eut un claquement de langue réprobateur.

— Toi et ton entêtement ! Un jour, ça va te rattraper. N'oublie pas que Kristy dépend entièrement de toi.

Son portable sonna. Soulagée de la diversion, Rita sortit dans le couloir pour répondre. En entendant la voix de son amie Violet, elle faillit pousser un cri de joie.

Malheureusement, en entendant les premières paroles de son amie, elle sentit son enthousiasme s'évanouir.

— C'est vrai ce qu'on raconte ? demanda Violet.

Il était inutile de feindre l'incompréhension.

— Tu en as déjà entendu parler ?

— Evidemment ! Aurais-tu oublié où tu te trouves ?

Les rumeurs circulaient à la vitesse de la lumière à St Valentine, et elle avait l'habitude d'en être la cible.

— Il vient juste d'arriver, Violet. Surgi de nulle part.

— Tu veux en parler autour d'un déjeuner ?

Elles se mirent d'accord pour se retrouver dix minutes plus tard au Queen of Hearts Saloon, propriété des parents de Violet. Rita regagna le hall en prenant bien soin d'examiner les lieux avant d'entrer.

Aucune trace du cow-boy.

Soulagée — mais le mot était-il adéquat pour décrire son état d'esprit ? —, elle traversa le hall pour prévenir Janelle, la réceptionniste, qu'elle sortait. Elle sentit alors les yeux de celle-ci s'attarder sur elle avec une curiosité non feinte. Janelle avait sans doute vu Connall Flannigan, le pendentif à la main, et entendu des bribes de leur conversation pendant qu'elle rangeait les brochures.

Sans un regard de plus, Rita quitta l'hôtel tête haute, non sans se demander si Connall Flannigan était dehors, et si elle s'en tiendrait jusqu'au bout à sa résolution de lui cacher qu'il était le père de son futur enfant.

- 2 -

— J'aurais préféré qu'il ne revienne pas, déclara Rita.

Elles s'étaient installées, Violet et elle, dans un box à l'écart, où le volume sonore des ballades country diffusées par le juke-box leur parvenait affaibli.

Avec, au-dessus de leurs têtes, le lustre fabriqué à partir d'une roue de chariot, au bar, les habitués déjeunant d'un hamburger accompagné d'une bière, et au mur, les photographies sépia de la ville à l'époque de sa fondation, le Queen of Hearts semblait figé hors du temps.

— J'ai l'impression qu'il souffre vraiment d'amnésie, ajouta-t-elle.

Les yeux bruns de Violet reflétèrent sa sympathie.

Journaliste, Violet gardait son iPad à portée de main, à l'affût de la moindre nouvelle qui pourrait faire le sujet d'un article.

— Cela expliquerait qu'il veuille revoir les lieux où il s'est rendu avant l'accident, dit son amie. Il ignorait sans doute que cette histoire avait changé le cours de ta vie. De toute façon, réfléchis un peu. Qui irait inventer une histoire pareille ?

Rita n'avait pas encore touché à sa salade du chef, mais Violet avait attaqué ses frites avec appétit. Les deux amies s'étaient vues le lendemain du jour où

Rita avait rencontré Connall. Rita était alors sur un petit nuage. Puis Violet avait assisté à la déconfiture de son amie quand Connall n'était pas reparu : Rita, qui venait à peine de retrouver confiance en elle, avait été anéantie, honteuse de s'être laissé, une fois de plus, abuser par un beau parleur.

— Que comptes-tu faire ? s'enquit Violet.

— Que puis-je faire ? rétorqua-t-elle, piquant un morceau de jambon avec sa fourchette. Si j'avais été plus maligne, j'aurais commencé par m'enfuir en courant quand il s'est approché de ma table, ce soir-là.

— Tu ne pouvais pas savoir ! s'exclama Violet, posant une main sur la sienne. Tu commençais à revivre après ces années passées à te mépriser à cause de la façon dont s'était terminée ton histoire avec Kevin.

— Je n'ai pourtant pas eu l'impression que tu te sois réjouie vraiment pour moi quand je t'ai raconté ma nuit avec Connall.

— Je jouais les grandes sœurs protectrices. Mais le fait qu'un bébé soit impliqué dans l'affaire change tout.

Rita posa une main sur son ventre légèrement arrondi.

— Ce soir-là, j'aurais dû penser aux souffrances que m'avait infligées Kevin. Ça m'aurait peut-être dissuadé de m'offrir à Connall.

Mais elle n'avait pas été capable de penser à autre chose qu'au séduisant cow-boy installé à sa table, dont les yeux brillant de gaieté l'attiraient dans leurs profondeurs, lui donnant l'impression que tout était possible.

Mais quand il n'était pas réapparu le soir suivant, elle avait compris qu'elle s'était fait duper. Les minutes s'étaient égrenées, puis les heures. A minuit, Connall n'était toujours pas revenu. Après une nuit d'insomnie, le matin était arrivé, un jour avait passé, puis un autre...

Comprenant alors qu'il s'était joué d'elle, elle s'était repliée sur son chagrin d'avoir été encore une fois trahie.

Puis, quand elle n'avait pas eu ses règles, elle s'était fait la promesse que jamais elle ne regretterait d'être enceinte. Peut-être était-ce sa destinée : être une bonne mère sans jamais être une épouse.

— Tu sais ce que je trouve bizarre ? dit-elle soudain.

Violet avala une bouchée de son hamburger.

— Quoi donc ?

— Pendant ces quatre mois, une petite voix me répétait avec insistance que Connall avait une bonne raison pour n'être pas revenu.

— Et il en avait une. N'es-tu pas soulagée de savoir que son absence était due à des circonstances indépendantes de sa volonté ?

Violet nageait dans l'optimisme. Le week-end prochain, elle allait épouser Davis Jackson, son grand amour de jeunesse. Après avoir été séparés adolescents, à cause des manipulations de la mère de Davis, ils avaient traversé de rudes épreuves quand Violet était revenue vivre à St Valentine après avoir perdu son emploi dans un quotidien de Los Angeles. En dépit de leurs milieux différents, Davis n'avait jamais cessé d'aimer la fille de mineur qu'elle était, mais, pendant quelque temps, Violet s'était demandé s'il renouait vraiment avec elle par amour.

Aujourd'hui, elle en était persuadée, et une vie de rêve s'ouvrait devant elle.

Mais Rita n'avait aucune raison de partager son optimisme.

— Je me considère juste comme chanceuse de

lui avoir échappé, dit-elle. Cette histoire me servira d'avertissement.

— Pour ce qui risquerait de t'arriver si tu baissais ta garde et que quelqu'un s'éprenne de toi pour de vrai ? Bien sûr, Rita.

— Ecoute, il n'est pas revenu pour implorer mon pardon, ni m'emporter sur son grand cheval blanc, d'accord ? Et puis, s'il a remarqué mon ventre, il va probablement s'enfuir sans demander son reste.

— Tu ne sais pas s'il l'a remarqué ?

— Non.

— Je comprends que tu appréhendes sa réaction, dit en soupirant Violet. Mais si tu le laisses dans l'ignorance, comment sauras-tu ce qu'il compte faire ?

Ce qu'il comptait faire… Quand elle l'avait revu, elle avait senti tout son corps vibrer, comme le soir de leur rencontre. En son for intérieur, elle maudit cette émotion qui avait toutes les allures d'un espoir tenace.

Violet s'adossa à la banquette, se résignant probablement à ne pas obtenir de réponse.

— On raconte que, le soir où vous vous êtes rencontrés, l'air a vibré quand vos regards se sont croisés, reprit son amie.

— Depuis quand ajoutes-tu foi aux ragots ?

— Touché, répondit Violet.

Elle-même avait souffert d'être l'objet de rumeurs quand son prétendant, fils de bonne famille, avait défié la ville pour la courtiser.

Une serveuse s'approcha pour leur demander si elles souhaitaient autre chose. Comme elles avaient terminé, elle s'éloigna, Violet ayant un compte au Queen of Hearts. Grâce à son travail d'enquête sur le

« mystère Amati », la ville et l'établissement de ses parents avaient connu un certain essor économique.

En réalité, Violet et Davis, les deux propriétaires du journal local, n'avaient pas encore obtenu d'informations vraiment intéressantes sur Tony Amati, mais ils n'avaient pas dit leur dernier mot.

— Tu me quittes déjà ? s'enquit Violet en la voyant rassembler ses affaires.

— Je dois aller chercher Kristy à l'école.

Violet n'était pas du genre à baisser les bras aussi vite.

— Ainsi, tu vas retourner t'enfermer dans ta bulle ?

— C'est l'endroit le plus sûr de la terre.

— Rita…

— Ecoute, je sais que tu as trouvé le bonheur et que tu aimerais le faire partager à la terre entière, mais je suis incapable de remettre mon amour-propre et…

Elle posa une main sur sa poitrine.

— … mon cœur dans la balance. Alors oui, je vais retourner à l'hôtel après être allée chercher Kristy à l'école. Et j'espère bien que, sachant tout ce qu'il voulait savoir, Connall Flannigan aura repris le chemin de son ranch.

Elle glissa vers le bord de la banquette, dans l'intention de se lever.

— Le vrai problème, poursuivit-elle, c'est qu'il ne se rappelle plus ce qui s'est passé entre nous cette nuit-là. C'est probablement un mal pour un bien. Nous ne pouvons que regretter de nous être laissés aller à l'impulsion du moment.

— Si c'est ce que tu penses.

Violet avait beau insister, sa résolution était ferme. Quatre mois plus tôt, elle s'était laissé aller comme elle avait cru ne plus jamais le faire. Maintenant, avec le recul, elle se rendait compte qu'elle l'avait échappé belle. Plus fréquenté que jamais, l'hôtel requérait toute son attention, et elle devait se rendre disponible pour sa fille. Compte tenu de son poste à l'hôtel, refuser de se soumettre à sa libido bouillonnante et de se conduire en écervelée était la moindre de ses responsabilités.

— Rita, dit Violet avec un sourire triste, je donnerais n'importe quoi pour vous voir heureux, les enfants et toi.

— Nous le serons, tu verras.

Rita avait bien l'intention de donner à sa fille et à son second enfant toutes les chances dans la vie. Malgré ses déboires amoureux, elle s'en sortait très bien avec sa fille jusqu'à l'arrivée de…

Elle glissa la bandoulière de son sac sur son épaule.

— Un jour, dit Violet, tu ne pourras plus ignorer tes sentiments, Rita. Tu as su tomber amoureuse quand nous étions ados. J'aimerais que ce soit aussi facile aujourd'hui.

Soudain, un silence s'abattit sur la salle, comme si quelque chose venait de capter l'attention générale.

Le cœur battant, elle jeta un coup d'œil vers l'entrée et se détendit en constatant qu'il ne s'agissait pas de Connall, mais d'un homme en jean usagé et chemise western noire qui avait pris place à une table à l'écart. Son chapeau de cow-boy vissé sur sa tête dissimulait en partie un visage au regard noir et impassible, qui alimentait toutes les conversations depuis l'installation de son propriétaire dans les faubourgs de la ville, quelques mois plus tôt.

Cet homme, aussi distant qu'à l'accoutumée, répondait au nom de Jared Colton. Il ressemblait vraiment beaucoup à Tony Amati, le fondateur de la ville, à en juger par les photographies exposées sur les murs du St Valentine Hotel et du Queen of Hearts. Mais même si tout le monde avait sa théorie sur les liens qui unissaient Jared au vieux Tony, le mystère demeurait. Violet et Davis tentaient de l'élucider, en vain pour le moment.

Rita ne s'en plaignait pas. Jared Colton avait contribué à ranimer l'intérêt pour une ville qui s'éteignait à petit feu depuis la fermeture de la mine de kaolin. Et ce renouveau du tourisme lui fournissait une clientèle qui la maintenait occupée, ce qui l'aidait à oublier son chagrin.

— J'ai du pain sur la planche, chuchota Violet, saisissant son iPad d'une main tout en terminant ses frites de l'autre.

— Il te l'a déjà dit et répété, pas d'interviews !

— Qui sait ? Cette fois, il craquera peut-être.

Sur un dernier sourire plein d'assurance, Violet se dirigea vers Jared.

Il la regarda approcher sans que son visage exprime la moindre émotion, et ne réagit pas plus quand elle prit place sur un siège, en face de lui.

Quand Rita quitta le restaurant, elle balaya prudemment la rue du regard, avant de se hasarder au-dehors. Pas de Connall Flannigan. Elle se dirigea alors vers l'école maternelle de Kristy, en se disant qu'il était reparti pour de bon.

C'était son vœu le plus cher. Alors pourquoi lui laissait-il un goût amer ?

Après avoir déjeuné dans un petit restaurant nommé l'Orbit Diner, Connall et Emmet regagnaient le pick-up, garé sur Amati Street, non loin du St Valentine Hotel.

— J'aimerais que tu réfléchisses, dit Emmet.

— Il y a trop de choses en jeu pour que je quitte cet endroit, répliqua Connall.

Durant le repas, il n'avait pas fait allusion à l'épaississement de la taille de Rita, qui pour ce qu'il en savait, pouvait être la conséquence d'une prise de poids. Mais il était bien déterminé à obtenir aujourd'hui le fin mot de l'histoire.

Son cœur se mit à battre. Et si elle était enceinte ?

Un vague souvenir agita son esprit, mais resta diffus. Pour le moment, tout ce à quoi il avait accès, c'était au sentiment confus de ne pas savoir ce qu'il ressentait.

Un bébé, pensa-t-il.

Il haussa les épaules. Appartenait-il seulement à cette catégorie d'hommes qui font les bons pères ?

L'appréhension le saisit tandis qu'Emmet et lui passaient à côté d'ânes, les descendants de ceux qui avaient travaillé à la mine et qui vagabondaient dans St Valentine, pour le plus grand plaisir des touristes. C'était une des originalités de la ville, comme les boutiques de bijoux indiens, la passementerie Old West, ou les marchands de bonbons au caramel, vêtements, pâtisseries diverses et souvenirs.

— Franchement, Connall, insista Emmet, ça ne me plaît pas de te laisser ici.

— Pourquoi ? Il y a une agence de location de voitures, des magasins de vêtements, une pharmacie et même un médecin, si ça peut te rassurer.

De toute façon, il avait emporté ses médicaments et ne pensait pas rester assez longtemps pour épuiser son stock.

— Je crois que je ferais mieux de rester avec toi.

— Je crois que tu ferais mieux de rentrer au ranch.

Déjà que je manque à l'appel, ils ne s'en sortiront jamais sans toi…

Comme il terminait sa phrase, les mots moururent sur ses lèvres. *Elle* était là. Devant eux, sur le trottoir.

Rita, dans son uniforme désuet, strict chemisier blanc à col montant et jupe noire au genou laissant voir ses longues jambes gainées de bas noirs. Elle avait de jolies formes, sexy en diable.

Ses mains qui glissaient sur ses hanches, sa taille, ses seins…

Une bouffée de désir s'empara de lui.

Chaque fois qu'il la voyait, il se rappelait un moment érotique de plus, mais pas de détails suffisants pour le mettre sur la piste de sa vie d'avant.

Emmet poussa un soupir résigné.

— Appelle-moi quand tu auras fini. Je viendrai te chercher.

— D'accord.

Rita était repartie dans l'autre sens. Comme il s'élançait à sa poursuite, il ne put s'empêcher d'examiner de près ses fesses moulées par la jupe qu'il trouvait presque provocante dans sa sévérité.

Elle dut deviner sa présence sans qu'il ait besoin de prononcer un mot, à moins qu'elle n'ait entendu le bruit de ses pas sur le trottoir de bois, car elle se retourna pour lui faire face. Il eut la sensation que sa poitrine se dilatait quand leurs regards se soudèrent l'un à l'autre, et il sentit son pouls s'accélérer dangereusement.

Se trompait-il, ou l'avait-il vue vaciller ?

Elle se remit à marcher, comme si elle s'était résignée à ce qu'il la suive.

— Vous n'êtes pas encore parti ? dit-elle, fixant un point devant elle.

Son aplomb l'amusa. D'une certaine manière, rire avec elle semblait naturel, comme s'ils avaient beaucoup plaisanté durant la nuit passée ensemble.

— Sans parler du tourisme, je pense avoir de quoi m'occuper à St Valentine.

Ils avaient dépassé l'hôtel. Sur des bancs rouillés, sentinelles indifférentes au temps, des hommes âgés et une femme aux cheveux d'argent, une couverture indienne sur les épaules, fumaient des cigares en regardant passer les gens. Ils suivirent Rita et Connall du même regard aiguisé, tandis qu'elle redressait fièrement la tête comme pour défier quiconque de faire la moindre insinuation à propos de sa récente prise de poids.

De nouveau, il sentit son cœur bondir dans sa poitrine. Il fallait qu'il sache, le problème étant de trouver le moment adéquat pour poser la question.

Elle attendit d'être à quelque distance du groupe pour dire :

— Je me souviens que vous vous êtes montré aussi insistant alors que maintenant.

— Ma mère et mes frères parlent d'entêtement. Il paraît que quand j'ai décidé quelque chose, il est impossible de me faire changer d'avis.

— Vous ne vous souvenez pas de ce trait de caractère vous concernant ?

— Non, mais d'après ce que vous dites, il n'a pas disparu dans l'accident.

Voyant qu'elle ne répondait pas, il décida de poursuivre sur le sujet.

— Une des premières choses qu'ils m'ont dites

pendant ma convalescence, c'est que j'étais un homme des grands espaces, et que je ferais mieux de me consacrer au ranch plutôt que de chercher la vérité ailleurs.

Comme Rita hochait la tête, il eut le sentiment qu'elle avait dû entendre elle aussi ce genre de remarques. Puis il trouva étrange d'avoir cette pensée. Lui aurait-elle confié quelque chose à ce sujet au cours de leur nuit ?

Quelque chose qui lui reviendrait maintenant ?

Il se creusa la cervelle, sans rien se rappeler. Seules des bribes de souvenirs passaient à sa portée. Par exemple, il se voyait assis sur sa balancelle, sur la terrasse de sa maison, écoutant les bruits de la nuit tout en savourant une existence de célibataire qui le comblait.

Comme Rita lui jetait un regard de côté, il se dit que c'était le moment ou jamais de poser la question qui le taraudait.

— Je n'ai pas pu m'empêcher de remarquer..., commença-t-il.

Il désigna son ventre pour ne pas avoir à en passer par la crudité des mots.

En réaction, elle posa une main dessus, comme pour se protéger. Allait-elle l'envoyer au diable, ou...

— Ne vous mettez pas martel en tête. Vous n'êtes pas responsable de ma grossesse.

Une vague de soulagement l'envahit.

— Je voulais juste m'en assurer, dit-il. Je ne sais peut-être pas grand-chose sur mon compte, mais si vous étiez enceinte de moi, il me paraît évident que je ne vous laisserais pas dans l'embarras.

— Un enfant n'est pas un embarras.

Bon, elle n'allait pas lui faciliter les choses.

— Ce n'est pas ce que je voulais dire. Désolé, Rita.

Elle s'arrêta, secoua la tête.

— Vous avez été désolé une bonne centaine de fois aujourd'hui.

— Ecoutez, tout ce que je voulais savoir, c'est…

— Je sais ce que vous voulez savoir, et j'ai l'impression que vous n'irez nulle part avant de m'avoir tiré les vers du nez.

Le croyait-elle donc, à présent, quand il disait être amnésique ?

— Vous voudriez que je remplisse les blancs de votre existence, juste avant l'accident ? dit-elle, semblant renoncer à lutter.

— Je vous en serais reconnaissant. Il me vient des bribes de souvenirs, mais rien n'a vraiment de sens. Alors, je me disais que si vous pouviez m'éclairer sur les moments qui ont précédé mon amnésie, je parviendrais peut-être à mettre de l'ordre dans mon passé.

— Il n'y a vraiment pas grand-chose à raconter. L'histoire a commencé quand vous êtes entré dans le saloon qui se trouve un peu plus bas dans la rue, alors que je me dépêchais de dîner pour retourner prendre mon service à l'hôtel.

Une petite lueur s'alluma dans ses yeux, qu'elle chassa prestement. Eprouvait-elle du plaisir à se remémorer cet instant où il était entré dans le restaurant, et où leurs regards s'étaient rivés l'un à l'autre sous l'effet d'une attirance instantanée ? Attirance qui ne s'était toujours pas dissipée, pour sa part tout du moins.

La ressentait-elle aussi, et faisait-elle de son mieux pour l'ignorer ?

— J'effectuais des réparations à l'hôtel, expliqua-t-elle, et la soirée s'annonçait longue. L'établissement nous appartient à mon frère, ma sœur et moi, mais c'est moi qui le dirige. Et le seul moment où je peux m'occuper de l'entretien, c'est quand il n'y a pas foule à la réception. Ce qui est rare depuis que le mystère Tony Amati est revenu sur le devant de la scène.

— J'en ai entendu parler.

Elle croisa les bras sur la poitrine comme si elle se retenait d'en dire plus long.

— Quoi qu'il en soit, reprit-elle, vous êtes venu directement à ma table. Charmant. Insistant. Pour faire court, nous nous sommes retrouvés au lit dans une des chambres libres de l'hôtel. Et, quand vous êtes parti le lendemain matin, vous…

Il avait déjà deviné ce qu'il avait dit, et il se demanda à combien de femmes il avait fait le coup, et s'il était sincère sur le moment.

— J'ai promis de revenir, termina-t-il.

— Oui. Vous avez dit que vous reviendriez quand vous auriez traité votre affaire.

Elle porta une main à son cou, cherchant sans doute machinalement le bijou qu'elle portait habituellement.

— Vous avez pris mon pendentif sur la pile de vêtements et dit que vous vouliez l'emporter avec vous. « C'est juste une assurance », avez-vous dit en riant. « La garantie que je reviendrai ce soir. »

Assurance, garantie ? Ce vocabulaire ne cadrait pas avec le personnage qu'on lui avait décrit. Avait-il volontairement joué avec elle ? Ses frères le décrivaient certes comme un coureur de jupons, mais pas comme un homme méchant. Or, s'il se fiait aux propos de Rita, il devrait peut-être revoir ce jugement.

Pourquoi ne pas tout simplement lui avoir dit adieu ?

Nageant en pleine confusion, il tenta de trouver un élément stable auquel se raccrocher, mais en vain.

— Voilà, je vous ai dit l'essentiel, conclut-elle froidement.

Il aurait voulu lui demander quand elle avait cessé d'attendre son retour, sans toutefois comprendre pourquoi il se posait la question.

Quand elle se remit à marcher, il comprit qu'elle jugeait la discussion close. Et il sentit qu'il avait mal agi envers elle, qu'elle le reconnaisse ou non.

— Je suis navré, répéta-t-il en la suivant.

Puis, sortant le pendentif de sa poche, il le lui tendit.

— J'aimerais pouvoir…

— Vous n'avez rien à souhaiter, coupa-t-elle en ignorant le pendentif. Sachez que je suis contente de savoir pourquoi vous n'êtes pas revenu. Je ne veux pas dire que je me réjouisse de votre accident, mais… Enfin, vous êtes indemne, c'est le principal.

Il acquiesça d'un signe de tête puis, sur une brusque impulsion, il prit sa main dans l'intention d'y déposer le pendentif. Elle tressaillit tandis qu'un frisson remontait le long de son bras.

Oh ! la tenir, si souple, si belle… sentir ses formes au creux de ses mains…

Il revint à la réalité quand elle se libéra brusquement et se remit à marcher.

— Vous pouvez le garder. Ce n'est qu'une babiole.

Il eut pourtant le sentiment que ce pendentif signifiait beaucoup pour elle.

Il aurait voulu s'excuser encore, mais les excuses paraissaient si futiles.

Il la rattrapa en quelques enjambées.

— Si vous avez autre chose à me dire…

— Vous m'avez raconté, dit-elle très vite, comme si elle espérait ainsi se débarrasser plus rapidement de lui, que deux de vos trois frères étaient heureusement mariés, qu'ils se moquaient de vous parce que vous étiez célibataire, et que, parfois, vous aviez envie de les frapper pour leur faire passer le goût de la plaisanterie. Que votre mère était veuve et qu'elle souhaitait plus que quiconque que vous trouviez une gentille fille « qui illuminerait vos jours », selon ses propos. Et enfin, vous m'avez confié que vos parents avaient vécu un grand amour.

— Comment ? Je vous ai raconté tout ça ?

— C'est-à-dire que nous n'avons pas beaucoup dormi, soit que nous parlions, soit que…

Sa voix s'éteignit, comme si la jeune femme regrettait de s'être engagée sur ce terrain.

Mais, soudain, une autre image s'imposa à lui. Il la tenait contre lui tandis qu'elle fermait les yeux, et il couvrait de baisers ses paupières et le bout de son nez. Puis, à la lueur de la lampe de chevet, il la regardait glisser dans le sommeil, en ressentant une émotion inconnue lui serrer la poitrine.

La même émotion que celle qui le traversait à l'instant même. Que lui arrivait-il, à lui, le cow-boy célibataire dans toute sa splendeur ?

Des rires d'enfants provenant d'un terrain de jeux situé au-delà d'immeubles défraîchis lui parvinrent.

— Rita, dit-il. Si je suis revenu, c'est pour toi.

Cette fois, il vit nettement qu'elle avait trébuché.

— Qu'est-ce que tu racontes ? demanda-t-elle, passant à son tour au tutoiement, plus intime.

— Un souvenir m'obsède, vague. Il te concerne. Et il m'a poussé à te chercher, même si j'ignore ce que c'est. Je continue de penser que, si je passe un peu de temps avec toi, des choses s'éclaireront pour moi.

Sa franchise sembla la prendre de court, et elle fit quelques pas sans le regarder avant de lui jeter un regard douloureux.

Il avait joué sa dernière carte.

Ils s'arrêtèrent devant un grillage qui les séparait d'un terrain pourvu de balançoires et de divers aménagements, où des enfants jouaient à chat, faisaient des roulades et la roue devant une femme portant un chapeau à bord souple. A proximité du terrain se dressait un petit bâtiment de teinte pastel, la façade décorée d'une peinture murale où des enfants de toutes tailles et de toutes couleurs riaient en se tenant par la main tout en admirant un arc-en-ciel.

Une petite fille aux boucles brunes les remarqua et leur adressa de grands signes. Rita agita la main à son tour et, après avoir ramassé un sac posé dans l'herbe, l'enfant courut vers eux en criant :

— Maman !

En un éclair, il entendit la Rita des mois passés dire : « Ma fille s'appelle Kristy. »

L'enfant franchit le portail et se jeta dans les bras de sa mère. Rita enfouit son visage dans ses cheveux et la serra contre elle avant de l'embrasser sur le front et de la reposer à terre.

— J'ai oublié ! s'exclama la fillette.

Et, reprenant son élan, elle courut vers son institutrice qui tenait un bâton de majorette à la main.

Pendant qu'ils attendaient son retour, il sentit que Rita le mettait au défi d'émettre le moindre commentaire sur le fait qu'elle avait un enfant. Comme si elle comptait, par ce biais, lui faire comprendre qu'elle n'avait jamais espéré qu'il reste plus d'une nuit.

Comment avait-il réagi ce soir-là, quand elle lui avait appris qu'elle avait une fille ? Avait-il éprouvé l'envie de fuir ?

Mais alors, pourquoi avoir pris le pendentif et promis de revenir ? Etait-il ignoble au point de projeter de la quitter après une deuxième nuit d'amour avec elle ?

Elle l'observa pendant que des émotions qu'il ne parvenait pas à analyser le submergeaient.

— Tu te souviens que je t'ai parlé de ma fille ? demanda-t-elle enfin.

— Maintenant, oui.

— Dans ce cas, je ne peux rien t'apprendre de plus, Connall.

En courant, la fillette repassa le portail. Rita la prit par la main et l'entraîna sans prendre le temps des présentations.

Désireux de ne pas imposer à Rita une présence qui risquait d'être pesante, Connall était descendu au Co-Zee Inn, un établissement situé dans la ville nouvelle. De retour dans sa chambre, il s'allongea sur le lit en espérant que son cerveau tirerait partie de ce qu'il avait vécu aujourd'hui.

Il ferma les yeux pour se protéger de l'éclat de l'enseigne filtrant à travers les rideaux mal tirés, et son esprit se décida enfin à coopérer.

Il se revit avec Rita, heureux et comblé après avoir fait l'amour. Elle avait appuyé sa tête sur sa main, ses cheveux en désordre tombant sur ses épaules, et elle le regardait, allongé près d'elle et caressant du bout du doigt la peau douce et nacrée de l'intérieur de son bras.

— D'habitude, je ne couche pas aussi facilement, avait-elle dit. Je prends mes responsabilités au sérieux, tu sais !

— Tu veux parler de la direction de l'hôtel.

Son regard s'était agrandi, et elle avait dégluti, comme si elle s'apprêtait à faire une révélation de la plus haute importance.

— Il y a davantage, Connall.

A son tour, il s'était redressé sur un coude.

— Explique-moi.

— J'ai une fille. Elle s'appelle Kristy.

Il avait plongé son regard dans le sien, s'attendant à ce que l'envie de fuir le saisisse. Or, il s'entendit dire :

— Une petite fille avec tes cheveux bouclés et tes yeux gris.

Rita semblait résignée à ce que les choses s'arrêtent là, mais… il s'était penché sur elle, l'avait embrassée sur la tempe et prise dans les bras.

Revenu au présent, il rouvrit les yeux, le cœur battant si vite qu'il dut s'asseoir pour recouvrer ses esprits.

Bon sang ! C'est à cet instant-là, quatre mois plus tôt, qu'il avait totalement craqué pour elle. Pourtant, d'après ses frères, il aurait dû lui renvoyer le pendentif avec un petit mot agréablement tourné pour faire passer la pilule. Bref, il aurait utilisé ses « trucs de séducteur », comme les qualifiait Bradon, son frère aîné, pour signifier à Rita que cette nuit avait été si merveilleuse qu'il n'en espérait pas plus.

Soudain, il fronça les sourcils.

Avait-il blessé Rita au point de l'expédier dans les

bras d'un autre homme qui lui aurait fait un enfant et l'aurait abandonnée à son tour ?

A moins que ce ne soit l'ancien Connall, qui n'avait rien d'un père idéal, qui lui ait fait cet enfant…

Comme il se rallongeait, il eut l'impression que la lumière rouge du néon battait comme un cœur au plafond. Ou comme un signal d'alarme l'avertissant de partir au plus vite.

- 3 -

Le lendemain matin, Rita entreprit de passer à Kristy son justaucorps pour la Journée des métiers de l'école. C'était la semaine du déguisement, avec un thème pour chaque jour. Aujourd'hui, Kristy était habillée en ballerine, son rêve momentané de carrière. La semaine précédente, elle voulait être cow-girl, comme sa tante Kim, et encore avant astronaute.

Elle attacha les cheveux de sa fille en chignon.

— Demain, tu porteras un costume de princesse pour la Journée de la royauté.

— Et après, c'est le Jour des crêpes ! s'exclama Kristy, admirant un bracelet de perles roses à son poignet. Qu'est-ce que je mettrai pour la soirée avec tante Kim, dis, maman ?

— Ton plus joli pyjama, chérie.

Elle embrassa Kristy sur la joue, s'attardant à respirer son doux parfum d'enfance, suave mélange de sucreries et d'épices.

La veille, Rita avait tout d'abord été réticente à l'idée que Connall vienne avec elle chercher sa fille. Mais puisqu'elle lui avait parlé de Kristy le premier soir, elle avait eu envie de voir s'il se souviendrait, et s'il aurait la même expression que lorsqu'elle lui avait révélé avoir une fillette de quatre ans.

Mais là s'arrêtait son honnêteté, car elle avait réagi de façon extrêmement défensive quand il avait parlé de sa prise de poids, et elle lui avait outrageusement menti en prétendant que l'enfant n'était pas de lui.

Elle avait tout de suite regretté sa réaction. Car après tout, c'était bien lui le père de l'enfant qu'elle portait. Mais il était aussi un homme en souffrance, à qui elle ne pouvait pas accorder sa confiance. Il pourrait même se révéler un autre Kevin, raison pour laquelle prétendre qu'il s'agissait de l'enfant d'un autre lui avait semblé la meilleure solution, pour tous les deux.

Malgré tout, elle continuait de se représenter Connall tel qu'il était alors, souriant, comme si apprendre qu'elle avait un enfant ne le contrariait nullement.

— « Une petite fille avec tes cheveux bouclés et tes yeux gris », avait-il dit avant de la reprendre dans ses bras, et de l'emmener dans un lieu où elle pouvait espérer oublier le passé.

Serait-il capable de manifester autant de tendresse à un bébé surprise ? Kevin, en tout cas, n'avait pas pu.

Kristy passa en sautillant la porte de la chambre.

— Est-ce que je peux jouer sur l'ordinateur ? Je me suis brossé les dents !

— Bien sûr.

Souvent, Kristy se montrait distraite, si bien qu'elle n'était jamais prête à l'heure le matin. Et Rita s'était rendu compte qu'en lui faisant miroiter la récompense de jeux sur l'ordinateur sa fille se préparait plus rapidement.

Elles passèrent dans la cuisine où Rita ouvrit un site de jeux Barbie avant de regagner sa chambre pour terminer sa toilette.

Pendant des générations, le dernier étage de l'hôtel

avait été le domaine de la direction. Seule exception à la règle : les parents de Rita, qui n'avaient pas habité la suite, trop petite pour un couple et trois enfants. Mais, décorée dans le même esprit rétro qui conférait à l'ensemble de l'hôtel son charme suranné, elle était parfaite pour Kristy et elle. Et même pour le bébé à venir.

En revanche, ce serait un peu juste si elle devait vivre avec un homme…

Comme elle émergeait de la salle de bains tout en attachant ses cheveux avec une barrette, elle essaya de ne pas penser à Connall. Que serait-il arrivé s'il n'avait pas eu cet accident ? Serait-il revenu, comme il l'avait promis ? Et, si oui, pour combien de temps ?

Puis elle se dit qu'elle ferait mieux de se concentrer sur son maquillage au lieu de ressasser cette histoire. Elle appliqua un peu de blush, du mascara, de l'ombre à paupières et du rose sur ses lèvres, et étouffant un bâillement, elle alla consulter le calendrier posé sur le réfrigérateur de la cuisine, où elle inscrivait essentiellement les activités de Kristy.

La Journée des métiers, la soirée pyjama chez tante Kim, la Journée de la royauté, le Jour des crêpes et ses leçons de bâton. Tout ceci en plus de son propre emploi du temps qui incluait une visite chez le médecin, cette semaine, ses devoirs de demoiselle d'honneur pour le mariage de Violet, le week-end prochain, et Thanksgiving, la semaine suivante.

Il faudrait pourtant qu'elle pense à prendre un peu de temps pour elle et pour l'enfant à naître, à se réserver des plages pour faire la sieste, et un peu d'exercice, marcher, par exemple…

Elle songea aux regards qu'elle s'était attirés

aujourd'hui en arpentant le trottoir avec son ventre qui commençait à se voir. Certains souriaient, mais d'autres, de toute évidence, se demandaient si elle tirerait jamais les leçons de son expérience.

Elle n'arrivait pas à croire qu'elle devait affronter une nouvelle grossesse non programmée, elle qui était plutôt sage et prévoyante.

Elle était fiancée à Kevin quand elle était tombée enceinte la première fois. Elle ne le voyait alors que le week-end, car il travaillait à Houston, sur une exploitation de gaz naturel après la fermeture de la mine de kaolin. Elle était si jeune alors, elle ne soupçonnait pas que la vie puisse réserver autant de mauvaises surprises. Pour elle, Kevin et elle s'aimeraient pour toujours.

Pourtant, lorsqu'il avait pris son nouvel emploi, il s'était beaucoup plaint de l'injustice de la vie, et il s'était, peu à peu, éloigné d'elle. Kevin n'aimait pas le changement, mais elle était persuadée qu'il allait finir par s'habituer, et elle travaillait de son côté comme une folle dans l'espoir de pouvoir quitter l'hôtel pour suivre des cours à l'université.

Et puis, un jour, son diaphragme ayant sans doute été mal posé, avait supposé le médecin, elle était tombée enceinte.

— « Bon sang, Rita, nous ne sommes pas prêts à avoir des enfants ! » avait tonné Kevin.

Se remémorant sa réaction à l'annonce de sa grossesse, elle détourna le regard du calendrier. Pourquoi fallait-il que l'histoire se répète ?

Kevin lui avait suggéré un avortement. Et comme elle s'insurgeait contre l'idée, il lui avait avoué qu'il avait une femme à Houston, avec qui il vivait durant la semaine.

Il avait fini par la quitter pour l'autre.

Avec un soupir, elle se rappela qu'elle avait fait attention aussi avec Connall. Ils avaient utilisé des préservatifs, mais il avait fallu qu'une fois, alors que Connall se retirait, la protection glisse légèrement.

Elle se caressa le ventre. Peu importait comment il avait été conçu, elle aimait déjà cet enfant de tout son cœur.

Je serai toujours là pour toi, pensa-t-elle. *Qu'as-tu besoin d'un père à qui on ne peut pas accorder sa confiance ?*

Si Connall ignorait qui il était, quel genre de père ferait-il ? se répétait-elle. Elle se rendait compte qu'elle avait couché avec un fantasme. Ce soir-là, Connall Flannigan semblait aussi épris d'elle qu'elle l'était de lui. Mais cet homme idéal n'existait pas.

En longeant le couloir, elle entendit le cliquetis des touches de l'ordinateur et vint poser un baiser sur la tête de sa fille.

— Viens, chérie. Il est temps d'y aller.

— Une minute encore, s'il te plaît !

— Non. Tu as eu une demi-heure. C'est bien suffisant.

Un coup plein d'entrain résonna à la porte, et Kristy bondit pour aller ouvrir.

— Tante Kim !

Relevant la tête de l'ordinateur qu'elle était en train d'éteindre, Rita aperçut sa jeune sœur en jean, chemise bleue usagée, de vieilles bottes aux pieds. Avec ses cheveux bruns et bouclés noués en queue-de-cheval, c'était le garçon manqué de la famille.

Soulevant Kristy dans ses bras, elle la fit tourbillonner et, après l'avoir reposée, lui pinça délicatement le nez.

— Quelle jolie petite ballerine ! s'exclama-t-elle.

— Je suis la plus jolie !

Kim et Rita éclatèrent de rire.

— Merci de l'emmener à l'école, dit Rita tandis que toutes trois se dirigeaient vers la porte.

— Pas de problème. C'est mon jour de congé, et Nick s'occupe de tout.

Elles avaient de la chance d'avoir un frère aîné aussi serviable.

Comme Rita refermait la porte, elle se prépara à affronter la journée à venir. Les langues marcheraient-elles bon train au sujet de Connall, de la façon dont il la suivait partout, ce pendentif en forme de R brisé à la main ?

Elle espéra qu'il avait fini par rentrer chez lui. Du moins, une part d'elle le souhaitait, mais l'autre devait être tout simplement masochiste, parce qu'elle se languissait de lui, malgré ce qui s'était passé.

Elles descendirent l'escalier jusqu'au hall, désert à cette heure de la matinée. Enfin, désert... à l'exception d'un homme installé dans un fauteuil tapissé de velours.

En le découvrant, elle eut un coup au cœur, en même temps qu'une chape d'appréhension s'abattait sur elle.

Jambes croisées, son chapeau sur un genou, il examinait une brochure recensant les sites touristiques de Houston. Ses cheveux drus lui donnèrent l'envie d'y toucher, et elle serra les poings, furieuse contre elle-même. Il s'était rasé, ce qui mettait en valeur sa mâchoire carrée et la fossette de son menton.

Elle frissonna en se rappelant comment il l'avait tenue dans ses bras, comment il lui avait fait l'amour, comment il l'avait contemplée, le lendemain, quand la lumière de l'aube s'était insinuée par l'entrebâillement des rideaux. Elle n'avait jamais vu de regard aussi intense, pas même chez Kevin, et cet homme lui avait semblé terriblement réel.

Assez réel, en tout cas, pour lui faire croire qu'il resterait à jamais près d'elle.

Il leva les yeux de sa lecture, comme si un radar l'avait averti de sa présence.

— Bonjour, dit-il d'un ton très naturel.

— Bonjour, répondit-elle, s'efforçant de s'adresser à lui sur le ton qu'elle aurait employé avec n'importe quel client.

Mais Kristy ne s'y trompa pas. A la façon dont elle se serrait contre la jambe de sa tante tout en dévisageant Connall, il paraissait évident qu'elle avait reconnu l'étranger de la veille.

— Alors, à demain, lui dit Kim.

Puis, à Kristy :

— Nous allons bien nous amuser toutes les deux ce soir.

— Oh ! oui ! s'écria Kristy.

Depuis que Kristy rendait de fréquentes visites à sa tante, il n'y avait plus besoin de préparer de valise. La fillette avait chez Kim un tiroir plein de vêtements, une brosse à dents, bref, tout le nécessaire.

Rita donna un dernier baiser à sa fille.

— Tu m'appelleras ce soir ?

— D'accord, maman.

Kim jeta un regard curieux à Connall avant de pousser Kristy vers la porte. Quand elles furent sorties, la pièce sembla soudain beaucoup trop calme. Rita songeait à allumer la radio quand Connall se leva et s'approcha du bureau.

— Je voulais te remercier pour hier, dit-il. Tu m'as bien aidé.

— Tant mieux.

Son pouls s'accéléra. Elle n'avait pourtant pas besoin d'émotions violentes en ce moment.

— Je continue à me rappeler des bribes de cette nuit d'il y a quatre mois, mais… il y a des choses que je ne comprends pas bien, Rita.

Elle fut troublée par sa façon de prononcer son prénom, d'une voix profonde et grave, de se l'approprier en quelque sorte.

— Ainsi la mémoire te revient ?

— Un peu.

Il fronça les sourcils.

— Ton aide me serait néanmoins fort utile, ajouta-t-il. Tu sembles être un genre de clé pour moi.

Il accompagna la remarque d'un de ces sourires dévastateurs dont il avait le secret. Et ce sourire la troubla si profondément qu'elle dut s'agripper au comptoir, le temps de se ressaisir.

— Nous pourrions dîner ensemble quand tu auras fini ton travail, proposa-t-il.

— Et puis, tu rentreras chez toi ?

Il rit.

— Ce matin, je me suis arrangé avec mes frères pour prendre quelques jours de congé, alors je ne suis pas pressé. Mais je te promets de ne plus t'importuner ensuite. J'aimerais juste me promener un peu en ville, voir si quelque chose réveillerait plus particulièrement mes souvenirs.

— Je me disais aussi…

Il ignora le sarcasme.

— Ne me raconte pas que tu es prise ce soir, Rita. J'ai entendu ta sœur dire qu'elle passait la soirée avec Kristy.

Naturellement, Kim avait eu la langue trop longue. Heureusement, elle avait encore un million de prétextes à sa disposition. Les derniers essayages de sa robe de demoiselle d'honneur, un bain pour reposer ses pieds fatigués…

Cependant… Elle posa une main sur son ventre où grandissait l'enfant de Connall. Peut-être lui devait-elle un dîner avec son père, pour avoir l'occasion de dire la vérité à ce dernier et de tourner la page.

Elle se cramponna un peu plus fermement au comptoir. Le seul problème, c'est qu'elle ne se faisait pas confiance quand elle était avec cet homme. Dès qu'elle se retrouvait en sa présence, son cœur battait plus vite, et ses sens s'échauffaient au point de la pousser à faire des choses qu'elle n'aurait même pas dû rêver de refaire avec lui.

Des règles. Il fallait établir des règles strictes, pour lui comme pour elle.

— Si nous dînons ensemble, dit-elle, ce ne sera rien de…

— Romantique ? termina-t-il.

Il hocha la tête.

— Je comprends.

Elle ne put déchiffrer son expression, mais la sensation de naufrage dans sa propre poitrine était facile à analyser. S'était-elle attendue qu'il la supplie de reprendre là où ils en étaient restés ? En réalité, il devait se méfier tout autant qu'elle, et qu'il soit ici ne signifiait pas qu'il se rappelle leur nuit et le lien qui, avait-elle cru, s'était tissé entre eux en un temps record.

Il s'écarta du comptoir.

— Quelle heure te conviendrait ? demanda-t-il en remettant son chapeau.

Il y avait si longtemps qu'elle n'était sortie qu'elle dut se livrer à un rapide calcul.

— 7 heures. Cela t'irait ?

— 7 heures. Parfait.

— Je connais un petit restaurant à Dempsy Lake où on sert du bon poisson. The Levee, c'est son nom.

C'était un endroit fréquenté, un peu à l'écart toutefois de St Valentine.

— Bonne idée, dit-il avec un sourire.

Comme il agitait son chapeau dans sa direction tout en gagnant la porte, elle retint son souffle.

Et tout le reste de la journée, ce fut comme si elle n'avait jamais relâché l'air de ses poumons.

De gros nuages sombres avaient envahi le ciel pendant que Connall, au volant de sa Ford de location, les conduisait par une petite route pleine de virages à The Levee.

Comme ils étaient un peu embarrassés de se retrouver seuls, il avait allumé la radio, et les chansons anciennes diffusées par la station tenaient lieu de conversation. Ils auraient pas mal de choses à se raconter au restaurant, se disait Connall, aussi n'incita-t-il pas Rita à parler.

Pour tout dire, il jugeait imprudent de l'inciter à faire quoi que ce soit dans l'état de nervosité où elle se trouvait. Et il se promit de faire son possible pour la mettre à l'aise, dût-il y consacrer la moitié du repas.

Il ne s'agissait pas seulement de la mettre à l'aise pour bavarder. Malgré ses efforts, il avait du mal à se contrôler tant il était sous son charme. Quand il l'avait retrouvée devant l'hôtel où elle l'attendait dans une longue jupe fluide de couleur noire et un pull argenté, avec, sur les épaules, un châle parfait pour cette pluvieuse soirée d'automne, sa beauté lui avait coupé le souffle.

Un chalet perché au-dessus d'un lac qui scintillait dans son écrin de verdure abritait le restaurant. Par un escalier, ils gagnèrent une véranda meublée de fauteuils à bascule et de tables basses. A l'intérieur, le décor était sobre, mais la vue sur le lac remarquable.

De grandes baies vitrées, un lac chatoyant, une ambiance romantique à souhait à la lumière des bougies. Tandis qu'ils prenaient place à table, Rita parut se rendre compte qu'elle n'avait pas choisi le bon endroit.

— Dans la journée, c'est beaucoup plus familial, fit-elle remarquer.

Il lui avança une chaise de pin recouverte d'un coussin vichy et attendit qu'elle s'assoie avant de s'installer en face d'elle.

— Tu viens souvent ici ?

— Je ne suis pas venue depuis…

Elle s'interrompit, haussa les épaules.

— … un moment, termina-t-elle.

Venait-elle avec un amoureux ? Ou avec des amis, quand elle n'avait pas la charge de l'hôtel ?

Une serveuse au visage éclairé d'un grand sourire vint promptement prendre leur commande. En attendant que leurs plats arrivent, Rita se mit à jouer avec sa serviette. Le moment semblait mal choisi pour essayer de la faire parler ; elle paraissait prête à s'enfuir à la moindre anicroche.

— St Valentine paraît l'endroit idéal pour grandir, fit-il observer.

Un sujet neutre, parfaitement inoffensif.

Fut-elle surprise qu'il n'entre pas tout de suite dans le vif du sujet ? Quoi qu'il en soit, elle n'en laissa rien paraître.

— J'y ai passé d'excellents moments quand j'étais enfant. Les baignades d'été dans les trous d'eau, les promenades dans les bois, les explorations de maisons abandonnées m'ont laissé de bons souvenirs.

— Tu continues de t'y plaire aujourd'hui ?

Marchait-il sur la corde raide en posant la question ? Allait-elle juger qu'elle était trop personnelle ?

Mais elle ne parut pas se formaliser.

— En grandissant, je me suis rendu compte à quel point la ville était petite. Le passe-temps favori des habitants de St Valentine, c'est de se mêler des affaires des autres. Je suppose que c'est inévitable dans la mesure où tout le monde se connaît.

Il allait lui demander ce qu'elle avait pu faire pour donner prise aux commérages avant son actuelle grossesse, mais il se rappela à temps Kristy dont le père semblait également absent du tableau.

Voyant qu'elle se remettait à tortiller sa serviette, il préféra changer de sujet.

— Tu as dit que l'hôtel appartenait depuis toujours à ta famille ?

— C'est juste.

Elle lâcha sa serviette et sourit à la serveuse qui apportait leurs boissons.

— Mon arrière-grand-père est arrivé du Portugal

avec ma grand-mère au début des années 1930. Autrement dit, juste après la fondation officielle de St Valentine par Tony Amati.

Il se félicita que la conversation prenne une tournure plus aisée.

— Tu es donc une institution de St Valentine.

— Comme la plupart des gens de la vieille ville. Mais la fermeture de la mine de kaolin, il y a quelques années, a chamboulé la région. Il a fallu un certain temps pour que la ville retrouve un équilibre, et nous avons perdu une partie de notre population quand les mineurs au chômage sont partis travailler sur une exploitation de gaz naturel près de Houston.

— C'est ce qui explique que la vieille ville ressemble à une ville fantôme ?

— Oui. Il y a aussi comme une ligne de démarcation entre les familles de mineurs et les nouveaux riches.

Elle haussa un sourcil.

— Les Niles sont quelque part au milieu, précisa-t-elle.

— Quand on dirige une affaire, mieux vaut ne pas choisir de camp.

Elle regarda par la fenêtre la pluie qui giflait les carreaux. La lumière des bougies parait sa peau de reflets nacrés, et il eut envie de la caresser. La ligne de ses pommettes le fascinait aussi, ainsi que ses lèvres. Il n'en détachait pas le regard quand elle parlait, et le désir creusait un trou dans son ventre.

— Je te demanderais bien de me raconter l'endroit où tu as grandi, dit-elle, sauf que c'est déjà fait.

Il constata avec plaisir qu'elle se montrait finalement plus conciliante.

— Ecoute, dit-il, je sais que tu ne m'as probablement pas tout dit hier, parce que tu mourais d'envie que je fiche le camp, mais y a-t-il autre chose que j'aie partagé avec toi cette nuit-là ? Même le plus petit détail pourrait ranimer un souvenir.

Elle replaça ses couverts près de son assiette.

— Peut-être encore deux ou trois petites choses. Je me souviens que tu as dit que lorsque tu faisais tes études d'agroalimentaire, tu avais l'art de remettre au lendemain ce qui t'ennuyait. Tu m'as également raconté que ton grand-père avait construit votre ranch, et qu'après la mort de ton père tes trois frères et toi l'avez repris avec l'aide de votre mère. Je sais aussi que, comme tes frères, tu disposes d'un bout de terrain sur lequel tu as construit ta maison. Tu semblais… très content de ta vie.

La remarque lui parut évoquer des faits lointains, appartenant définitivement au passé.

— Connall, reprit-elle, nous n'avons pas passé assez de temps ensemble pour que je sache tout de toi. Même si…

— Même si quoi ?

A ce moment, la serveuse apporta leur plat de poisson accompagné de frites, et elle se tut. Quand ils furent seuls, elle prit la salière et le flacon de vinaigre pour agrémenter son poisson.

— Rita, est-ce que j'ai fait autre chose que de prendre ton pendentif en promettant de revenir ?

— Tu veux dire me proposer le mariage après une nuit ? demanda-t-elle en riant. Non, mais j'ai vraiment cru qu'il y avait quelque chose de spécial entre nous.

Les mots avaient jailli comme si elle les avait retenus trop longtemps et qu'elle tenait à s'en débarrasser.

Ensuite, elle garda la tête baissée, sans doute pour ne pas voir sa réaction.

— Je ne sais pas quoi dire, murmura-t-il.

Il aurait aimé glisser un doigt sous son menton et lui relever la tête afin de croiser ses beaux yeux clairs, aussi clairs que dans son souvenir.

— Ne culpabilise pas, Connall. Après un ou deux jours difficiles, j'ai tourné la page.

— C'est ce que je constate.

Quand elle releva la tête, il vit que ses yeux étaient légèrement embués.

La dernière chose qu'il veuille, c'était la faire pleurer. Il éprouva une brusque colère. Il se détestait de la faire souffrir, de ne pas se rappeler dans quel état d'esprit il se trouvait ce soir-là. Il détestait l'idée qu'il ait pu se jouer d'elle comme des autres femmes.

Mais si c'était le cas, pourquoi cette émotion qui lui serrait la gorge ? Pourquoi le visage de Rita était-il gravé dans son souvenir, et pourquoi exerçait-il sur lui un attrait si puissant qu'il l'avait ramené à St Valentine ?

— Ecoute, Connall, tu sais que je ne fais pas exprès de rester distante. Je veux vraiment t'aider. C'est seulement…

Il attendit qu'elle termine, le cœur battant.

Elle soupira.

— Je suis comme ça.

Elle lui adressait une mise en garde majeure. Il devait comprendre que, malgré la lumière des bougies et le murmure de la pluie qui portaient au romantisme, il ne se passerait plus rien entre eux.

Sa déception fut amère, bien qu'il juge dangereux de raviver la passion partagée lors de leur brève rencontre.

— Le père de Kristy m'a quittée quand j'étais

enceinte, poursuivit-elle du même ton égal. Nous sortions ensemble depuis le lycée et projetions de fonder un foyer. Mais comme nous n'étions pas à l'aise sur le plan financier, nous avons dû attendre pour nous marier. Nous voulions mettre un peu d'argent de côté, lui avec son travail à la mine, moi avec l'hôtel. Et puis, comme tu le sais, la mine a fermé.

— Mais il a retrouvé un emploi dans une exploitation de gaz naturel, n'est-ce pas ?

— Oui. Mais il n'a plus jamais été le même après ça. Ma grossesse a été un accident, car nous n'avions pas projeté d'avoir un enfant tout de suite. Malgré tout, j'ai accueilli la nouvelle avec joie. Je me disais que nous n'aurions qu'à mettre les bouchées doubles pour joindre les deux bouts. Mais Kevin a été pris de panique.

— Est-ce que…

Elle hocha la tête.

— Il a insisté pour que j'interrompe ma grossesse, mais, pour moi, il n'en était pas question. Et je n'arrivais pas à croire que celui que je croyais aimer me demande une chose pareille. Je ne le reconnaissais plus. Mais la pression était trop forte pour lui…

— Et il est parti quand il a compris que tu n'avorterais pas.

— A Houston, il fréquentait une autre femme qui ne lui compliquait pas la vie comme Kristy et moi l'aurions fait.

Son cœur se serra devant la tristesse du regard de Rita et, mal à l'aise, il se demanda si, placé dans la même situation, il n'aurait pas agi comme Kevin.

— Mais, finalement, tu t'en es bien sortie, dit-il.

Le visage de Rita s'éclaira.

— Ce n'est pas toujours facile d'élever Kristy avec la direction de l'hôtel à assumer, mais je suis largement récompensée de mes efforts. Et puis, mon frère et ma sœur m'aident dans la mesure de leurs possibilités.

— C'est donc à cause du tour qu'a pris ta vie que St Valentine a cessé d'être un paradis…

— Tout le monde dans cette ville connaît dans les moindres détails ce qui m'est arrivé, et tu sais comment sont les habitants des petites villes, se mêlant de tout, prompts à juger et à donner des conseils, surtout à une jeune femme qui a eu le malheur de sortir du droit chemin.

— Qu'est-il arrivé avec le père de ce nouvel enfant ? demanda-t-il.

Et il attendit la réponse, le cœur serré par l'appréhension.

Rita hésita si longtemps qu'il finit par douter qu'elle lui réponde.

— Je ne peux pas plus compter sur lui que sur mon ex-fiancé, dit-elle enfin, et je ne veux pas mettre mon enfant en position de souffrir, ce qui se produirait inévitablement s'il faisait partie de sa vie.

- 4 -

Les mots n'étaient pas plus tôt sortis de sa bouche qu'elle aurait voulu les reprendre.

C'était pourtant la vérité pure et simple.

Elle baissa les yeux vers son assiette au contenu intact. C'était stupide de continuer à mentir à propos de la paternité du bébé. Tergiverser ne simplifierait pas les choses. Seulement, quand elle pensait que Connall ne savait même pas qui il était, elle se disait qu'il n'était pas assez solide pour faire un père acceptable.

Il y avait autre chose à considérer. En plus d'être un étranger à lui-même, il en était un pour elle. Comment élever un enfant dans ces conditions ?

Il ne restait qu'à espérer que, satisfait des réponses qu'elle lui avait apportées, il allait la laisser tranquille et rentrer chez lui pour continuer sa quête de lui-même. Elle lui offrait la chance de reprendre le contrôle de sa vie sans subir de pression, ce que l'arrivée d'un enfant surprise provoquait immanquablement. De son côté, elle serait libre d'élever son enfant à sa guise, comme elle élevait Kristy.

Soudain, il remua sur sa chaise.

— Qui est le père, Rita ?

Elle repoussa une mèche de cheveux.

— C'est toi.

— Je vois.

Il déglutit, détourna le regard vers la fenêtre avant de le reposer sur elle.

— Je croyais que tu avais dit…

— J'ai changé d'avis. Tu as le droit de savoir.

Manifestement, il avait un peu de mal à digérer la nouvelle, et quelques minutes s'écoulèrent dans un silence tendu.

— Je suis incapable d'évaluer à combien de mois de grossesse en est une femme, dit-il. J'ai l'habitude de la vie sur le ranch, mais pas…

— D'une vie commune avec une épouse ou une amie ?

Elle eut l'impression que sa question l'avait blessé, parce qu'il tressaillit et s'appuya contre le dossier de son siège. Elle avait touché un point sensible, bien involontairement, car elle n'avait pas eu l'intention de se montrer cruelle.

Elle savait seulement qu'elle était faite pour être mère, même s'il n'y avait pas de père dans le tableau. Qu'importait le genre de famille que vous bâtissiez tant que vous en aviez une ?

Elle était presque sûre, en revanche, que Connall ne partageait pas ce point de vue, et elle lui rendrait certainement service en le laissant à l'écart.

— Tu n'as pas à te sentir responsable, Connall. Nous ne nous sommes pas engagés l'un vis-à-vis de l'autre.

— Tu ne me juges pas digne de confiance ?

Elle hocha lentement la tête.

— C'est ça.

Ce fut comme si l'atmosphère s'alourdissait. Le bruit des gouttes de pluie frappant sans relâche contre les carreaux sembla occuper tout l'espace. Elle but son eau, il but la sienne, mais aucun des deux ne mangeait.

— Sais-tu si c'est un garçon ou une fille ? demanda-t-il d'une voix à peine audible.

Elle ravala la boule qui lui nouait la gorge.

— Non. Je pourrais le savoir lors de mon prochain rendez-vous, mais… j'ai dit au Dr Ambrose que je préférais avoir la surprise à la naissance. C'est comme de…

— D'ouvrir un cadeau le jour de son anniversaire.

Quand elle releva la tête, elle s'aperçut qu'il souriait, et l'expression de son regard la bouleversa.

C'était une expression de… douceur ?

Un minuscule espoir s'éveilla en elle, qu'elle fit aussitôt taire. Ce n'était pas le moment de retomber dans les fantasmes qu'elle avait entretenus à son sujet lors de leur première rencontre. Il n'était pas l'homme de ses rêves, tout comme elle n'était pas une princesse qu'il aurait enlevée pour lui faire connaître le bonheur éternel.

Quoi qu'il en soit, il prenait plutôt bien la nouvelle. Et si cette grossesse avait ravivé un autre souvenir et qu'il se réjouisse de sa décision de prendre seule en charge le bébé ?

Elle ignora le poids qui lui tomba sur la poitrine à cette idée.

— Un cadeau d'anniversaire, c'est une bonne comparaison, dit-elle. Pourtant, tout en préférant attendre, je suis impatiente de choisir un prénom et de commencer à acheter de minuscules vêtements pour lui, ou pour elle. Parfois, je suis vraiment tentée de savoir.

— Oui, murmura-t-il. Il faut choisir un prénom.

Devant le regard de Connall qui avait repris une

expression tendre, elle se demanda s'il avait jamais songé à avoir des enfants.

Mais si c'était le cas, s'en souviendrait-il seulement ?

A ce moment, elle sentit une profonde tristesse l'envahir, et cette maîtrise d'elle-même dont elle était si fière l'abandonna.

Elle voulut changer de sujet, évoquer la vie de Connall sur le ranch, enfin n'importe quoi qui lui permette de se retrouver en terrain plus sûr.

Malheureusement, sa voix se fêla, à l'image de son cœur. S'interrompant, elle plongea le nez dans son assiette. Il ne devait pas la voir dans cet état ; il n'était qu'un inconnu.

— Rita…

Elle sentit ses longs doigts se poser sur sa main, et leur contact la troubla. La chaleur de sa main s'insinuant en elle, son premier réflexe fut de retirer la sienne pour qu'il comprenne que ce n'était pas une bonne idée.

Pourtant, elle demeura immobile, toute frissonnante du désir qu'il la touche plus intimement tandis qu'elle se rappelait leur nuit, et les caresses qu'il lui avait prodiguées.

Ne le regarde pas maintenant, s'ordonna-t-elle. *Pas maintenant…*

Elle le regarda pourtant, et vit dans ses yeux d'un bleu profond la même expression de tendresse et de sincérité qu'il avait eue alors.

Et soudain, ce fut comme si le temps et les chagrins étaient abolis. Il était vraiment l'homme de ses rêves qui avait franchi la porte du Queen of Hearts Saloon et s'était approché de sa table, souriant, un peu trop sûr de lui, pour lui voler un cœur trop crédule.

Il dut ressentir la même chose, car il se pencha vers elle.

— Je déteste te voir triste, murmura-t-il.

Les sons ambiants s'évanouirent sous la gentillesse de ses paroles et de son regard.

Elle voulait lui dire qu'elle n'était pas triste, qu'elle avait une belle petite fille qui illuminait ses jours, plus un autre enfant en route. Mais un inexplicable vide en elle criait que quelque chose lui manquait, ce que dut sentir Connall pendant qu'il caressait du pouce la peau sensible de l'intérieur de son poignet.

Fermant les yeux, elle tenta de reprendre sa respiration. Comment pouvait-il produire un tel effet sur elle qui se défendait justement de toute faiblesse de ce genre ?

Une larme s'échappa de ses paupières et roula le long de sa joue.

— Rita, non !

Il porta sa main à ses lèvres, et comme il les appuyait sur son poignet, elle sentit son sang battre contre la tiédeur de sa bouche.

— J'aimerais que tout s'arrange au mieux pour nous deux, chuchota-t-il contre sa peau.

Et quand il posa les doigts sur son visage pour effacer la trace de sa larme, elle mordit sa lèvre qui tremblait, comme s'il s'agissait de son premier rendez-vous amoureux.

A présent, l'expression du regard de Connall avait changé. Elle était devenue incandescente, comme une flamme avec laquelle mieux valait ne pas jouer.

Une flamme à laquelle elle rêvait pourtant de se brûler les ailes.

Les yeux clos, elle tourna légèrement la tête, et quand

elle effleura de ses lèvres la paume de sa main, elle prit conscience que le désir était l'essentiel de l'existence. Il faisait oublier toute maîtrise de soi, toute sécurité. Rien d'autre ne comptait. Si on ne ressentait rien, on n'existait pas.

Or, elle avait soif de vivre !

Pendant un moment interminable, elle le sentit se rapprocher encore, jusqu'à ce qu'elle perçoive son souffle sur ses lèvres.

Puis, avec un gémissement étouffé, il posa la bouche sur la sienne, tout doucement, avec juste une pointe de la passion qu'elle avait lue dans ses yeux. Et le désir qui l'avait poussée à l'inviter dans son lit embrasa de nouveau tout son corps.

Elle était prête pour lui, elle l'avait été depuis qu'il l'avait quittée, lui laissant miroiter son retour.

Mais à cet instant, comme s'il s'était brûlé, il recula. Ouvrant les yeux, elle vit que son expression s'était encore modifiée. Cette fois, elle traduisait l'incertitude, comme si…

Comme s'il se rappelait.

Et ce qui avait traversé son esprit l'avait bouleversé.

— Qu'y a-t-il ? demanda-t-elle, sentant à son grand dépit ses joues s'empourprer.

Ce fut au tour de Connall de détourner le regard, comme s'il ne voulait pas qu'elle devine ses sentiments.

— C'est…

Il pinça les lèvres, secoua la tête.

— Ce n'est rien.

Il n'avait donc pas envie de partager avec elle ce souvenir…

Elle se renversa contre le dossier de sa chaise, maudissant sa faiblesse passagère. Comment avait-elle pu baisser sa garde et se mettre de nouveau en position de souffrir ?

Il fallait être folle pour répéter ainsi l'histoire.

Elle se redressa. Elle allait veiller à ce que cela ne se reproduise pas.

Car il n'y aurait pas de prochaine fois.

Elle posa sa serviette sur la table.

— C'était une erreur, dit-elle. Tu le sais aussi bien que moi.

— Je n'avais pas l'intention de…

La mâchoire de Connall se contracta.

— J'étais sincère quand je t'ai dit que je n'aimais pas te voir triste. Et je me suis laissé emporter. C'est tout.

— D'accord.

Que dire d'autre ? Parce qu'elle n'y croyait pas… pas plus, sans doute, que lui.

Elle soupira.

— Nous n'avons pas le droit de nous laisser emporter.

Il regarda par la fenêtre la pluie qui redoublait de violence, puis, avec un hochement de tête, il acquiesça, le visage dur. Un petit morceau du cœur de Rita sembla se détacher, et elle se promit que cela ne se reproduirait pas.

Elle aspira une bouffée d'air mais, au lieu d'être soulagée, la douleur dans sa poitrine s'en trouva accentuée.

— J'espère que tu te sens bien dans tes baskets, dit-elle.

Et ce fut comme si elle l'avait frappé.

— Je te l'ai déjà dit, il n'est pas question que je me dérobe à mes responsabilités !

Elle posa une main sur son ventre.

— Tu n'as aucune responsabilité, Connall. Je veux

cet enfant, et ce que tu peux faire de mieux, c'est me permettre de l'élever dans un foyer stable. J'en ai procuré un à Kristy, ce sera pareil pour celui-ci.

Il fronça les sourcils.

— Et c'est tout ?

— Tu n'es pas d'accord ?

Devant l'orage qui gronda dans le regard de Connall, elle comprit que ses paroles l'avaient atteint. Elles le reléguaient au rang de séducteur de femmes, célibataire insouciant, qui jamais ne pourrait faire un bon père.

Elle s'attendit à ce qu'il ajoute quelque chose, mais il n'en fit rien, et un sentiment de malaise la gagna tandis que la pluie cinglait les carreaux, pareille aux larmes qu'elle refusait de verser.

La route qui le ramenait au ranch parut à Connall plus longue qu'elle n'était en réalité.

La pluie avait cessé de tomber, et le ruban sec de l'asphalte s'étirait dans un paysage de pâturages et de barrières blanches. Il rentrait à Shadow Creek Ranch où il retrouverait son chalet et ses habitudes.

Emmet était venu le chercher à St Valentine deux heures plus tôt, et le silence régnait dans la voiture, juste troublé par le sifflement du vent s'infiltrant par la fente d'une vitre fêlée. Ce qui n'empêchait pas son frère de lui jeter de fréquents coups d'œil, curieux de savoir ce qui s'était passé en son absence.

Enfin, à environ une demi-heure du ranch, Emmet n'y tint plus.

— Tu me rends fou, Connall ! Tu n'as rien à me raconter ?

— Non. J'ai tiré le maximum de ma visite à

St Valentine, et il n'y a rien de plus à dire qui en vaille la peine.

Sottises. Il avait appris qu'il allait être père, et que la mère pensait qu'il n'était pas fait pour le rôle. Et, en dépit de cette rebuffade, il lui avait volé un baiser.

Mais comment aurait-il pu en parler alors que lui-même ne comprenait pas grand-chose à ce qui se passait ?

Les propos de Rita l'avaient peiné sans qu'il puisse les réfuter, pas avec tout ce que ses frères lui avaient raconté sur son passé de coureur de jupons.

Pourtant… l'idée d'avoir un enfant le bouleversait.

Un sentiment proche de la peur s'empara de lui, l'inclinant à penser que Rita avait raison de souligner son incapacité à être un bon père. Ce serait injuste qu'il fasse peser ses problèmes sur un enfant. Il finirait peut-être même par compliquer la vie de Rita, qui, pour le moment, maîtrisait la situation. Elle offrait l'image d'une mère aimante, qui semblait se passer très bien d'un partenaire pour élever sa fille.

Bien sûr, le baiser qu'il lui avait impulsivement donné ne plaidait pas en sa faveur. En même temps, ce baiser si malvenu l'avait profondément remué, et pas seulement sur le plan physique.

Sous le coup de l'émotion, une ébauche de souvenir avait émergé, sans toutefois se préciser. Plus important, une sorte de nœud s'était desserré en lui, provoquant une avalanche de sentiments qu'il essayait encore de définir.

Il y avait eu un flot de tendresse, et puis… oui, de l'espoir. Et un profond désir de…

La réponse le narguait, et il éprouvait une terrible frustration de ne pouvoir la trouver par lui-même.

Cela ne prouvait-il pas amplement l'instabilité qu'avait soulignée Rita ?

C'était pour cette raison qu'il était parti.

Voyant le regard appuyé d'Emmet, il leva les yeux au ciel.

— Qu'y a-t-il encore ?

— Quelque chose te tracasse, dit Emmet, reportant son regard sur la route. Tu t'es toujours montré réservé, mais, là, c'est ridicule.

Que ses frères lui rappellent sans cesse qui il avait été commençait sérieusement à l'agacer.

— Pourquoi n'arrêtes-tu pas de souligner mes pires traits de caractère ? dit-il. Ils pourraient appartenir au passé. Est-ce si difficile à imaginer ?

— Parce que tu les as oubliés ?

Connall demeura silencieux quelques instants. Puis, paupières plissées, il regarda les chênes défiler par la fenêtre, leurs branches formant un tunnel au-dessus de la route de campagne.

— L'ancien Connall peut toujours revenir, admit-il, seulement, je ne suis pas sûr d'éprouver beaucoup de sympathie pour lui. S'il s'est conduit avec toutes ses conquêtes comme avec Rita, je ne lui tire pas mon chapeau. Il n'avait aucun respect pour les femmes.

Comment cet autre lui-même aurait-il traité un enfant ? Comme un jouet qu'on délaissait quand il avait perdu l'attrait de la nouveauté ?

Emmet sourit d'un air narquois.

— Oh ! mais tu les traitais très bien, Connall ! Je te l'ai déjà dit, tu avais une façon élégante de te sortir des situations délicates sans rendre les filles malheureuses.

— Comment peux-tu en être certain ? As-tu posé la question à l'une d'entre elles ?

Son frère haussa les épaules.

— Non, bien sûr. Mais, d'après toi, elles n'y laissaient pas de plumes.

Une nouvelle portion de route défila derrière la vitre tandis qu'ils quittaient le couvert des chênes et découvraient un ciel gris, comme les yeux de Rita.

Il pouvait seulement espérer n'avoir pas fait trop de mal autour de lui.

Emmet le laissa tranquille le reste du trajet, et bientôt ils obliquaient sur la route qui menait au Shadow Creek Ranch avec sa grande maison de style colonial et ses deux cent cinquante hectares de terre où prospérait le troupeau de vaches brahmanes.

Emmet se gara près des deux vieilles camionnettes de leurs aînés.

— Maman veut te voir avant que tu ailles te reposer.

— Je n'ai pas besoin de repos !

— Je te conseille de ne pas discuter avec elle ! Elle compte suivre à la lettre les recommandations du corps médical.

Connall grimaça en descendant du pick-up. A présent qu'il était de retour, un million de tâches l'attendaient, et sa mère voulait qu'il se tourne les pouces ?

Mais qui était-il pour discuter ses ordres ?

Ils se dirigèrent vers l'arrière de la maison où un jardin d'herbes précédait une terrasse de bois. Sous le ciel nuageux, Bradon et Dillon s'y prélassaient tandis que trois petits garçons jouaient dans un coin.

En l'apercevant, ils bondirent.

— Oncle Connall !

Les jumeaux de Bradon, âgés de cinq ans, se

jetèrent dans ses jambes, suivis du fils de Dillon à la démarche vacillante.

En riant, il leur tapota le dos.

— Voyons, je ne suis pas parti si longtemps !

— Si ! cria Nate, le jumeau le plus expansif.

Ned renchérit.

— Tu nous as manqué !

Connall ébouriffa les épais cheveux châtains du petit Jacob.

Mais Ned tira sur la manche de sa chemise.

— Tu viens chercher des vers avec nous ?

— Je suis sûr que Connall préférerait boire une bière avec nous, intervint Dillon. Je me trompe ?

Connall haussa les épaules.

— Peut-être plus tard, les enfants.

Il adressa un clin d'œil aux jumeaux qui retournèrent à la chasse aux vers. Jacob fit de son mieux pour les suivre, et en le voyant trottiner sur ses petites jambes, Connall se sentit joyeux.

Cependant, son rire mourut sur ses lèvres lorsqu'il songea à l'enfant qui grandissait dans le ventre de Rita.

Son enfant.

Il chassa l'idée car, comme Rita l'avait expliqué, il valait beaucoup mieux qu'il ne s'en mêle pas.

Bradon se leva pour lui apporter une bière.

— Tu comptes rester planté ici toute la journée ?

D'un mouvement souple, Emmet se glissa derrière eux et subtilisa la bière que lui tendait Bradon.

— Merci bien !

Tout en éclatant de rire, avec une affection toute fraternelle, Bradon poussa Connall vers la table. Plus solidement charpenté que ses frères, il avait été excellent joueur de football jusqu'à ce que son genou le lâche au cours d'un match, anéantissant à jamais son rêve de devenir professionnel.

Dillon, lui, était un as du base-ball, mais son cœur avait toujours appartenu au ranch, bien plus que celui d'Emmet et de Connall. Il avait épousé Hayley, son amour de jeunesse, avant de s'installer dans sa maison, comme chacun des frères Flannigan.

— Alors, et ce voyage à St Valentine ? s'enquit-il.

— Ma foi, il a ravivé quelques souvenirs.

Bradon ouvrit une bouteille de bière et la lui tendit. Connall leur raconta alors brièvement Rita, taisant certains détails. Enfin, la plupart des détails.

— Jour après jour, des images me revenaient, mais…

— Mais ce n'est pas suffisant, conclut Dillon, compatissant.

Il repoussa son chapeau en arrière et but une gorgée de bière, aussitôt imité par Connall.

— C'est terrible, dit-il, de ne pas avoir de vision d'ensemble de ma vie.

Emmet s'adossa plus confortablement à son siège et posa un pied botté sur son genou.

— C'est drôle, il y a plein de gens qui adoreraient faire table rase du passé.

— Toi, par exemple ? suggéra Bradon.

— Ma vie est parfaite, riposta Emmet en levant sa bouteille. Je possède tout ce dont j'ai toujours rêvé : la liberté sous le vaste ciel texan. Et, de la liberté, j'en ai à revendre.

Tout en buvant sa bière, Connall décela une note d'amertume dans l'humour de son frère.

Le grincement d'une porte qui s'ouvrait détourna leur attention vers la maison. Leur mère se tenait sur le seuil, une main sur sa hanche ronde couverte d'un tablier, des fils d'argent sillonnant ses cheveux bruns coupés court, sans recherche d'élégance.

— Je vois que notre vagabond est de retour, dit-elle.

Connall s'empressa d'aller la serrer dans ses bras, et elle lui rendit son étreinte avec plus de vigueur que son aspect ne le laissait prévoir.

— Comment s'est passé ton séjour à St Valentine ?

— Bien. Je te raconterai au déjeuner le peu que j'ai glané.

— D'accord. Les filles mettent la dernière main au repas.

Les filles, c'est-à-dire Trixie et Hayley, respectivement les épouses de Bradon et de Dillon.

— Allez vite vous laver, ajouta sa mère à l'intention des petits garçons. Je ne veux pas de mains sales à ma table !

Comme elle repassait la porte, l'odeur du pâté de viande, de légumes et de pain juste sorti du four lui mit l'eau à la bouche. Et ces arômes durent également chatouiller les narines de ses frères, car ils jaillirent de leurs sièges et l'entraînèrent à l'intérieur.

Il parvint à la fin du repas en réussissant l'exploit de ne raconter que les quelques détails déjà confiés à Emmet sur le chemin du retour. Après le café, Emmet le déposa à la porte de sa maison et, d'un signe de tête, Connall le remercia de n'avoir pas divulgué son aventure avec Rita, ni la grossesse de cette dernière qu'il suspectait peut-être.

Une fois dans la maison construite avec ses frères au fil des ans, jusqu'à ce qu'il y emménage alors qu'il avait vingt ans, il jeta son sac sur le lit et l'ouvrit.

La vue du pendentif de Rita le pétrifia sur place.

Puis une image s'imposa à lui et l'emporta dans un tourbillon de souvenirs.

Il posait ses lèvres sur celles de Rita, et il éprouvait l'impression intolérable qu'il ne pourrait plus jamais vivre sans elle…

Ça, c'était la veille, se rappela-t-il. Mais soudain, il fut assailli par un souvenir plus ancien.

Des dentelles de mariage, une église pleine de fleurs. Lui, sur un banc à côté de sa mère pendant que Bradon, debout près de l'autel, jurait amour éternel et fidélité à sa fiancée. Maman se tapotant les yeux avec un mouchoir et se penchant pour lui murmurer : « Ce bonheur t'attend aussi, Connall. Je l'ai trouvé avec mon cher Owen, tu le trouveras aussi. Il suffit de chercher un peu mieux. »

Et puis, encore un autre souvenir.

Rita au lit, le matin suivant leur nuit d'amour. La lumière de l'aube s'infiltrant par les rideaux, et lui pensant qu'il avait encore envie d'elle…

Les images mentales s'évanouirent aussi rapidement qu'elles étaient apparues et, sortant de sa transe, il saisit le pendentif.

Tout en le regardant briller dans sa paume, il se demanda ce que signifiaient ces souvenirs. Se pouvait-il que, quand il avait quitté Rita, ce matin-là, il ait eu vraiment l'intention de revenir ?

Mais pour combien de temps ?

Confus, il s'assit au bord du lit. Etrange comme les souvenirs s'étaient succédé… Sa mère lui affirmant qu'il allait trouver l'amour ; ensuite, lui regardant Rita dormir au petit jour. Il ne voyait pas le rapport, d'autant moins s'il envisageait seulement une aventure éphémère avec elle.

Il éprouva un vif sentiment de frustration. C'était comme la veille, quand, après le baiser, un souvenir fugace lui avait donné l'illusion qu'il recouvrait la mémoire.

Mais il en était loin. Encore maintenant, ces bribes de souvenirs le narguaient.

Il baissa les yeux vers le pendentif. Les deux parties du R n'étaient toujours pas réunies, alors qu'il suffisait d'une simple pression pour reconstituer la lettre.

Un homme digne de ce nom, un homme en possession de tous ses moyens, exercerait cette pression.

Qui était Connall Flannigan ? Plus important : qui souhaitait-il être ?

Avait-il le choix ?

Il appuya sur le pendentif afin de former un R solide.

R pour Rita.

Et il eut la certitude de savoir qui il voulait être.

— Nous allons soigneusement examiner ce petit bout, dit le Dr Ambrose.

Après avoir remonté son ample pull rose sur ses seins et baissé le pantalon de son survêtement pour découvrir son ventre, Rita s'allongea sur la table de la salle d'examen.

— Je ne m'attendais pas à une grossesse aussi facile, dit-elle pendant que la femme médecin enduisait son ventre de gel. Mon seul problème est que j'ai tendance à avoir la tête qui tourne quand je me lève trop vite.

Le Dr Ambrose, qui suivait Rita depuis qu'elle était enfant, hocha la tête.

— Il faut penser à vous reposer davantage.

— C'est que j'ai pas mal de choses en vue. Le

mariage de Violet ce week-end, le repas de répétition et la soirée entre filles, ce soir. Mais ensuite, c'est promis, je me ménagerai.

— Très bien. Mangez-vous assez de protéines ? Parfois, le manque ou l'insuffisance entraîne une modification du taux de sucre dans le sang.

— Je veillerai à en consommer régulièrement. Sinon, je me sens bien. Pour Kristy, j'étais épuisée. Je dormais tout le temps et je n'avais pas le moral.

La généraliste lui adressa un sourire compréhensif. Elle savait que, durant sa première grossesse, Rita avait traversé des moments difficiles quand Kevin lui avait révélé sa liaison et signifié qu'il la quittait.

Rita essaya de ne pas penser que, peut-être, son médecin considérait, comme tous les habitants de St Valentine, qu'elle manquait cruellement de cervelle.

Elle soupira. Elle devenait paranoïaque, voilà le problème. Le Dr Ambrose s'était toujours montrée bienveillante à son égard, et jamais elle ne lui avait adressé la moindre critique. Seulement, depuis que Connall était apparu, et surtout après son deuxième départ, elle avait l'impression que les gens l'épiaient, comme ils le faisaient lors de sa première grossesse.

Connall.

Elle croyait encore sentir son baiser sur ses lèvres, sa douceur. Et en plus d'être paranoïaque, il devait y avoir du masochisme en elle, car elle ne pouvait s'empêcher de désirer follement qu'il soit près d'elle pour voir son bébé à l'écran.

Mais elle l'avait bel et bien chassé.

— Détendez-vous, Rita, dit le Dr Ambrose de sa voix apaisante.

Elle portait ses cheveux bruns, un peu ternes, serrés

en un petit chignon dans lequel était en permanence planté un stylo, et des rides d'expression plissaient le coin de ses yeux bleus pleins de bonté.

— Toutes les grossesses sont différentes, et il est inutile de vous créer des problèmes en vous inquiétant qu'il n'y en ait pas !

Comme le Dr Ambrose posait le transducteur sur son ventre, elle tenta de se laisser aller, sans toutefois y parvenir. Connall lui manquait terriblement. Elle regrettait qu'il n'assiste pas à l'échographie, tout en sachant que c'était préférable.

— Parfait, dit le médecin.

Rita scruta l'écran pour finir par découvrir une petite forme recroquevillée. Alors, des larmes lui piquèrent la gorge.

— Le bébé est parfait ?

Parfait comme l'unique nuit passée avec Connall, quand elle s'était imaginé qu'il saurait l'aimer ?

— Parfait, répéta le médecin.

Le son des battements du cœur du bébé emplit la pièce, et il sembla à Rita qu'il résonnait dans son propre cœur.

C'était idiot, peut-être même bizarre, mais elle croyait voir Connall à son côté, examinant l'écran du moniteur avec un intérêt passionné semblable au sien. A quoi ressemblerait son visage tandis qu'il écouterait battre le cœur de son enfant, quand il verrait le miracle qu'ils avaient créé ensemble ?

Elle se le représenta en père le plus fier de la terre, incapable de détourner le regard de l'écran, mais…

Mais brusquement, elle se rendit compte que, à part le Dr Ambrose, elle était seule dans la pièce.

Absolument seule.

Cela en valait-il la peine ?

Faisait-elle le bon choix en supposant que Connall n'était pas assez équilibré pour s'occuper d'un enfant ?

Elle se força à se ressaisir tout en regardant le petit être qui se dessinait sur l'écran, avec ses jambes, ses bras, ses orteils et ses doigts. Si petit, si vulnérable…

Elle avait pris la bonne décision. En recouvrant la mémoire, Connall pouvait très bien devenir un second Kevin. Le bébé n'avait pas besoin de ce genre de père, et Kristy encore moins…

Rita s'imprégnait des battements du cœur de l'enfant en espérant en tirer un regain d'optimisme. Mais elle était agitée d'émotions trop contradictoires pour s'apaiser.

A ce moment, le Dr Ambrose intervint.

— Si vous souhaitez connaître le sexe de votre enfant, c'est possible.

Rita se rappela la réflexion de Connall à ce sujet :

« Attendre la naissance pour découvrir le sexe de son enfant, c'est comme ouvrir un paquet-cadeau le jour de son anniversaire. »

Sauf qu'elle avait très envie de voir tout de suite ce que contenait celui-ci.

— Oui, dit-elle. Je veux savoir.

— Vous attendez une petite fille, Rita, annonça le Dr Ambrose avec son bon sourire.

Elle éclata d'un rire de pure joie. Une fille ! Et elle ne put se retenir de regarder à côté d'elle, à l'endroit où, un peu plus tôt, elle avait imaginé Connall.

Une petite fille. *Notre petite fille.*

Mais il n'était pas là.

- 5 -

— Un mariage juste avant Thanksgiving, quelle drôle d'idée ! maugréa Rita, sortant en courant du bazar, vêtue d'un survêtement et les cheveux attachés à la diable sur la tête.

Ç'avait été une matinée agitée. Non seulement elle s'était aperçue qu'elle n'avait plus de mascara et qu'il lui fallait en racheter, mais en plus sa sœur Kim était arrivée légèrement en retard pour garder Kristy, qui était d'une humeur effroyable. Ceci venant après la course de la veille entre le rendez-vous chez le médecin, l'inspection hebdomadaire de l'hôtel, le dîner de répétition et un court passage à la soirée d'adieu au célibat de Violet. Sans oublier l'organisation du menu de Thanksgiving pour Kristy et elle, qui le passeraient seules, Kim et Nick devant se rendre à une réunion d'éleveurs de chevaux où ils rencontreraient de gros clients.

Tout en se dirigeant vers l'église, Rita s'assura que le sac contenant sa robe de demoiselle d'honneur ne traînait pas par terre. Elle portait aussi en bandoulière un autre sac avec chaussures et accessoires.

Le moment était mal choisi pour penser à Connall. Elle n'avait pas de temps à consacrer à la douleur de l'absence, ni à l'idée que, si elle ne l'avait pas chassé de la ville, pour une fois il l'aurait vue à son avantage.

En approchant de l'église, elle constata qu'on avait déjà orné la clôture de bois blanc de décorations aux couleurs automnales. Violet avait voulu un mariage d'automne, et elle avait choisi Thanksgiving parce que ce serait plus facile de réunir la famille à cette occasion.

Comme s'ils attendaient l'arrivée du soleil, des lambeaux de brume flottaient dans l'air tandis que Rita poussait le portail du jardin. Elle contourna l'église pour gagner la porte latérale où, d'ici une demi-heure, elle devait retrouver sa coiffeuse qui mettait de l'ordre dans sa chevelure en désordre.

En découvrant qui était assis sur les marches, elle s'immobilisa brusquement.

En l'apercevant, Connall Flannigan se leva lentement en ôtant son chapeau…

Si grand, si beau… et totalement hors de portée, s'il lui restait un grain de bon sens.

— Rita, dit-il.

Le son de sa voix flotta jusqu'à elle et l'atteignit en pleine poitrine.

Il la contemplait comme s'il ne se rendait pas compte qu'elle était affreuse dans sa tenue négligée, les cheveux tout hérissés, même pas maquillée. Et elle se sentit plus vulnérable que jamais.

— Que fais-tu là ? jeta-t-elle.

Bon sang ! Ça ressemblait à une accusation, comme s'il avait outrepassé ses droits en la voyant ainsi.

— Moi aussi, je te souhaite le bonjour, dit-il avec un petit rire.

Elle réprima l'envie de s'enfuir, épouvantée par

l'image qu'elle lui offrait. Lui ne bougeait pas, craignant sans doute de l'effaroucher.

— J'ai entendu parler du mariage de Violet pendant que je déjeunais à l'Orbit Diner, et je me suis dit que tu y serais sûrement…

— Et tu es venu à l'église.

— En fait, je suis d'abord passé à ton hôtel, mais l'employée m'a dit que tu étais déjà partie. Alors, j'ai tenté ma chance ici.

Sa chance, elle l'avait déjà tentée une fois de trop avec lui, pensa-t-elle. Mais avec lui si proche, prête à retomber sous son charme, elle eut l'impression qu'elle aurait pu la tenter encore des milliers de fois pour peu que la voix de la raison veuille bien se taire.

Heureusement, cette voix parlait toujours aussi fort.

— Comment se fait-il que tu sois encore ici ? demanda-t-elle. Je te croyais reparti.

— Je suis reparti, mais je ne supportais pas l'éloignement.

Son émotion fut si vive qu'elle en demeura tout étourdie, et il lui fallut un petit moment pour ressentir le bonheur que ces paroles lui procuraient.

Il ne supportait pas l'éloignement.

Mais il s'empressa de rectifier.

— Je veux dire que je n'ai vraiment pris la mesure de la situation qu'en rentrant chez moi. Et je me suis dit qu'un homme digne de ce nom ne pouvait pas l'ignorer.

Qu'entendait-il par *situation* ? Faisait-il allusion au bébé ? A quoi, sinon ?

Ç'aurait été trop beau de croire qu'il ait pu revenir parce qu'il avait recouvré la mémoire et qu'il s'était rendu compte qu'il l'aimait.

— Que veux-tu dire exactement ? demanda-t-elle.

— Je suis le père de l'enfant que tu portes, Rita. Il me semble que ça suffit.

Bien qu'heureuse de lui découvrir ce sens de l'honneur, elle n'en éprouvait pas moins une amère déception.

Bien sûr qu'il n'était pas revenu uniquement pour elle. Cela n'avait rien d'étonnant.

Mais le fait qu'il soit revenu pour leur enfant ne suffisait-il pas à l'emplir de joie ? Il était là parce qu'il refusait de la laisser vivre seule sa grossesse. Il était donc bien l'homme juste et bon qu'elle avait espéré.

— Alors, dit-elle d'une petite voix, c'est ton sens des responsabilités qui t'a ramené ici ?

Il parut réfléchir, puis il poussa un long soupir.

— Ce doit être ça. J'ai pourtant l'impression qu'il n'a jamais été très développé.

Il la regarda comme s'il espérait qu'elle en sache assez long sur son compte pour le contredire, mais elle se contenta de hocher la tête. Il eut alors ce regard malheureux qu'elle commençait à connaître et qui lui donnait envie de le réconforter.

Mais l'espace qui les séparait était trop grand, à bien des égards.

— Je n'arrêtais pas de penser à toi et à l'enfant, dit-il, et il n'était pas question que je reste tranquillement chez moi.

Il croisa son regard, et elle ne cilla pas.

— As-tu envie d'être père ? demanda-t-elle.

— Je pense être bon dans le rôle.

C'était une réponse un peu vague, mais à quoi s'attendre de la part d'un homme dont la vie venait de subir un tel bouleversement ? Elle aurait parié qu'il ne savait pas quel genre d'émotions convenait à la situation, ni ce qu'aurait ressenti le Connall d'avant l'accident.

— Je ne comprends pas, dit-elle en posant son sac, gardant celui qui contenait la robe serré contre elle, bouclier dérisoire. Je ne t'oblige à rien. Tu peux reprendre le cours de ta vie sans te sentir écrasé par le poids des responsabilités.

— Dans ce cas, nous allons devoir discuter, car je n'ai pas l'intention de m'effacer.

— Comment peux-tu vouloir d'impliquer dans la vie d'un enfant dans ton état ?

— Qu'est-ce qui m'en empêcherait ? s'exclama-t-il, surpris.

Comme il prononçait ces mots, elle vit une lueur passer dans son regard, sans trop savoir ce qu'elle signifiait.

Il devait toujours avoir l'esprit confus. Comme Kevin, il finirait par rejeter ses responsabilités, elle devait s'y attendre.

— Tu ne te rends pas compte, Connall. Tu viens de traverser une rude épreuve, et…

— Je n'ai plus toute ma tête, c'est ça ?

A présent, il avait l'air en colère.

— Je pense que tu te débats dans les pires difficultés qui soient, et que tu as encore beaucoup de choses à régler.

Et c'est ce qui te rend particulièrement dangereux pour moi.

— Je suis justement ici pour régler certaines choses.

— Connall…

Il remit son chapeau et se campa devant elle. Elle se figea en respirant son odeur de foin et de luzerne qui semblait déjà devenue une part d'elle-même. Une part à laquelle elle devait renoncer.

— Jusqu'à mon dernier souffle, dit-il à voix basse, je tenterai de te prouver qui je suis vraiment, Rita. Tu peux compter là-dessus.

Quand il s'éloigna, elle eut la sensation que Connall Flannigan accompagnerait désormais chacun de ses pas. Et, bizarrement, loin de l'effrayer, l'idée fit battre plus vite son cœur.

Deux heures plus tard, une main sur le cœur, Rita reculait en examinant son amie dans le miroir en pied du salon d'essayage de l'église. La robe de Violet était d'une élégance exquise avec ses longues manches, ses boutons raffinés et ses jours de dentelle. Un voile court, fixé sur ses cheveux relevés, complétait sa toilette.

L'espace d'un instant, Rita s'imagina qu'elle ne portait pas sa robe de cocktail en satin couleur caramel, mais une robe blanche à longue traîne… et qu'un certain monsieur de sa connaissance l'attendait devant l'autel.

— Tu penses à Connall ? demanda Violet en ajustant son décolleté.

Elle ne croyait pas être aussi transparente. En tout cas, ce n'était pas le rôle d'une demoiselle d'honneur de jeter une ombre, si légère soit-elle, sur le bonheur de la mariée.

— Je pense que Davis va fondre quand il va te voir remonter l'allée, répliqua-t-elle.

Cela ne faisait aucun doute. Davis avait le cœur si tendre.

Non, vraiment, ce n'était pas le moment de se laisser aller à la faiblesse qui la prenait quand elle pensait à

Connall, ou à son envie de courir derrière lui, juste pour s'assurer qu'elle n'avait pas rêvé son retour à St Valentine.

— Tu ne trompes personne, tu sais, dit Violet en se retournant avec un sourire. Tu aurais dû lui proposer d'assister à la cérémonie.

— Ç'aurait certainement été le meilleur moyen de lui prouver que je ne veux pas de lui dans ma vie.

— Qui crois-tu abuser ?

Elle soupira.

— Tu as raison, reconnut-elle à regret.

Si seulement les choses avaient tourné autrement ! Si seulement Connall avait bien été l'homme merveilleux qu'elle avait vu en lui le premier soir. S'il avait pu être à la hauteur de ses désirs et de ses besoins… Si elle avait pu espérer l'épouser un jour, pour peu qu'elle trouve le courage d'ouvrir son cœur…

Mais qu'est-ce que lui répétait sa mère ?

« Si les rêves étaient des pièces de dix cents, je vivrais dans un palais. »

A propos de mère, Andrea, celle de Violet, ouvrit la porte.

— Entre, dit Violet.

Vêtue d'une élégante robe de couleur fauve, ses cheveux roux parsemés de gris relevés en chignon, Andrea referma la porte derrière elle.

— Oh ! Violet ! Tu es si belle ! Tu vas me faire pleurer.

— Pas de larmes, c'est interdit ! s'exclama Violet. N'oublie pas que c'est le plus beau jour de ma vie.

Quand Andrea eut fini de s'extasier sur sa fille, elle reporta son attention sur Rita. Il en allait ainsi depuis que Violet et Rita s'étaient liées d'amitié, des années plus tôt. Lorsque les parents de Rita étaient morts, prenant le relais, Andrea Osborne lui avait offert une épaule maternelle où s'appuyer en cas de besoin.

Elle ne fut donc pas surprise qu'Andrea devine son malaise.

— C'est Connall, n'est-ce pas ?

Rita jeta un regard de reproche à Violet, qui articula dans le dos de sa mère :

— Muette comme une tombe !

— C'est le principal sujet de conversation en ce moment, si je comprends bien, dit Rita.

— Voyons, chérie, quand un homme aussi séduisant que Connall Flannigan débarque en ville, tu penses bien que les langues vont bon train !

Andrea glissa un bras sous celui de Rita.

— Je l'ai bien observé pendant que vous parliez ensemble, tout à l'heure. Il semble très attaché à toi.

Rita aurait aimé vider son cœur et demander à ses compagnes si elles jugeaient qu'elle s'était montrée trop obstinée et orgueilleuse en le chassant. Mais encore une fois, c'était le jour de Violet.

— Tu es dans une situation difficile, dit la mère de Violet en lui passant une main dans le dos.

— Ce sont ces satanées hormones qui ne cessent de me harceler, répliqua-t-elle.

Violet s'approcha à son tour.

— Tu portes l'enfant de Connall, Rita. Ce qui signifie que tu es liée à lui. Que tu le veuilles ou non, il fera toujours partie de ta vie. Il n'y a pas moyen d'y échapper.

— J'aimais Kevin, et…

Andrea réagit vivement.

— Tu vivais à travers lui, c'est différent ! Mais je

suis persuadée que tu vas brillamment te sortir de cet imbroglio, parce que tu as le choix, Rita. Tu peux rester assise là, dans ta jolie robe, et pleurer, ou bien te libérer du passé et saisir ce que le présent t'offre.

— Et ne t'avise pas de dire que Connall t'a abandonnée une deuxième fois, renchérit Violet. C'est toi qui l'as contraint à partir ! Kevin, lui, ne t'a pas demandé ton avis.

Andrea et Violet entraînèrent Rita vers le miroir et l'obligèrent à se regarder. Et ce qu'elle vit, ce ne fut pas une demoiselle d'honneur condamnée au célibat, mais une jeune femme qui dissimulait sa grossesse sous une robe élégante… et qui avait la possibilité de choisir si elle voulait ou non un père pour son enfant.

— Je sais que tu veux des garanties, dit doucement Andrea, mais il n'en existe aucune dans la vie. Il n'y a que des risques à prendre si on veut trouver le bonheur. Tu ne peux avoir l'un sans l'autre.

Violet passa un bras autour de ses épaules.

— J'ai pris un risque avec Davis, et me voilà.

— Les risques… me terrifient, dit Rita après un moment.

C'était la première fois qu'elle était vraiment honnête, et les mots lui semblèrent crus dans leur nudité.

Mais loin d'être choquées, Violet et Andrea la serrèrent dans leurs bras comme si elles la comprenaient parfaitement. Quand elles la lâchèrent, des échos de musique résonnèrent dans l'église.

L'heure était venue pour Violet et Davis d'aller vers leur avenir.

— Va vite le retrouver, chuchota Rita à l'oreille de son amie.

Comme Violet reculait avec un sourire radieux

en se dirigeant vers la porte, Rita oublia presque la promesse que lui avait faite Connall d'essayer de la convaincre qu'il était fait pour elle.

Presque, seulement.

Connall avait tué le temps en roulant vers la Co-Zee Inn, auberge des beaux quartiers de St Valentine dans laquelle il prit une chambre pour la deuxième fois du mois. Ensuite, il regarda le journal télévisé jusqu'au moment où il estima que la cérémonie s'achevait. Et pendant tout ce temps, son esprit ne cessa de bouillonner.

Etait-il vraiment capable de tenir la promesse faite à Rita ? Il lui paraissait de la plus haute importance de lui montrer qu'il était désormais un homme responsable. Et de se le prouver à lui-même.

« Jusqu'à mon dernier souffle, avait-il dit, je tenterai de te prouver qui je suis vraiment. »

Cette fois, il n'était pas revenu à St Valentine pour raviver ses souvenirs, mais pour en fabriquer d'autres qui tourneraient autour de l'enfant conçu pendant cette nuit unique qui avait changé le cours de sa vie.

Qu'en était-il pour Rita ?

Son cœur lui disait qu'il comptait pour elle aussi. Qu'il existait un lien entre eux qu'il n'avait pas tout à fait réussi à définir au milieu de ses souvenirs épars. Une seule certitude : chaque fois qu'il la regardait, il demeurait prisonnier de son charme. Tout à l'heure, quand elle se tenait devant lui, en survêtement, ses cheveux attachés à la va-vite derrière la tête, il s'était dit qu'il n'existait pas plus de belle femme au monde.

Il y avait quelque chose qui bouillonnait en lui

chaque fois qu'il se retrouvait en sa présence. Une alchimie se faisait, contre laquelle il ne pouvait lutter.

Il devait juste comprendre en quoi elle consistait, et pourquoi il était incapable de s'en défaire.

Quand il arriva dans la vieille ville, il se gara dans un parking boueux et marcha jusqu'à Amati Street. Plus il progressait sur le trottoir de bois, plus les accords de musique provenant du Queen of Hearts Saloon devenaient sonores. Puis il aperçut une assemblée élégante qui bavardait et riait devant le bar.

Des invités à la réception de mariage.

En approchant de l'établissement patiné par le temps, habituellement fréquenté par des hommes aux cheveux gris, fumant des pipes de tabac au parfum de cerise, il éprouva une brusque montée d'adrénaline. Un vieillard aux cheveux fous, portant un costume bleu froissé et une cravate western de biais, se précipita hors du saloon et interpella les invités qui s'étaient regroupés à l'extérieur.

— Les mariés arrivent ! s'exclama-t-il. Il est temps de rentrer boire à leur santé.

Sans bouger, Connall le regarda pousser le groupe vers le saloon.

— Venez ! dit l'homme, descendant les marches de bois, la main tendue. Il n'y a pas d'étrangers à St Valentine. Je suis Wiley Scott, un ami de la famille.

Connall lui serra la main.

— Connall Flannigan. Je crains de ne pas connaître les mariés, ni les membres de leur famille. Je cherche juste quelqu'un…

— Qui ?

Bizarrement, Connall sentit le rouge lui monter aux joues.

— Rita Niles.

— Vous ne pouvez mieux tomber ! Quelle classe elle a, cette petite, dans sa robe !

Wiley Scott lui fit signe d'entrer.

— Entrez donc boire un verre !

Sans attendre de réponse, le vieil homme s'engouffra dans le bar. Connall demeura quelques instants indécis. Rita était à l'intérieur, et…

L'idée qu'il était encore temps de sauter dans sa voiture et de reprendre à toute allure la route du ranch lui traversa soudain l'esprit.

Il secoua la tête. D'où lui venait cette idée saugrenue ?

En réalité, la réponse était évidente. Elle lui était venue si spontanément qu'elle était forcément le fruit d'une longue habitude. Fuir une situation conflictuelle avec une femme devait faire partie de sa routine. Sans doute par souci de protéger ce célibat auquel, lui répétait-on, il était si attaché.

Des éclats de rire lui parvenaient par les portes du saloon, et il aperçut les invités qui s'étreignaient et s'embrassaient joyeusement. Et, malgré lui, des pensées importunes revinrent l'assaillir.

Et si Rita faisait un scandale en le voyant ? Et si elle lui rappelait sèchement qu'elle l'avait prié de quitter la ville et de la laisser tranquille ?

Mais n'était-ce pas ce qu'il souhaitait entendre, pour se persuader que s'il avait échoué ce n'était pas faute de bonne volonté ?

De nouveau, il eut l'intuition que ç'aurait été l'attitude de l'ancien Connall confronté à la même situation.

Soudain, une voix coupa court à ses pensées.

— Voilà que les gens des différents quartiers de

la ville s'amusent ensemble ! Décidément, les choses ont bien changé à St Valentine, ces derniers temps.

Levant les yeux, Connall aperçut près de la porte un homme entièrement vêtu de noir. La seule note de couleur de sa tenue était une boucle de ceinture en argent dans laquelle Connall reconnut un trophée de rodéo.

Il lui adressa un signe de tête mais, l'autre ne réagit pas. Pourtant, tout à coup, l'homme toucha le bord de son chapeau et le repoussa légèrement, découvrant des yeux d'un noir d'encre.

— Jared Colton.

Son visage semblait taillé dans le granit, mais son expression n'était pas hostile. Malgré tout, Connall eut la nette impression que cet homme n'appréciait guère les mondanités.

Puis il se rendit compte que Jared ressemblait comme deux gouttes d'eau à Tony Amati, le célèbre fondateur de la ville, tel qu'il apparaissait sur les photos.

— Connall Flannigan, dit-il en inclinant la tête.

— J'ai comme l'impression que vous n'avez pas assisté à la cérémonie, dit Jared en examinant sa tenue. Moi non plus, d'ailleurs, mais je ne rate jamais une occasion de m'amuser.

— Même en spectateur ?

Jared sourit.

— C'est ce que je préfère.

Connall avait entendu parler de l'incroyable ressemblance de Jared Colton avec Tony Amati, et de son refus de coopérer avec Violet et Davis Jackson qui enquêtaient pour leur journal sur la vie et la mort du fondateur de St Valentine.

Cependant, avant qu'il puisse aborder le sujet avec

lui, Connall vit son « nouvel ami » s'éloigner comme s'il n'avait jamais eu l'intention de participer à la fête. Il disparut comme un fantôme se dissolvant dans l'air. Pour s'être si souvent senti ailleurs ces derniers mois, différent, déconnecté de la réalité, Connall se trouvait proche des fantômes.

Et c'était une impression plutôt désagréable.

Avec un regain de détermination, il franchit les portes du Queen of Hearts, et chercha des yeux parmi la foule la seule personne qui lui importât vraiment.

Quand son regard croisa celui de Rita, il ne le détourna pas, et tout le reste de l'univers s'évanouit, comme lors de leur seule et unique nuit d'amour.

C'est donc ça, pensa Rita quand Connall pénétra dans le saloon. Voilà ce qu'on ressentait quand un homme qui vous plaisait vous dévorait des yeux, comme Davis avait dévoré des yeux Violet pendant la cérémonie du mariage.

Rita ne se rappelait pas avoir déjà éprouvé cette impression, pas même quand elle était fiancée à Kevin. Mais c'était des années plus tôt, et tant de douloureux souvenirs avaient attaché leur histoire qu'il était difficile de se souvenir des bons moments, encore qu'elle sache qu'ils avaicnt existé.

Aujourd'hui, alors que Connall lui souriait, il lui sembla qu'elle baignait dans cette merveilleuse poussière d'étoiles des contes de fées. Et, par pur instinct de conservation, elle faillit ordonner le silence à ses émotions.

Puis elle se rappela le moment où elle avait vu son enfant sur l'écran du moniteur, dans le cabinet du

Dr Ambrose, et la force avec laquelle elle avait désiré la présence de Connall à son côté.

— « Tu peux rester assise ici dans ta jolie robe et sangloter, ou bien te libérer du passé et prendre ce que le présent t'offre, lui avait dit Andrea. .

Et, alors que ces paroles résonnaient à ses oreilles, elle décida de braver le destin et sourit en retour à Connall.

Si elle n'était pas prête à lui offrir son cœur, elle pouvait, du moins, lui donner sa chance auprès de l'enfant. Il était son père, après tout, et il avait paru sincère, le matin même, en exprimant son désir d'être présent dans sa vie.

Sans la quitter des yeux, il traversa la pièce dont les tables avaient été pour l'occasion reléguées dans une arrière-salle. Et, à mesure qu'il se rapprochait, elle sentit son cœur cogner plus fort dans sa poitrine.

Enfin, il fut devant elle.

— Je suis heureuse que tu sois là, trouva-t-elle le courage de dire malgré sa bouche sèche.

Au même instant, applaudissements et cris de joie saluèrent l'entrée des mariés. Alors qu'ils s'immobilisaient sur le seuil, la lumière du lustre éclaira le visage radieux de Violet. Davis lui-même, ses cheveux blond foncé perpétuellement en bataille aujourd'hui disciplinés, semblait marcher sur un petit nuage.

Wiley Scott porta à l'heureux couple un toast que Rita entendit à peine, trop obnubilée par la présence de Connall à son côté. Cette fois, elle n'imaginait plus qu'il était là, comme lors de l'échographie. Il était réellement revenu.

Si seulement il n'agissait pas uniquement poussé par le devoir…

Le bal commença, et tout le monde, des parents des mariés aux habitants de St Valentine, les familles de mineurs comme celle de Violet ou des beaux quartiers comme celle de Davis, sembla beaucoup s'amuser.

Un verre à la main, la mère de Davis elle-même, si guindée, si orgueilleuse, souriait comme si elle s'efforçait de participer à la liesse générale en regardant son fils poser pour une photographie près de Violet.

Rita regardait Kristy qui avait entraîné des amies, ainsi que son oncle Nick et sa tante Kim, sur la piste, quand Connall se pencha vers elle pour couvrir le bruit de la musique.

— Tu es ravissante, dit-il à son oreille.

De nouveau, elle se sentit fondre.

— Merci.

Elle n'allait tout de même pas rougir !

Elle ne parvenait pas à s'expliquer le pouvoir qu'il semblait posséder sur elle, elle qui se laissait pourtant rarement décontenancer.

D'un geste, elle désigna son chapeau de cow-boy, sa chemise western et son jean.

— Tu es…

— Je n'ai pas l'allure d'un invité ? demanda-t-il en riant.

— Je t'ai invité.

Sa rougeur s'accrut. Voilà maintenant qu'elle flirtait !

Qu'elle lui donne l'occasion de prouver qu'il était davantage qu'un play-boy irresponsable et qu'il avait la fibre paternelle était une chose, mais elle n'avait pas besoin pour cela de lui laisser voir son trouble.

Connall ne paraissait pas s'en plaindre, et bientôt il lui prenait la main et, sans lui demander son avis, l'entraînait sur la piste.

Son premier réflexe fut de résister, mais elle se rendit compte qu'elle en était incapable.

Au passage, elle sentit la brûlure de regards réprobateurs. Celui de Margery Wilmore, qui, devant elle, surveillait chacun de ses gestes, ceux des femmes de mineurs, membres du Club de tricot, qui se réunissaient au saloon avec leurs aiguilles et se portaient garantes des bonnes mœurs de la ville.

Mais quand, en dansant, ils passèrent devant la mère de Violet, elle croisa son regard complice. Elle sourit en rendant à Andrea son discret clin d'œil et tourna son attention sur son compagnon.

Connall, avec ses yeux bleus rieurs, son sourire enjoué… Elle se moquait bien que la ville entière bavarde sur son compte en se demandant si, oui ou non, il s'agissait du père de l'enfant qu'elle portait. Perdue dans son regard, elle n'aurait pu s'en moquer davantage, car il était tout ce qui existait pour elle en cet instant.

Beaucoup trop tôt, le morceau se termina. Mais comme il ne la lâchait pas, elle sentit son pouls palpiter dans tout son corps.

Jusqu'où cela allait-il la mener ? se demanda-t-elle.

Connall lui sourit, et il redevint l'homme de ses rêves, même si elle savait que le rêve prendrait fin beaucoup trop tôt.

- 6 -

La tension était si palpable que Rita finit par trouver l'attente insupportable. Ils se regardaient pendant que les secondes s'écoulaient et que la température grimpait.

— Je boirais bien quelque chose, dit-elle enfin.

Bravo. On pouvait toujours compter sur elle pour gâcher un moment d'exception.

Tout d'abord, il parut réticent, mais il éclata bientôt de rire et la lâcha, à son grand soulagement.

— Je vais nous chercher quelque chose, dit-il.

Il revint avec deux verres de limonade ornés de feuilles de menthe et, d'un geste du menton, désigna un coin relativement paisible. Elle le suivit jusqu'à une table libre. Après avoir posé les verres, il lui avança une chaise pour qu'elle s'asseye.

— Je sais qu'une place t'est réservée à la table des mariés, dit-il, mais j'ai pensé que tu aimerais peut-être faire une petite pause loin du bruit et de l'agitation.

— Tu veux me prouver que tu es responsable, c'est ça ?

Il haussa les épaules tout en prenant place près d'elle. Rita avait très envie de détendre l'atmosphère. A présent qu'ils se retrouvaient à l'écart des autres, c'était si facile de comprendre pourquoi ils s'étaient rapprochés le premier soir. Et les malentendus et les incompréhensions qui avaient suivi ne semblaient plus compter autant, maintenant que le charme opérait.

Machinalement, elle se passa les paumes sur lon ventre, un geste devenu une habitude, et s'aperçut qu'il l'observait. Avait-il envie de le toucher, lui aussi ? Elle aurait pu jurer que oui.

Elle repensa à l'échographie, et avec quelle intensité elle avait souhaité qu'il soit là pour voir, lui aussi.

Il dut sentir la confusion qui régnait dans son esprit, car il demanda :

— Tu crains que je te traite comme ton ex-fiancé, c'est ça ?

Une telle franchise la déconcerta.

— Tu n'as pas à avoir peur, dit-il en se penchant sur elle.

Elle remarqua ses mains serrées l'une contre l'autre, fortes et marquées par le travail manuel, et son cœur bondit.

— Tu peux me faire confiance, Rita. Et ne me dis pas que je ne peux être sûr de rien parce que je n'ai plus de souvenirs. Je le sais tout au fond de moi.

Elle hocha la tête.

— D'accord.

— Tu dis ça comme si tu n'y croyais pas. Enfin, ajouta-t-il en s'adossant à sa chaise, je suppose que je ne peux pas te le reprocher.

Il repoussa son chapeau, et la vue de son visage lui broya le cœur. Il n'était pas seulement beau ; quelque chose chez lui l'atteignait au plus profond d'elle-même.

— Tu n'es pas ma première aventure, reprit-il. D'après mes frères, j'étais très fort pour courir plusieurs lièvres à la fois, et je n'ai jamais fait long feu dans les bras d'une femme.

Elle eut la sensation de recevoir un coup de couteau dans la poitrine. Mais comment aurait-elle pu penser qu'elle était la première pour lui ?

— Tu n'as jamais eu de petite amie attitrée ? demanda-t-elle.

— Pas même proche, si j'ai bien compris. A ma sortie de l'hôpital, j'ai cherché à savoir si mes frères disaient vrai. J'ai fouillé dans les cartons de photos, épluché mes comptes d'e-mail, sans trouver trace de photos de femmes, de messages tendres ou de lettres d'amour prouvant que j'avais, ou que j'avais eu, une relation sérieuse. Et, dans le répertoire de mon portable, je n'ai pas trouvé non plus de numéros de femmes, en dehors du domaine professionnel.

Elle sentait son cœur se serrer un peu plus à chacune de ses paroles.

— Qu'est-ce qui te fait croire que tu ne vas pas reprendre tes anciennes habitudes ? demanda-t-elle.

— Je n'ai pas l'impression d'être cette personne dont on me rebat les oreilles, répondit-il d'une voix ferme.

Elle scruta son expression, sans y trouver trace de duplicité. D'ailleurs, qu'aurait-il gagné à revenir s'il n'était pas sincère ?

Alors pourquoi continuait-elle à douter de sa parole ?

— Ainsi, tu serais revenu à St Valentine pour changer de vie ?

— Oui. Je voudrais trouver celui que j'étais destiné à être.

Il paraissait si convaincu que cela la fit réfléchir.

— Je serai à la hauteur des besoins d'un enfant,

Rita. Mon ranch n'est pas si éloigné que je ne puisse être présent pour lui ou pour elle.

Il s'engageait. Du moins, c'était le plus proche de ce qu'il pouvait faire sur ce terrain mouvant.

Ne devait-elle pas lui offrir quelque chose en retour ? Lui apprendre qu'elle attendait une fille ?

Non, elle n'était pas encore prête à franchir ce pas.

— Tu fais allusion au droit de visite ?

— Il n'est pas question de rentrer dans des procédures légales. Je veux juste faire partie de la vie de mon enfant.

La seule idée de perdre son enfant au profit d'une garde partagée la fit frémir. Maudit soit-il pour jeter le doute dans son esprit, et maudite soit-elle pour ne pas arriver à lui faire confiance.

Saisie d'angoisse, elle tenta de s'écarter de lui. Il se sentirait peut-être moins fort s'il comprenait que ça ne marchait pas avec elle.

— Tu veux prouver que ta théorie de l'homme nouveau fonctionne, Connall ?

Il garda le silence.

— Es-tu sûr de comprendre ce que signifie être père ? reprit-elle. La paternité n'est pas un emploi à temps partiel. Un enfant te prend tout, ton cœur, ton âme, et plus de temps que tu n'en disposes.

Il hochait déjà la tête.

— Arrête. Apparemment, je me suis mal expliqué.

— Précise.

— Je suis venu ici pour te regagner, Rita. Pour le bébé, et…

Sa voix s'éteignant, Rita reçut un coup au cœur.

— Et quoi ?

Il reprit sa main, comme s'il s'apprêtait à la guider vers la piste pour une nouvelle danse.

Une danse dont elle ignorait les pas, mais qu'elle désirait si passionnément apprendre…

— Rita ?

Au son de la voix féminine, elle leva les yeux et découvrit Kim, vêtue d'une vilaine jupe à fleurs et d'un chemisier que ne déparaient pas son chapeau et ses boots.

— Tu es là, dit Kim. On te réclame à la table des mariés.

— J'arrive, dit Rita, notant le regard intrigué que sa sœur jetait à Connall avant de repartir.

Connall se leva et lui tendit la main pour l'aider à faire de même.

— Accepterais-tu de faire un petit tour avec moi après la réception ?

Elle regarda sa main tendue. Faire un petit tour avec lui, ce serait cesser de tourner autour du pot et regarder en face les vrais problèmes. Faire un petit tour avec lui équivaudrait à prendre un risque.

Une fois encore, elle revit dans un éclair l'échographie de son bébé.

Avec un soupir contenu, elle prit sa main.

— Où irions-nous ?

Ils étaient installés tous les deux dans le pick-up de Connall, avec la musique qui jouait un air mélancolique comme le paysage de fin d'après-midi qui défilait de l'autre côté des vitres.

Cependant, contrairement au jour où il l'avait

emmenée au restaurant de poisson, l'atmosphère était moins tendue entre eux.

Evidemment, tout n'était pas réglé. Il était clair que Rita ne lui accordait pas encore totalement sa confiance.

Pouvait-il lui en vouloir ? Elle avait souffert par la faute d'un sale type qui l'avait abandonnée avec la charge d'un enfant. Et à ses yeux, le passé se répétait. Il lui restait beaucoup à faire pour la persuader qu'il n'agirait pas comme son ex.

A cet instant, un sursaut de conscience le poussa à se demander s'il ne devrait pas faire demi-tour et accepter, tout simplement, d'être un individu pas très recommandable, mais il se ressaisit.

Il quitta la route principale près du grand ensemble d'immeubles de Heartland où, avait-il entendu dire, s'élevait autrefois le ranch de Tony Amati, détruit au nom du progrès.

— Je crois savoir où nous allons, dit Rita.

Elle ne paraissait pas contrariée qu'il l'ait laissée dans l'ignorance de leur destination. En réalité, elle souriait, superbe comme au premier jour dans sa robe caramel, coiffée comme si elle se rendait à un bal de l'ancien temps.

A vrai dire, il l'avait trouvée tout aussi attirante le matin, peut-être même plus encore, dans son survêtement qui dessinait ses formes. En tout cas, quelle que soit sa tenue, il ne pouvait s'empêcher de la contempler.

— Et où crois-tu que nous allions ? demanda-t-il en engageant le pick-up vers un bouquet de pins, à l'écart de la route.

— Lookout Point.

— Nous allons bientôt voir si tu as raison !

Il arrêta le véhicule près des rochers, puis vint ouvrir sa portière et l'aider à descendre. Sa robe soulignait son début de ventre, et l'idée de poser la main dessus le démangea.

Etait-ce anormal, ou bien avait-il finalement la fibre paternelle ?

— J'ai pensé, dit-il, que ce serait un endroit tranquille pour parler.

Le temps de ce mois de novembre ne s'étant pas encore rafraîchi, elle ne portait qu'un châle qu'elle ajusta sur ses épaules.

— Connais-tu l'histoire de cet endroit ? demanda-t-elle.

— J'en ai entendu parler en ville, et c'est ce qui a attiré mon attention. Je crois que Tony Amati venait souvent ici à son arrivée dans la région, et qu'il regardait la vallée où un jour s'élèverait sa ville. Il se l'est représentée, en a rêvé, jusqu'à ce qu'elle devienne réalité.

Ils se mirent à marcher au milieu des arbres, les aiguilles de pins crissant sous leurs semelles, vers un endroit où les branches s'écartaient, offrant une vue sur St Valentine, en contrebas. L'église blanche semblait étinceler au cœur de la vieille ville, tandis que, du côté est, belles demeures et piscines se prélassaient sous le regard adouci du soleil.

Rita s'assit sur un rocher poli par le temps.

— On appelle aussi l'endroit Heartbreak Hill, « la colline aux chagrins d'amour », dit-elle, parce que, raconte-t-on, des amants malheureux s'y retrouvaient.

Essayait-elle, par hasard, de le mettre en garde ?

— Qui étaient-ils ?

— Les anciens te diront qu'il s'agit du couple qui hante mon hôtel. Mais pour ça il faut croire aux revenants !

Il s'appuya de l'épaule à un arbre.

— Je suppose que tu en sais quelque chose puisque ça se passe chez toi.

— Tu sais, c'est une légende. Il s'agirait d'un homme de passage en ville alors qu'il se rendait dans l'Ouest en quête d'un meilleur avenir, et d'une dame qui aimait la boisson et l'amour. Ils auraient été surpris par le mari et abattus de deux coups de fusil.

— Ce sont tes clients fantômes ?

— De temps à autre, un client aux nerfs fragiles prétend que des esprits se sont matérialisés près de son lit, ou lui ont touché l'épaule pendant qu'il se rasait. Le plus drôle, c'est que ces événements ne se produisent jamais dans la chambre où le drame serait arrivé. Enfin, l'histoire attire les clients, et encore plus à présent que le mystère Tony Amati bénéficie d'un regain d'intérêt.

— Si j'avais su que c'était un endroit pour condamnés, dit-il en riant, je me serais abstenu !

Rita resserra les bras contre le corps.

— J'espère que nous avons dépassé la case « condamnés », Connall.

Qu'est-ce que cela signifiait au juste ? Au saloon, ils avaient eu une conversation si décousue qu'il ne savait plus très bien où il en était avec elle. Raison pour laquelle il désirait cet entretien.

En revanche, il était certain d'être sincère quand il avait parlé de celui qu'il était aujourd'hui. Il avait l'impression d'être né pour tenir un jour à Rita de tels propos, et pour lui jurer qu'elle pouvait compter sur lui. Mais quand elle lui avait demandé s'il avait bien conscience de ce qu'était la paternité, pris de court, il s'était demandé si elle ne marquait pas un point.

Le bébé était-il tout à fait réel à ses yeux, ou bien poursuivait-il un rêve ?

Il reporta son regard sur Rita et s'approcha d'elle.

— Que faut-il pour que je te persuade, Rita ?

Elle lui jeta un bref regard.

— Oui, insista-t-il, parce que, plus je suis avec toi, plus je m'interroge sur le sens que notre nuit a eu pour moi. J'ai l'impression que je voulais vraiment revenir, tu sais.

Il n'ajouta pas qu'il ignorait combien de temps il serait resté. Parce que, vu la façon dont il ressentait les choses à présent, ç'aurait pu être pour l'éternité.

Les yeux gris de Rita reflétaient une méfiance qu'il désirait vaincre à tout prix.

— C'est juste que je ne sais pas jusqu'à quel point je peux te faire confiance… ou *me* faire confiance, ajouta-t-elle.

— Je comprends.

— Je ne sais même pas par où commencer…

— Tu as déjà commencé en acceptant plusieurs de mes propositions aujourd'hui. Tu as dansé avec moi, tu m'as suivi jusqu'ici, et tu m'as présenté à Violet quand tu es allée prévenir de ton départ à la table des mariés…

Les présentations ne s'étaient pas éternisées, mais cela avait compté pour lui. C'était une sorte de prise en compte de son existence, si minime soit-elle.

— Je crains qu'accepter tes propositions ne finisse par me créer des ennuis, dit Rita. J'ai l'impression qu'il en a toujours été ainsi.

Il posa un genou sur le rocher.

— Les ennuis ne durent pas éternellement, et il me semble que tu es capable de transformer le pire en meilleur, comme tu l'as fait avec Kristy.

Rita soupira.

— Puisque tu tiens tellement à t'attarder dans le coin, nous devrions peut-être passer plus de temps ensemble, dit-elle. Pour apprendre à mieux nous connaître.

— J'en serais ravi.

— Vraiment ? riposta-t-elle en lui adressant un regard de défi. Ça tombe bien ! Demain, les parrains de la chambre de commerce organisent un repas pour les employés de la compagnie de gaz naturel qui reviennent chez eux pour les fêtes. Ceci, dans l'idée de renforcer les liens entre les différents membres de la communauté.

— Qu'est-ce qui a changé cette année ?

— Les efforts de Davis Jackson pour redresser l'économie locale ont fini par payer. Et Violet l'a bien aidé en développant le tourisme avec ses articles sur le mystère Tony Amati. Et puis, leur union fait beaucoup pour ramener l'unité à St Valentine. Qu'un type venant des beaux quartiers et une fille de mineur puissent s'aimer et vaincre tous les obstacles redonne de l'espoir aux gens.

— Tu peux compter sur ma présence.

— Même si on te demande de servir à table ?

Il parut surpris.

— En tant que membre de la chambre de commerce, je suis bénévole, expliqua-t-elle. Alors, il se pourrait qu'on te demande de participer.

— Pas de problème.

Apparemment, il avait bien répondu, car elle lui sourit, une main posée machinalement sur le ventre, comme souvent, avait-il remarqué.

Il l'observait, avec envie…

Comme si elle renonçait à lutter, elle lui prit la main. Quand elle la posa sur son ventre, lui répondant, une fois de plus positivement, il eut l'impression d'avoir gagné le paradis.

C'était si bon, sans qu'il sache dire exactement pourquoi. Peut-être parce qu'il n'avait jamais été plus intime avec quelqu'un. Ou bien parce qu'il se représentait le bébé, à l'intérieur, un enfant qui avait déjà ses yeux, son visage.

Maintenant, plus que jamais, il était certain d'avoir pris la bonne décision en revenant à St Valentine.

Il fallait juste qu'il s'arrange pour que Rita partage ce point de vue.

Sur le chemin du retour, Rita sentit passer le courant entre Connall et elle, comme si un champ magnétique s'était créé dans l'habitacle. Et le crissement des pneus sur l'asphalte ajoutait à l'illusion.

Mais une grande partie de la journée n'avait-elle pas ressemblé à un rêve ? Tout d'abord, Connall apparaissant à l'église, ce matin, puis la retrouvant à la réception de mariage, et, enfin, leur promenade à Heartbreak Hill où elle lui avait permis de toucher son ventre.

Elle ne comprenait pas bien ce qui, chez lui, la poussait trop souvent à se laisser aller à suivre ses impulsions. Quand il l'avait observée d'un air envieux alors qu'elle se massait le ventre, elle avait été infiniment émue. *Quel mal y aurait-il à lui permettre de toucher, juste une seconde ?* avait-elle pensé.

Alors, elle avait pris sa main et l'avait posée sur son ventre, retenant un tressaillement quand elle avait senti la pression de ses doigts sur elle.

Ensuite, elle avait tenté d'alléger l'atmosphère en disant que le bébé serait heureux d'avoir reçu le premier bonjour de son papa. Connall avait ri, comme si Rita lui avait fait le plus beau cadeau au monde.

Ils approchaient de la station d'essence Piell, avec ses anciens panneaux lumineux qui luisaient dans le crépuscule.

— Ça t'ennuie si je m'arrête ? demanda Connall. J'ai besoin d'essence.

— Bien sûr que non.

S'arrêter lui donnerait l'occasion d'échapper à l'attirance qu'il exerçait sur elle. Cependant, comme il sautait du pick-up et se dirigeait vers la boutique, elle se rendit compte qu'elle n'échapperait à rien du tout, car elle observait, fascinée, les jambes et les hanches minces moulées par le jean, le dos solide et les larges épaules ondoyant sous la chemise bleue.

Un jour, elle avait appuyé sa poitrine nue contre ce dos et savouré le contact de ses seins contre sa peau. Elle n'avait pas beaucoup d'expérience dans le domaine des relations sexuelles — avant Connall, elle n'avait connu que Kevin —, et pourtant elle avait eu la certitude foudroyante que Connall lui était destiné.

S'était-elle trompée à ce point ?

Quoi qu'il en soit, il n'était pas question qu'elle commette de nouveau l'erreur de s'abandonner à lui. Avec un soupir, elle sortit son téléphone portable de la pochette brodée de perles utilisée pour la cérémonie, et jeta un coup d'œil à l'écran. Elle s'aperçut alors qu'elle avait reçu un message de Violet.

> Partie avec Connall dès que possible, n'est-ce pas ?

Le texto était arrivé environ une heure plus tôt, quand ils se trouvaient à Heartbreak Hill. Elle renvoya tout de suite une réponse.

> N'es-tu pas censée être en voyage de noces ?

En bonne journaliste toujours à l'affût d'un sujet d'article, Violet devait avoir son portable sous la main, car elle appela tout de suite.

— Nous partons pour l'aéroport d'ici une demi-heure, dit Violet, dès que Rita eut pris la communication. Ce qui me laisse le temps de te cuisiner.

— Je ne peux pas parler longtemps.

A travers la vitre de la boutique, elle apercevait Ori Piell, qui, sa casquette vissée à l'envers sur sa tête, débitait un flot ininterrompues de paroles à Connall, trop poli pour le couper.

— Si tu appelles pour t'assurer que je n'ai encore rien fait de stupide avec Connall, dit Rita, tu tombes bien. Je suis irréprochable.

— Tu m'impressionnes. Il est mignon, Rita.

Le compliment de Violet lui fit plaisir.

— Malgré le passif, tu veux dire ?

— Il m'a fait bonne impression quand je l'ai vu au saloon.

— C'est qu'il sait charmer. Je peux t'affirmer d'expérience qu'il est capable de faire croire ce qu'il veut à une fille.

Elle fronça les sourcils en s'entendant parler. Etait-ce ce qui se passait avec lui maintenant ? Etait-elle en train de tomber dans un de ses pièges ? Subjuguée par son charme, se préparait-elle un retour douloureux à la réalité ?

— Eh bien, dit Violet, je suis impressionnée d'apprendre que tu gardes la tête froide.

— Ce n'est pas si simple. Kristy commence à se poser des questions à son sujet, et je ne sais pas trop quoi lui répondre.

— C'est qu'il n'y a jamais vraiment eu d'homme dans sa vie. Connall est le premier.

— Pas si vite ! J'ignore encore jusqu'à quel point il va faire partie de nos existences. Nous n'avons pas encore décidé de la façon dont nous élèverons cet enfant.

En admettant qu'il tienne parole.

Violet décela le doute dans sa voix.

— Tu t'en sortiras. Tu t'en es toujours sortie.

— Merci. Mais en attendant, il faut que je trouve le moyen d'empêcher Kristy de se bercer d'illusions quand elle me voit passer du temps avec Connall. Elle le contemple déjà avec des yeux pleins d'adoration.

En le voyant sortir de la boutique, Rita réprima une brusque montée d'adrénaline.

— Il faut que je te laisse, dit-elle tandis que Connall prenait de l'essence. Et vous aussi, madame Jackson.

— Mme Jackson, répéta Violet avec un soupir. C'est drôle, quand j'étais au lycée, je m'exerçais à signer de ce nom, et maintenant, c'est vrai !

Rita sourit, heureuse que les rêves de son amie soient devenus réalité.

— Fais un bon voyage et salue le marié de ma part, dit-elle.

— Je n'y manquerai pas. Eh, Rita ?

— Je sais, je dois enterrer le passé et tenter ma chance.

Rita observa Connall dans le rétroviseur.

— Tu sais, ma chance, je la tente plus que je ne m'en serais crue capable.

Elles prirent congé et, bientôt, Connall reprenait place au volant et repoussait son chapeau en arrière.

— Cet Ori, dit-il. Il est gentil, mais terriblement bavard. Je n'arrivais plus à m'en dépêtrer !

Elle éclata de rire. Elle aimait bien quand Connall se montrait d'humeur légère.

Il démarra le pick-up.

— Désolé d'avoir mis plus de temps que prévu.

— Inutile de t'excuser !

En un rien de temps, il se garait devant l'hôtel. Il insista pour descendre lui ouvrir sa portière et l'aider à descendre. Le geste était si galant que, dans sa jolie robe et sous le ciel où pointaient les étoiles, elle s'imagina être revenue aux temps anciens de la chevalerie.

Et cela lui plaisait beaucoup.

Cependant, quand il fit mine de l'accompagner à sa porte, elle s'arrêta. Ce n'était pas un rendez-vous amoureux.

— Je suis heureuse que nous ayons pu éclaircir certains points, dit-elle.

— C'est un début.

Connall était si grand qu'elle devait lever la tête pour lui parler. Et sa longue et mince silhouette se découpant à la lumière des lampadaires faisait battre son cœur.

Elle s'éclaircit la gorge.

— On se voit demain, au gymnase du lycée, pour le déjeuner ?

— Absolument !

Il avait pris un ton assuré, comme pour lui prouver qu'il était digne de confiance. A présent qu'ils avaient pris congé, ils auraient dû se quitter mais, pour une mystérieuse raison, elle ne bougeait pas. On aurait dit qu'elle était liée à lui par une force surnaturelle, et que, plus jamais, il ne la laisserait partir.

Comme elle levait de nouveau la tête, elle posa le regard sur ses lèvres. Elle s'était montrée conciliante aujourd'hui, aussi, pourquoi ne pas acquiescer une fois de plus et se pencher légèrement vers lui…

Il dut avoir la même idée, car il se rapprocha au point qu'elle entendait le souffle de sa respiration.

Et chaque fraction de seconde qui s'écoulait la rendait plus vulnérable.

Mais soudain, comme s'il se rappelait qu'il était là pour prouver qu'il était davantage qu'un séducteur patenté, il recula.

— Bonne nuit, Rita.

Elle le regardait, les joues brûlantes. C'était bien elle qui l'avait invité à l'embrasser ?

— Bonne nuit, Connall, dit-elle précipitamment.

Désireuse de rentrer le plus vite possible, elle grimpa en hâte les marches menant au trottoir mais, au dernier moment, elle ne put réprimer l'envie de jeter un coup d'œil derrière elle. Il était debout près de son pick-up comme s'il ne comptait aller nulle part.

Elle ouvrit la porte de l'hôtel et la referma derrière elle avant de changer d'avis, et de lui dire oui une fois de trop.

- 7 -

— Quand est-ce que M. Connall arrive ? demanda Kristy alors que, sa main dans celle de Rita, elles se dirigeaient vers le lycée.

— Il devrait déjà être là, répondit Rita avec circonspection.

Il lui fallait se montrer prudente. A quatre ans, mis à part son oncle Nick, Kristy n'avait jamais côtoyé d'homme. Et une des plus grandes craintes de Rita était qu'elle s'attache trop facilement à tout individu mâle qu'elle ramènerait à la maison.

Comme elles pénétraient dans le hall du lycée, Rita se sentit assaillie par les souvenirs. C'était ici qu'elle avait posé la tête sur l'épaule de Kevin quand ils étaient assis sur un banc, devant l'établissement, ici qu'elle avait cru rencontrer l'amour.

Kristy l'arracha à son douloureux accès de nostalgie en la tirant par la main pour l'entraîner vers le gymnase.

— Viens maman !

Elle suivit sa fille, l'estomac noué à l'idée de se retrouver devant Connall.

Tout d'abord, elle ne vit qu'une rangée de tables recouvertes de nappes de lin, d'assiettes en carton, de couverts en plastique et de centres de table confectionnés par les étudiantes des Future Homemakers of America.

Quant à Kristy, en robe de velours et collants rouges, mains sur les hanches au milieu de la salle, elle cherchait Connall des yeux.

En voyant la déception se peindre sur son petit visage, Rita sentit son cœur se serrer. Si Kristy avait eu l'occasion de le connaître, elle aurait eu la même expression en apprenant que son père était parti pour toujours.

— Il n'est pas encore arrivé, dit Rita en posant un baiser sur le front de sa fille.

A ce moment, l'écho d'une voix masculine résonna entre les grands murs.

— Qui n'est pas arrivé ?

Comme sa fille et elle se retournaient d'un même mouvement, Rita réprima à grand-peine l'envie de se jeter au cou de Connall pour le remercier d'avoir tenu parole.

Bien sûr, ils se rencontraient dans des circonstances banales, mais… aux yeux de Rita, le geste de Connall représentait beaucoup plus que ce à quoi elle était habituée de la part des hommes.

Kristy choisit cet instant pour se métamorphoser en petite fille timide et s'agripper à sa jupe. Quant à elle, elle dissimula la rougeur qui consumait ses joues en feignant l'enjouement.

— Enfin un homme qui n'a pas peur de s'atteler aux basses besognes ! Merci d'être venu.

— Je n'aurais manqué cet événement pour rien au monde !

Les bottes de Connall martelèrent le sol du gymnase tandis qu'il s'approchait d'elles.

— Bonjour, Kristy.

Sa fille adressa un petit signe à Connall en se cramponnant de plus belle à sa jupe.

— Qu'est-ce qui te prend ? demanda Rita en riant.

D'ordinaire, Kristy était de tempérament sociable.

Connall sourit à la fillette.

— Vas-tu nous aider à servir le repas ?

— Je vais aider maman.

Rita lui ébouriffa les cheveux. Au même instant, deux jeunes femmes accompagnées d'enfants pénétrèrent dans le gymnase et saluèrent Rita d'un signe de la main. En apercevant ses camarades, Kristy se mit à sautiller sur place.

— Je peux aller jouer ? demanda-t-elle.

Les enfants s'étaient déjà élancés vers des bancs de bois disposés pour former un petit salon. D'un instant à l'autre, des bénévoles des Future Homemakers allaient endosser leur rôle de baby-sitters.

— Bien sûr, mais nc sors sous aucun prétexte, d'accord ?

— D'accord ! s'écria Kristy en partant déjà.

Tout en se dirigeant vers une porte donnant sur les coulisses où les bénévoles s'étaient donné rendez-vous, les nouvelles arrivantes jetèrent des regards curieux à Connall qui ne parut pas s'en formaliser. Il souriait en regardant Kristy s'amuser avec une poupée de chiffon qu'une petite fille avait apportée.

— C'est ton portrait tout craché, dit-il.

— Revu et amélioré, j'espère, dit-elle sur le ton de la plaisanterie.

Il la fixa d'un air réprobateur.

— Je ne vois pas quoi que ce soit à améliorer, dit-il.

Le compliment la fit frissonner de plaisir.

Quel charmeur, pensa-t-elle. C'était bien l'homme qui l'avait entièrement captivée le soir de leur rencontre. Pourtant, contre toute attente, il était là, près d'elle.

Les gens qui continuaient d'arriver les saluaient avant de disparaître par la porte latérale. Les membres de l'équipe des Future Homemakers vinrent s'entretenir quelques instants avec Rita avant d'emmener les enfants à la salle de jeux, où la classe de développement de l'enfant s'occupait d'une crèche pendant la semaine.

Kristy vint en courant l'embrasser.

— Au revoir, maman !

— A tout à l'heure.

Mais Kristy n'en avait pas fini avec eux, et Rita eut le sentiment que sa fille se donnait en spectacle pour Connall.

— A plus tard, mon canard !

— A sous peu, mon émeu !

L'échange amusait toujours beaucoup Kristy, et elle riait encore en adressant à Connall de grands signes avant de disparaître avec ses camarades.

Rita trouvait sa fille charmante, et elle se sentait fière d'avoir élevé cette petite merveille. Et plus heureuse qu'elle ne l'avait été depuis longtemps.

Quand elle risqua un regard vers Connall, elle se demanda s'il pensait à leur enfant et comment *elle* grandirait.

Sauf qu'il ignorait être père d'une fille.

Elle soupira. Bientôt, si tout se passait bien, elle lui apprendrait la nouvelle.

Bientôt.

En coulisse, Jennifer Neeson et Lianna Hurst, les principales organisatrices de l'événement, tendaient aux participants des tracts précisant le déroulement des opérations.

— J'ai amené une victime supplémentaire, dit Rita à Jennifer, dont les longs cheveux bruns et lisses étaient noués en une élégante queue-de-cheval qui glissait sur une robe tunique de cachemire jaune, pas vraiment indiquée pour le service de table.

Voyant Jennifer examiner Connall des pieds à la tête, Rita sentit l'irritation la gagner. Cette fille était la célibataire la plus redoutable de St Valentine. Et la mangeuse d'hommes adressa un adorable sourire à Connall, confirmant ainsi ses craintes.

— Les bonnes volontés sont toujours les bienvenues, déclara l'insupportable créature.

Même la façon dont elle remit un dépliant à Connall était suggestive. Mais celui-ci se contenta de lui adresser un bref signe de tête avant d'entreprendre de le lire. Et il n'accorda pas à Jennifer de second regard, Rita pouvait l'affirmer, car elle l'avait épié pour voir son comportement.

Où était donc passé le grand séducteur ?

D'un air mécontent, Jennifer tendit son tract à Rita.

Des années de fréquentation de Jennifer Neeson, de son rire fabriqué, de la façon dont elle flirtait avec Kevin pendant le cours d'anglais, avaient allumé chez Rita un désir de revanche, et elle posa une main possessive sur le bras de Connall pour le guider vers la cuisine.

Mais Connall n'était pas idiot. Quand ils se retrouvèrent seuls, il leva les yeux de son papier, et elle vit qu'il souriait.

— Ne viens pas me raconter qu'elle est ta deuxième amie de cœur après Violet !

— Certainement pas ! s'exclama Rita, levant les yeux au ciel. Cette fille est impossible. Elle doit dormir avec son cachemire ! C'est la fille du maire, qui la gâte outrageusement. Quand elle fait un trou dans un pull qui vaut une fortune, elle le jette tout simplement à la poubelle.

Connall sourit. Comme elle sentait son regard fixé sur sa main qui reposait toujours sur son bras, elle l'ôta. Elle ne s'était pas rendu compte qu'elle continuait de défendre son territoire. Il faut dire que ça lui semblait parfaitement naturel.

Il paraissait du même avis, car il lui adressa un regard qui semblait dire qu'elle pouvait le toucher tant qu'elle voulait.

— Pour couronner le tout, dit-elle, essayant tant bien que mal de se reprendre, Jennifer Neeson est la grande ennemie de Violet. Rivalité d'héritière de famille riche et de fille de mineur. C'est ainsi depuis l'enfance.

— Il me semble que bien des choses ne changent pas à St Valentine, fit-il remarquer.

— Non, elles changent parfois.

Mais elle n'ajouta pas que c'était *elle* qui changeait. Minute après minute, jour après jour, Connall transformait tout autour d'elle, et il lui devenait plus facile de s'ouvrir au changement. Et à *lui*.

A ce moment, Margery Wilmore, qui s'occupait du service, rassembla les serveurs autour d'elle. Reconnaissante de cette diversion, Rita la rejoignit, Connall à son côté. Et, pendant qu'elle écoutait Margery détailler leurs tâches, elle sentait sa présence qui allumait des étincelles sur sa peau.

Il n'était pas obligé de venir, se répétait-elle.

Et pourtant… il était là.

Elle s'était sentie rejetée pendant tant d'années, après l'abandon de Kevin, qu'elle avait du mal à admettre que, peut-être, elle comptait pour quelqu'un.

A vrai dire, surtout pour ce quelqu'un-là, qui pouvait changer d'avis d'un instant à l'autre.

— Maintenant, conclut Margery, les invités doivent commencer à s'installer. Alors, au travail !

Elle désigna une pile de tabliers offerts par la chambre de commerce. Et, tandis que les bénévoles renâclaient à passer leur tenue, Connall lui adressa un clin d'œil.

— Ils vont me le payer !

Quand il suivit les autres, Margery se glissa près d'elle, et les mouvements de son ample poitrine semblaient ébouriffer les plumes de la dinde qui ornait son tablier.

— Tu sembles très occupée, ces derniers temps, dit-elle.

C'était le préambule à un petit interrogatoire concernant Connall, Rita en aurait mis sa main au feu.

— Les fêtes sont toujours une période chargée, répondit-elle. Heureusement, nous allons connaître un petit répit.

La période entre Thanksgiving et Noël était traditionnellement creuse, et mystère Tony Amati ou pas, au vu du taux des réservations, cette année ne ferait pas exception.

— *Chargée*, c'est le mot, dit Margery. Hier, j'ai dû assurer ton remplacement à l'hôtel, après la réception, puisque tu n'étais pas libre.

De la part de quelqu'un d'autre, on aurait pu croire à une réprimande, mais Margery avait tellement l'art d'enrober ses propos qu'on n'était jamais certain de ses intentions.

— Et j'aurais mieux fait de te remplacer aujourd'hui aussi.

Rita, cependant, refusait de se laisser culpabiliser.

— Notre équipe est capable de gérer l'hôtel au quotidien, Margery. De plus, je rentre tout à l'heure.

— Chérie, tu oublies ton état.

Choisissant une approche différente, Margery désigna le ventre de Rita.

— Tu ne m'avais pas dit que tu étais enceinte.

Une petite voix diabolique lui suggéra de prétendre avoir simplement pris un peu de poids. Voilà qui clouerait le bec à l'indiscrète.

Seulement, elle n'avait pas honte de son futur enfant. Tout au contraire, elle en était même fière, tout autant que de Kristy.

Et fière de Connall ?

Non, elle n'annoncerait pas maintenant qu'il était le père. C'était encore trop tôt.

Choisissant la solution de facilité, elle se contenta de sourire à Margery en la laissant en plan avec ses questions, et elle lui tapota le bras pour adoucir son refus de s'expliquer.

A dire vrai, elle aimait bien Margery. Simplement, sa constante surveillance et ses mimiques réprobatrices lui portaient sur les nerfs.

Elle alla rejoindre Connall, qui, un tablier à la main, bavardait avec Aaron Rhodes, le charpentier aux cheveux fous qui présidait la chambre de commerce.

— Rita, dit Aaron, ses yeux verts pétillant de malice, Connall est d'accord avec moi : les hommes ne devraient pas porter de tabliers ornés de dindes.

Connall désigna en riant sa chemise western.

— Ça m'est égal de me salir.

— Pareil pour moi ! renchérit Aaron.

Rita se souleva sur la pointe des pieds pour retirer le chapeau de Connall de sa tête, laissant ses cheveux châtains tout ébouriffés.

— Sois beau joueur, lui dit-elle.

Et, prenant le tablier, elle en fit passer la bretelle par-dessus sa tête.

Aaron, célibataire endurci, tout comme Connall, éclata de rire et s'éloigna en secouant la tête.

Connall baissa les yeux sur son tablier.

— Je n'ai qu'à me répéter que ce n'est pas si terrible, dit-il avec une moue de dépit.

— Ça te va bien, Connall, je t'assure.

Elle le pensait vraiment. Sur Connall, un tablier devenait sexy, surtout quand ses épais cheveux étaient en bataille, comme maintenant.

Soudain, des souvenirs de leur nuit refluèrent, et elle se revit, les doigts jouant dans ses cheveux pendant qu'il l'embrassait…

Elle ne devait pas lâcher la bride à son imagination.

— Tu sais, les chefs cuisiniers portent des tabliers, fit-elle remarquer. Et estime-toi heureux que celui-ci ne soit pas orné de dentelles.

Connall sourit un peu jaune.

— Tu veux dire que c'est un tablier masculin ?

— Très masculin.

Entre eux passa un dangereux frisson, évocateur de baisers brûlants et de caresses.

Pensait-il à la même chose qu'elle ?

Elle lui rendit son chapeau, mettant un terme à l'instant. Comment s'y prenait-il pour rendre l'atmosphère autour d'eux aussi suggestive ?

Dieu merci, il était temps de servir. Kristy avait rejoint Rita en coulisses, et après s'être lavé les mains, elles se dirigèrent vers les chariots habituellement utilisés pour le cours d'art culinaire, une donation de Davis Jackson, le riche mari de Violet.

Dans l'agitation qui suivit, Rita perdit de vue Connall. Un plat de côtes à la main, elle entra dans le gymnase où chacun, ancien mineur ou homme d'affaires, s'était installé et bavardait avec entrain.

Tous ces gens, venus des divers horizons de St Valentine, réunis dans une même pièce. Qui aurait cru voir un tel événement se produire un jour ?

Cependant, dans un coin du gymnase, des ouvriers de l'exploitation de gaz naturel s'étaient regroupés, la plupart d'entre eux d'anciens mineurs ayant accepté de travailler loin de leurs familles quand la mine de kaolin avait fermé.

Ils étaient de retour pour les fêtes, pensa-t-elle. Mais elle se rendit compte que, loin de se réjouir, certains d'entre eux jetaient des regards noirs aux autres convives, comme s'ils ne supportaient pas que leurs anciens camarades enterrent le passé et tirent un trait sur la fermeture de la mine qui les avait laissés sur le carreau.

Kristy tira la jupe de Rita.

— Maman, est-ce que je peux retourner jouer ?

Elles avaient fait deux services, et Kristy avait beaucoup apprécié que les gens s'extasient sur sa jolie robe de velours et ses belles boucles brunes. Cependant, l'activité avait manifestement déjà perdu de l'intérêt à ses yeux.

Des baby-sitters des Future Homemakers attendaient près des gradins de prendre en charge les enfants las d'aider leurs parents.

— Va, dit Rita.

Kristy s'élança vers ses amis pendant que Rita retournait chercher des plats. Et le hasard voulut qu'elle soit désignée pour servir à la table des employés du gaz naturel.

Elle en connaissait la plupart, car ils avaient fréquenté le lycée avec elle. De plus, Kevin avait travaillé à leurs côtés sur le gisement de gaz naturel avant de quitter l'Etat avec sa nouvelle compagne.

— Bonjour, Rita, dit Gene Farraday qui, pour l'occasion, avait passé une casquette de base-ball et une veste de chasse à la propreté douteuse. Comment va Kevin ?

Elle se figea, parce que tout le monde ici était au courant de leur rupture.

Quelqu'un ricana.

— Je n'ai pas de nouvelles de Kevin depuis un bon moment, répondit-elle néanmoins.

Son calme ne fit qu'attiser la méchanceté de Gene.

— Je pensais qu'il aurait rendu une petite visite au pays pour les fêtes. Mais sait-il seulement que tu as un polichinelle dans le tiroir ?

La vulgarité de Gene l'atterra. De l'autre côté de la table, Wiley Scott, qui apportait deux plats, les posa avec brusquerie sur la nappe.

Ancien propriétaire du journal local qu'il avait revendu à Davis Jackson, il chevauchait depuis des années la ligne de partage entre mineurs et nantis.

— Surveille un peu tes propos, Gene, dit-il sèchement.

C'était la première fois que Rita le voyait se départir de sa bonhomie habituelle.

Gene émit une sorte de grognement.

Wiley leva un doigt.

— Nous nous entendons très bien ici pendant que vous êtes à Houston. Ne venez pas semer la zizanie.

— Je m'en voudrais ! fit Gene, joignant les mains et inclinant la tête dans une parodie de repentir qui déchaîna les rires grossiers de ses camarades.

Soudain, Rita sentit une présence à son côté, et elle n'eut pas besoin de tourner la tête pour deviner de qui il s'agissait.

— Que se passe-t-il ici ? demanda Connall d'une voix égale.

Gene lui lança un regard noir qu'il lui retourna sans broncher.

Mal à l'aise, Rita entraînait Connall à l'écart quand Aaron Rhodes se présenta à la table et, d'un ton ferme, dit quelques mots à l'oreille de Gene. Celui-ci se leva, et, adressant à ses amis un sourire de chat s'apprêtant à dévorer un canari, suivit Aaron hors du gymnase.

Connall poussa Rita vers les coulisses où ils se retrouvèrent seuls.

— Qui est-ce ?

— Un pauvre type qui travaillait avec mon ex. C'est la première fois qu'on me manifeste un tel mépris depuis que ma grossesse commence à se voir.

Subissant le contrecoup de l'altercation, elle se mit à trembler de tous ses membres.

— Heureusement que Kristy n'a pas assisté à la scène, ajouta-t-elle.

Connall la prit dans ses bras.

— C'est fini, Rita. Personne ne t'ennuiera plus, je te le promets.

Une promesse de plus, se dit-elle.

Pourtant, comme elle s'abandonnait contre lui et blottissait son visage contre sa poitrine, elle le crut de tout son cœur, et souhaita continuer à le croire le plus longtemps possible.

Quand Connall fut rassuré sur l'état de Rita, il les accompagna, Kristy et elle, à leur Chevy. Après avoir installé sa fille dans son siège, Rita s'attarda un moment au soleil.

— Il est temps qu'elle fasse un somme, dit-elle. De toute façon, il fallait que je rentre à l'hôtel.

— Bien sûr.

Il aurait voulu prolonger ces instants jusqu'au soir. Il trouvait triste de clore la journée sur la pénible scène du gymnase, alors qu'ils auraient pu passer encore des moments agréables.

Rita parut sur le point d'ajouter quelque chose, et il eut le sentiment que c'était en rapport avec l'incident du gymnase. Mais elle haussa finalement les épaules et posa une main sur la poignée de la portière.

Pourtant, au dernier moment, elle se tourna vers lui.

— Il y a des chambres libres à l'hôtel, dit-elle.

Bien qu'elle n'ait pas fait allusion au comportement de l'ancien mineur, il se demanda si c'était sa façon de le remercier de son intervention.

— Je crois pouvoir me passer du décor de la Co-Zee Inn, répondit-il d'un ton léger. Ce n'est pas vraiment mon style.

— Mon hôtel a de la classe. Tu n'as qu'à demander aux fantômes ce qu'ils en pensent !

Elle sourit.

— Et tu n'auras pas à débourser un centime.

— C'est gentil, Rita, mais je ne peux pas accepter.

— Si. Tu es mon invité.

Elle tournait autour du pot. Il n'était pas ici en vacances, mais pour elle et le bébé. Seulement, ainsi présenté, il semblait grossier de refuser son hospitalité.

— Je fais mon sac et je serai chez toi demain, dit-il. Ça te convient ?

— Très bien. Mais tu voudrais peut-être goûter aux délices d'un repas maison, ce soir ?

Il frémit de joie devant cette nouvelle preuve de la bonne volonté de Rita.

— Je suis tenté, dit-il. Mais à une condition : que tu me laisses le gros du travail. Tu es restée debout toute la journée.

— Ce n'est pas un problème. Je peux…

— Rita, quand vas-tu cesser de te prendre pour Wonder Woman ? Tu es enceinte, rappelle-toi.

Le regard de Rita exprima une telle tendresse qu'il eut l'impression que quelque chose fondait en lui.

— Envisagerais-tu de me dorloter, Connall ?

— Tu en as bien besoin.

Au fond, combien de personnes étaient en position de gâter Rita ? Ses parents n'étaient plus de ce monde, son frère et sa sœur, très pris par leur métier d'éleveurs de chevaux, n'avaient guère de temps à lui consacrer, Violet était partie en voyage de noces et Kristy n'avait que quatre ans.

Il n'était que trop heureux de se proposer pour le rôle.

L'air ravi, Rita monta dans sa voiture pendant qu'il se dirigeait vers son pick-up.

Quelques minutes plus tard, il se garait à côté de Rita, sur le parking de l'hôtel. A travers la vitre, il vit que Kristy s'était endormie.

Avant que Rita la prenne dans ses bras, il se dépêcha de descendre de son véhicule.

— Je m'en occupe, dit-il. Je n'aime pas l'idée que tu la portes. Combien pèse-t-elle ?

— Une femme ne révèle jamais ce genre d'information ! Mais tu as raison. Elle devient lourde.

Après avoir ouvert la portière, il s'immobilisa. Avec ses pommettes roses, ses longs cils ombrant sa joue, et sa robe de velours, Kristy était une vraie petite poupée.

Son frère ou sa sœur lui ressemblerait-il ?

Sa poitrine se serra tandis qu'il détachait l'enfant et la soulevait dans ses bras. Sans ouvrir les yeux, elle s'abandonna contre lui, la tête sur son épaule.

Rita, qui les précédait, ouvrit la porte de derrière et lui fit monter un escalier aux marches tapissées de moquette conduisant au dernier étage. Là, elle le fit pénétrer dans une suite de style victorien, avec ses meubles rembourrés et ses parquets luisants.

D'un geste, elle l'invita à la suivre dans une chambre dont elle tira les rideaux. Elle alluma alors une lampe de chevet en forme de lune qui projeta sa lumière tamisée sur un dessus-de-lit à fleurs.

Rita ouvrit le lit pendant qu'il portait Kristy, et il éprouva le bonheur de se sentir utile comme jamais il se rappelait l'avoir été. Quand il déposa la petite fille dans son lit, elle se tourna immédiatement sur le côté, les mains repliées sous le menton pendant que Rita lui retirait ses chaussures.

Connall n'avait jamais couché d'enfant. En tout cas, il ne se le rappelait pas. Mais ce n'était pas grave, car l'occasion s'en présenterait plus souvent qu'à son tour quand le bébé serait né.

Debout près de Rita, écoutant la respiration régulière de Kristy, il laissa l'idée prendre racine, jusqu'à ce que Rita l'entraîne hors de la chambre.

Elle referma doucement la porte derrière eux, et ils longèrent le couloir pour gagner la cuisine.

— C'était agréable, dit-il.

— Agréable ? répéta-t-elle, suspendant son geste d'ouvrir le réfrigérateur.

Puis, après une seconde, elle sourit et tira la porte vers elle.

— Quelquefois, j'oublie que ce sont des instants comme celui que tu viens de vivre qui font accepter le reste.

— Le reste ?

Elle sortit tortillas, laitue, tomates, ciboule et fromage du réfrigérateur.

— Crois-moi, tu oublieras vite l'idyllique scène à laquelle tu viens d'assister la prochaine fois que Kristy refusera de ranger sa chambre ou fera une scène parce qu'elle ne peut pas avoir de glace ! Seulement, quand je la mettrai ensuite au lit, elle paraîtra si vulnérable que mon agacement s'envolera, et je ne songerai plus qu'à l'aimer et à la protéger…

Elle lui tournait le dos, immobile.

— C'est ce qui donne leur prix aux moments difficiles, dit-il, espérant qu'elle n'avait pas les larmes aux yeux.

— Oui, répondit-elle dans un souffle.

Ils se turent pendant qu'elle semblait se ressaisir et

allait chercher dans le placard une boîte de haricots et de l'huile de colza.

— J'espère que tu aimes les tostadas, dit-elle d'une voix plus ferme.

— Oui. Je peux t'aider ?

— Tu sais faire la cuisine ?

— Certains prétendent que oui.

Il ôta son chapeau et le suspendit à une patère près de la porte avant d'aller se laver les mains à l'évier.

— Assieds-toi, dit-il en lui approchant une chaise.

Elle obéit sans protester, et le regarda nettoyer la laitue, détailler les légumes et faire cuire les tortillas.

Et, très vite, il annonça que le dîner était prêt.

— Aimes-tu manger à table ? s'enquit Rita. Ou préfères-tu un plateau télé ?

— Le plateau télé, sans hésiter.

— Tant mieux, parce que, moi aussi !

Elle prépara les plateaux et alla les poser sur la table basse, devant le canapé.

— Comme je tiens à enseigner les bonnes manières à Kristy, nous prenons nos repas à table. Mais quand je suis seule, j'aime m'asseoir ici avec un plateau. De plus, c'est l'heure de la retransmission des matchs de football.

— Une femme selon mon cœur !

L'air se figea, comme s'il avait dit une énormité. C'était pourtant vrai. Rita était exactement son genre de femme, sinon l'ancien Connall n'aurait pas souhaité passer une deuxième nuit avec elle.

Mais était-ce à cause de leur bonne entente sur le plan physique qu'il avait souhaité revenir, ou bien y avait-il davantage ? Quelque chose qu'il commencerait tout juste à découvrir ?

A l'aide de la télécommande, elle alluma la télévision et mit une chaîne de sport.

Quand ils s'installèrent, il prit garde de ne pas se placer trop près d'elle, mais pas trop loin non plus.

— Dommage que les Longhorns ne jouent pas aujourd'hui, dit-elle.

— Moi, je soutiens les Texas Aggie, répliqua-t-il. Notre vie va être un enfer !

Cette fois, l'allusion à un avenir commun ne parut pas effrayer Rita, ce qui semblait de bon augure.

Malgré tout, il savait qu'il avait encore un long chemin à parcourir avant de crier victoire.

- 8 -

Pendant le match, Rita dut se glisser hors de l'appartement afin de régler quelques détails concernant l'hôtel. Quand elle revint, Connall insista pour qu'elle se repose, et il lui apporta une tisane qu'elle but pendant qu'il lavait la vaisselle.

Dans l'intervalle, quand Kristy s'était réveillée, il s'était assis à la table avec Rita et sa fille pendant qu'elle mangeait sa tostada, et ils avaient parlé, du mariage de Violet, entre autres, ainsi que des différents métiers que Kristy voulait exercer quand elle serait grande : ballerine, majorette, et, cette semaine, « inventeuse », comme Phinéas et Ferb dans la série télévisée.

Quand ils décidèrent que l'heure était venue pour Kristy d'aller au lit, dans sa chambre, la fillette faisait un dessin pour « tante Violet » qu'elle comptait lui donner à son retour de voyage de noces.

Son cœur et sa raison la poussant dans des directions opposées, Rita hésitait entre encourager Connall à rester ou bien lui souhaiter une bonne nuit.

— Tu sais ce que j'aimerais, dit-il, c'est que, demain soir, tu t'arranges pour te faire remplacer à l'hôtel, et que tu engages une baby-sitter pour Kristy.

Elle ne lui révéla pas que le lundi était, de toute

façon, son jour de congé. Cependant, en tant que propriétaire, elle devait naturellement rester joignable.

— Qu'as-tu en tête ?

Connall lui adressa ce sourire qui lui faisait tourner la tête.

— Que nous parlions, bien sûr.

Toujours son souci de paraître fiable. Heureusement, c'était exactement ce dont elle avait besoin.

Exactement.

Ils se dirent maladroitement au revoir, et pour éviter la tentation, elle referma très vite la porte derrière lui. Et tout le reste de la nuit, après avoir mis Kristy au lit, puis avoir gagné le sien, si grand et si vide, elle dormit d'un sommeil agité.

Son esprit bouillonnait. Qu'allait-elle faire de Connall ? Quand et comment allait-elle expliquer leur relation à sa fille quand elle-même n'arrivait pas à la définir ?

Au matin, les questions la taraudaient toujours, mais comme elle ne pouvait pas y répondre, elle essaya de les chasser pendant que, au bureau de la réception, elle s'efforçait de satisfaire les quelques clients qui passaient la semaine de Thanksgiving à St Valentine.

Durant un moment d'accalmie, elle appela sa sœur pour lui demander de garder Kristy quelques heures ce soir.

— Tu sors avec ton cow-boy ? lui demanda Kim.

Elle avait répondu que oui, *elle sortait avec son cow-boy*, et qu'elle lui raconterait tout plus tard. Sa sœur et elle étaient proches mais, parfois, Kim, qui préférait rester avec ses chevaux plutôt que de s'embarrasser d'une relation, ne comprenait pas très bien les subtilités de la vie sentimentale. De plus, Kim et

Nick quitteraient la ville le lendemain pour raisons professionnelles, alors pourquoi se lancer dans des explications maintenant ?

Cela pouvait attendre jusqu'à la fin des fêtes.

La journée lui parut interminable. Elle n'arrêtait pas de chercher Connall des yeux, parce qu'il lui avait dit qu'il viendrait s'inscrire à l'hôtel.

Le plus bête, c'est qu'il arriva au moment où elle prenait une pause.

Toutefois, elle oublia vite sa déception quand, libérée de ses obligations, elle se précipita dans sa chambre pour se préparer. Kim passant prendre directement Kristy à l'école, Rita fut prête à l'heure, et elle attendait Connall devant l'hôtel lorsqu'il gara son pick-up le long du trottoir.

Elle grimpa sur le siège du passager avant qu'il ait eu le temps de venir lui ouvrir sa portière. Sa promptitude parut le surprendre, mais il ne fit aucun commentaire. D'un geste, il désigna des barquettes empilées dans un sac de plastique posé entre eux sur le siège.

— Tu peux faire attention qu'elles ne se renversent pas ?

La bonne odeur de nourriture qui s'en échappait lui mit l'eau à la bouche.

— Pommes de terre farcies ? demanda-t-elle.

— Je les ai achetées sur le marché. Et j'ai pris aussi deux ou trois trucs que, paraît-il, une femme enceinte doit manger.

— D'où tiens-tu l'info ?

— De sites internet. Je n'ai pas un smartphone pour rien !

L'idée qu'il ait fait des recherches pour se renseigner sur l'alimentation d'une femme enceinte l'émut, d'autant plus que le Dr Ambrose lui avait vivement conseillé d'adopter une nourriture saine. Elle était heureuse de voir que Connall comptait appuyer ses efforts dans ce domaine.

— Nous allons pique-niquer ? demanda-t-elle quand il reprit la route.

— Pas exactement. J'ai entendu dire qu'il existait un drive-in à la sortie de la ville. Tu ne vas pas souvent au cinéma, et la douceur du temps nous le permet.

Elle lui jeta un regard de côté.

— Tu m'emmènes au cinéma ?

Cela ressemblait à… une sortie en amoureux.

— Ils repassent de bons films, Rita. *Quand Harry rencontre Sally,* d'abord, ensuite *Nuits blanches à Seattle*.

— Des films pour filles, dit-elle en plaisantant. Ton côté fleur bleue m'étonnera toujours.

— N'exagérons rien. J'ai pensé que tu apprécierais une pause dans ton travail.

Pendant qu'ils roulaient, elle se demanda si elle lui aurait, par hasard, confié sur l'oreiller que *Quand Harry rencontre Sally* était un de ses films préférés, et que rien ne la ravissait autant, dans aucun film, que les retrouvailles des deux héros.

Elle ne le lui avait certainement pas dit, conclut-elle. Connall Flannigan savait juste deviner ses goûts. Et elle ne put s'empêcher de se rappeler qu'il avait certainement su deviner les goûts d'autres femmes aussi.

Les pneus crissèrent sur le gravier quand il s'arrêta au guichet pour prendre les billets. Peu après, il se garait sur le parking et il alluma la radio pendant que défilaient sur l'écran les messages publicitaires vantant les mérites du Queen of Hearts, du Derry's Drugstore et du Cow-boy Festival qui aurait lieu comme tous les ans en mars.

Quand il sortit les plats, Rita manifesta son approbation.

— Tu as vraiment étudié la question, dit-elle devant l'assortiment de pommes de terre farcies, brocolis, salade, puis celui de noix, fruits séchés et pommes aromatisés à la cannelle.

— Je t'ai dit, j'ai l'intention de te procurer une grossesse confort.

Il désigna la banquette arrière.

— Si tu as besoin de couvertures, j'en ai apporté.

Franchement, il la surprenait. Ou il était vraiment attentionné, ou bien il jouait à merveille la comédie. Toutefois, détestant que son cynisme prenne le dessus, elle le fit taire, pour ce soir du moins.

Connall avait bien mérité sa chance de prouver qu'il était responsable.

Comme ils entamaient leur dîner, la voiture d'un jeune couple vint se garer devant eux. Par la vitre arrière, Rita vit leurs silhouettes qui s'embrassaient.

Elle détourna la tête, souhaitant que sa vie soit aussi simple avec Connall.

Des souhaits, toujours des souhaits ! Ce qu'il lui fallait, c'était de la réalité, pas des rêves.

— C'est fantastique, dit-elle. Je ne suis pas allée au cinéma depuis… des mois.

— Forcément, tu es toujours en train de courir. Quand envisages-tu de te reposer ?

Elle plongea sa fourchette dans ses pommes de terre, et le fromage fondu forma de longs fils quand elle la retira.

— Tu vas me faire la morale ?

Mais ce droit ne lui appartenait-il pas en tant que père de son enfant ?

— Ce n'est pas mon genre, répliqua-t-il. Je veux simplement que ta grossesse se passe au mieux.

Elle savoura une bouchée de pomme de terre tout en secouant la tête.

— Je n'ai jamais aimé qu'on me surveille, tu sais. Quand des gens comme Margery Wilmore, ou d'autres habitants de la ville, fourrent leur nez dans mes affaires, ça m'agace prodigieusement. Désolée si je parais avoir mauvais caractère.

— Ça fait partie de ton charme, Rita.

Il lui tendit en souriant une bouteille d'eau.

— Et je ne dis pas ça pour être cruel.

— Il n'y a pas une once de cruauté en toi, Connall Flannigan.

La remarque parut le surprendre autant qu'elle. Le pensait-elle vraiment ? C'était étrange car, pendant quatre longs mois, elle avait pris Connall pour un ignoble individu, et pourtant, celui qui était revenu, le chapeau à la main, n'appartenait vraiment pas à cette catégorie d'hommes.

Où était la réalité, et sur quelle version de Connall pouvait-elle compter ?

— Je l'espère, dit-il après un petit moment.

— Que va-t-il se passer si tu ne retrouves pas complètement la mémoire ? J'ai lu que ça arrivait à certains amnésiques, et que c'était difficile pour eux et pour leur famille.

— C'est vrai, mais tout ce que je peux faire au point où j'en suis, c'est tirer le maximum de ce que j'ai, et cela inclut l'enfant.

Elle fut frappée du fait que, bien qu'ayant perdu à

peu près tout de son passé, Connall trouve la force de chérir ce qu'il avait maintenant. Dans un élan de tendresse, elle posa une main sur la sienne.

Seul, le présent comptait.

Il baissa les yeux sur leurs mains.

— Les choses seraient beaucoup plus simples si nous pouvions prendre un nouveau départ, dit-il.

Elle se mordit la lèvre, puis rassembla tout son courage pour répondre :

— Nous pourrions essayer. Cela nous ferait sans doute le plus grand bien.

C'était comme si elle avait eu envie de prononcer ces mots depuis toujours et, à présent qu'elle les avait dits, elle se rendit compte qu'elle respirait mieux.

Il parut heureux.

— Kristy a mentionné hier que ton frère et ta sœur seraient absents pour Thanksgiving. J'aimerais vous inviter toutes les deux au ranch et vous présenter ma famille.

De nouveau, elle eut la sensation de manquer d'oxygène. C'était trop tôt, pensa-t-elle tout d'abord.

Mais, ainsi que Violet l'avait souligné, désormais elle et Connall étaient liés. L'enfant ferait partie de leurs deux vies, et, tôt ou tard, elle devrait rencontrer sa famille s'ils voulaient l'élever dans une ambiance sereine.

Si Connall avait voulu se montrer intransigeant, il aurait pu exiger un test ADN. Mais non, il l'accueillait sans arrière-pensée au sein de sa famille.

Elle aurait été bien malavisée de chercher la petite bête.

— Si tu portes des vêtements un peu amples,

ajouta-t-il, nous n'aurons même pas à leur apprendre tout de suite la nouvelle.

— Tu ne leur as encore rien dit ?

— Non. Mon frère Emmett sait que nous avons eu une brève aventure lors de mon passage à St Valentine, mais c'est tout. Ainsi, tu vois, tu ne subiras aucune pression. Et je pense que Kristy s'amuserait bien avec mes trois neveux. Nous passerions tous une bonne journée.

Etant donné qu'elle se retrouvait seule en ce jour de fête, elle s'était résignée à aider Margery Wilmore à servir la dinde aux employés qui s'étaient portés volontaires pour travailler le jour de Thanksgiving. Et elle n'avait pas pu lutter contre le sentiment d'être abandonnée de tout le genre humain…

Il n'y avait pas à hésiter.

— C'est une excellente idée, déclara-t-elle.

Il lui adressa un sourire si reconnaissant qu'elle lui serra la main.

Le film commença, et le sourire de Connall s'évanouit tandis qu'il étreignait ses doigts.

Elle savait qu'il songeait à l'embrasser, et elle éprouvait l'envie de le toucher, comme toujours.

Pourquoi pas ? lui soufflait une petite voix. *Sois heureuse, pour une fois.*

— Rita…, dit-il.

Et c'était presque une question.

Quoi que ce soit, la réponse était aisée. Sans réfléchir, elle s'inclina vers lui et, une main glissée sur sa nuque, elle posa les lèvres sur les siennes.

Cependant, en fait d'effleurement furtif , elle eut l'impression d'une déflagration qui se répercuta dans les zones les plus intimes de son corps.

Il l'attira à lui, et un froissement de papier parvint vaguement à ses oreilles. Quelque chose tomba sur le plancher sans qu'elle y prête attention.

Pas maintenant, alors qu'il l'embrassait si passionnément qu'un gémissement monta de sa gorge.

C'est si bon, pensa-t-elle, *si naturel…*

Après avoir écarté les barquettes de nourriture, Connall l'attira sur ses genoux et embrassa ses lèvres, ses joues, la veine qui palpitait à sa gorge. Elle renversa la tête en arrière, savourant chacun de ces instants bénis. Les contours de l'univers se firent flous, le film devint une tache sur l'écran à travers les vitres embuées. En même temps, tout semblait plus clair que jamais.

Comment avait-elle pu penser un instant que c'était une erreur ?

Il avait glissé une main au creux de ses reins et, avec l'impétuosité d'une adolescente, elle la prit et la posa sur ses seins si sensibles qu'elle en aurait pleuré. Et la tension entre ses jambes était presque aussi douloureuse.

Connall était le seul qui pouvait la soulager, pensa-t-elle.

Le seul.

Il effleura du pouce la pointe d'un sein qui durcit instantanément, et elle désira passionnément qu'il y pose aussi la bouche.

Elle pressa les lèvres contre son oreille, faisant tomber son chapeau par la même occasion.

— Connall, murmura-t-elle d'un ton fiévreux.

La façon dont elle prononça son prénom parut aiguillonner son désir, et il s'efforça de la serrer plus fort dans ses bras. Ce faisant, il appuya sur le Klaxon dont le son strident troua la nuit.

Brutalement ramenée à la réalité, elle se redressa. Connall et elle… dans son pick-up…

Elle ne savait pas très bien comment ils en étaient arrivés là, mais quand elle toucha son ventre, le souvenir de tout ce qui l'avait amenée à cette situation déferla en elle.

Un jour, Kevin, l'avait embrassée avec la même fièvre… et Kevin l'avait quittée, comme Connall quatre mois plus tôt…

Elle glissa des genoux de Connall, et porta une main à ses cheveux, comme si rectifier sa tenue passait avant tout.

Devinant sans doute que tout ce qu'il pourrait dire ne ferait qu'empirer les choses, Connall se taisait. Cependant, tandis qu'elle essayait de se ressaisir, elle crut voir un petit sourire se dessiner au coin de ses lèvres. Instinctivement, elle faillit sourire aussi, mais se rappela à temps que c'était la dernière chose à faire.

Nous avançons lentement mais sûrement, pensait Connall en se dirigeant vers la maison de ses parents, le jour de Thanksgiving, Rita à son côté.

Après l'épisode du cinéma, il était persuadé que les choses iraient de mal en pis avec Rita. Le contrôle de la soirée lui avait quelque peu échappé. Il n'avait pas eu l'intention de tenter quoi que ce soit, mais, à sa stupéfaction, c'était elle qui l'avait embrassé la première.

Geste qui l'avait comblé de joie car, jour après jour, il était de plus en plus certain d'avoir eu le coup de foudre pour Rita. Elle seule avait su freiner sa course folle, et il avait voulu revenir vers elle pour qu'elle l'aide à tourner la page.

Leur relation progressait de façon évidente, même si elle lui affirmait au téléphone être trop occupée pour l'accompagner au cinéma ou au restaurant.

Et elle était avec lui aujourd'hui sur le ranch familial, n'est-ce pas ?

Ainsi que Kristy, qui s'élança vers les marches de la véranda sans les attendre, ses boucles retenues par un ruban de la couleur de sa robe.

— Prem's ! s'écria-t-elle.

— Nous ne sommes pas loin derrière, fit remarquer Rita.

Elle avait suivi son conseil, et passé un ample pull noir et une jupe de coton gris qui dissimulaient l'épaississement de sa taille. Ses cheveux étaient attachés sur la nuque par une barrette d'argent, et il se demanda quand elle les laisserait de nouveau tomber librement sur les épaules pour lui.

L'idée lui causa un pincement au cœur.

Il attendit que Rita monte les marches devant lui. Curieuse comme un petit singe, Kristy colla son visage à la longue baie vitrée pour regarder à l'intérieur.

— Ne laisse pas mes neveux t'ennuyer, lui conseilla-t-il avant d'ouvrir la porte.

Elle lui adressa un regard plein d'aplomb.

— Je suis forte ! Tommy Griffin m'est rentré dedans une fois à l'école et il ne m'a même pas fait mal.

— Tommy a fait ça ? demanda Rita.

Kristy haussa les épaules avec emphase.

— Je suis forte, je te dis.

Connall échangea un regard amusé avec Rita, et

constata qu'elle se mordait la lèvre pour ne pas rire tout haut.

— Tu es aussi forte que ta maman, c'est ça ? dit-il.

— C'est dans les gènes, dit Rita.

Après avoir adressé un clin d'œil à la fillette, et un sourire à sa mère, il poussa la porte et s'effaça pour les laisser entrer. Il entendit Rita reprendre sa respiration avant de passer le seuil.

— Ne te mets pas la pression, lui souffla-t-il.

A cet instant, sa mère apparut au détour du couloir.

— Il me semblait bien que j'avais entendu du bruit !

Connall la serra dans ses bras. Il s'apprêtait à lui présenter Rita quand sa mère posa les yeux sur Kristy.

— Oh ! s'exclama-t-elle, le joli petit ange.

Kristy, qui était accoutumée aux compliments, sourit modestement.

— Comment t'appelles-tu ? demanda sa mère.

— Kristy Niles.

— Je te dévorerais volontiers à la petite cuillère !

— Maman, dit-il, je te présente Rita, la maman de la petite merveille.

Sa mère donna un gros baiser à Rita, sans toutefois l'écraser dans ses bras comme elle avait tendance à le faire avec ses fils.

— Nous avons entendu parler de vous, Rita. C'est pour vous que Connall a tenu à retourner à St Valentine.

— Connall était descendu à mon hôtel, expliqua Rita. C'est pourquoi il se souvient de moi.

Ils s'étaient mis d'accord sur une version expurgée, réservant les détails plus colorés pour plus tard, quand elle ne pourrait plus dissimuler sa grossesse. Bien sûr, il avait prié Emmet de tenir sa langue, ce que ce bavard impénitent semblait avoir fait.

— Rita et moi sommes devenus amis quand je suis allé mener ma petite enquête, ajouta-t-il. Elle m'a été d'une grande aide en essayant de me rafraîchir la mémoire et, quand j'ai appris qu'elle serait seule pour Thanksgiving, je l'ai invitée à venir ici avec sa fille.

— Et tu as très bien fait.

Les joues de sa mère étaient probablement rosies par la chaleur du four, mais elle paraissait aussi heureuse. Et il prit conscience que Rita était peut-être la première femme qu'il ait amenée dans sa famille.

Sa mère ferait aussi bien de s'y habituer… car, avec l'enfant à venir, ces rencontres se feraient encore plus fréquentes.

Elle passa un bras sous celui de Rita et les entraîna, Kristy et elle, vers l'arrière de la maison où le reste de la famille était rassemblé.

— Nous avons une salle de jeux pour les enfants, expliqua-t-elle. Les jumeaux et Jacob y sont déjà. J'imagine que Kristy sera contente de faire leur connaissance.

— Quand Connall lui a parlé d'eux, elle n'a pas arrêté de lui poser des questions. A la maternelle, elle s'entend bien avec les plus jeunes.

Il les entendait bavarder tout en les suivant le long du couloir aux murs ornés de photos de famille. Apparemment, il n'avait jamais aimé l'objectif, et Emmet lui avait raconté qu'une fois il avait fouillé dans la collection de photos familiale et avait prélevé toutes celles où il figurait pour les cacher quelque part sur le ranch, à la grande colère de sa mère.

Dommage pour Rita qui jetait des coups d'œil aux murs, sans doute à la recherche d'un portrait de lui.

Ils gagnèrent la salle de jeux, autrefois bureau de

leur père. A présent, le vaste espace abritait un grand toboggan, un tapis de jeu et des jouets éparpillés aux quatre coins de la pièce.

Ned et Nate levèrent les yeux quand Kristy entra, pendant que, dans un coin, Jacob continuait de jouer avec une tortue en peluche.

Kristy se dirigea droit vers lui. A sa vue, il ouvrit de grands yeux et lui adressa un sourire légèrement baveux.

Dans un autre coin, ses belles-sœurs, un verre à la main, du vin pour Trixie, de la limonade pour Hayley, étaient assises dans des fauteuils. A leur arrivée, elles vinrent les saluer, puis elles jetèrent des regards curieux à Rita.

Sa mère fit les présentations. Pendant qu'elle allait embrasser ses petits-enfants, Connall se glissa près de Rita.

— Tu ne te sens pas trop dépassée ?

— Pas du tout.

— Parce que je t'ai dit que j'allais être réquisitionné.

— A la cuisine, je sais.

Cette année, lui avait dit sa mère, Trixie et Hayley avaient apporté des plats de chez elles pour le décharger un peu des tâches culinaires qu'il entreprenait habituellement avec plaisir. C'était, du moins, ce qu'elles affirmaient.

— Va t'en occuper, dit Rita. Je bavarderai avec tes belles-sœurs. De toute façon, j'aimerais voir comment Kristy se débrouille avant de la laisser.

— Tu es sûre ?

— Je serai derrière ton dos, en train de t'épier, avant que tu aies dit ouf !

Elle était si confiante, et pourquoi pas ? Elle dirigeait

une affaire depuis qu'elle avait vingt ans, elle avait l'expérience des relations humaines.

Il se rendit dans la cuisine où tout ce dont il aurait besoin avait été préparé sur l'îlot central de la lumineuse pièce.

L'odeur de la dinde qui cuisait dans le four attisa un souvenir qu'il n'arriva pas à préciser. Et pourtant, étrangement, tous les détails du décor — l'horloge de cuivre, les rideaux à fleurs, les casseroles suspendues au-dessus de l'îlot — semblaient gravés dans son esprit.

Un jour de Thanksgiving normal, il serait venu faire la cuisine entre deux séances de marquage et de nourrissage des veaux, mais pas aujourd'hui.

Aujourd'hui, il devait prendre soin d'une femme.

En ce moment, chaque fois qu'il allait se coucher, il se rappelait un peu mieux son aventure avec Rita. Et chaque éclair de conscience l'emplissait d'un bonheur jamais ressenti auparavant, il en était certain. C'était l'émotion qui l'avait poussé à dire qu'il reviendrait le soir même, à la tenir contre lui, à respirer l'odeur de ses cheveux, à absorber le maximum d'elle.

Personne n'avait besoin de lui expliquer quelle aurait été l'attitude de l'ancien Connall confronté à une telle situation.

Il *n'était pas* l'ancien Connall.

Il n'était même pas certain de trouver le personnage sympathique.

Entendant un bruit derrière lui, il se retourna pour voir sa mère entrer.

— Ça va ? s'enquit-elle, ses yeux bleu Flannigan pleins de tourment.

Connall lui sourit, et il comprit à l'instant même que la seule vue de son sourire dissipait ses craintes.

Enfin, elle n'était peut-être pas vraiment convaincue, mais apaisée, certainement.

Un couteau éplucheur à la main, il entreprit de peler une pomme de terre et laissa tomber les épluchures dans l'évier.

— Je me sens bien. De mieux en mieux, pour tout dire.

La voix d'Emmet se fit entendre derrière eux.

— Voyons, maman, tu sais bien qu'un cordon-bleu comme Connall a besoin de sa tranquillité quand il cuisine !

Tandis qu'il jetait un regard mauvais à son frère, celui-ci s'empara d'un bâtonnet de carotte sur la planche à découper et le mâchonna en riant. Ses frères ne manquaient jamais une occasion de tourner en dérision ses talents de cuisinier, l'affublant des surnoms les plus étranges. Tout ce qu'il pouvait affirmer, c'était que, à son retour de l'hôpital, il s'était senti à l'aise dans la cuisine et que ses dons de cuisinier semblaient intacts, même si son cerveau ne l'était pas tout à fait.

Il se remit à l'épluchage.

— Je sens une vermine dans la cuisine, dit-il.

— Je suis juste passé grignoter un petit en-cas pendant le match de foot, répliqua Emmet.

— Il faut que tu rencontres Rita, dit sa mère à Emmet. Elle est dans la salle de jeux.

— Je la connais, enfin, plus ou moins.

— Plutôt moins, affirma Connall.

— J'irai à la mi-temps, dit Emmet, opérant une retraite stratégique vers la porte. Bradon et Dillon m'accompagneront.

— Non, dit sa mère. Ils sont déjà en train de saluer

notre invitée. Ce sont des gentlemen qui ont profité de mon éducation. Ce n'est pas le cas de tout le monde !

Pendant que sa mère allait vérifier la cuisson de la dinde, Emmet se dirigea vers la porte en maugréant contre la perte de cinq minutes de jeu, puis, s'arrêtant près d'une fenêtre, il regarda à l'extérieur.

Quelque chose en relation avec l'odeur de la dinde et la façon dont Emmet se tenait près de la fenêtre l'interpella…

Il eut un flash. Emmet regardant par la fenêtre de la salle commune, souriant, tandis que des phares de voiture l'inondaient de leur lumière. « Elle est là », disait-il en se tournant vers eux. Dans sa main, il tenait précautionneusement une bague ornée d'un diamant. « Ne faites allusion à rien, compris ? »

Il se montrait inhabituellement nerveux, surexcité par l'arrivée de celle qu'il aimait. C'était un Thanksgiving ancien, datant de bien longtemps avant l'accident et son amnésie…

Emmet remarqua son expression.

— On dirait que tu as vu un fantôme, fit-il remarquer.

L'odeur de la dinde cuisant au four, la bague ornée d'un diamant…

— Je me souviens de toi, un jour de Thanksgiving, dit Connall. Tu tenais une bague et…

Emmet l'interrompit d'un geste.

— Oui, le jour de la Grande Débâcle de Thanksgiving. A vrai dire, j'espérais que tout le monde avait oublié cet épisode.

Tout en paraissant content qu'une nouvelle pièce du puzzle se mette en place chez son frère, Emmet faisait triste figure. Et l'impression se dissipa avant que Connall puisse la préciser.

Emmet haussa les épaules.

— Sarah Humphries. Notre dernière année d'études. Elle passe me voir en se rendant chez ses parents pour Thanksgiving… Pour faire court, elle a dit non.

De la tête, il indiqua la véranda où était installée une balancelle, l'endroit rêvé pour une demande en mariage.

— « Nous sommes trop jeunes », m'avait-elle dit. Et elle avait raison. Ce n'était pas la fin du monde.

Pourtant, quand Emmet quitta la cuisine, un bol de chips à la main, Connall n'en était pas aussi sûr.

Pire, il se sentait minable, parce qu'il ne se rappelait pas cet événement majeur dans la vie d'Emmet. En réalité, il refaisait connaissance avec son frère et avec les autres membres de sa famille.

Un de ces jours, il irait s'asseoir devant une bière avec Emmet, et il lui demanderait de lui raconter Sarah Humphries, pas pour ranimer ses propres souvenirs, mais parce qu'il voulait être de nouveau un frère.

Mais les choses redeviendraient-elles jamais les mêmes, ou bien appréhenderait-il toujours la vie des siens — et la sienne — comme une histoire qu'on lui aurait racontée ?

Il continua de peler la pomme de terre, regardant les épluchures tomber, éparses comme ses souvenirs.

- 9 -

Il n'avait pas fallu longtemps aux belles-sœurs de Connall pour inviter Rita à boire un verre avec elles dans la salle de jeux. Déclinant l'offre de vin ou de limonade, Rita prit un verre d'eau.

— Ainsi, dit Trixie, Connall a enfin invité une fille à la maison.

L'épouse de Bradon, le frère aîné, avait de longs cheveux roux et bouclés, des yeux verts. Des taches de rousseur parsemaient sa peau claire.

— Il faut que vous compreniez que c'est tout à fait exceptionnel, renchérit Hayley, la femme de Dillon, qui portait ses cheveux blond pâle coupés au carré.

— Il m'a parlé de son époque play-boy, dit Rita. Mais, vous savez, ça ne me concerne guère. Nous sommes juste amis.

Ses interlocutrices échangèrent des regards entendus.

— Non, vraiment, insista Rita. Il nous a prises en pitié, Kristy et moi, parce que nous nous apprêtions à passer Thanksgiving seules.

A cet instant, le regard de Hayley se porta sur le ventre de Rita, et elle esquissa un sourire.

Se sentant exposée, Rita tira sur son pull. Hayley aurait-elle remarqué un début d'embonpoint révélateur ?

Soudain, Jacob se mit à pousser de grands cris.

— Qu'est-ce qui t'arrive ? demanda Hayley.

— Ma to'tue !

L'un des jumeaux rendit alors sa peluche à Jacob tout en s'excusant auprès de sa tante et de son cousin. Telle une petite mère, Kristy emmena l'enfant à l'écart des plus grands vers une pile d'animaux en peluche.

— J'apprends à aimer les drames enfantins, dit Trixie d'un ton résigné.

— Le meilleur passe-temps qui soit, approuva Hayley.

Très vite, les deux jeunes femmes se lancèrent dans une discussion sur les hauts et les bas du métier de mère, sur la pertinence d'envoyer au coin un enfant pour le punir, ainsi que sur les caractéristiques des bonnes écoles maternelles.

Très intéressée par la conversation, Rita en oublia sa promesse de rejoindre Connall dans la cuisine. Quand il entra dans la pièce, elle regarda sa montre.

— Tu as déjà fini ?

— Oui. Je n'avais pas grand-chose à préparer, et maintenant maman essaie d'arracher mes frères à la retransmission télévisée d'un match pour qu'ils passent à table.

— Si je comprends bien, dit Rita, tu as sacrifié le football à la cuisine ?

Connall haussa les épaules.

— Le premier match était nul, mais je ne raterai pas le second.

Il était si serein. Il semblait n'avoir aucun souci en tête, alors que sa vie était loin d'être rose.

Il s'approcha en catimini de l'endroit où Nate et Ned étaient occupés à démonter un train avec le sérieux d'ingénieurs se penchant sur un problème difficile, et il les surprit en leur tirant gentiment les oreilles.

— Hé ! s'exclamèrent-ils en chœur.

Puis ils éclatèrent de rire.

Rita regarda *oncle Connall* s'amuser avec ses neveux. Telle une abeille attirée par le miel, Kristy s'approcha, tenant Jacob par la main.

Tout en écoutant Connall parler des trains d'autrefois, qui étaient le seul moyen de transport rapide à travers les Etats-Unis, Kristy posa une main sur son épaule avec un tel naturel que Rita en eut les larmes aux yeux.

Sa fille appréciait Connall. Se pouvait-il que, parce qu'elle tenait tant à jouer les femmes autonomes, sa fille ait souffert de l'absence d'une présence masculine pour la guider et l'aimer ?

Elle crut sentir un frémissement dans son ventre, comme si leur enfant lui disait tout autant que Kristy qu'elle voulait Connall auprès d'elle.

Pendant que Connall riait avec les enfants, elle se demanda comment il réagirait s'il savait qu'ils allaient avoir une petite fille. Une part d'elle avait envie de le lui apprendre maintenant, pour admirer dans ses yeux l'étincelle qu'elle y avait vue le soir où elle lui avait avoué que l'enfant qu'elle attendait était bien de lui. Mais l'autre part d'elle-même…

Trop tôt, pensa-t-elle une fois de plus.

Mais quand donc viendrait le bon moment ?

La mère de Connall parut sur le seuil.

— Le dîner est prêt ! annonça-t-elle en retirant son tablier.

— N'oublions pas ceci, dit Connall, soulevant le petit Jacob pour le prendre sous son bras.

Riant aux éclats, l'enfant remuait comme un beau diable ses jambes courtaudes.

Les jeunes femmes éclatèrent de rire à leur tour. Puis tout le monde passa se laver les mains avant de gagner la salle à manger.

Sur la longue table recouverte d'une nappe à carreaux orange et bruns étaient disposés de la vaisselle de porcelaine à liséré d'or, des couverts étincelants et, au centre, une composition de branches de pin nouées d'un ruban. Un chapeau de cow-boy était suspendu au dossier d'une chaise, à une extrémité de la table.

— La place de mon père, expliqua Connall, guidant Rita vers une chaise qu'il lui avança pour qu'elle s'assoie. Il est mort d'une crise cardiaque il y a une dizaine d'années, mais nous la gardons pour lui.

— C'est une belle tradition, dit-elle.

L'endroit où il avait posé la main sur son bras la picotait encore.

Il alla installer Jacob à la table des enfants, pareillement décorée, mais pourvue d'assiettes et de couverts à l'épreuve des maladresses des petits. Kristy s'assit près de son protégé et, telle une lady, lissa sur ses genoux les plis de sa robe.

Connall prit place près de Rita. Quand tout le monde fut installé, sous les applaudissements, Bradon apporta la dinde découpée. Ensuite, leur mère récita une courte prière avant qu'ils fassent honneur au repas : dinde rôtie, poitrine de bœuf grillée accompagnée de sauce barbecue, petits pâtés à la viande pimentés à la mexicaine, purée de pommes de terre et légumes braisés. Pour le dessert, Connall avait préparé une salade de canneberges et d'oranges.

Durant le repas, Rita se sentit parfaitement à l'aise,

riant à des plaisanteries sans doute éculées, écoutant les histoires sur la jeunesse insouciante de Connall, quand il collectionnait des voitures et les lustrait pour les revendre… non sans les avoir utilisées pour une ou deux courses de vitesse sur les routes de campagne.

A la fin du repas, alors que tout le monde se plaignait d'avoir trop mangé, la mère de Connall soupira en regardant la place vide à l'extrémité de la table.

— Malgré les années, dit-elle, j'ai toujours l'impression qu'il va franchir la porte en s'excusant d'être en retard, et puis se jeter sur la nourriture sans se soucier des bonnes manières !

Connall baissa la tête. Quels souvenirs conservait-il de son père ? Pas assez, de toute évidence, se douta-t-elle, et elle regretta de ne pouvoir l'aider davantage à guérir de son amnésie.

— Moi aussi j'aimerais que papa soit là, dit soudain Dillon, d'une voix pleine d'entrain. Pour une raison différente…

Il échangea un regard tendre avec Hayley qui, avec ses cheveux d'un blond si pâle, ressemblait à un ange.

Dillon l'enlaça.

— Nous allons avoir un enfant.

Un concert de cris de joie et de félicitations éclata dans la pièce. Connall et ses frères se précipitèrent pour assener de grands coups dans le dos de Dillon, les jumeaux firent des bonds devant Jacob qui battait des mains, et la mère de Connall versa des larmes de joie.

En voyant Connall congratuler son frère, Rita se dit qu'il aurait du moins ce souvenir-là. Mais quand Dillon posa une main sur le ventre de Hayley, elle ressentit un pincement au cœur tandis que son regard se rivait à celui de Connall.

Eux aussi avaient une révélation à faire…

Il lui sourit simplement, comme pour dire que leur heure viendrait.

C'était donc encore trop tôt pour lui aussi, malgré sa détermination à lui prouver qu'il était un homme responsable ?

Elle remarqua que Kristy paraissait fatiguée. Jacob était venu se nicher contre elle, apparemment prêt lui aussi à partir pour le pays des rêves. C'était un bon prétexte pour quitter la pièce, où une conversation animée sur les bébés roulait autour de la table.

— Y a-t-il un endroit où je pourrais coucher Kristy ? demanda-t-elle à voix basse à Connall.

— Bien sûr.

Il s'approcha de Kristy et la souleva, ce qui commençait à devenir pénible pour elle, alors que, dans les bras de Connall, sa fille semblait plus légère qu'une plume. En outre, coucher Kristy semblait être devenu une habitude pour lui.

Elle prit alors conscience qu'elle allait devoir bientôt parler avec Kristy de ce que Connall représentait pour elle.

Kristy ouvrit les yeux et regarda Rita d'un air mécontent.

— Je ne suis pas fatiguée ! protesta-t-elle.

Mais le ton de sa voix contredisait son affirmation.

— Je suis sûre que Jacob aimerait faire aussi un petit somme, Kristy, dit Connall.

— Pas nous, en tout cas ! s'écrièrent Ned et Nate.

Connall tira légèrement sur une boucle de Kristy.

— Ils vont jouer tranquillement, assura-t-il. Tu ne perdras rien d'intéressant, c'est promis.

— Est-ce que je peux avoir une histoire ? demanda Kristy.

— Je suppose que je devrais en retrouver quelques-unes en me creusant la cervelle, répondit-il.

Comme il la regardait, sourcils froncés, Rita lui sourit. Elle trouvait surprenant qu'il se rappelle des choses aussi futiles que des contes de fées, quand tant d'autres informations lui auraient été tellement plus utiles.

Il la fit entrer dans une chambre d'amis meublée d'un grand lit recouvert d'un moelleux édredon en patchwork. Des tableaux représentant des chevaux étaient accrochés au mur, et un napperon de dentelle ornait la table de chevet.

Connall déposa Kristy sur le lit, et Rita l'installa confortablement.

— Est-ce que tu connais Cendrillon ? demanda Kristy à Connall, assis près d'elle.

— C'est l'histoire avec des nains et une pomme empoisonnée ?

A présent que Kristy était allongée, ses efforts pour rester éveillée devenaient plus laborieux, et elle se contenta de secouer la tête.

— Est-ce qu'il y a un rouet dans l'histoire ?

— Non plus, murmura Kristy dans un souffle.

Puis elle eut un énorme bâillement.

Rita s'adossa au mur en écoutant Connall raconter l'histoire d'une jeune fille qui travaillait tout le jour, sans jamais quitter la maison, jusqu'à ce que sa vie se transforme en conte de fées.

C'était sa propre histoire. Connall n'était pas une malédiction ; il avait apporté dans sa vie des changements heureux. Et il ne donnait pas l'impression d'être sur le point de se métamorphoser en méchante fée.

Pouvait-elle croire à son bonheur ?

Kristy s'endormit avant qu'il n'arrive à l'épisode de la bonne fée transformant la citrouille en carrosse. Il se leva alors, remonta la couverture sur la fillette, et se prépara à quitter la pièce.

Rita referma la porte derrière eux.

— Bravo, murmura-t-elle.

— Je ne m'en suis pas trop mal sorti ?

La remarque avait plus de poids qu'elle n'en aurait eu en d'autres circonstances, et elle déglutit.

— Tu étais très bien, Connall.

De nouveau, elle sentit les larmes perler à ses paupières. *Maudites hormones*, pensa-t-elle. Son émotion n'échappa pas à Connall. D'un doigt sous le menton, il lui releva la tête.

— Pourquoi es-tu triste ? demanda-t-il doucement.

— Parce que j'avais tout prévu. Tu ne reviendrais pas, et j'élèverais seule mon enfant. C'était tout simple.

— Et j'ai tout gâché.

— Tu n'as rien gâché du tout ! Tu m'as juste prise de court, et je ne sais plus très bien où j'en suis. Tant que c'est moi qui dirige, tout va bien, mais…

Il avait dû se pencher vers elle, car elle sentit qu'il l'embrassait sur les lèvres.

Ce baiser la fit taire, et elle se laissa aller contre lui. Relevant la tête, il lui caressa doucement la joue du pouce.

— Peu importe ce qui va se passer, je serai toujours ton homme, Rita.

Et elle s'offrit le luxe de le croire tout en ayant

l'impression de sentir de nouveau le bébé bouger, comme s'il manifestait son accord.

Tout se mettait finalement en place, pensa Connall.

Qu'importe que les pièces ne soient pas celles qu'il avait initialement prévu de trouver à St Valentine ? Il soupçonnait l'ancien Connall d'avoir buté sur ces éléments découverts en lui-même le soir où il avait rencontré Rita. Et ce qu'il avait trouvé avec elle avait sans doute mis fin à sa carrière de séducteur.

Cette nuit avec elle avait transformé sa vie avant même l'accident qui lui avait fait oublier, en grande partie, qui il était.

Ce qu'il trouvait malgré tout étrange, pensa-t-il le lendemain soir en sortant de sa chambre pour gagner le hall du St Valentine Hotel, c'était qu'il tenait absolument à recouvrer la mémoire, alors qu'il préférait de loin sa vie actuelle à celle d'avant.

Qu'est-ce qui était le plus important, celui qu'il était devenu, ou celui qu'il était auparavant ? Etait-ce les souvenirs qui faisaient l'homme ?

Une ombre menaçante sembla planer au-dessus de sa tête, mais il se força à l'ignorer alors qu'il descendait l'escalier et pénétrait dans le hall.

Tout d'abord, il ne vit que Rita, avec ses cheveux bruns bouclés retenus par une barrette, ses yeux gris, son uniforme au charme suranné et son sourire qui illuminait sa nuit…

Une vague de chaleur le parcourut, puis il s'aperçut qu'elle n'était pas seule.

Kim, la sœur éleveuse de chevaux, se tenait près du bureau et, près d'elle, un colosse qu'il avait remarqué au mariage, une barbe conférant une sombre élégance à son visage.

Rita lui adressa un regard de mise en garde, sans qu'il en comprenne la raison.

A cet instant, Kristy jaillit de derrière le bureau, en survêtement de velours, à la main un bâton de majorette aux extrémités duquel voletaient des rubans.

— Monsieur Connall ?

Il s'agenouilla.

— Tu peux m'appeler Connall, tu sais.

— D'accord ! Tante Kim et oncle Nick sont là.

Et, à la façon dont « tante Kim » et « oncle Nick » le dévisageaient, il paraissait évident qu'ils étaient venus jusqu'ici pour avoir une petite conversation avec lui. Kim, supposa-t-il, avait parlé à son frère de ce rancher qui tournait autour de leur sœur et, étant donné l'épaississement de la taille de celle-ci, ils avaient sans aucun doute tiré certaines conclusions.

Il se redressa et, légèrement inquiet, s'approcha d'eux.

— Bonjour, Kim.

Elle saisit sa main tendue avec tant de vigueur qu'il songea qu'elle ferait bien de rencontrer sa mère pour fonder le Club des femmes à poigne.

Il tendit ensuite la main à Nick, qui la lui serra sans enthousiasme.

— Ma sœur et mon frère se sont arrêtés pour bavarder, annonça Rita.

A son avis, « bavarder » était un euphémisme.

— Dans ce cas, bavardons, dit-il.

— Nous avons pris l'initiative de vous rencontrer, dit Nick d'un ton bourru, puisque Rita n'a pas daigné nous présenter.

Il lui parut évident que Nick avait endossé le rôle

du père à la disparition de celui-ci, et qu'il n'y avait jamais renoncé.

— Connall ! Connall ! cria Kristy en tirant sur sa manche.

Il lui sourit. Elle sentait probablement la tension qui régnait entre les adultes et, comme le faisaient ses neveux en pareille circonstance, elle cherchait à faire diversion.

— Regarde ! dit-elle en faisant tournoyer son bâton.

Tous la félicitèrent mais, quand il revint sur lui, le regard de Nick reprit sa noirceur.

A ce moment, il fut sauvé par le gong, qui prit la forme de la sonnerie du portable de Nick.

— Lady Guinevere met bas, dit-il à Kim après avoir consulté l'écran. Il faut y aller.

— A plus, Rita. dit Kim, déjà prête à partir.

Elle adressa un signe de tête à Connall et embrassa sa nièce.

— Tu nous prépares un spectacle, Kristy. D'accord ?

— D'accord, répondit la petite fille.

A son tour, son oncle lui donna un baiser. Elle les regarda partir avant de jeter à sa mère un regard indéchiffrable, puis elle reprit ses exercices.

— Regarde, Connall ! cria-t-elle.

Rita se pencha vers lui en riant.

— Elle cherche à t'en mettre plein la vue ! chuchota-t-elle.

— Elle n'a pas trop d'efforts à faire, murmura-t-il en retour.

— Tu sais, je suis désolée pour Kim et Nick.

— Ils n'avaient pas l'air trop contents.

— Ils ne savent pas tout. Je leur ai dit que j'étais enceinte dès que j'en ai été sûre, mais sans donner d'explications. J'ai eu tort. Ils m'ont toujours épaulée. Je leur devais la vérité.

— Pourquoi ne leur as-tu pas dite ?

Elle haussa les épaules.

— Probablement parce que je ne la connaissais pas moi-même. Kim n'est pas du genre à apprécier les conversations de filles, et elle aurait posé franchement des questions que je n'avais pas envie d'entendre. Quant à Nick, il aurait joué les pères outragés.

— Ils t'aiment, c'est tout.

Comme le silence retombait, le mot *aimer* suspendu au-dessus d'eux, il eut la sensation que sa vision s'obscurcissait. Et puis, soudain…

Rita allongée dans le lit, ce matin-là. Il tient son pendentif dans sa main en quittant la chambre et en refermant doucement la porte…

Il chassa le souvenir qui n'ajoutait pas grand-chose à l'ancien. Qu'est-ce que cela signifiait ?

— Kim et Nick déplorent que je me retrouve une nouvelle fois dans cette situation, dit Rita, le menton appuyé sur sa main. Je suppose que je serai toujours celle qui ne sait pas tirer les leçons du passé.

— Ne fais pas ça, dit-il en chassant ses interrogations pour se concentrer sur Rita, la seule qui comptâtt.

— Quoi ? Culpabiliser ?

Elle eut un rire plein d'amcrtume.

— Dommage ! C'est ma spécialité !

D'un geste, il désigna la pièce autour d'eux.

— Ecoute, Rita, je n'ai pas du tout le sentiment que ta vie soit un échec. Regarde plutôt tout ce que tu as accompli.

Il n'y avait pas que l'hôtel qui prospérait. Elle avait réussi l'éducation de sa fille, et elle l'avait métamorphosé, lui, ce qu'aucune femme n'était parvenue à faire jusque-là, pour autant qu'il sache.

Elle marqua une pause, rougit, et baissa les yeux en souriant.

— J'ai tellement l'habitude de décevoir les gens. C'est bon de savoir que quelqu'un m'apprécie.

— J'ai tout de suite remarqué que tu étais une fille bien.

Ils se regardèrent avec intensité. Et il se rendit compte qu'elle était sa seule clarté.

Est-ce pour cette raison que tu ne supportes pas l'idée d'être éloigné d'elle ? lui demanda une petite voix. *Parce qu'elle te laisse à penser que tu es une personne différente de celle que tes proches connaissent, et que tu redoutes de redevenir cet homme ?*

Il aurait volontiers fait taire cette voix si ce comportement ne lui avait rappelé celui de l'ancien Connall.

Quand Rita eut terminé son service, tous trois gagnèrent son appartement. Connall portait les cartons de décorations de Noël qu'elle lui avait confiés.

— C'est la tradition de décorer le sapin le week-end suivant Thanksgiving, avait-elle déclaré.

Il posa les cartons sur le canapé.

— Tu as eu le temps de sortir en acheter un ? demanda-t-il en désignant le sapin installé dans un coin.

— Les employés du drugstore me l'ont livré, expliqua-t-elle. Et demain, ils en apporteront un plus grand pour le hall.

— Ils ont un bon service clientèle, dit Kristy d'une voix flûtée.

Rita échangea un regard surpris avec Connall, et

ils éclatèrent de rire. C'étaient des termes que sa fille avait glanés au hasard des conversations d'adultes.

— Maligne comme un singe ! dit Connall.

Il la souleva dans ses bras et la fit tourbillonner avant de la reposer à terre.

— Encore ! implora Kristy.

Pendant qu'il lui faisait faire un autre tour, elle se rappela ce qu'il lui avait dit à propos de sa vie. Il ne trouvait pas qu'elle soit un échec. Qui, à part Violet et sa mère, avait souligné ce point ? Elle n'avait jamais rencontré d'homme qui sache trouver les mots pour lui redonner l'estime d'elle-même tout en étant sincère.

Pourtant, alors qu'elle sentait le bonheur l'envahir, la pensée que tout cela n'était que temporaire s'imposa à elle.

— Maintenant, dit Connall en la prenant par le bras pour la guider vers le canapé, il faut te reposer.

— C'est l'heure de la sieste, décréta Kristy, sortant un petit renne couvert de paillettes d'un carton.

Mais Rita ne se sentait pas du tout fatiguée.

— Je n'ai aucune envie de me reposer !

Il la força à s'asseoir.

— Ne sois pas têtue et accepte que je te dorlote un peu. As-tu une cuvette ?

— Pour quoi faire ?

— Je vais te préparer un bain de pieds. J'ai lu quelque part que c'était bon pour les femmes enceintes.

Le mot *enceinte* dut résonner dans l'esprit de Kristy, car elle s'approcha, grimpa sur le canapé et posa une oreille sur son ventre. Submergée par l'émotion, Rita lui caressa la tête, et, quand elle leva les yeux, elle vit que Connall était également ému. On aurait dit qu'il avait également envie d'écouter les battements du cœur de son enfant.

Puis il parut sortir d'un rêve.

— La cuvette ? dit-il.

— Dans le placard du couloir. Etagère supérieure, répondit-elle, la gorge douloureuse.

— Bonjour, bébé, dit Kristy en se blottissant contre elle.

Puis elle leva la tête.

— Comment allons-nous l'appeler ?

Elle avait déjà dit à sa fille qu'elle aurait une petite sœur et le fait que Connall, le père, ne connaisse pas le sexe du bébé lui parut injuste.

— Je n'y ai pas encore pensé.

— J'aime bien « Ariel », décréta Kristy.

En entendant Connall revenir, elle se demanda s'il avait surpris leur conversation.

Quoi qu'il en soit, le moment n'était-il pas venu de lui dire ? De faire tomber la dernière brique du mur élevé contre la souffrance qu'il aurait pu lui infliger ?

Elle soupira. Si elle devait lui révéler une information qui lui tenait tant à cœur, ce serait en tête à tête, pas devant Kristy.

Cependant, quand il rapporta la cuvette pleine d'eau chaude et parfumée aux sels de lavande trouvés dans la salle de bains, elle comprit qu'il n'avait pas entendu. Elle jouissait en quelque sorte d'un répit. Mais la nécessité de lui parler pesait comme un fardeau sur ses épaules.

En attendant, elle comptait bien profiter du délice de plonger ses pieds nus dans le bain odorant tout en regardant Connall et Kristy suspendre les décorations au sapin. A la fin, Connall souleva Kristy pour qu'elle accroche l'étoile au sommet.

Elle n'aurait jamais pu produire cet effort, pensa-t-elle, mais pour un homme comme lui, ce n'était rien.

Quand il brancha la guirlande, une multitude de petites lampes multicolores illuminèrent leurs visages radieux, et il s'agenouilla près de la fillette pour contempler leur œuvre.

Il aurait pu être le père de Kristy, pensa-t-elle. Si la vie était juste, il *aurait dû* l'être à la place de Kevin.

Heureusement, elle aurait plus de chance pour son deuxième enfant. Cette fois, elle ferait en sorte que ce père se comporte bien avec son enfant, et avec Kristy…

Peut-être même découvrirait-elle qu'il était l'homme de sa vie.

- 10 -

Le lendemain, Rita appela son frère et sa sœur pour savoir s'ils avaient un peu de temps à lui consacrer. Elle ne pouvait plus différer le moment de s'expliquer avec eux, ni, d'ailleurs, avec Kristy.

Elle prit son après-midi de congé et partit avec Kristy pour le Crescent N Ranch, autrefois propriété de leur oncle Rob, et qui leur était revenu à sa mort puisqu'il était célibataire. Ne se sentant pas l'âme d'une cow-girl, Rita avait choisi de s'occuper de l'hôtel familial, tandis que Kim et Nick avaient repris la direction du ranch.

— Nous allons voir le nouveau poulain ! dit Kristy, installée dans son siège, sur la banquette arrière.

— Tante Kim et oncle Nick seront ravis de te le présenter.

— Comment s'appelle-t-il ?

— Il faudra le leur demander.

Rita essayait de calmer sa nervosité à l'idée de ce qui l'attendait quand, soudain, comme en écho à ses pensées, Kristy demanda :

— Est-ce que Connall va être mon papa ?

Rita faillit faire un bond sur son siège. Apparemment, sa conversation avec l'enfant n'attendrait pas plus longtemps. Après s'être garée sur le bas-côté de la petite route de campagne, près de boîtes aux lettres qui avaient connu des jours meilleurs, elle coupa le moteur et se tourna vers sa fille.

Ne sachant comment présenter les choses, elle opta pour la franchise.

— Connall est le papa du nouveau bébé, alors il va beaucoup compter dans nos vies.

C'était un début. Seulement, elle ne voulait pas susciter de fausses espérances chez sa fille. Il ne lui était pas possible de s'exprimer au nom de Connall, bien qu'elle ait bon espoir, quand elle le voyait agir avec Kristy, qu'il soit l'homme en qui elle pourrait placer sa confiance sans risque de souffrances pour elle, Kristy ou le bébé.

Mais elle n'avait aucune garantie.

— J'aime bien Connall, dit Kristy.

— J'ai remarqué. Et il t'aime beaucoup aussi.

— Mais il ne sera pas mon papa ?

Pourquoi fallait-il que Kristy se montre aussi obstinée ?

— Ecoute, chérie, je ne peux pas te dire ce qui va se passer dans l'avenir. J'aimerais bien pouvoir le faire. Je peux juste te dire que, moi aussi, j'aime beaucoup Connall.

L'expression lui parut bien fade au regard de ce qu'elle ressentait pour lui. Etait-il possible qu'elle se soit mise à… l'aimer tout court ?

L'idée fit battre plus vite son cœur.

— Tu l'aimes *beaucoup*, maman ? dit Kristy avec une drôle d'expression.

— Oui, Kristy, répondit-elle en se sentant rougir.

Elle n'arrivait pas à croire qu'une gamine de quatre ans puisse la déconcerter à ce point.

— Je sais que tu n'as jamais vécu ça puisque aucun homme n'est entré dans nos vies, reprit-elle. Mais je suis fière de la façon dont tu prends les choses. Cela rend tout un peu… différent, n'est-ce pas ?

Kristy semblait ne pas très bien comprendre.

— Ce que je veux dire, reprit-elle, c'est que notre vie n'est plus la même maintenant que nous voyons très souvent une autre personne. Mais, grâce à toi, Connall se sent bien avec nous. Il apprécie beaucoup.

Kristy triturait l'ourlet de son pull.

— A l'école, beaucoup d'enfants ont des papas.

— Et tu en voudrais un, je comprends.

Rita posa une main sur le genou de Kristy. Elle qui aurait fait n'importe quoi pour sa fille était navrée de ne pouvoir exaucer son vœu.

Mais pour qui était-ce le plus dur ? Pour Kristy ou pour elle ?

Penchant la tête, sa fille lui adressa un gentil sourire qui disait que sa mère était tout son univers et qu'elle ne pourrait jamais rien faire de mal.

— Rappelle-toi juste, dit Rita, touchée au fond du cœur, que beaucoup de gens t'aiment, et que cela ne changera jamais. Et si tu as d'autres questions à me poser à propos de Connall, ou de n'importe quoi d'autre, n'aie pas peur de le faire. Je m'efforcerai de te répondre. Tu comprends ?

Kristy hocha la tête.

— Tu es une bonne petite fille, dit Rita en lui serrant le genou.

Quand elle se retourna vers le volant, elle se sentit le cœur plus léger. Restait à espérer que Kim et Nick se montrent aussi compréhensifs que sa fille.

Elle redémarra et, bientôt, obliqua sur l'allée de

gravier qui menait au Crescent N Ranch. Elle s'arrêta devant un bâtiment de brique dans lequel on avait aménagé les bureaux. Dans l'entrée trônait un canapé bien rembourré et recouvert de coussins brodés. Kristy s'y roula pendant que Rita appelait son frère et sa sœur.

Du couloir provint un bruit de bottes résonnant sur le plancher, et Nick apparut, tête nue, le cheveu grisonnant, suivi de Kim, aussi fraîche qu'un jour de printemps. En les apercevant, Kristy leur sauta dans les bras.

Après les effusions, Nick désigna les profondeurs du bâtiment.

— Tilly t'attend dans son bureau avec un bon goûter, dit-il à Kristy.

Rita eut l'impression d'entendre sonner le gong.

Kim tendit la main à sa nièce.

— Elle a préparé des sandwichs au beurre de cacahuète et à la gelée, sans la croûte, comme tu les aimes.

Après avoir adressé à Rita un signe de la main, Kristy suivit Kim jusqu'au bureau de la secrétaire du ranch tandis que Nick rentrait dans le sien d'où il avait vue sur les écuries. La pièce était strictement utilitaire, austère comme Nick lui-même, avec ses fauteuils de cuir, ses étagères débordant de papiers et son bureau de bois brut qui avait appartenu à leur oncle Rob.

Rita prit place dans un fauteuil et Nick à son bureau. Un instant plus tard, Kim les rejoignait et refermait la porte derrière elle.

— Bon, vous voulez savoir ce qui m'arrive, attaqua Rita sans préambule.

Les bras croisés sur sa poitrine athlétique, Nick inclina la tête.

— Ce serait plus agréable que d'être laissés dans le noir.

— Ce n'est sûrement pas facile pour Rita, intervint Kim.

— Non, dit Rita. J'ai essayé d'analyser la situation, mais je finissais par m'y perdre. C'est pourquoi je ne vous ai rien dit, mais je suis prête maintenant.

Prête, vraiment ?

Prête à quoi exactement ?

Elle eut la sensation d'un soleil explosant dans sa poitrine, et elle comprit pour quoi elle était prête.

Ou plutôt, pour qui.

Elle était prête à accepter Connall, le soupirant surprise, qui se mettait en quatre pour le bébé, pour elle, et pour Kristy. C'était comme si, ces quinze derniers jours, elle avait appris à connaître un homme en qui elle reconnaissait à peine celui avec qui elle avait passé une nuit et qui avait temporairement disparu de sa vie.

Se redressant, elle raconta tout à son frère et à sa sœur, pour finir par leur avouer ainsi qu'à elle-même :

— Je crois être enfin prête à tourner la page et à envisager l'avenir avec lui.

Dans sa chambre d'hôtel, Connall terminait de passer des appels téléphoniques avec des vendeurs de bétail, rattrapant le temps perdu à cause de son amnésie. Etrangement, il avait été capable de reprendre le rythme des travaux du ranch, comme si la mémoire des muscles demeurait, mais il ne se rappelait plus ses contacts d'affaires, et il avait dû refaire connaissance avec eux durant sa convalescence.

Il fut surpris d'entendre frapper à la porte, car

il n'attendait personne. Ce qui ne l'empêchait pas d'espérer voir paraître une certaine personne de sa connaissance…

Quand il la découvrit sur son seuil, il eut un élan de joie.

Rita. Et comme d'habitude, elle le laissa sans souffle, étourdi, terrassé par le désir. C'était peut-être à cause de ses joues rosies, comme si elle était également émue de le voir. Ou peut-être de ses cheveux, qu'elle avait enfin libérés de leur barrette et qui roulaient sur ses épaules… tels qu'ils lui apparaissaient dans son souvenir légèrement embrumé de sa première et unique nuit avec elle.

Se ressaisissant, il ouvrit largement la porte.

— Je ne t'attendais pas si tôt, dit-il.

— J'ai terminé plus tôt que prévu, expliqua-t-elle en entrant dans la chambre, un parfum de fruits rouges et de vanille flottant dans son sillage. Et j'ai bien travaillé, ajouta-t-elle avec un sourire satisfait.

— Vas-tu me dire de quoi il s'agit ?

On aurait dit qu'elle avait accompli un mystérieux exploit.

Elle s'appuya contre le mur.

— J'ai parlé à Kim et à Nick, dit-elle enfin.

Il faillit lui demander à quel sujet, mais se retint à temps.

— Ai-je brillamment passé l'examen ? s'enquit-il.

— Oui. Bon, les circonstances de notre rencontre ne les enchantent pas, mais mon frère et ma sœur sont si protecteurs vis-à-vis de moi que je n'en attendais pas moins. Ils nous soutiendront, même si Nick grommelle.

— Tant qu'il ne sort pas le fusil quand il m'aperçoit…

Rita haussa les épaules.

— Ils sont juste mécontents que je ne leur aie pas parlé de toi plus tôt. Ils auraient aimé être dans le secret depuis le début. Et, bien sûr, ils redoutent que tu me brises le cœur comme…

— Kevin.

Elle poussa un petit soupir et, quand elle leva les yeux vers lui, il vit combien elle était vulnérable.

— Je voudrais tellement en finir avec lui, dit-elle. J'essaie depuis des années, mais je commence seulement à entrevoir une promesse de guérison.

Qu'est-ce qui l'avait changée ? Etait-ce trop d'espérer que ce soit lui ?

Le regard de Rita semblait dire que c'était bien lui la cause de sa métamorphose, et son sang courut plus vite dans ses veines.

— J'ai aussi parlé avec Kristy, dit-elle. Elle a demandé si tu serais son papa.

— Ah…

A présent qu'il y réfléchissait, ce n'était pas une surprise. La question planait au-dessus de leurs têtes depuis son retour.

Et le nouveau Connall ne désirait-il pas y répondre par l'affirmative ?

— Je lui ai dit, poursuivit Rita, que je ne pouvais pas faire de promesses à ta place. Et je ne veux surtout pas te pousser dans cette voie. Je voulais juste que tu saches ce qu'elle a en tête.

— Pour moi, le bébé et Kristy forment un tout.

Il tendit la main vers ses cheveux si soyeux. Bon sang ! Il avait un mal fou à se contenir, parce que être près d'elle sans la toucher avait été une torture.

— C'est vrai ? demanda-t-elle.

— Bien sûr que c'est vrai.

Il lui caressa la joue et, à son contact, elle ferma les yeux et se mordit la lèvre.

— Où est Kristy ? demanda-t-il. Je vais le lui dire tout de suite.

— Elle est restée au ranch. Elle aime y passer des week-ends. Tu sais comment sont les filles avec les chevaux.

— Quand j'ai dit « forment un tout », reprit-il d'une voix enrouée, je t'incluais aussi. Je veux davantage qu'un droit de visite à mon enfant.

Il lui sembla qu'un rai de lumière tourbillonnait dans la pièce. Mais peut-être était-ce une illusion d'optique, parce qu'il sentait à l'intérieur de lui-même que son univers venait de tourner sur son axe.

Enfin, l'univers de l'ancien Connall.

Elle ouvrit les yeux.

— Je n'arrête pas de me répéter que je ne devrais pas avoir peur.

— D'être heureuse ?

Il rit doucement.

— Tu viens de me dire que tu voulais tourner la page Kevin.

— Je le veux, seulement, me méfier… est devenu ma seconde nature. Je tenais absolument à ce que tout le monde pense que je pouvais gérer n'importe quelle situation. Y compris toi, Connall. Je voulais être forte, ne pas me mettre en position de souffrir. Ni moi, ni Kristy, ni le bébé.

— Rassure-toi, Rita. Je ne vous ferai jamais de mal.

Sauf qu'un recouvrement total de sa mémoire pourrait le faire changer radicalement de point de vue…

L'idée lui fit l'effet d'un missile surgi des profondeurs

de son inconscient où elle attendait probablement le moindre encouragement pour jaillir.

Passer le restant de sa vie lui parut insupportable dans cet état d'incertitude. Devoir être dans l'expectative, redouter sans cesse que ne surgisse quelque chose qui détruise son bonheur tout neuf : c'était au-dessus de ses forces.

Il fallait faire comme Rita, regarder vers l'avenir, sans jamais se retourner.

Apparemment décidée à franchir la ligne qu'elle avait tracée entre eux, elle tendit la main vers un bouton de sa chemise. Et soudain, son regard s'embua.

S'agissait-il de larmes de joie, ou de tristesse ?

— Nous allons avoir une petite fille, Connall.

Il demeura quelques instants étourdi de bonheur.

— Une petite fille ? répéta-t-il.

— Oui.

Elle eut un petit rire nerveux, comme si elle n'était pas encore certaine de sa réaction.

Un kaléidoscope de prénoms féminins se mit à tournoyer dans son esprit. Et s'ils appelaient leur fille « Clarissa », le prénom de sa mère ? Ou bien… quel était le prénom de la mère de Rita ? « Abigail » lui plaisait beaucoup aussi…

— Une petite fille, murmura-t-il, éperdu de tendresse.

Il prit Rita dans ses bras et posa un baiser sur sa tempe. Elle soupira, de soulagement, mais peut-être aussi de bonheur. Et, tandis qu'il enfouissait son visage dans ses cheveux, il n'arrivait plus à imaginer un temps où il n'avait pas été plein d'elle, et de la nouvelle qu'ils allaient être parents d'une adorable petite fille.

Elle s'accrocha à lui, posa la joue contre son torse, et il sentit ses larmes mouiller sa chemise.

— Pourquoi pleures-tu ? demanda-t-il en lui caressant les cheveux.

— Parce que la réalité est encore plus belle que dans mes rêves.

Sidéré d'avoir le pouvoir de l'affecter autant, alors qu'il n'avait pas le contrôle de sa propre vie, il l'embrassa sur le nez, sur ses joues humides de larmes, et puis…

Et puis, ils échangèrent un vrai baiser, fougueux, passionné, comme s'ils ne s'étaient encore jamais embrassés de leur vie et qu'ils étaient affamés l'un de l'autre.

Il la serra contre lui et sentit le renflement de son ventre.

Quand elle entreprit de déboutonner sa chemise, il s'écarta, haletant.

— Crois-tu que ce soit une bonne idée ? demanda-t-il. Tu es…

— Enceinte, je sais. Ecoute, tu as dit que tu voulais me dorloter, eh bien, maintenant que nous avons tiré les choses au clair, tu ne peux imaginer meilleure façon de t'occuper de moi.

Au départ, ce n'était pas ce qu'il avait eu en tête. Il s'était plutôt vu veillant sur elle, allongée sur le canapé.

— Allons, dorlote-moi, murmura-t-elle d'une voix pressante.

Elle l'attira à elle pour l'embrasser. Elle avait réussi à ouvrir sa chemise, et l'air frais caressait son torse nu. Quand elle y posa les mains, il réprima un brusque tressaillement.

Et quand elle dessina du bout des doigts le contour de ses mamelons… il perdit toute raison.

Saisissant le bas du pull de Rita, il le fit passer

par-dessus sa tête et le jeta par terre. Elle portait un soutien-gorge de satin, et ses seins saillaient par-dessus les bonnets.

Dans un éclair, il se rendit compte qu'ils étaient plus gros que la dernière fois où il l'avait vue nue, mais le souvenir retomba dans la brume, lui laissant seulement le présent.

Baissant la tête, il baisa leur rondeur ferme et glissa ses mains dans son dos pour dégrafer son soutien-gorge. Quand ce fut fait, elle leva ses bras repliés au-dessus de sa tête et s'appuya au mur.

— Embrasse-moi, chuchota-t-elle.

Il lui obéit avec empressement, passant la langue sur les pointes d'un rose sombre jusqu'à ce qu'elles durcissent. Alors, dessinant un chemin de baisers, il posa les lèvres sur son ventre.

Il s'arrêta, haletant, et encercla de ses mains en coupe la tendre colline.

Elle fit glisser sa jupe vers le bas pour dégager son ventre. Appuyant sa tête dessus, il guetta une pulsation, mais il ne savait pas si le battement qu'il percevait était celui de son propre sang, celui de Rita ou de leur petite fille.

Il resta ainsi pendant ce qui lui sembla une éternité, avec Rita qui lui caressait les cheveux, le front, les tempes, comme si elle jouait sur les cordes qui vibraient en lui.

Qu'importaient les circonstances de la conception de cet enfant, il savait que *lui,* le nouveau Connall, et Rita l'avaient fait ensemble. Et l'ancien Connall ne pouvait pas interférer avec ce qu'il ressentait maintenant.

Rien, pas même le retour de souvenirs susceptibles

de changer sa perception de qui il avait été ou de qui il était, ne pourrait lui prendre cela.

Pourtant, tout en raisonnant ainsi, il sentait quelque chose frémir dans sa tête, comme une pensée qui chercherait à se libérer.

— Connall ? murmura Rita.

Les mains sur les hanches de Rita, il leva les yeux vers elle puis, sans un mot, il fit glisser sa jupe le long de ses jambes ainsi que sa culotte. Elle renversa la tête contre le mur, lèvres entrouvertes, yeux mi-clos, ses cils noirs projetant une ombre sur ses joues.

Quand elle fut entièrement nue devant lui, il la contempla longuement.

Sa belle, sa superbe Rita.

Sienne à jamais.

Il lui écarta les jambes, et une sorte de déflagration se produisit en lui, moitié désir pur, moitié sentiment inconnu. Il frotta sa joue contre sa cuisse, et le crissement de sa barbe de fin d'après-midi résonnant dans la pièce de manière amplifiée domina tous les autres bruits, y compris celui de sa respiration.

Domina le vacarme de sa tête…

Ordonnant le silence à son esprit, il embrassa l'intérieur de la cuisse de la jeune femme et remonta une main jusqu'à son sexe.

Elle poussa un cri, respira plus fort.

Il l'embrassa au creux des cuisses, et elle se laissa lentement glisser le long du mur. Il l'étendit alors sur le sol, et ses gémissements s'accélérèrent. Il usa de sa bouche pour l'aimer et l'amener à un orgasme dont le bruit le ravit. Il ne se rappelait pas avoir entendu quelque chose d'aussi merveilleux, pas même en fouillant dans ses souvenirs épars.

Entre deux gémissements, elle demanda :

— Est-ce que… ça te rappelle quelque chose ?

Elle craignait le retour du séducteur.

Il posa tendrement une main sur son ventre.

— Je suis là maintenant, Rita, et nulle part ailleurs.

Son esprit s'était calmé. En souriant, elle tendit la main vers sa chemise ouverte.

Il la laissa lui ôter, et, quand elle forma un petit tas à terre, il prit la jeune femme dans ses bras pour la porter jusqu'au lit.

Après l'avoir allongée sur le lit, il hésita, et leurs regards se croisèrent. Il comprit alors que le souvenir qu'il fabriquait avec elle en cet instant était plus fort que tout ce qu'il avait connu. Il le sentit plus que jamais. Il *était* ce nouvel homme. Et il le resterait.

— C'est bon, dit-elle. Nous pouvons faire l'amour sans problème maintenant que je suis enceinte.

Ce n'était pas pour cette raison qu'il restait debout près du lit, mais il ne la détrompa pas.

Il se débarrassa promptement de ses vêtements et s'allongea près d'elle sur la couche. Elle le contempla comme si c'était leur première fois.

Ce qui était le cas, d'une certaine façon.

Elle prit son sexe dans sa main, le caressa, et il durcit encore plus.

— A ce rythme, dit-il, je ne vais pas durer longtemps.

— Moi non plus.

Ils n'avaient pas besoin de préservatif. Elle était enceinte, et il venait de passer un test de dépistage du sida dont le résultat était négatif.

Il l'en informa pendant que, allongés face à face, elle glissait une jambe par-dessus sa cuisse.

Quand il la pénétra, il fut soudain aveuglé par une

lumière qui explosait dans sa tête. Il l'étreignit tandis qu'ils remuaient ensemble, lentement, puis leur rythme s'accéléra à mesure que leur plaisir croissait.

Une page blanche, pensa-t-il. Voilà ce qu'était son esprit à présent.

Rita était tout pour lui, et il était tout pour elle. Il la revit dans sa robe de demoiselle d'honneur, à Heartbreak Hill, au cinéma de plein air, ses lèvres gonflées et rougies par ses baisers. Il vit son visage maintenant, qui exprimait ses sentiments pour lui.

Chaque image faisant naître un nouveau souvenir qui grimpait vers le ciel…

Comme son corps se tendait, ces images se mirent à trembloter, et il lutta pour qu'elles ne s'éparpillent pas. Cependant, au lieu d'exploser en mille morceaux, elles se consumèrent en commençant par les bords…

Et puis, soudain, dans un souffle torride, elles s'embrasèrent, expédiant des lambeaux dans les airs, qui, en atterrissant au sol en tourbillonnant, n'étaient plus que dentelle de cendre.

Il serra très fort Rita contre lui, effrayé à l'idée de la perdre. Parce qu'il y avait quelque chose d'inquiétant à propos de ces images qui noircissaient son esprit, quelque chose d'inquiétant, déclenché par l'émotion intense que Rita éveillait en lui.

Rien d'autre ne pouvait avoir causé ce phénomène, pensa-t-il, mais pourquoi fallait-il qu'il ait lieu maintenant ?

Rita se nicha contre lui, le visage dans son cou.

— Je suis heureuse, dit-elle.

Il déglutit, sans la lâcher, alors même que les images dans son esprit redevenaient nettes, semblables à celles qui composeraient la bobine d'un film.

Il essaya de repousser la vision, mais lentement, inexorablement, la bobine se déroula, et il vit ce qu'il redoutait tant.

Il ouvrit les yeux, découvrit la lumière du soleil filtrant à travers les rideaux d'une chambre d'hôtel. Il examina le lieu, avec ses meubles à l'ancienne, son armoire, sa commode et le velours qui tapissait murs et fauteuils…

Et puis, le souvenir de la nuit se précisa et il baissa les yeux sur la jeune femme allongée près de lui, qui dormait paisiblement.

Elle s'appelait Rita.

Il se souleva sur un coude, tenté par l'idée de l'éveiller d'un baiser, mais se ravisa. Il voulait la contempler tout à loisir, parce que cette femme ne ressemblait à aucune de ses nombreuses conquêtes.

Il avait flirté avec elle au saloon, l'avait séduite, et avait été convié à la suivre dans cette chambre qu'il avait eu l'intention de quitter au beau milieu de la nuit… mais… il était toujours là.

Il était resté beaucoup plus longtemps que ne l'exigeait son confort moral, quand il passait la nuit avec une femme. Bon sang ! Il n'y avait pourtant pas plus efficace que lui quand il s'agissait de décider que assez, c'était assez ! Et il était capable de filer entre les doigts de la plus maligne des femmes quand les choses menaçaient de devenir sérieuses.

Mais, cette fois, il était resté. Il avait perdu la notion du temps, et tout bon sens.

Il avança une main vers les cheveux bouclés de Rita. Ils étaient doux contre sa peau pendant qu'elle couvrait son corps de baisers. Ils avaient fait l'amour d'une façon incroyable, et l'idée de venir la retrouver le soir, quand il aurait réglé ses affaires, lui avait traversé l'esprit.

Ne sachant que faire de ces étranges émotions, il s'était glissé hors du lit, et il s'apprêtait à la quitter discrètement avant qu'elle se réveille. Il allait prendre une chambre quelque part, puisqu'il ne l'avait pas fait avant d'aller au saloon, la veille, pour dîner. Là, il se doucherait et se changerait, parce que ce ne serait pas très bien vu de se présenter à un rendez-vous d'affaires mal rasé, avec des vêtements défraîchis.

Cependant, au moment où il enfilait son jean, Rita s'étira et le soleil joua sur sa peau nue. Elle ouvrit les yeux et lui sourit langoureusement. Puis son expression s'assombrit quand elle se rendit compte qu'il était en train de s'habiller.

Il ne s'en inquiéta pas, car il avait l'art de se sortir de n'importe quelle situation.

— Bonjour. As-tu bien dormi ?

— Pas beaucoup, dit-elle en l'examinant d'un air perplexe.

Par terre, sur le tas de vêtements de Rita, un pendentif brillait au bout de sa chaîne. Un R formé de deux morceaux séparés. Il le lui avait retiré, la veille, avant qu'ils ne s'effondrent sur le lit pour ne plus en sortir.

Il se pencha et prit le bijou dans sa main.

— Tu as perdu ceci dans la tourmente.

Elle rougit.

Il sourit. Au cours de son existence de célibataire endurci, il avait appris l'utilité du geste.

— Me permets-tu de l'emporter avec moi pour la journée ?

— Pourquoi ?

— Parce que je regrette tellement de ne pouvoir rester ici, Rita, et ce sera une consolation de l'avoir avec moi.

L'idée sembla lui faire plaisir, et curieusement son sourire le toucha.

D'ailleurs, il s'était passé des choses étranges au cours de la nuit. Il l'avait écoutée parler de sa fille sans ennui, il s'était même surpris à lui faire des confidences à propos de ses bêtises de jeunesse, de sa famille, ce qu'il ne faisait jamais avec ses petites amies. Et il semblait que cela ait incité Rita à lui accorder sa confiance.

En tout cas, il avait vraiment envie de passer une nuit supplémentaire avec elle.

Juste une, se dit-il. *Où serait le mal ?*

— Alors, qu'en dis-tu ? demanda-t-il. C'est une garantie que je te ramènerai cette babiole ce soir.

— Une babiole ? Comme tu y vas ! Elle m'a coûté de l'argent durement économisé. Pas une fortune, bien sûr, mais…

— J'y ferai très attention. C'est promis.

Elle éclata de rire.

— Tant que tu me la rapportes, Connall.

— Je te la rapporterai. C'est promis.

Il le pensait sincèrement.

Une nuit, se répéta-t-il, tout en commençant à soupçonner que quelque chose le dépassait.

Il se pencha pour l'embrasser, et ce fut à ce moment qu'il perdit toute assurance.

L'étrange émotion qui l'avait assailli, la veille, quand en poussant la porte du saloon, il l'avait aperçue, le submergea sans qu'il réussisse à la chasser. Et, à présent, les lèvres si tendrement posées sur les celles de Rita, il éprouva une faiblesse malvenue.

Dans un élan de panique, il se redressa, et se ressaisit si vite qu'il faillit s'abuser en se disant que ce ne serait pas si difficile de repartir le lendemain matin, après avoir passé une ultime nuit avec elle.

Ronronnant comme un chaton, Rita ferma les yeux et se rendormit.

En se dirigeant vers la porte, il eut l'idée de laisser le pendentif sur la table, mais cela aurait signé sa défaite. Il devait affronter ces drôles de démons et, pour cela, revenir le soir même.

Et puis, le lendemain, il classerait cette histoire dans la rubrique *engouements passagers*, et la vie reprendrait son cours normal…

- 11 -

Qu'arrivait-il à Connall ?

Ses bras s'étaient crispés autour d'elle, et même si elle n'avait pas une grande expérience en matière sexuelle, elle savait que ce n'était pas un comportement normal après l'amour.

Elle roula sur le côté afin de voir son expression, mais il détourna les yeux.

— Que se passe-t-il ? demanda-t-elle, inquiète.

Il voulut secouer la tête, mais elle prit son visage dans ses mains.

Ses pires peurs étaient revenues en un instant.

Elle ne voulait pas poser de questions, mais les mots jaillirent d'eux-mêmes.

— Est-ce que tu as de nouveaux souvenirs, Connall ?

Voyant qu'il semblait incapable de répondre, l'angoisse la saisit.

— Je sens qu'il y a quelque chose, insista-t-elle.

— Rita, je…

Elle s'assit, tirant le drap sur sa poitrine. Soudain, il lui parut plus étranger qu'il ne l'avait jamais été. Ils devraient être enlacés, dans la paix suivant l'amour, non à des années-lumière l'un de l'autre.

— Que t'es-tu rappelé ? demanda-t-elle.

C'était terrible, car sa question sonnait comme une accusation.

Il s'assit à son tour et s'adossa à la tête de lit.

— Rien dont il nous faille parler maintenant, Rita.

Une douleur lui transperça la poitrine.

— Tu ne vas pas me parler de ce dont tu t'es souvenu ?

Il tendit la main vers elle, dans un geste d'apaisement, mais sa voix était dure quand il déclara :

— Ce n'est pas le moment.

— Je pense que si, insista-t-elle.

Il poussa un soupir agacé.

Ce n'était pas normal, pensa-t-elle. Pourquoi refusait-il de lui parler ?

Elle passa une main sur son visage et frissonna. Un bref instant, elle n'avait plus vu Connall, mais…

Kevin.

Connall ne pouvait pas le deviner, mais sa façon de louvoyer lui rappelait trop l'attitude de son ex-fiancé, le soir où il avait fini par admettre qu'il lui mentait depuis longtemps, qu'il ne l'aimait plus, qu'il n'avait aucune envie d'avoir un enfant, et qu'une femme l'attendait dans un hôtel, à la sortie de la ville.

C'était tout le problème avec les hommes, ils mentaient comme ils respiraient. Et leurs mensonges dissimulaient généralement les pires trahisons.

Pourtant, était-ce juste de comparer Connall à Kevin ?

Mais pourquoi se poser la question puisqu'elle n'arrivait pas à s'empêcher de faire des comparaisons ?

Elle essaya, en vain, de calmer les battements désordonnés de son cœur.

— Tu me fais atrocement peur, Connall.

Il parut terriblement malheureux, ce qui n'avait

rien de surprenant, car le Connall qu'elle était venue à connaître était un honnête homme, et mentir devait le crucifier.

Un silence de mort s'abattit sur la pièce, uniquement troublé par les battements de son cœur, et quand il se mit à parler, ce fut comme si le son de sa voix lui parvenait à travers une couche d'ouate.

— Tu avais raison, dit-il. Te serrer dans mes bras a ranimé certains souvenirs.

— Lesquels ?

Elle croisa son regard incertain.

— Le matin où je suis parti.

— Je redoutais plus grave, dit-elle, soulagée. Nous savons ce qui s'est passé ce matin-là. Tu as pris mon pendentif en disant que tu reviendrais le soir, et puis tu as eu cet accident.

— Oui, mais il y a autre chose. Evidemment, mon esprit me joue peut-être des tours. Je ne sais même pas ce que je peux croire.

— Tu veux dire que ton esprit créerait de faux souvenirs ? Est-ce que c'est arrivé avant ?

— Non.

Mais, si elle comprenait bien, il espérait que c'était le cas, maintenant.

— Raconte, implora-t-elle, ne supportant plus l'angoisse de l'attente.

Il regardait droit devant lui, et les secondes s'écoulaient, inexorables.

— C'est terrible, dit-il enfin. C'est comme si je ne connaissais pas le type de mes souvenirs. Je me suis éveillé dans le lit avec toi, et — c'est la seule partie qui a du sens — j'ai senti mon cœur se gonfler de tendresse. Tu me faisais un effet qu'aucune femme n'avait produit sur moi avant toi, Rita.

C'était plutôt une bonne nouvelle… mais pourquoi son ton laissait-il alors présager une suite moins agréable ?

— Emmet ne cesse de me répéter que je ne suis pas du genre sentimental, ce que ce souvenir confirme. Et le fait que je ressente quelque chose pour toi me perturbait profondément.

Il secoua la tête.

— Je retire ce que j'ai dit. Cela *le* perturbait.

Non, sa première façon de formuler les choses était juste, pensa-t-elle, la peur au ventre. L'ancien et le nouveau Connall ne faisaient qu'un. Même si le Connall d'aujourd'hui faisait de son mieux pour se démarquer de l'ancien, ses souvenirs étaient les siens. Et dès qu'ils lui seraient redevenus familiers, combien de temps lui faudrait-il pour retomber dans ses habitudes ?

L'effroi la saisit en constatant que ses pires craintes devenaient réalité.

— Et après ? demanda-t-elle d'une voix éteinte.

Il avait rougi.

— Rappelle-toi seulement que je suis aussi éloigné de l'ancien Connall que possible. Tu le sais, n'est-ce pas ?

Elle hocha imperceptiblement la tête.

— Je me suis souvenu que j'avais très envie de passer encore une nuit avec toi. Je n'étais même pas sûr de vouloir partir, ce matin-là, mais j'avais ce rendez-vous important au Hervy Ranch.

Il se prit le visage dans les mains.

— Oh ! Rita. Ce qui suit n'est pas joli, joli, mais je

te dois la vérité. Avant que tu ne te réveilles, j'essayais de m'habiller en faisant le moins de bruit possible dans l'espoir de filer en douce.

Elle se rappela ce moment, quand elle avait ouvert les yeux et qu'elle l'avait vu passer son jean. Elle s'était demandé ce qu'il faisait, et puis il lui avait souri.

— Tu as vu que je te regardais, dit-elle, et tu as ramassé mon pendentif, disant que tu me le ramènerais le soir.

— Oui, dit-il, rougissant un peu plus.

— Qu'y a-t-il, Connall ?

— J'avais l'intention de revenir passer la nuit avec toi, et d'en rester là.

Elle aurait voulu s'insurger contre sa brutalité, lui reprocher de n'avoir pas enrobé la vérité, mais ne l'avait-elle pas réclamée à cor et à cri ?

— Tu voulais juste profiter une dernière fois de mon insondable naïveté, dit-elle avec colère, et puis tu m'aurais laissée tomber comme les autres !

— Je ne présenterais pas les choses ainsi.

— Ah oui ? Et comment les présenterais-tu ?

Au fond, elle avait raison, on pouvait résumer ainsi la situation.

— Après avoir passé une deuxième nuit avec toi, j'aurais peut-être changé d'avis, se défendit-il. Qui peut le dire ?

— Ne viens pas me raconter que tu étais tombé amoureux de moi ! dit-elle avec un rire amer. D'après ce que tu viens de dire, ce n'était pas ton genre.

Dans l'idée de se lever, elle posa les pieds par terre, entraînant le drap avec elle. Mais il en saisit un bout, et elle se retrouva dans l'impossibilité d'aller quelque part à moins de se montrer nue devant lui, ce qu'elle ne voulait à aucun prix.

— Je ne suis plus cet homme, Rita. Il faut me croire. Je sais qui je suis maintenant. Je suis prêt à avoir des enfants avec toi. Je n'ai plus peur de livrer mon cœur. C'est toi qui m'as transformé, tu ne le vois donc pas ?

A présent que le premier choc était passé, le désespoir avait pris sa place.

— Non. Ce que je vois, c'est un homme qui recouvre peu à peu la mémoire et découvre des choses sur lui qu'il n'aime pas. Qu'as-tu fait d'autre dans ton passé qui pourrait affecter notre relation ? De quoi vas-tu encore te rappeler qui me fera sentir que je ne suis pour toi qu'un moyen de te racheter ?

— Qu'importe ce que je ressentais alors ? s'écria-t-il d'un ton désespéré. Parce que maintenant, je…

— Tais-toi !

Elle ne supporterait pas d'entendre une déclaration d'amour. Elle ne connaissait plus la signification de ce mot, ne savait même plus si l'ancien, ou le nouveau, Connall serait encore là dans quelques semaines si les souvenirs déplaisants continuaient de déferler les uns après les autres.

Il termina pourtant sa phrase.

— Je t'aime, Rita.

Dire qu'elle-même était toute prête à lui faire cet aveu quelques minutes plus tôt… Mais, à présent, elle ne se rappelait que trop bien que Kevin aussi disait l'aimer. Il était la preuve vivante que cela ne signifiait rien.

Un sanglot lui échappa.

— Tu n'es pas en état de parler d'amour à qui que ce soit, dit-elle.

Il recula, car de nouveau elle l'accusait de ne pas

être digne de confiance. Il lui avait pourtant prouvé le contraire mais, avec cette mémoire qui refaisait surface, ils étaient revenus au point de départ.

— Je suis meilleur que je n'étais, déclara-t-il.

Mais on aurait dit qu'il n'en était plus très convaincu.

Elle devait à tout prix sortir de cette situation. L'amour était un piège. Elle s'y était déjà brûlé les ailes, et elle n'affronterait pas un nouvel échec, alors qu'elle avait encore la possibilité de se sauver, et de sauver ses enfants.

— C'est le début de la fin, dit-elle, se haïssant de prononcer ces paroles. D'autres souvenirs vont remonter, tu vas peut-être retomber dans tes anciens travers, parce qu'on ne change jamais autant qu'on le croit, Connall. On va juste au plus simple. On quitte sa femme parce qu'une meilleure occasion se présente. On oublie ses responsabilités…

Elle était aussi bien en train de parler de Kevin… que de l'ancien Connall. De toute façon, ni l'un ni l'autre n'avaient de place dans sa vie. De cela, elle était sûre.

Elle lut le doute dans les yeux de Connall. Il avait entendu ce qu'elle disait, et il se demandait combien de temps encore il pourrait s'accrocher à la personnalité qu'il avait adoptée.

Comme il avait lâché le drap, elle s'enroula dedans et s'appuya au mur tandis qu'un sanglot la secouait. Malgré ses doutes torturants, elle mourait d'envie de lui donner une autre chance.

Une seule.

— Peux-tu m'assurer, demanda-t-elle, que tu ne retomberas jamais dans tes anciens travers ?

Dans son regard, elle lut la sentence, qui tomba comme un couperet.

Elle laissa alors couler ses larmes.

Comment était-ce arrivé ? Pourquoi ? Quelle injustice d'avoir ainsi frôlé le bonheur et de le voir s'échapper !

Mais n'avait-elle pas toujours su, au fond d'elle, que ce jour viendrait ? Elle aurait dû se douter que la mémoire lui reviendrait quand ils feraient l'amour.

Aveuglée par ses larmes, elle tâtonna, cherchant ses vêtements.

— Rita, dit-il d'un ton accablé.

— J'ai besoin de temps, murmura-t-elle.

S'ensuivit la plus longue pause de son existence.

— Je comprends, dit-il enfin.

Bien qu'elle s'efforçât de ne pas le regarder, à un moment son regard se posa sur lui, et ses larmes redoublèrent.

Il était assis au bord du lit, la couette couvrant sa nudité, les coudes sur les cuisses, le dos voûté.

Aussi anéanti qu'elle.

Etait-ce un aperçu de leur vie commune ? Vivre dans la crainte qu'une nouvelle révélation sur son passé ne vienne les blesser, ainsi que leur famille ?

Elle n'imaginait pas infliger cette vie à Kristy, ni à aucun enfant.

Elle n'imaginait pas se l'infliger à elle-même non plus.

Comme il n'y avait rien de plus à ajouter, elle ramassa ses vêtements et se dirigea vers la porte, avec l'impression de laisser son cœur dans la chambre, avec Connall.

Après cette scène, Connall fit ses bagages et reprit la direction du ranch familial.

A quoi bon rester, au risque d'aggraver les choses ? Rita avait besoin de temps, avait-elle dit. Le voir rôder dans les parages lui ferait plus de mal que de bien.

Il avait laissé un petit mot pour Kristy au bureau de la réception. Rita déciderait elle-même de l'opportunité de le remettre à la petite fille à qui il s'était si fort attaché. Il ne lui disait pas grand-chose, juste qu'il devait rentrer chez lui, que ce n'était pas très loin et qu'elle lui manquerait.

Il ne lui promit rien, il ne s'en sentait pas le droit, alors que le sol s'effritait sous ses pas.

Le fait de recouvrer la mémoire le métamorphoserait-il ? Redeviendrait-il un jour celui qu'il avait été, se rendant compte qu'il n'était pas fait pour la vie de couple ?

Si Rita avait besoin de réfléchir, lui aussi, sans doute. Il prit la route du ranch en essayant de chasser son impression de rebrousser chemin vers la maison de l'ancien Connall… et ses réflexes de fuite.

Le soir de son retour, tout le monde respecta son besoin de solitude. Le lendemain, il s'attela à la vérification des clôtures et dîna seul devant la télévision. Et il se rappela que Rita appréciait aussi de se préparer un plateau-repas et de s'installer devant le poste pour regarder un film ou un match de football.

En réalité, il ne parvenait pas à la chasser de son esprit.

Il avait la sensation d'un vide béant creusé en lui.

Le troisième jour, il fit du travail de maintenance dans la grange, s'arrangeant pour éviter toute conversation sérieuse avec ses frères. Le soir pourtant, Emmet se présenta à sa porte avec un pack de bières.

— Je pense que tu as bien besoin d'un petit remontant, déclara son frère.

Incapable de le contredire, il l'invita à entrer. Quand ils furent installés sur le canapé, Emmet décapsula deux bouteilles et lui en tendit une.

— Je ne t'ai jamais vu aussi démoralisé, attaqua-t-il.

Le premier réflexe de Connall fut de jouer les loups solitaires et de garder ses problèmes pour lui. Mais c'était le comportement qu'aurait adopté l'ancien Connall, et il se jurait bien de ne pas retomber dans ses travers, quoi qu'en pense Rita.

— Je suis dans le pétrin, Emmet.

— C'est ta petite amie, c'est ça ?

— Elle n'est plus ma petite amie, si elle l'a jamais été.

— J'aurais dû m'en douter. Tu passais ton temps avec elle, et puis, brusquement, tu es de retour, avec une mine affreuse.

Connall reposa la bouteille de bière à laquelle il n'avait pas touché.

— Un souvenir m'est revenu, et j'ai compris que j'avais eu l'intention de laisser tomber Rita après avoir passé une deuxième nuit avec elle.

— Maintenant, tu as une petite idée de ton mode de fonctionnement avec les femmes. Je suis sûr que ça n'a pas été une surprise.

— Pas après tout ce que tu n'as cessé de me raconter sur mon compte. Mais ça m'a prouvé que je pouvais être aussi instable que Rita le redoutait.

— En quoi cela a-t-il tant d'importance ?

Il fourragea nerveusement dans ses cheveux.

— Elle porte mon enfant, Emmet.

Son frère eut un petit sifflement.

— Dois-je te féliciter ?

— Le croiras-tu ? La nouvelle m'a transporté de joie.

— De la façon dont les choses ont tourné, je te crois.

— Est-ce que ça m'est arrivé auparavant ?

— De mettre une fille enceinte ? Pas à ma connaissance. Et tu n'as jamais présenté non plus tes amies à la famille.

A présent que Connall avait ouvert les vannes, il lui fallait aller jusqu'au bout. Il lui fallait raconter comment il avait voulu prouver à Rita qu'il serait un bon père en dépit de ses insuffisances. Comment l'odieux souvenir lui était apparu trois jours plus tôt, et les avait tous deux jetés dans un désespoir qui risquait de tout ruiner.

Emmet l'écouta patiemment. Mais quand Connall eut terminé, il se contenta de dire :

— Je ne suis pas de très bon conseil en la matière. Ma vie sentimentale n'est pas brillante, comme tu le sais.

— Sarah Humphries ?

— Je l'ai demandée en mariage sur un coup de tête, dit Emmet, après quelques instants de silence. En général, j'ai tendance à ne pas envisager les choses dans leur totalité, et elle le sait. Elle a eu raison de refuser.

Il poussa un soupir.

— Je ne sais même pas où elle est maintenant, mais il m'arrive de penser à elle. Je préférerais l'oublier complètement, mais c'est ainsi.

Ils demeurèrent silencieux quelques secondes.

— On ne peut pas reprocher à Rita de vouloir réfléchir, reprit Emmet. Mets-toi un instant à sa place. Les femmes ont déjà une propension naturelle à se faire du souci, mais là, avec ce qu'elle sait de toi, elle peut légitimement craindre un de tes tours.

— Comment pourrais-je retomber dans mes vieilles habitudes ? demanda-t-il. Tu as dit une fois que beaucoup de gens aimeraient repartir de zéro. J'en ai l'occasion. Alors pourquoi laisserais-je mon attitude passée détruire ma vie présente ? Tout ce que j'ai appris dernièrement ne suffit-il pas à l'emporter définitivement sur l'ancien Connall ?

En prononçant ces mots, il se rendit compte de leur véracité. Rita, Kristy et le futur enfant l'avaient transformé en profondeur. Il avait grandi. Il était devenu l'homme qu'il méritait d'être.

Malheureusement, il faudrait sans doute du temps à Rita pour le comprendre. Elle avait dit qu'elle se sentait maintenant capable de tourner la page, mais il n'était pas impossible que le comportement de Kevin jette encore son ombre maléfique sur ce qu'ils vivaient aujourd'hui.

Emmet but une gorgée de bière et lui sourit.

— Qu'y a-t-il ? demanda Connall.

— J'aime ce que je vois. Ce serait si simple pour toi de tirer un trait sur tout ça, et pourtant, tu es prêt à retourner affronter les problèmes.

— C'est vrai. Je pense aussi à maman qui va être folle de joie en apprenant que Dillon n'est pas le seul à attendre un enfant.

— Elle a toujours placé de grands espoirs en toi.

Rita aussi, et il n'avait pas l'intention de la décevoir.

Mais combien de temps devrait-il attendre avant qu'elle lui redonne sa chance ?

Ce matin-là, Rita se leva à l'aube pour assurer le service de chambre d'une employée malade, emmener Kristy à la maternelle et revenir en hâte à l'hôtel pour le ménage des chambres et la lessive des draps.

Depuis le départ de Connall, elle s'abrutissait littéralement au travail, et se demandait parfois si ce n'était pas sa manière de faire obstacle au chagrin.

Ne fonctionnait-elle pas ainsi depuis que Kevin l'avait abandonnée ?

Alors qu'elle poussait un chariot dans le couloir, Margery surgit de l'escalier et, l'apercevant, porta une main à son cœur.

— Tu tiens vraiment à creuser ta tombe ? dit-elle en essayant de lui prendre le chariot. As-tu seulement pris un petit déjeuner correct ? Les femmes enceintes ont besoin de manger plus que d'habitude, tu le sais. Je t'ai entendu dire à Janelle que tu mangerais quelque chose en revenant de conduire Kristy à l'école.

— C'est fait.

Pourtant, bien qu'elle ait pris une pomme et un yaourt avec du muesli, une sensation de faim lui creusait l'estomac, et elle pensait se confectionner un petit en-cas quand elle en aurait terminé avec cette chambre.

Mais Margery n'était pas décidée à la laisser tranquille.

— Je te l'ai dit et répété, tu devrais…

— Ça va, coupa-t-elle. Je vais bien.

Et c'était vrai. Elle avait même été capable de répondre à Kristy, qui lui avait demandé quand Connall reviendrait. Sa fille l'avait écoutée débiter son petit discours et, par la suite, elle avait cessé de le réclamer.

Mais aurait-elle toujours des réponses à fournir à Kristy, ou à elle-même ? Surtout à propos d'un homme capable de se métamorphoser sous ses propres yeux ?

La voyant s'emparer d'une pile de serviettes, Margery leva les bras au ciel.

— Laisse-moi au moins t'aider !

— Je peux me débrouiller toute seule.

Comme elle s'était débrouillée seule pour élever Kristy et…

Comme elle élèverait ce nouvel enfant ?

Elle entra dans la chambre et alla poser les serviettes sur la tablette de la salle de bains, puis, prenant appui des deux mains, fit le dos rond.

Elle se sentait plus fatiguée qu'elle ne se rappelait l'avoir jamais été. Mille scénarios tournaient dans son esprit, l'empêchant de dormir la nuit. Et si Connall décidait qu'elle n'était pas assez bien pour lui et se tournait vers une autre ? Et s'il changeait d'avis à propos du bébé, et comprenait qu'il n'était pas prêt à être père ?

Avec Kevin, elle avait été aveugle mais, avec Connall, elle se préparait à tout.

Je voudrais tellement qu'il revienne, pensa-t-elle en baissant la tête.

Dans la chambre, Margery changeait les draps sans interrompre sa litanie.

— Où est passé ton ami, ce Connall ? Au moins, il s'occupait bien de toi.

Levant la tête, elle se regarda dans le miroir et vit une inconnue aux yeux cernés. Dire que Connall avait probablement fait des centaines de fois cette expérience de rencontrer un étranger dans la glace…

C'était donc ce qu'on ressentait quand on ne se reconnaissait pas ? Mais pour autant, cela faisait-il de vous une mauvaise personne, un irresponsable ?

— Connall a dû rentrer chez lui, dit-elle. Mais je croyais que vous ne l'appréciiez guère ?

— Je n'ai pas dit ça !

Elle ne l'avait peut-être pas formulé expressément, mais Margery Wilmore était trop transparente pour dissimuler ses sentiments.

— Quoi qu'il en soit, dit Margery, il faudrait songer à le faire revenir. Il semblait… très attaché à toi.

Levant les yeux au ciel, Rita faillit lâcher que Connall était le père de son enfant, mais elle manqua de courage.

Du courage, il lui en faudrait pour admettre qu'elle aimait Connall et que, malgré ce qu'elle avait pu dire, elle lui faisait confiance.

Mais elle l'avait repoussé avec force, au risque cette fois qu'il ne revienne jamais. Qui plus est, ne devait-elle pas s'attendre prochainement à recevoir une lettre d'un avocat lui notifiant que Connall réclamait l'exercice de ses droits parentaux ?

Son esprit ne cessait de retourner les différents éléments de l'histoire. Coupant court à ses ruminations, elle suspendit les serviettes sur leur support et sortit de la salle de bains.

— Regarde-toi, dit Margery qui terminait de faire le lit. Tu as une mine épouvantable. Je finis ça et…

Une brusque faiblesse s'empara d'elle. Elle sentit qu'elle trébuchait, et le sol parut monter à toute vitesse vers elle. Elle chercha à se rattraper, mais, ne trouvant rien à sa portée, elle s'effondra au sol, sur le ventre.

Le choc lui coupa le souffle. Avec un cri, Margery se précipita vers elle pour l'aider à se relever.

A travers la brume qui l'environnait, Rita l'entendit dire qu'elle appelait le Dr Ambrose.

Seigneur ! Le bébé. Pourvu qu'il n'ait rien…

Elle avait voulu tout gérer seule, écarter Connall, et à présent…

Tout en se tenant le ventre, elle toucha la jambe de Margery.

— Connall…, dit-elle, sans se soucier des conséquences.

Tout ce qui comptait, c'était ce qu'elle éprouvait pour lui et ce besoin passionné de l'avoir auprès d'elle.

— Prévenez-le.

- 12 -

Connall se trouvait non loin de St Valentine, occupé à examiner des bêtes qu'il comptait acheter, quand il reçut le message de Margery Wilmore.

Abandonnant tout sur-le-champ, il prit le volant et gagna l'hôpital du comté en un temps record.

— Rita Niles ? demanda-t-il au bureau des urgences, tout essoufflé d'avoir couru depuis le parking.

Il lui semblait se mouvoir dans un univers aux couleurs éteintes, à la périphérie de son champ de vision.

— Etes-vous de la famille ? demanda l'infirmière.

Oui ! voulait-il hurler.

Quelqu'un lui toucha doucement le bras et l'entraîna loin du bureau.

Kim, la petite sœur de Rita, son chapeau dans une main, les yeux rouges d'avoir pleuré.

— Comment va-t-elle ? bredouilla-t-il.

— Le médecin est avec elle. Ils lui font passer une échographie.

— Margery m'a dit qu'elle était tombée et qu'elle se tenait le ventre.

— Elle a perdu l'équilibre à la suite d'un étourdissement. Mais elle n'a pas eu de contractions ; elle est venue à l'hôpital pour un contrôle.

Si les choses tournaient mal, jamais il ne se pardonnait de n'avoir pas été là. Bien que ce soit stupide de supposer qu'il aurait pu empêcher l'accident, il ne s'en sentait pas moins responsable.

Peut-être était-ce une réaction normale de père.

Kim le conduisit à la salle d'attente, mais il refusa de s'asseoir. Après quelques instants, il s'aperçut que Nick, le frère de Rita, était également présent, debout près d'un présentoir à magazines.

— Sait-on ce qui a causé son étourdissement ? demanda-t-il.

Nick passa une main sur sa barbe.

— D'après Margery, Rita se surmenait et ne prenait pas assez de repos. Rita croit toujours que les lois de la nature ne s'appliquent pas à elle. Elle va finir par comprendre qu'elle ne peut pas toujours ignorer les besoins de son corps.

N'était-ce pas encore une manifestation de son orgueil ? se demanda Connall. Un besoin de prouver qu'elle était parfaitement capable de se débrouiller toute seule ?

Il se dirigea vers une chaise, fit le geste d'ôter son chapeau, et se rendit compte que, dans sa hâte, il l'avait laissé dans son pick-up.

Peu à peu, il prit conscience de son environnement. Il se trouvait dans la salle d'attente du service des urgences d'un hôpital, avec ses distributeurs de nourriture et de boissons, son sol carrelé, ses murs aux tons pastel et son odeur de désinfectant.

Il se trouvait dans un hôpital dans lequel Rita se reposait quelque part, avec leur enfant.

— J'ai essayé de lui faire entendre raison, dit-il.

Mais elle est si entêtée, et bien décidée à faire les choses à sa façon.

— Moi, dit Nick, je pense qu'elle essayait de se débarrasser de ses démons.

— Connall n'est pas responsable, Nick, intervint Kim. Nous savons comment elle peut être.

Connall demeura tout ébahi. Kim le défendait ?

Elle se tourna vers lui.

— Je ne suis pas aveugle, et j'entends très bien aussi. J'ai bien vu comment vous vous montriez attentionné avec Rita et Kristy. Et Nick a remarqué que Kristy vous était entièrement acquise. Quant à Rita, je ne l'ai pas vue aussi heureuse depuis la naissance de sa fille.

Avait-il bien entendu ? Nick et Kim ne lui seraient pas hostiles ?

Tout en se dirigeant vers la machine à café, Nick grommela quelque chose qui ressemblait à un acquiescement.

Soudain, Connall se souvint de l'enfant.

— Où est Kristy ? Comment prend-elle ça ?

— Elle est à l'école. Margery ira la chercher à la sortie. Nous n'avons pas jugé utile de l'effrayer tant qu'on ne sait rien.

— Bien sûr, dit-il.

Kim lui adressa un regard plein de sympathie, comme si elle savait qu'il n'était pas un homme méchant venu à St Valentine dans le dessein de causer du tort à sa sœur.

Puis elle tourna son attention vers Nick qui sortait son portefeuille pour régler son café. Le frère et la sœur paraissaient épuisés par l'attente insupportable.

Kim le regarda de nouveau, hésitante.

— Il faut que vous sachiez, dit-elle en se jetant à

l'eau, que vous êtes la première personne, après le médecin, que Rita a voulu prévenir. Elle a demandé à Margery de vous appeler avant même Nick ou moi.

Il lui fallut un petit moment pour comprendre la portée de ces paroles.

Kim haussa les épaules.

— Elle a une telle confiance en vous. Elle vous voulait près d'elle avant n'importe qui.

En un éclair, il vit alors les pièces du puzzle se mettre en place.

Il se vit, revenant à St Valentine en étranger, repoussé par Rita quand il avait voulu lui rendre le pendentif.

Il vit son début de ventre quand elle avait contourné le bureau ce jour-là.

Il la vit à la lumière des bougies, au restaurant du lac, juste après qu'il l'eut embrassée.

Il la vit lui donnant la permission de toucher son ventre pour la première fois, sur Heartbreak Hill.

Plus douloureux que tout, il la vit au lit, le premier matin, le contemplant avec un amour qu'il ne comprenait pas…

Jusqu'à maintenant.

Il eut la sensation étrange que tout se mettait en place. Il se sentait enfin entier. Le passé ne lui apporterait rien de plus ; c'était le présent qui lui apprenait qui il était. Il était le père du futur enfant de Rita.

Un homme qui endosserait sans aucune hésitation la responsabilité de devenir également père de Kristy.

Un homme qui aimait Rita et ne supporterait pas de passer un jour de plus sans elle.

Une porte s'ouvrit, et une femme d'âge moyen, en blouse rose, les cheveux tirés en chignon, apparut.

— Dr Ambrose, dit Kim en le prenant par le bras pour l'entraîner vers le médecin.

Nick reposa brusquement sa tasse, éclaboussant de café la machine.

Le médecin souriait.

— Bonnes nouvelles. Rita et l'enfant vont bien.

Avec un cri de joie, Nick prit sa sœur dans les bras, et comme Connall demeurait immobile, les genoux tremblants, ils l'inclurent dans leur cercle joyeux.

L'émotion lui serra la gorge tandis que Nick lui tapotait le dos et que Kim lui serrait la main.

Rita et l'enfant allaient bien. Que le ciel en soit loué !

Quand le petit groupe se sépara, les mains dans les poches de sa blouse, le Dr Ambrose posa un regard intrigué sur Connall. Evidemment, elle se demandait qui il était.

Et, pour la première fois, il se sentit libre d'annoncer :

— Je suis le père de l'enfant de Rita.

Tout en hochant la tête, le médecin posa une main sur son bras.

— Votre bébé est en excellente santé, heureux père. C'est la mère qui m'inquiète. Il faudrait qu'elle se repose et s'alimente plus correctement.

— Connall va y veiller, dit Kim.

Surpris de la vitesse à laquelle les choses évoluaient, Connall lui lança un regard reconnaissant. Nick lui-même semblait sourire sous le couvert de sa barbe.

Le Dr Ambrose désigna la porte.

— Vous pouvez aller la voir maintenant. Elle a réclamé le père, tout particulièrement.

Rita savait donc qu'il était ici ?

A la façon dont Nick et Kim le regardaient, il

comprit que Rita avait espéré qu'il revienne malgré ce qu'elle lui avait dit.

Et il était tout heureux de ne pas décevoir son attente.

Il suivit le médecin jusqu'à une salle d'examen. Là, il aperçut Rita, sur le lit, son chemisier et sa jupe d'uniforme dégrafés laissant voir son ventre rond et luisant de gel.

Mais ce fut l'expression de son regard qui retint son attention quand il franchit le seuil.

— Tu es revenu, murmura-t-elle, reconnaissante.

Il se précipita vers elle et la serra dans ses bras.

— T'attendais-tu à autre chose ? lui chuchota-t-il.

Tout en craignant le pire, tout au fond d'elle-même, elle avait su que Connall serait là.

Le revoir lui causa une joie infinie, et elle laissa couler ses larmes. Des larmes de bonheur. Elle n'arrivait pas à se rassasier de lui tandis qu'ils s'étreignaient et, quand il la lâcha, le temps de repousser ses cheveux de son visage pour mieux la contempler, elle ressentit une sensation de vide.

— Avais-tu vraiment besoin de te faire hospitaliser pour me ramener près de toi ? demanda-t-il.

Au rire de Rita se mêla une pointe d'anxiété. Un tel bonheur était-il possible ? Le retour de Connall concrétisait son rêve. C'était l'assurance que, ensemble, ils seraient capables de surmonter toutes les épreuves.

Les hommes dignes de ce nom ne partent jamais pour de bon, et Connall avait prouvé qu'il était réellement digne de confiance. Comment avait-elle pu en douter ?

Il essuya une larme de son visage.

— Le médecin nous a dit que tout allait bien.

— Je sais. C'est juste que… Enfin, ce sont ces fichues hormones, tu comprends ? Ce sont elles qui me font pleurer.

Ils se sourirent, sachant que cet état de tourmente émotionnelle n'était pas uniquement à mettre sur le compte des hormones.

Il regarda vers la porte et constata que le Dr Ambrose s'était retirée, laissant néanmoins la porte ouverte.

Sans lâcher la main de Rita, il s'assit à son chevet.

— Tu nous as fait une belle peur.

— Je ne recommencerai plus, je te le promets.

Quel retournement de situation ! C'était elle qui lui faisait des promesses maintenant…

— Je t'assure bien que je vais y veiller !

En clair, il allait l'entourer de mille attentions. Mais cette fois, elle ne s'insurgea pas. Tout au contraire, à cette idée, son visage s'illumina.

— Je t'ai donné mille raisons de me quitter, dit-elle en nouant les doigts aux siens. Mais tu as tenu bon, surtout le dernier jour. Mes paroles ont dépassé ma pensée, Connall. Si tu savais comme je regrette.

— Tu as également dit beaucoup de choses justes. Inutile de se cacher qu'il nous reste une longue route à parcourir et qu'elle peut encore nous réserver pas mal d'embûches.

Car il y avait toujours ces trous noirs dans sa mémoire.

— Tu sais ce que je pense ? dit-elle d'une voix émue.

— Dis.

— Que si tu n'es pas encore redevenu l'ancien Connall, il n'y a pas de raison que tu le redeviennes un jour.

— En tout cas, pas avec toi près de moi, dit-il en prenant sa main dans les siennes.

Dire qu'elle avait passé tant de temps à éviter les hommes, parce qu'elle avait perdu toute confiance en eux après la trahison de Kevin. Mais Connall allait lui redonner le goût de leur compagnie.

Enfin, de la sienne.

Qu'avait-elle fait pour mériter cette chance inouïe ?

— Un moment, dit-il, je me suis demandé si tu n'étais pas une sorte de fantasme surgi de mon imagination et destiné à m'empêcher de réintégrer la peau de l'ancien Connall. Parce que, avec toi, je pouvais jouer à être normal. Mais c'était faux. Je n'ai pas besoin de jouer la comédie.

Il posa la tête sur leurs mains jointes.

— Tu m'as métamorphosé, Rita.

Elle posa la main sur son ventre. Elle assistait à la renaissance de Connall, pensa-t-elle. Une nouvelle vie lui était donnée, en même temps qu'il donnait vie à leur enfant.

Il lui embrassa la main, et son cœur se gonfla de tendresse.

— Je t'aime tant, Connall, dit-elle.

— Je t'aime aussi.

Puis il sourit et fouilla la poche arrière de son jean dont il sortit le pendentif.

— Tu l'as gardé !

— Il a de la valeur pour toi, même si tu as refusé que je te le rende.

Elle remarqua que le R formait un tout, comme sa vie, désormais.

Il déposa le bijou dans la paume de Rita. D'abord le pendentif, puis la chaînette qui coula sur le R comme un ruisseau d'or.

L'ancien Connall avait dit à Rita qu'il rapporterait

le pendentif le soir, avec en tête l'idée de passer une dernière nuit avec elle. Aujourd'hui, il était près d'elle, et n'avait nullement l'intention de s'en aller.

Sans un mot, elle referma les doigts sur le bijou et, transportée de joie, sentit qu'il posait une main sur son ventre.

— Ta peau est toute collante ! dit-il.

— C'est à cause du gel que le Dr Ambrose utilise pour pratiquer l'échographie. Je lui ai demandé de ne pas l'essuyer parce que j'espérais que tu arrives bientôt.

Les yeux bleus de Connall étincelèrent.

— Je voulais que tu voies le bébé, ajouta-t-elle.

— Je vais chercher le médecin.

Le Dr Ambrose ne devait pas s'être trop éloignée, car elle revint tout de suite, et entra dans la chambre, souriante.

— Voilà le moment que je préfère, dit-elle. La joie des parents vous fait oublier les mauvais côtés du métier !

Elle brancha l'appareil puis, après avoir remis un peu de gel sur le ventre de Rita, y passa le transducteur.

Rita épiait Connall, car elle ne voulait pour rien au monde manquer sa première réaction. Elle ne fut pas déçue. Son expression lui rappela ce qu'elle avait ressenti en découvrant Kristy, et ensuite cet enfant. Une expression d'adoration, de bonheur infini.

Il lui fallut quelques secondes pour arriver à distinguer la forme du bébé.

— Elle est belle, dit-il d'une voix rauque.

Rita éclata de rire

— On ne peut pas encore dire à qui elle ressemble !

— Je n'en suis pas si sûr, répliqua-t-il en s'appuyant au dossier de son fauteuil. Je décèle une obstination dans son menton qui me paraît terriblement familière. Je crois qu'elle tient de sa mère.

— Et de son père ! rétorqua Rita en caressant le bras de Connall.

Le Dr Ambrose leur fit entendre les battements du cœur du bébé qui résonnèrent comme une symphonie dans la pièce.

Pour finir, elle leur remit un exemplaire de la sonographie avant de quitter la pièce.

— Regarde, dit Connall, tout ému.

Il fit courir un doigt sur la surface glacée du document.

— Je crois qu'elle nous fait signe !

Rita vit la même chose, et tandis qu'il contemplait avec ravissement la photographie, elle fut certaine que, quoi qu'il arrive, cet enfant et Kristy sauraient que leur père les aimait.

Environ une semaine plus tard, Connall emmena toute la famille pour leur première sortie officielle.

Le ranch H and H, pour Helping Hands, une organisation caritative qui venait en aide aux familles déshéritées de St Valentine, tenait portes ouvertes. Davis Jackson avait été à l'origine de la création de ce centre destiné aux adolescents en difficulté, mais, enthousiasmée par l'idée, la ville en gérait désormais le fonctionnement et s'occupait de trouver des talents locaux pour animer la structure. L'idée était de redonner le goût de vivre à ces jeunes par le biais du travail de la terre et des relations avec les animaux.

Connall porta Kristy jusqu'à une aire de pique-nique aux tables recouvertes de nappes à carreaux rouges et blancs ornées de branches de gui. L'air encore doux et chargé des odeurs de viande grillée cuisant sur la braise évoquait les vacances. Rita posa sur une table le cadeau emballé dans un joli papier destiné à Violet et Davis.

Kristy, qui avait choisi le présent, une figurine de collection représentant un cheval, en hommage à l'esprit du lieu, demanda :

— Maman, est-ce que je peux leur donner ?

— Bien sûr.

Rita lui tendit le paquet enrubanné.

— Ouiii ! s'exclama Kristy, prête à sauter des bras de Connall.

Il la posa à terre mais, au lieu de courir vers Violet et Davis qui se trouvaient avec Wiley Scott près d'une charrette remplie de bottes de foin devant servir à faire visiter la propriété, elle s'approcha de Rita.

— A plus tard, bébé canard, dit-elle en touchant son ventre.

Puis elle leva sur Rita un regard plein de gravité.

— Nous allons bien, ne t'inquiète pas, dit Rita en adressant un clin d'œil à sa fille.

Celle-ci sourit. Depuis le séjour de Rita à l'hôpital, Kristy se montrait encore plus prévenante auprès de sa mère et du bébé.

Rassurée, l'enfant leur adressa un signe de la main avant de s'élancer vers le petit groupe en emportant le cadeau.

Tandis qu'ils la regardaient courir, Connall passa un bras autour des épaules de Rita, et sa main effleura la chaîne en or à laquelle était suspendu le pendentif en forme de R qu'elle portait de nouveau.

— Tu es comblée, dit-il. La voilà qui veille sur toi presque aussi attentivement que moi !

— Je n'en demandais pas tant !

Elle appuya la tête contre son épaule, pendant que, autour d'eux, des adolescents venus des quatre coins de St Valentine, qu'ils soient enfants de mineurs ou fils des beaux quartiers, assis à des tables, bavardaient et riaient en mangeant leurs sandwichs. Les haut-parleurs diffusaient de la musique country, et quelques jeunes s'étaient aventurés sur la piste de danse.

Violet et Davis, qui les avaient aperçus, leur adressèrent de grands signes avant de s'avancer vers eux, alors que Kristy entraînait le pauvre Wiley Scott vers les écuries en le tirant par la main.

— Kristy a très envie de faire une balade à poney, expliqua Violet en arrivant près d'eux. Alors, elle a enrôlé Wiley pour qu'il l'accompagne.

— J'ai l'impression qu'il s'est laissé faire de bonne grâce, dit Rita en embrassant son amie pendant que Davis et lui se serraient les mains.

— Alors, et ces visites aux châteaux écossais ? s'enquit-il.

Davis, qui était aussi à l'aise en costume de marque qu'en jean élimé, haussa les épaules.

— Ils sont glacés et pleins de courants d'air ! J'avais hâte de rentrer.

— Ces rencontres avec un passé si prestigieux ont été intellectuellement stimulantes, dit Violet en donnant un coup de coude à son mari. Mais je suis contente aussi de rentrer. Je suis juste désolée de n'avoir pas été là pour Rita.

— Puisque je te dis que ce n'était rien ! dit Rita en posant une main sur son ventre. Je suis allée à l'hôpital par précaution.

Possible, mais cet accident représentait une piqûre

de rappel, pensa-t-il. Et il espérait bien qu'une telle alerte ne se reproduirait plus.

Comme Rita lui souriait, il la serra contre lui.

A ce moment, quelqu'un héla Davis depuis la piste de danse.

— Le devoir m'appelle, déclara-t-il.

Et il les quitta non sans avoir pressé gentiment l'épaule de Rita.

Violet le regarda s'éloigner et, à en juger par son sourire, on pouvait affirmer que, malgré l'inconfort des lieux, leur lune de miel n'avait pas été glaciale.

— Alors, dit Rita, c'est le retour à la routine ?

— Pas vraiment la routine. Tu sais, ce voyage en Ecosse m'a beaucoup plu, mais Davis et moi étions impatients de rentrer pour une bonne raison. Une propriété a été mise en vente à la sortie de la ville, et nous espérons toujours que, à cette occasion, un élément resurgira qui nous donnera des informations sur Tony Amati.

— Tu n'as pas renoncé à élucider le mystère ?

— Tant que Jared Colton est en ville, il n'en sera pas question. Davis et moi sommes persuadés que nous pouvons encore découvrir du nouveau à propos de Tony Amati… et de Jared Colton.

Cette fois, ce fut Violet qui fut appelée par un bénévole qui s'occupait des promenades en charrette.

— Je suis devenue un bourreau de travail, dit Violet en riant. A plus tard ?

— Bien sûr, dit Rita.

Elle était partie, les laissant en tête à tête.

Les haut-parleurs déversaient toujours leur musique et, sur la piste de danse, les jeunes paraissaient beaucoup s'amuser.

— J'ai pensé, dit Connall en les observant, que cet endroit a peut-être besoin d'un bénévole supplémentaire dans son équipe…

— Tu ferais ça ? Mais n'as-tu pas déjà beaucoup à faire à Shadow Creek ?

Bien sûr, il continuait d'assurer sa charge de travail sur le ranch familial, mais il n'avait pas tout dit à Rita.

Il l'entraîna vers les écuries et lui désigna, au-delà des corrals, un vaste horizon de collines couvertes de forêts de pins.

— Il y a des terres à vendre de ce côté, dit-il.

Elle leva les yeux vers lui.

— Et ?

— Eh bien, comme ton appartement à l'hôtel va devenir un peu trop exigu, j'ai pensé acheter ces terres et m'installer à St Valentine pour y bâtir un foyer.

Il lui avait promis de rester pour toujours, mais il ne lui avait pas encore manifesté de façon concrète ses intentions. A présent, l'éclat des yeux de Rita lui prouvait qu'elle avait compris le message.

— J'épargne depuis longtemps, reprit-il, et ce domaine me semble un bon investissement. Qu'en dis-tu ?

— L'idée me plaît beaucoup !

— J'ai un autre investissement en tête…

Il se moquait bien d'être dans un lieu public, au milieu d'une centaine de personnes. Il se moquait bien qu'on le regarde, parce que Rita et les enfants étaient toute sa vie, désormais. Et que la ville entière soit témoin de son engagement lui plaisait plutôt.

De sa poche, il sortit une bague achetée à Houston où il avait dû se rendre pour affaires. Il avait passé des heures à choisir celle qui conviendrait parfaitement, un diamant serti dans un anneau d'or blanc dessinant des arabesques.

Une bague complexe et raffinée, tout comme Rita.

Elle poussa un petit cri en la voyant.

— Connall…

— Je voulais investir dans toi, Kristy et… quel nom allons-nous donner à notre petite fille ?

Rita leva sur lui un regard étincelant.

— Kristy continue de mener campagne pour « Ariel ».

Il lui glissa la bague au doigt. Il avait pris soin de demander une taille supplémentaire, parce qu'il avait lu que les doigts étaient sujets à gonfler en fin de grossesse, et qu'il s'était dit qu'il pourrait toujours la faire réajuster plus tard.

— J'aime bien « Ariel », dit-il. De toute façon, j'aime tout ce que tu aimes.

Rita leva la main pour admirer la bague qui chatoyait au soleil. Autour d'eux, le public s'était immobilisé et retenait son souffle, tout comme lui.

Cependant, avant qu'il puisse la demander officiellement en mariage, elle se jeta dans ses bras en criant :

— Oui, Connall. Oh ! oui !

Il crut entendre des applaudissements provenant des quatre coins du ranch mais, pour lui désormais, tout était d'une pièce.

Son cœur, celui de Rita.

Et l'avenir radieux qui s'ouvrait devant eux.

Retrouvez un nouveau roman de Crystal Green
dès le mois d'octobre
dans votre collection Passions !

BRENDA JACKSON

La tentation d'une Westmoreland

Passions

éditions HARLEQUIN

Titre original : TEXAS WILD

Traduction française de MARIE MOREAU

© 2012, Brenda Streater Jackson. © 2013, Harlequin S.A.
83-85, boulevard Vincent-Auriol, 75646 PARIS CEDEX 13.
Service Lectrices — Tél. : 01 45 82 47 47
www.harlequin.fr

Prologue

Par une belle journée de juin

— Oh ! mais qui est cet homme qui vient d'arriver ?

— Je ne sais pas, mais c'était une très bonne idée de l'inviter à ce mariage !

— Tu as vu comme il est beau ?

— Et surtout très sexy !

Amusée par ces commentaires de femmes, Megan Westmoreland se tourna vers le groupe d'hommes auquel venait de se joindre un nouvel invité. Toute la famille s'était retrouvée pour célébrer le mariage de Micah Westmoreland et Kalina Daniels mais, à cet instant, au milieu de cette superbe réception, les regards de toutes les femmes étaient braqués vers un seul homme.

Un homme d'une beauté à couper le souffle.

— Pitié, dites-moi qui est ce spécimen, chuchota Vickie Morrow, une amie proche de Kalina. Megan, ajouta-t-elle en la regardant, la plupart des hommes séduisants ici sont de ta famille… Est-ce l'un de tes cousins ?

— Non, répondit-elle, tout aussi intriguée que Vickie, je ne le connais pas. C'est la première fois que je le vois.

Elle ne l'apercevait que de profil, mais cela suffisait à la laisser muette d'admiration. Il était si grand, si élégant, si charismatique… Dans son costume sombre, il lui paraissait à la fois plus charmant et plus viril que tous les hommes dont elle avait croisé la route jusqu'à ce jour.

— Mais il a l'air de bien connaître mes cousins, reprit-elle, ce doit être un de leurs amis.

— Eh bien, j'espère qu'ils voudront bien me le présenter, renchérit Marla Ford, une autre amie de Kalina.

Elle se pencha vers Megan.

— Je compte sur toi pour que cela arrive, lui murmura-t-elle à l'oreille.

— Je verrai ce que je peux faire, répondit-elle en riant.

— Mesdames, ne vous retournez surtout pas, il nous regarde, dit Marla. Megan, on dirait que ton frère Zane est en train de lui montrer l'une de nous… J'espère que c'est moi !

Elle rit et laissa passer quelques secondes avant de reprendre la parole.

— Ah, non, dit-elle d'une voix déçue. Je crois que c'est toi, Megan.

Marla devait se tromper. Pourquoi Zane parlerait-il d'elle à cet homme ?

— Mais oui, chuchota Vickie, regarde comme il t'observe… On dirait qu'il ne voit que toi, c'est à croire que nous n'existons même pas ! Si seulement un homme pouvait me contempler avec ces yeux-là…

Megan ne résista pas à l'envie de se tourner vers le bel inconnu. Et lorsqu'elle croisa son regard, elle compris que les autres femmes ne lui avaient pas menti. Il avait les yeux fixés sur elle !

A cet instant, elle crut que le monde qui l'entourait s'évanouissait, tandis qu'un frisson la traversait. Jamais elle n'avait éprouvé une sensation aussi intense. Comment expliquer que cet homme lui fasse un tel effet ? Le feu que son regard venait d'allumer en elle était si ardent, si inattendu…

Elle sentit son cœur cogner contre sa poitrine et ses jambes faiblir. Elle aurait voulu détourner le regard, mais ce lui fut tout simplement impossible. Elle était comme hypnotisée.

Non sans peine, elle s'efforça de maintenir le verre qu'elle avait à la main. Les bruits alentour s'estompèrent. Seules les notes jouées par l'orchestre lui parvenaient encore, formant un cocon autour d'elle et de ce fascinant étranger.

Mais d'où venait la vague brûlante qui l'envahissait ? Le désir qu'elle éprouvait soudain était à la fois si intense et si inexplicable… A vingt-sept ans, c'était la première fois qu'elle se sentait à ce point attirée par un homme, à ce point bouleversée et décontenancée. Elle n'avait plus le moindre contrôle sur ses sens.

En tant qu'anesthésiste, elle avait l'habitude d'étudier l'organisme de ses patients ; mais elle devait bien admettre qu'elle n'avait jamais prêté beaucoup d'attention au fonctionnement de son propre corps. Et encore moins à ses réactions en présence d'un homme. Mais encore eût-il fallu qu'elle se trouve face à un homme aussi extraordinaire que celui-ci !

Qui pouvait-il bien être ?

— Ce garçon a des vues sur toi, Megan.

La voix de Vickie lui rappela qu'elle n'était pas

seule. S'efforçant de quitter des yeux l'objet de son attention, elle se tourna vers son interlocutrice.

— Mais non. Il ne me connaît pas, nous ne nous sommes jamais vus.

— Ce n'est pas la question. J'ai bien vu ce qui vient de se passer, il vous a suffi d'échanger un regard pour qu'il y ait cette très forte attraction entre vous. C'est une évidence. Tu l'as forcément sentie, toi aussi.

Lorsque Marla approuva les paroles de Vickie d'un signe de tête, Megan dut prendre une profonde respiration pour recouvrer son sang-froid. Elle ne pouvait nier avoir ressenti une irrésistible attirance pour cet homme… Mais se pouvait-il qu'elle soit réciproque ?

Elle se tourna vers lui et constata qu'il la fixait toujours. Ils continuèrent à s'observer ainsi jusqu'au moment où Riley, son cousin, tapa sur l'épaule de l'inconnu pour réclamer son attention. C'est alors que Savannah et Jessica, les épouses respectives de ses cousins Durango et Chase, s'avancèrent vers lui et qu'il les accueillit avec un grand sourire et une étreinte chaleureuse.

C'était donc lui, de toute évidence. Cet inconnu n'était autre que Rico Claiborne, le frère de Savannah et de Jessica. Le détective privé de Philadelphie qu'elle avait engagé quelques mois plus tôt afin qu'il enquête sur le passé de son arrière-grand-père.

Rico Claiborne était fou de joie de revoir ses sœurs. Cependant, il ne pouvait détourner son attention de la jeune femme que lui avait montrée Zane, celle qui lui avait téléphoné quelques mois plus tôt pour lui confier une enquête. Il faisait mine de participer à la conversation du groupe qui l'entourait, mais il ne pensait plus qu'à elle.

Le Dr Megan Westmoreland.

Non sans soulagement, il vit qu'elle détachait son regard de sa personne. Allait-il enfin pouvoir recouvrer ses esprits ? Il ne s'expliquait pas ce qui venait de lui arriver. L'espace d'un moment, il lui avait semblé ne plus voir qu'elle. C'était comme si les autres femmes qui l'entouraient avaient cessé d'exister. Avant même que Zane lui ait dit qu'il s'agissait de sa sœur Megan, il avait eu le regard irrésistiblement attiré par elle.

Elle était si belle, si captivante… Dès l'instant où elle avait posé les yeux sur lui, il avait été submergé par une vague brûlante. Ce n'était pas un regard aguicheur qu'elle lui avait adressé, mais un regard empli de désir et d'étonnement mêlés. De toute évidence, elle était aussi surprise que lui de la tension érotique qui s'était élevée entre eux, avant même qu'ils échangent un seul mot. C'était la première fois qu'il éprouvait une telle attirance, qui plus est envers une inconnue. Du reste, cela le mettait dans une situation pour le moins compliquée, étant donné que c'était elle qui l'avait engagé pour qu'il fasse des recherches sur Raphel Westmoreland.

Cela s'était passé quelques mois plus tôt. Il avait accepté de se charger de l'enquête qu'elle voulait lui confier, mais à condition qu'elle lui permette d'aller auparavant au bout de ses affaires en cours. Elle s'était montrée très compréhensive. Aujourd'hui, il s'était réjoui de savoir que le mariage de Micah et Kalina lui offrirait l'occasion de rencontrer la fameuse Megan, la cousine de Micah.

Mais il ne s'était pas attendu à éprouver pour elle un désir aussi violent !

Lorsque ses deux beaux-frères et les jeunes mariés s'approchèrent de lui, il les salua chaleureusement et s'efforça de parler avec eux. Mais ses yeux étaient sans cesse attirés par la femme sublime qui se tenait à quelques pas de lui. Il aurait dû deviner que l'une de ses sœurs ne tarderait pas à remarquer son trouble…

— Tu as déjà rencontré Megan, non ? l'interpella Savannah. J'ai appris qu'elle t'avait engagé pour enquêter sur la vie de Raphel.

Son regard malicieux et le ton curieux de sa voix en disaient long sur ce qu'elle avait à l'esprit. Manifestement, elle avait très envie d'en savoir plus sur ses sentiments à l'égard de Megan.

— Non, Megan et moi n'avons pas été officiellement présentés, bien que nous ayons déjà eu plusieurs conversations téléphoniques, répondit-il d'une voix aussi neutre que possible.

Il prit un verre sur le plateau que lui présentait un serveur, espérant ainsi se donner une contenance. S'il continuait à regarder Megan Westmoreland avec autant d'insistance, tout le monde allait se rendre compte de l'émotion qu'elle suscitait en lui.

— Mais Zane m'a indiqué tout à l'heure qui elle était, ajouta-t-il, espérant apaiser la curiosité de sa sœur.

Hélas, ses paroles n'eurent pas l'effet escompté.

— Viens, je vais te la présenter, décida-t-elle avec un grand sourire.

Il eut un moment d'hésitation, et but une gorgée pour se donner du temps. Il eût sans doute été plus raisonnable d'attendre d'avoir recouvré son sang-froid pour faire la connaissance de Megan…

— Entendu, je te suis, dit-il finalement.

Tandis qu'il marchait avec sa sœur vers le groupe de femmes qui l'observait avec intérêt, il se rendit compte qu'il ne parvenait toujours pas à détourner les yeux de Megan. Déjà, il avait la certitude qu'elle éprouvait la même attirance pour lui. Il le lisait sur son visage.

Heureusement, ils n'auraient pas à travailler ensemble pour l'enquête. Il serait seulement tenu de lui faire part de ses avancées, ce qui ne l'obligerait à aucun moment à passer du temps avec elle.

A mesure qu'il s'approchait d'elle, il sentit son corps s'embraser d'un désir qu'il était incapable de refréner. Il comprit alors que, s'il voulait conserver un certain équilibre, il aurait une seule obligation à l'avenir : mettre autant de distance que possible entre Megan Westmoreland et lui.

- 1 -

Trois mois plus tard

— Docteur Westmoreland, quelqu'un demande à vous voir.

Megan jeta un œil à sa montre, contrariée. Elle était attendue en chirurgie dans une heure, ce qui lui laissait tout juste le temps de déjeuner avant de se préparer pour l'intervention.

— De qui s'agit-il, Grace ? demanda-t-elle à la jeune assistante en pressant le bouton de l'Interphone.

Grace Elsberry était une étudiante, qui, dans le cadre de son programme d'alternance, travaillait à temps partiel au département d'anesthésiologie de l'hôpital universitaire du Colorado.

— Un très bel homme, répondit-elle à voix basse. Il a le physique d'une star de cinéma.

Megan prit une profonde respiration. Instinctivement, elle eut une idée assez précise de l'identité de son visiteur, et cette seule pensée la fit frissonner d'appréhension.

— Il s'appelle Rico Claiborne, ajouta Grace, confirmant ses prévisions.

— Entendu, dit-elle d'une voix aussi assurée que

possible. Vous pouvez lui dire de monter dans mon bureau.

— Vous plaisantez, docteur ? Je vais plutôt me faire un plaisir de l'accompagner, chuchota-t-elle en riant.

Megan ne pouvait que s'amuser de la réaction de Grace. Depuis quand prenait-elle la peine d'accompagner un visiteur jusqu'à la porte de son bureau ? C'était sans doute la première fois…

Quelques secondes plus tard, Grace ouvrait la porte, un large sourire aux lèvres. Elle s'effaça pour laisser entrer Rico Claiborne. En le découvrant, Megan retint son souffle, subjuguée qu'elle était par sa grâce virile et sensuelle, et par le charisme qui émanait de lui. Il portait un simple jean et un pull, et pourtant il lui parut plus élégant encore que dans son souvenir.

Du haut de son mètre quatre-vingt-dix, il la dévisagea tandis qu'elle allait vers lui pour l'accueillir. Les yeux bruns qu'il fixait sur elle la décontenançaient tant qu'elle dut prendre sur elle pour afficher un sourire calme et naturel. Elle avait tant pensé à lui ces derniers temps… Elle ne l'avait pas revu depuis le mariage de son cousin Micah trois mois plus tôt, mais son image était restée gravée dans sa mémoire. Leurs conversations téléphoniques avaient suffi à entretenir le trouble qu'elle avait ressenti la seule fois où elle l'avait rencontré. Toutefois, elle n'oubliait pas la principale raison pour laquelle elle était heureuse qu'il se trouve ici, devant elle : à présent qu'il avait achevé ses affaires en cours, sans doute allait-il pouvoir se charger des recherches pour lesquelles elle avait fait appel à lui ?

— Rico, quel plaisir de vous revoir.

— Bonjour, Megan, je suis très heureux moi aussi, répondit-il en serrant la main qu'elle lui tendait.

Le contact de sa peau sur la sienne ne fit qu'attiser le feu que son regard avait allumé en elle.

— Alors, ponctua-t-elle en s'efforçant de garder une voix neutre, qu'est-ce qui vous amène à Denver ?

Il mit les mains dans ses poches.

— Je suis arrivé ce matin pour comparaître devant le tribunal dans le cadre d'une affaire sur laquelle j'ai enquêté l'année dernière. J'ai pensé que c'était l'occasion de passer vous voir pour vous donner des nouvelles, puisque j'ai entamé il y a quelques semaines les recherches que vous m'aviez confiées. J'aurais voulu vous prévenir de ma visite, mais je n'ai pas réussi à vous joindre avant d'arriver.

— Le Dr Westmoreland était au bloc toute la matinée.

Ils se tournèrent en même temps vers Grace, qui n'avait pas quitté la pièce. Debout dans l'encadrement de la porte, elle ne lâchait pas Rico des yeux et son sourire en disait long sur le plaisir qu'elle avait à le contempler.

— Merci, Grace, ce sera tout, dit doucement Megan pour la rappeler à la réalité.

— Vous êtes sûre que vous n'avez besoin de rien ? insista la jeune fille.

— Oui, absolument. Je ne manquerai pas de vous appeler si nécessaire.

— Bien, entendu, répondit-elle, non sans déception.

Quand Grace eut refermé la porte derrière elle, Megan se retourna vers Rico, qui la fixait toujours aussi intensément. Elle n'avait aucune raison de se sentir mal à l'aise, et pourtant elle ne parvenait pas à contenir les frissons qui la traversaient. Comment devait-elle réagir à l'attirance qu'elle éprouvait pour lui ? Jamais elle ne s'était laissé envahir par une sensation aussi grisante : depuis leur rencontre, elle découvrait qu'elle n'avait plus le moindre contrôle sur ses sens.

— Asseyez-vous, je vous en prie. On dirait que vous avez des choses importantes à me dire.

Sur ces mots, elle alla s'installer dans le fauteuil qui trônait derrière son bureau. Ce serait sans doute la meilleure façon pour elle de masquer le trouble qui s'était emparé d'elle. Allait-elle enfin pouvoir se concentrer sur ce qu'il avait à lui dire ? Elle espérait tellement apprendre de nouvelles choses sur son arrière-grand-père, Raphel Stern Westmoreland !

Quelques années plus tôt, sa famille avait découvert qu'il n'avait pas été fils unique, contrairement à ce qu'on avait cru jusqu'alors. Il avait eu un frère jumeau, Reginald Scott Westmoreland. C'était James Westmoreland, le petit-fils de Reginald, qui avait fait éclater la vérité en faisant des recherches généalogiques. Il avait ainsi fait le lien entre les Westmoreland de Denver et lui-même, qui habitait à Atlanta. C'est alors que Megan, tout comme le reste de sa famille, avait commencé à se poser des questions sur son ancêtre et sur tout ce qu'elle devait ignorer à son sujet.

En réalité, Raphel avait été renié par sa famille à l'âge de vingt-deux ans après avoir pris la fuite avec l'épouse d'un pasteur. Il n'avait plus jamais donné de nouvelles, mais des recherches avaient permis de découvrir qu'il avait sillonné les Etats-Unis en passant par le Texas, le Wyoming, le Kansas et le Nebraska, pour s'installer finalement dans le Colorado. A en croire les registres, il avait connu plusieurs femmes au cours de son long voyage. Des femmes auxquelles il avait peut-être été marié. Toute la famille avait voulu savoir ce qu'il était advenu de ces femmes, et si elles avaient eu des enfants de Raphel. C'est pourquoi Dillon, l'aîné des cousins de Megan, avait entrepris d'enquêter sur elles.

Ses recherches l'avaient mené à Gamble, dans le Wyoming, où il avait non seulement rencontré la femme de sa vie, mais aussi appris que les deux premières femmes qui avaient été liées à Raphel ne l'avaient pas été par des sentiments amoureux, mais parce qu'il leur était venu en aide.

A la suite de cette enquête, Dillon s'était marié et, depuis la naissance de son premier enfant, il ne trouvait plus le temps de se consacrer à l'histoire familiale. Megan avait donc décidé de reprendre le flambeau et de s'intéresser aux deux autres femmes qui avaient fait partie de la vie de Raphel. C'était ce qui l'avait poussée à faire appel à Rico, que lui avaient vivement recommandé ses frères et ses cousins.

Tandis qu'il prenait place en face d'elle, elle ne put s'empêcher de le dévorer des yeux. Avec sa famille, elle avait pourtant l'habitude d'être entourée d'hommes séduisants… Alors pourquoi était-elle à ce point fascinée par la beauté de Rico Claiborne ?

— Je crois en effet que c'est important, confirma-t-il. J'ai réussi à trouver quelque chose sur Clarice Riggins.

— C'est vrai ? s'exclama-t-elle, folle de joie.

Clarice avait peut-être été mariée à Raphel ; il y avait donc toutes les raisons d'espérer de nouvelles découvertes !

— Où ? Comment ?

— Plusieurs recoupements m'ont mené à m'intéresser à Forbes, une petite ville du Texas. Je compte m'y rendre jeudi matin. J'avais pensé partir dès ce soir, mais vos frères et vos cousins m'en ont dissuadé. Ils m'ont suggéré de rester deux jours parmi eux.

Megan ne fut pas surprise par sa remarque. Les Westmoreland avaient beau être répartis entre le Colorado, la Géorgie, le Montana et le Texas, ils avaient coutume de se réunir souvent. Les hommes, notamment, se retrouvaient pour aller chasser ensemble, organiser des parties de poker, ou tout simplement pour parler de leurs affaires en commun. Rico étant le beau-frère de deux d'entre eux, il n'était pas rare qu'il se joigne à ces réunions.

— Donc, vous n'avez encore rien de précis sur elle ? l'interrogea-t-elle.

— Disons que j'ai peut-être une piste intéressante.

— Ah oui ? Laquelle ?

— Il semble qu'elle ait donné naissance à un enfant. Je ne sais si c'était un garçon ou une fille, mais apparemment, son bébé a vécu.

Elle n'aurait pu décrire sa joie lorsqu'elle entendit ces mots. Allait-elle découvrir l'existence d'une autre branche de la famille Westmoreland ? Ils seraient tous si heureux, s'ils apprenaient qu'ils avaient d'autres cousins…

— Ce serait formidable, se réjouit-elle à haute voix. Vous avez peut-être fait une découverte majeure. En avez-vous parlé à quelqu'un d'autre que moi ?

— Non, répondit-il en souriant. C'est vous qui m'avez engagé, vous devez être la première au courant de mes avancées.

— Dans ce cas, je vous demande de ne rien dire pour l'instant. Je ne voudrais pas susciter de faux espoirs. Vous n'êtes pas obligé de cacher que vous partez au

Texas pour suivre une piste, mais ce n'est pas la peine que vous donniez des détails. Il est encore trop tôt.

Les Westmoreland de Denver étaient au nombre de quinze, douze hommes et trois femmes. Après l'accident d'avion qui, des années plus tôt, avait coûté la vie aux parents de Megan et à son oncle et sa tante, c'étaient son frère aîné Ramsey et leur cousin Dillon qui avaient assumé la charge de toute la famille. Ils avaient traversé ensemble une période difficile, mais par chance, à présent, chacun des membres de la famille était devenu autonome. Ils avaient tous obtenu un diplôme universitaire hormis les deux plus jeunes, Bane et Bailey. Bane avait intégré la Navy ; quant à Bailey, qui avait d'abord catégoriquement refusé de poursuivre ses études au-delà du lycée, elle n'était plus qu'à un an de la fin de son cursus supérieur.

Megan, elle, avait fait très tôt son choix de carrière, et à aucun moment elle ne regrettait d'être devenue anesthésiste. Elle aimait son métier. C'était à l'âge de six ans, le jour où elle avait été opérée des amygdales, qu'elle avait décidé de suivre la même voie que l'homme qui s'était montré si gentil avec elle avant de l'endormir puis après l'opération. Quand il était venu voir comment elle allait, il avait pris le temps de la distraire, de manger une glace avec elle et de lui parler de son métier. Avant même d'être capable de prononcer le nom de cette profession, elle avait compris que c'était sa vocation.

Néanmoins, la fatigue qu'elle éprouvait en ce moment lui rappelait qu'elle pouvait avoir besoin de vacances, comme n'importe qui. Les réductions de budget la forçaient à travailler toujours plus avec toujours moins de moyens, et, depuis quelque temps, elle avait envie de faire une pause. Ce matin même, Bailey était partie à Charlotte pour rendre visite à leur cousin Quade, sa femme Cheyenne et leurs triplés. Megan avait été tentée de venir avec elle en songeant aux jours de congé dont elle disposait et qu'elle n'utilisait presque jamais. Elle avait aussi pensé se rendre dans le Montana, où vivait une autre partie de la famille Westmoreland. Quel plaisir d'avoir une si grande famille, songea-t-elle. Ainsi, elle avait toujours un endroit où aller.

Une idée soudaine lui vint à l'esprit, et elle posa de nouveau les yeux sur Rico. Il la regardait toujours avec la même intensité, et elle se sentit comme hypnotisée durant quelques secondes. Quand elle parvint à détourner les yeux, elle les fixa sur son calendrier et libéra la respiration qu'elle avait retenue malgré elle. S'il devait faire une découverte de première importance, elle voulait être présente lorsque cela arriverait. Il fallait absolument qu'elle se trouve avec lui au moment où il apprendrait ce qu'était devenu l'enfant de Clarice. Elle était si impatiente ! Comment pourrait-elle rester à Denver en sachant qu'il parcourait le Texas à la recherche de sa famille ? Elle ne ferait qu'attendre ses appels téléphoniques dans l'espoir qu'il lui fasse part de nouvelles informations.

— Vous partez au Texas dans deux jours, c'est bien cela ? demanda-t-elle quand elle eut enfin les idées claires.

— Oui, c'est ce que j'ai prévu.

— Eh bien, je viens de prendre une décision.

— Laquelle ?

Elle lui adressa un grand sourire.

— Je vais venir avec vous.

*
* *

Rico se connaissait assez pour savoir qu'il n'était pas un homme empli de certitudes. Toutefois, il y avait au moins une chose dont il était sûr : il n'était pas question que Megan Westmoreland aille où que ce soit avec lui. Rester seul avec elle dans ce bureau était déjà une épreuve ; il n'osait l'imaginer assise à côté de lui en voiture ou dans un avion. Comment pourrait-il résister à une telle proximité ? Le simple fait d'y penser attisait déjà son désir…

Depuis qu'il l'avait rencontrée, il n'avait plus jamais pensé à elle sans éprouver un trouble indescriptible. Le jour du mariage de Micah, il avait été retardé par une enquête importante, si bien qu'il était arrivé alors que la réception était bien avancée, juste avant que le jeune couple ne s'envole pour son voyage de noces. Quand Zane, à sa demande, lui avait indiqué qui était Megan, il avait été subjugué à la vue de celle qui lui avait téléphoné deux mois auparavant pour faire appel à ses services de détective.

Dès l'instant où il avait croisé son regard, une vague de désir l'avait submergé. Jamais il n'avait éprouvé une telle sensation. Il s'était senti incapable de détourner les yeux tant la grâce qui émanait d'elle et son corps sublime l'avaient fasciné. Les boucles brunes qui retombaient sur ses épaules, sa robe ajustée découvrant ses longues jambes minces, son regard de velours… Tout en elle était d'une beauté à couper le souffle.

A trente-six ans, n'était-il pas trop mûr et trop expérimenté pour perdre à ce point ses moyens face à une femme ? Il fallait croire que non. Jamais une telle chose ne lui était arrivée, mais il devait admettre que, depuis leur rencontre, il n'avait pu s'empêcher de penser à elle. Très souvent.

— Bien, il ne me reste plus qu'à avertir mes supérieurs pour qu'ils me fassent remplacer pendant mon absence, annonça-t-elle, interrompant le fil de ses pensées. Notre voyage ne devrait pas durer plus d'une semaine, si ?

Elle avait dû considérer son silence comme une réponse positive. Mais il n'était pas du tout d'accord pour qu'elle l'accompagne.

— Je suis désolé, Megan, mais vous ne pouvez pas venir avec moi. Je travaille seul, c'est une règle à laquelle je ne déroge jamais.

Son regard de défi lui en dit long sur l'affrontement auquel il venait de s'exposer. Mais elle était loin de l'impressionner ; doté de deux jeunes sœurs, il avait l'habitude de tenir tête à une femme contrariée.

— Vous pouvez bien faire une exception, pour une fois.

— Non. Je regrette, c'est impossible.

Avec un regard déterminé, elle se redressa et croisa les bras.

— Hormis le fait que vous avez l'habitude de travailler seul, pouvez-vous me citer une autre raison qui vous pousse à refuser que je vienne ?

— Je n'ai pas besoin d'une autre raison, rétorqua-t-il avec la même fermeté. Je travaille seul, un point c'est tout.

Il y avait bien une autre raison, évidemment, mais il n'allait certainement pas la partager avec elle. Le seul souvenir de ce qui avait failli se passer la dernière fois qu'il avait laissé une femme se mêler d'une enquête le forçait à camper sur ses positions.

— Pourquoi faut-il que vous compliquiez les choses ? fit-elle.

— Je peux vous retourner la question.

— Je vous rappelle qu'il s'agit de mon arrière-grand-père.

— Je le sais parfaitement. Mais je vous rappelle aussi que quand j'ai accepté cette enquête, je vous ai précisé que j'obtiendrais des informations en faisant les recherches moi-même. A ma façon.

Elle se mordilla nerveusement la lèvre, preuve qu'elle se rappelait aussi bien que lui la conversation qu'ils avaient eue au téléphone. Mais elle ne paraissait pas prête à reconnaître sa défaite. Au contraire, ses yeux lançaient des éclairs.

— En tant que cliente, j'exige que vous m'emmeniez avec vous.

— Vous pouvez exiger tout ce que vous voulez, mais vous ne viendrez pas au Texas avec moi.

— Mais pourquoi, enfin ?

— Je vous l'ai déjà dit. Maintenant, pouvons-nous changer de sujet, s'il vous plaît ?

— Non, nous ne pouvons pas changer de sujet.

En la voyant se lever, il l'imita et la toisa d'un air autoritaire.

— Vous vous comportez comme une enfant gâtée.

Elle resta un moment bouche bée avant de réagir.

— Une enfant gâtée ? s'insurgea-t-elle. De toute ma vie, je ne me suis jamais comportée comme une enfant gâtée. J'irai au Texas, tout simplement parce qu'il n'y a aucune raison pour que vous m'en empêchiez.

— Bien, ponctua-t-il après un silence. Je vais vous donner une bonne raison, puisque ce que je vous ai dit ne vous suffit pas.

Il n'aimait pas qu'on le pousse à bout, et tant pis pour elle si ce qu'elle allait entendre ne lui plaisait pas.

— Parfait, je vous écoute.

Enfonçant les mains dans les poches, il soutint son regard un long moment.

— Je suis attiré par vous, Megan. Je suis très attiré par vous. Et si vous m'accompagnez où que ce soit, je sais comment cela finira.

Sans attendre sa réaction, il fit volte-face et sortit de son bureau.

Ce ne fut qu'après trois opérations que Megan put rejoindre son bureau. Malgré le temps passé en chirurgie, elle ne pouvait oublier ce qui s'était passé ici plus tôt dans la journée. Sa nervosité surpassait largement sa fatigue. Incapable de rester calme, elle se mit à faire les cent pas en se remémorant les paroles de Rico. Pourquoi les hommes croyaient-ils que leurs relations avec les femmes devaient forcément les mener dans un lit ? Il était attiré par elle, soit. Mais en quoi était-ce un obstacle ? Il lui plaisait lui aussi, et cela ne l'empêchait pas d'avoir envie d'aller avec lui au Texas. Etait-il donc incapable de se contrôler ?

Son attitude lui rappelait celle de ses frères Zane et Derringer ou de ses cousins Riley et Canyon. Derringer avait attendu de rencontrer Lucia pour devenir l'homme d'une seule femme ; quant aux trois autres, ils étaient encore des séducteurs incorrigibles. Elle ne comptait plus le nombre de fois où elle était entrée chez Zane au mauvais moment, ni le nombre de vêtements féminins égarés qu'elle avait déjà trouvés chez Riley. Et n'avait-elle pas encore vu tôt ce matin une femme sortir de chez Canyon ?

Ainsi, Rico Claiborne était comme eux... De surcroît, il croyait qu'il lui suffisait de vouloir être avec elle pour que cela arrive ! N'avait-elle donc pas son mot à dire ? S'il pensait ainsi, il était loin de savoir à qui il avait affaire. Contrairement à ses collègues de l'hôpital, qui, résignés, avaient pris l'habitude de la surnommer « la reine de glace ».

C'est vrai, Rico l'avait littéralement fait fondre quand elle l'avait rencontré trois mois plus tôt. Et elle avait éprouvé le même trouble en le voyant, ce matin. Mais comment pouvait-il croire qu'il obtiendrait ce qu'il voulait d'un claquement de doigts ? Il allait bientôt se rendre compte à quel point il se trompait.

Elle laissa échapper un soupir rageur. Plus elle pensait à lui, plus elle se sentait furieuse. N'avait-il pas compris, au cours des nombreuses conversations téléphoniques qu'ils avaient eues, à quel point cette enquête était importante pour elle ? Sa famille était ce qui comptait le plus à ses yeux. Si elle avait d'autres cousins quelque part dans le pays, elle ne souhaitait rien davantage que les rencontrer. Et plus que tout, elle voulait prendre part aux recherches, être présente au côté de Rico quand il apprendrait la vérité sur l'enfant de Clarice.

Elle marcha jusqu'à la fenêtre de son bureau et laissa ses yeux se perdre dans le vague. En ce mois de septembre, les nuages étaient de plus en plus sombres. Les premières chutes de neige étaient annoncées pour la fin de la semaine.

Peu lui importait. De toute façon, elle ne serait pas là pour les voir puisqu'elle était bien décidée à quitter

Denver. Ce n'était certainement pas à Rico de décider de son emploi du temps, et elle n'avait pas attendu d'obtenir son accord pour demander un congé. L'hôpital lui avait accordé un mois de vacances, et elle avait la ferme intention d'en profiter. D'autant que si elle ne le prenait pas avant la fin de l'année, il serait perdu.

Elle commencerait par se rendre au Texas. Puis, avant de reprendre le travail, elle partirait en Australie pour séjourner chez sa sœur Gemma et passer du temps avec son adorable famille. Elle aimait tant voyager… Le souvenir qu'elle gardait de son escapade au Moyen-Orient chez son cousin Delaney n'avait rien perdu de sa magie. C'était la première fois qu'elle était partie à l'étranger, et cette expérience l'avait autant enrichie qu'enchantée.

Les images qui lui étaient revenues à la mémoire s'estompèrent peu à peu, et elle se détourna de la fenêtre. Aussitôt, elle revit la silhouette de Rico, debout devant elle, prononçant de sa voix grave les mots qui ne cessaient de résonner depuis dans son esprit.

Elle n'avait pas l'intention de le laisser lui dicter ses choix. S'il éprouvait la moindre attirance pour elle, il n'aurait qu'à prendre sur lui. Ils étaient adultes, ils devaient être capables d'agir en tant que tels. Comment pouvait-il seulement envisager l'éventualité qu'il se passe quelque chose entre eux ? Bien sûr, elle ne pouvait pas nier qu'il lui plaisait mais, contrairement à lui, elle se savait en mesure de juguler le désir qu'elle éprouvait pour lui.

Ce serait difficile, mais il n'était pas question qu'elle lui cède.

*
* *

— Merci, Riley, mais tu es sûr que cela ne dérange pas ? Je peux certainement trouver une chambre d'hôtel en ville.

Riley Westmoreland répondit à Rico par un large sourire.

— Il n'en est pas question, Rico. Tu fais partie de la famille, maintenant.

Sans insister davantage, Rico posa son sac à côté du lit. Il faisait peut-être partie de la famille, mais il était loin de considérer Megan comme sa sœur ou sa cousine… Pourquoi diable tenait-elle autant à l'accompagner au Texas ? Il n'était pas possible qu'elle ne ressente pas la tension érotique qui s'éveillait dès l'instant où ils se trouvaient en présence l'un de l'autre.

— Alors, comment se passe l'enquête dont Megan t'a chargé ? l'interrogea Riley.

— Bien. Je m'apprête justement à partir au Texas pour suivre une nouvelle piste.

— Ah oui ? Megan est-elle déjà au courant ?

— Oui, je suis passé la voir à l'hôpital tout à l'heure pour lui en parler.

— Elle a dû être ravie. Nous sommes tous curieux de connaître la vérité sur Raphel, mais je crois que pour Megan, c'est une véritable obsession. Surtout depuis que Dillon et Pam lui ont montré ces fameux carnets. A présent que Dillon l'a nommée gardienne du précieux journal, elle est fermement décidée à faire la lumière sur toute l'histoire. Elle est persuadée que nous ne connaissons pas encore toute notre famille.

Rico avait lu le journal en question, qui l'avait beaucoup intéressé dans le cadre de son enquête. Il était constitué de carnets rédigés par Raphel lui-même, qui lui avaient apporté de nombreuses informations sur la vie que celui-ci avait menée après avoir quitté sa famille.

— Il y a un dîner familial ce soir, chez Dillon. Pam m'a appelé tout à l'heure pour s'assurer que tu venais avec moi. J'espère que tu es partant. Tu sais qu'il ne faut pas contrarier une femme enceinte, dit-il en riant.

Oui, cela, Rico avait eu l'occasion de s'en rendre compte, songea-t-il avec humour. Il y aurait bientôt plusieurs naissances dans la famille Westmoreland : le bébé de Pam et Dillon, mais aussi celui de Lucia et Derringer et celui de Kalina et Micah. A Atlanta aussi, la famille allait bientôt s'agrandir.

Il se laissa surprendre par une vague d'émotion en pensant à ses sœurs. Jessica était de nouveau enceinte ; quant à Savannah, elle avait donné naissance cette année à son deuxième enfant. Il était heureux de les voir toutes les deux si épanouies dans le mariage. Du reste, elles n'étaient pas les seules à avoir trouvé l'âme sœur, puisque sa mère lui avait annoncé qu'elle allait se remarier. Il avait été surpris qu'elle prenne cette décision après ce que lui avait infligé son père, mais, par chance, il s'entendait très bien avec Brad Richman. S'il était sûr d'une chose, c'était que l'amour de cet homme pour sa mère était absolument sincère.

— Bien, je te laisse défaire tes bagages. Nous partirons d'ici une petite heure. J'espère que tu as faim, car ces dames sont en train de nous préparer un véritable festin, ajouta Riley en riant.

Une demi-heure plus tard, Rico avait sorti de son sac les affaires dont il aurait besoin pendant les deux jours qu'il passerait ici, avant de s'envoler pour le Texas.

Se laissant tomber sur le lit, il respira profondément et se passa la main sur le visage. En sentant sous ses doigts sa courte barbe, il se rappela qu'il devait se raser avant de sortir dîner.

Le simple fait de penser à la soirée qui s'annonçait le fit frissonner d'appréhension. Si Dillon avait invité tous les Westmoreland de Denver, cela signifiait que Megan serait là aussi. Etait-il prêt à la revoir si tôt ? Lui qui avait la réputation de garder son sang-froid en toute occasion… Voilà qu'il ne se reconnaissait plus depuis qu'il l'avait rencontrée. Les sensations qu'elle éveillait en lui étaient aussi troublantes qu'inexplicables.

La simple façon qu'elle avait de prononcer son prénom quand elle s'adressait à lui le faisait frémir de désir. En la voyant aujourd'hui, il s'était senti encore plus fébrile que la première fois. Etait-il resté célibataire trop longtemps ? De toute évidence, cela ne lui réussissait pas…

Sans parvenir à chasser de son esprit l'image de son corps sublime, il prit sa trousse de toilette avant de se rendre dans la salle de bains attenante à sa chambre. Tout en faisant glisser le rasoir sur ses joues, il se remémora le moment où il était entré dans son bureau le matin même. Il avait tout de suite remarqué qu'elle s'était fait couper les cheveux, si bien que ses boucles épaisses encadraient maintenant son visage au lieu de tomber sur ses épaules.

Cette coiffure la rendait encore plus sexy…

Emporté dans un rêve délicieux, il se vit allongé sur un lit, prêt à se faire opérer. Il regardait Megan s'approcher de lui et attendait de recevoir le produit qu'elle allait lui administrer pour l'endormir. Tandis que sa voix sensuelle comptait doucement les secondes, il la contemplait pour être certain de rêver d'elle pendant son sommeil.

Il sursauta soudain. En faisant un faux mouvement, il venait de se couper. Pourquoi diable était-il incapable de se concentrer ? Il était temps qu'il cesse de penser à Megan. Heureusement, il était à peu près sûr que ses derniers mots avant de quitter son bureau avaient eu l'effet escompté. Elle avait eu l'air si scandalisé… Après cela, elle n'avait certainement plus aucune envie de venir au Texas avec lui.

A vrai dire, il n'avait pas voulu se montrer aussi brutalement sincère avec elle. Mais elle ne lui avait pas laissé le choix. Il lui avait pourtant dit qu'il préférait travailler seul, et pour cause. La dernière fois qu'une femme l'avait accompagné sur une enquête, cela avait bien failli lui coûter la vie. Il s'était retrouvé à travailler sur la même affaire qu'un agent du FBI et sa partenaire, qui, loin de l'aider dans son travail, n'avaient fait que le gêner. Cette femme avait fait preuve d'une incompétence totale, et surtout d'une terrible réticence à suivre les instructions.

Par chance, l'affaire dont Megan l'avait chargé n'était pas dangereuse en elle-même. Mais il ne voyait pas comment il aurait pu partir en voyage avec elle sans céder à l'attirance qu'il éprouvait pour elle à un moment ou l'autre. Au moins, maintenant qu'elle savait la vérité, elle n'insisterait plus.

Il allait se rendre au Texas et apprendre tout ce qu'il pourrait au sujet de Clarice Riggins, après quoi il ferait son rapport à Megan. Comme il le faisait avec tous ses clients. Il savait que ce ne serait pas une enquête facile, étant donné le soin que Raphel avait apporté à brouiller les pistes. On eût dit qu'il avait voulu faire disparaître ses jeunes années. Cependant, Rico se sentait plein de détermination et il ferait tout pour découvrir la vérité. Ainsi qu'il l'avait dit à Megan, Clarice Riggins avait eu un enfant, mais rien n'indiquait pour l'instant qu'elle avait été mariée à Raphel. C'était la chance qui lui avait permis d'obtenir des informations sur Clarice, étant donné le nombre d'orthographes différentes qui avaient été données à son nom.

Il sortait de la salle de bains lorsqu'il entendit son téléphone sonner. En voyant un numéro new-yorkais s'afficher, il devina que c'était l'un de ses collaborateurs qui cherchait à le joindre.

— Allô ?

Il y eut un léger silence.

— Allô, Rico. C'est ton père.

Rico se figea. Un élan de colère s'était élevé en lui en une fraction de seconde, et il eut le plus grand mal à le contenir.

— Vous avez dû faire un faux numéro, je n'ai pas de père.

Sans laisser à son interlocuteur le temps d'ajouter un seul mot, il raccrocha. Il ne voulait plus entendre parler de Jeff Claiborne. Pourquoi lui téléphonait-il, après tout ce temps ? Dix-huit ans s'étaient écoulés depuis la dernière fois qu'ils s'étaient vus. Si Rico était sûr d'une chose, c'était que cet homme ne lui manquait pas le moins du monde.

En réalité, il aurait voulu être capable de l'effacer complètement de sa mémoire. Mais il n'oublierait jamais les vies que son père avait gâchées à cause de son égoïsme.

Jeff Claiborne n'avait vraiment aucun droit de reprendre contact avec lui. Ni aucune raison.

- 2 -

Prenant une profonde respiration, Megan s'efforça de se concentrer sur ce qu'elle était en train de faire. Mais elle ne parvenait pas à chasser sa nervosité depuis que Pam lui avait dit que Rico était également invité à dîner.

Il allait sûrement arriver d'une minute à l'autre.

— Rico a-t-il déjà découvert quelque chose ?

Megan détacha les yeux du poivron qu'elle découpait et regarda l'épouse de son cousin. Elle et Dillon formaient un si beau couple… C'était un bonheur de les voir ensemble.

Pam et elle se trouvaient pour l'instant seules dans la cuisine, tandis que Chloe et Bella étaient allées voir si les bébés dormaient toujours et que Lucia s'affairait dans la salle à manger.

— Oui, répondit Megan. Il s'apprête justement à partir au Texas pour suivre une piste.

Elle n'avait pas l'intention de lui parler de Clarice. Il était bien trop tôt, elle ne voulait pas faire naître de faux espoirs autour d'elle.

— C'est formidable, dit Pam tout en retournant la viande qu'elle faisait griller. Tu dois être ravie.

Elle aurait été bien plus contente si Rico ne s'était pas opposé à ce qu'elle vienne avec lui. Mais elle n'allait pas se laisser faire. A présent qu'elle avait résolu le problème, elle avait hâte de voir sa réaction quand il apprendrait la nouvelle. Et dire qu'il croyait avoir eu le dernier mot…

Elle soupira de dépit en songeant que, décidément, elle ne comprendrait jamais la gent masculine. Pourquoi un homme était-il persuadé qu'il lui suffisait de désirer une femme pour qu'elle éprouve forcément la même attirance pour lui ? C'était une logique qui lui échappait totalement.

Bien sûr, ayant toujours vécu entourée d'hommes, elle avait appris quelques petites choses sur eux. Mais elle restait complètement étrangère aux relations intimes et aux rapports amoureux. Avant qu'elle ne rencontre Rico, jamais aucun homme n'avait attiré son attention, jamais elle n'avait ressenti le moindre désir pour qui que ce fût.

Peut-être était-ce le moment pour elle de demander conseil à une femme plus expérimentée. Pam, Chloe, Lucia et Bella étaient les grandes sœurs qu'elle n'avait jamais eues, et elle savait que chacune avait trouvé un excellent équilibre dans son mariage.

— Pam ?

— Oui ?

— Comment réagirais-tu si un homme te disait qu'il est attiré par toi ?

Pam se tourna vers elle en souriant.

— Tout dépend de qui est cet homme. Si ton frère m'avait dit cela plus tôt, je n'aurais pas attendu aussi longtemps pour quitter mon fiancé. Dès l'instant où j'ai rencontré Dillon, j'ai pensé que c'était l'homme le plus sexy du monde.

C'était exactement ce que s'était dit Megan en voyant Rico.

— Donc, tu n'aurais pas été fâchée s'il t'avait dit que tu lui plaisais ?

— Venant d'un homme pour qui je ressentais la même chose, non, cela ne m'aurait pas du tout gênée. Cela nous aurait permis de passer plus vite à l'étape suivante.

— L'étape suivante ?

— Celle qui fait que deux personnes apprennent à se connaître.

Pam marqua une pause, le temps de retourner de nouveau la viande dans la poêle.

— Alors dis-moi, reprit-elle en fixant Megan avec intérêt. C'était une question purement théorique, ou est-ce qu'un homme t'a vraiment dit qu'il était attiré par toi ?

Megan baissa les yeux et se mordilla nerveusement la lèvre. A en juger par le sourire de Pam, son embarras l'avait trahie.

— Je crois que j'ai ma réponse, dit Pam en riant.

Otant la poêle du feu, elle éteignit la plaque et vint s'asseoir à table, en face de Megan.

— Comme je te l'ai dit, je crois que tu n'as qu'une seule question à te poser : est-ce que cet homme te plaît ?

Megan laissa échapper un soupir. Bien sûr, Rico lui plaisait. Quelle femme serait restée indifférente à son charme ? Mais elle ne connaissait presque rien de lui. Elle savait seulement qu'il était le frère aîné de Savannah et de Jessica, qui lui portaient une affection et une admiration sans limite.

— De toute façon, il ne veut pas qu'une relation

professionnelle devienne une relation personnelle. Pas plus que moi. Et je ne lui ai pas dit qu'il me plaisait aussi.

— La plupart des femmes se gardent bien de dire cela aux hommes. Elles le leur font sentir. Après cela, ils n'ont aucun mal à comprendre s'ils doivent renoncer ou faire le premier pas.

Megan eut un moment d'hésitation.

— Je ne crois pas lui avoir montré le moindre signe.

Cette fois, Pam se mit à rire franchement.

— Je suis désolée de te le dire mais, à mon avis, même Jillian serait plus lucide que toi face à un jeune homme. Tes frères et tes cousins t'ont trop protégée de la dure réalité de l'existence.

Jillian était la sœur de Pam. Elle avait quitté le lycée depuis à peine plus d'un an.

— Ce n'est pas qu'ils m'ont trop protégée. C'est que je n'ai jamais rencontré un homme qui me plaise.

— Jusqu'à maintenant ?

— Non, il ne m'intéresse pas, protesta-t-elle. Je veux seulement que nous travaillions ensemble, et il refuse parce que… Parce qu'il est attiré par moi.

— J'imagine que vous n'aurez un jour pas d'autre choix que de travailler ensemble, à l'hôpital.

Pam croyait donc que l'homme en question était l'un de ses collègues de l'hôpital. Si elle avait su qu'il s'agissait en fait de l'un de ses invités de ce soir…

Megan se figea en entendant des voix masculines dans la pièce voisine. Elle les connaissait toutes, mais l'une d'entre elles attira particulièrement son attention. Une voix suave, profonde, qui avait sur elle un effet incontrôlable.

Rico était arrivé.

*
* *

Rico interrompit sa conversation avec Dillon et Ramsey dès l'instant où Megan entra dans la pièce. Elle s'avança jusqu'à la table de la salle à manger et y posa un grand saladier.

— Bonjour, Rico, dit-elle de sa voix chantante.

— Bonjour, Megan.

Il ne put s'empêcher de la caresser des yeux. Débarrassée de sa blouse de médecin, elle portait à présent un ravissant pull en V qui dévoilait son sublime décolleté. Quant à son jean ajusté, il lui laissait tout le loisir d'admirer ses longues jambes et ses formes délicieusement féminines.

Elle était à la fois naturelle et resplendissante.

A en croire le ton de sa voix, elle ne lui en voulait pas pour ses paroles de ce matin. Sans doute avait-il eu raison de se montrer sincère avec elle.

— Alors comme ça, tu es sur le point de partir au Texas, l'interpella Dillon.

En se tournant vers lui, Rico croisa son regard interrogateur et devina qu'il avait remarqué l'insistance avec laquelle il contemplait Megan. Avec autant de naturel que possible, il reprit une gorgée de vin avant de lui répondre.

— Oui, j'ai peut-être une nouvelle piste. Mais je ne préfère pas en parler tant que je ne suis sûr de rien.

— Je te comprends, approuva Dillon en hochant la tête. Quand je me suis moi-même lancé dans des recherches concernant Raphel, j'ai eu la sensation d'essayer de rassembler les pièces d'un puzzle très compliqué. Mais je sais maintenant à quel point j'ai bien fait de prendre le temps de le faire ; cela m'a mené à cette femme, dit-il en souriant à Pam qui venait d'entrer à son tour.

Rico hocha la tête. Pam était ravissante, il n'avait aucun mal à comprendre que Dillon ait tout fait pour la ramener auprès de lui. Ses sœurs lui avaient raconté qu'il l'avait rencontrée dans le Wyoming, au cours du voyage qu'il avait fait pour rechercher des informations sur son arrière-grand-père. A cette époque, Pam était fiancée à un homme que Dillon avait démasqué juste à temps, révélant un dangereux menteur et manipulateur.

Tandis que Ramsey, Dillon et Riley poursuivaient leur conversation, Rico fut de nouveau attiré par la merveilleuse Megan. Le souvenir de son image l'avait hanté depuis leur rencontre en juin dernier, et maintenant qu'il la revoyait, elle lui paraissait encore plus éblouissante. Comment une femme qu'il connaissait à peine pouvait-elle avoir un tel effet sur lui ? C'était à n'y rien comprendre. Mais il ne pouvait nier le désir qu'il éprouvait pour elle et, pour cette seule raison, il devait à tout prix garder ses distances avec elle. Il était bien trop proche de la famille Westmoreland pour s'autoriser une relation avec Megan.

— Alors, Rico, quand prévois-tu de partir ?

La question de Ramsey le ramena à la réalité. Ce dernier avait-il lui aussi remarqué qu'il ne cessait d'observer sa sœur ? Il était temps qu'il se reprenne. Perdre la considération des hommes de la famille, gâcher son amitié avec eux était bien la dernière chose qu'il souhaitait.

— Jeudi, répondit-il. Pourquoi cette question ?

Ramsey haussa les épaules.

— Simple curiosité.

Mais Rico avait du mal à le croire. Commençait-il à avoir des soupçons ?

Soucieux de ne pas s'attirer les foudres du frère aîné de Megan, il fixa son verre de vin pour éviter de la regarder encore. C'était si difficile de ne pas admirer la grâce de ses gestes tandis qu'elle achevait les derniers préparatifs du dîner…

Ce fut Dillon qui le délivra de son embarras.

— Pam nous demande de passer à table, annonça-t-il en élevant la voix.

Rico s'apprêtait à le suivre, mais Ramsey posa la main sur son bras pour le retenir.

— Attends une minute, lui enjoignit-il.

Rico se crispa. Megan avait-elle rapporté à son frère ce qu'il lui avait dit ce matin dans son bureau ? Si tel était le cas, il risquait de subir quelques remontrances. Mais Ramsey était un fin observateur, sans doute n'avait-il pas besoin d'une explication pour deviner à quel point il était fasciné par elle. Du reste, Rico savait bien que rien de ce qu'on lui dirait ne pourrait changer ce qu'il ressentait. Jamais il n'avait éprouvé pour une femme une attirance aussi intense, aussi incontrôlable.

Il se prépara à ce que Ramsey allait lui dire. Comment aurait-il pu lui reprocher de protéger Megan ? Lui-même avait commencé par se montrer on ne peut plus méfiant avec Chase et Durango quand il avait compris ce qu'il se passait entre eux et ses sœurs.

Comme Ramsey ne disait rien et se contentait de boire son verre de vin, Rico décida de parler le premier.

— Tu voulais me dire quelque chose, Ramsey ?

A cet instant, il se sentit écrasé par leur différence d'âge, qui n'était pourtant que de quelques années.

— Oui, répondit-il. C'est à propos de Megan.

— Qu'y a-t-il ?

— Je voulais te mettre en garde.

Rico se raidit.

— Je crois que je sais ce que tu vas me dire.

— Non, je ne crois pas, répliqua-t-il en riant.

Que Ramsey pouvait-il bien avoir à l'esprit ? Cette fois, il ne savait plus du tout à quoi s'en tenir…

— Alors dis-moi, pourquoi veux-tu me mettre en garde au sujet de Megan ?

Ramsey prit le temps de boire une autre gorgée de vin avant de lui répondre.

— Ma sœur a une volonté de fer. Quand elle a décidé de faire quelque chose, rien ne peut l'arrêter. Elle ne tient aucun compte de ce que peuvent lui dire ceux qui veulent l'en empêcher.

— Ah, ponctua Rico après un silence. Et tu me dis cela pour une raison précise ?

Ramsey le regarda avec un sourire malicieux.

— Oui, et tu la connaîtras bien assez tôt. Allez, passons à table. Les autres doivent nous attendre.

Megan avait beau essayer de se concentrer sur la conversation qui allait bon train, elle n'y parvenait pas. Comme chaque fois qu'ils se retrouvaient, les Westmoreland avaient une foule de choses à se dire, mais, ce soir, elle était trop préoccupée pour prendre part à cet échange animé.

Elle repensa à ce que lui avait dit Pam dans la cuisine, juste avant le dîner. Par chance, celle-ci était loin d'avoir deviné l'identité de l'homme dont Megan lui avait parlé. Si bien qu'elle les avait placés loin l'un de l'autre, Rico étant assis à l'autre bout de la table, en face de Ramsey et à côté de Riley.

Tout le monde l'aurait remarqué si elle avait cédé à la tentation et qu'elle l'avait regardé aussi longtemps qu'elle l'avait voulu…

Riley fit une plaisanterie et les rires s'élevèrent dans la pièce. Profitant de cette diversion, elle tourna les yeux vers Rico et le vit assis au fond de sa chaise, un verre de vin à la main et le sourire aux lèvres. La tête légèrement renversée en arrière, les yeux pétillants, il avait une expression plus irrésistible que jamais.

Avait-il senti son regard sur lui ? En tout cas, il se tourna à son tour vers elle et resta ainsi un instant, les yeux plongés dans les siens. Il n'en fallut pas davantage pour lui couper le souffle. Que lui arrivait-il ? Si elle ne se maîtrisait pas, il allait remarquer le tremblement de ses lèvres, le rouge qu'elle sentait venir teinter ses joues…

C'est alors qu'elle se rappela la remarque de Pam : « Je crois que tu n'as qu'une seule question à te poser : est-ce que cet homme te plaît ? »

Cherchant à recouvrer son sang-froid, elle détourna le regard, respira calmement et but une gorgée de vin. Il ne s'agissait que de désir, elle avait les moyens de se dominer. Elle n'avait pas de temps à accorder à ces futilités. Si elle voulait accompagner Rico au Texas, c'était seulement pour être là au moment où il découvrirait la vérité au sujet de Raphel.

Comme les rires s'estompaient autour d'elle, elle décida que c'était le moment de faire son annonce. Elle prit alors sa petite cuillère et la fit tinter contre son verre pour attirer l'attention des convives. Puis elle afficha un grand sourire.

— J'ai quelque chose à vous dire, commença-t-elle. Vous savez que je prends rarement des vacances mais, aujourd'hui, j'ai demandé un mois entier de congé. L'hôpital me l'a accordé, et il prend effet à partir de demain.

Tout le monde eut l'air stupéfait. Tout le monde, excepté l'un des invités. Dans les yeux de Rico, elle lut le soupçon et l'appréhension.

— Que se passe-t-il ? s'étonna son cousin Stern. C'est Bailey qui te manque déjà, tu veux aller la voir en Caroline du Nord ?

— Bailey me manque, c'est vrai, reconnut-elle. Mais ce n'est pas en Caroline du Nord que j'ai prévu de me rendre.

— Laisse-moi deviner, intervint Chloe. Soit tu vas voir Gemma en Australie, soit c'est Delaney qui va recevoir ta visite à Téhéran.

— Tes deux hypothèses font partie de mes projets, mais ce sera pour plus tard.

Comme ils commençaient tous à faire des suggestions, elle les interrompit d'un geste.

— S'il vous plaît, il n'y a aucune raison d'en faire toute une histoire.

— Oh que si ! Tu ne prends jamais de vacances, tellement tu aimes travailler.

— Ce n'est pas que j'aime travailler. Mon métier me plaît, ce n'est pas la même chose. Peu importe. Sachez seulement que j'ai eu Clint et Alyssa au téléphone, et que je m'apprête à aller les voir au Texas.

— Tu pars au Texas ?

La question de Riley attira son attention et elle se tourna vers lui, ce qui lui permit de voir Rico. A en juger par son expression sévère, il n'était pas satisfait du tout de la décision qu'elle avait prise. Tant pis pour lui. Elle ne pouvait pas le forcer à l'emmener, mais rien ne l'empêchait d'y aller par ses propres moyens.

— Oui, Riley, je pars au Texas.

— Quand cela ? l'interpella son frère Zane. J'ai besoin de récupérer cette boîte… Tu sais, celle que tu as…

Elle acquiesça pour mettre fin à son embarras. Pourquoi était-il gêné d'en parler ? Elle savait qu'elle avait dans son placard une boîte fermée qui lui appartenait, mais elle s'était bien gardée d'essayer de l'ouvrir.

— Ne t'en fais pas, Zane, je serai là au moins jusqu'à vendredi.

Elle jeta de nouveau un regard vers Rico avant de finir son repas. Heureusement, il n'avait pas jugé bon de prendre la parole. Mais qu'aurait-il pu dire ? Ils se trouveraient dans le même Etat, mais pas au même endroit. Il n'avait aucune objection à faire.

Puisqu'il ne voulait pas de sa compagnie, elle mènerait sa petite enquête de son côté.

- 3 -

Le lendemain matin, Rico se sentait toujours aussi furieux.

Il comprenait maintenant tout le sens des recommandations de Ramsey. Alors comme cela, Megan allait quand même se rendre au Texas ? S'il n'avait pas été aussi fâché la veille au soir, il n'aurait pas attendu pour lui faire part du fond de sa pensée. Mais à présent, même si sa colère n'était pas retombée, il savait qu'il était temps de lui parler.

Garé devant chez elle, il s'efforça d'oublier le précieux petit déjeuner qu'il manquait, celui auquel l'avaient convié Zane, Riley, Canyon et Stern. Si seulement il n'avait pas été obligé de décliner leur invitation dans l'un des meilleurs cafés de la région…

Mais il devait à tout prix ramener Megan à la raison. N'avait-elle donc pas la moindre idée de la tentation à laquelle elle allait les exposer tous les deux ? Elle avait beau jouer la froideur et l'indifférence, elle devait bien sentir l'attirance qu'il y avait entre eux. Il avait lu le désir dans ses yeux, il savait qu'elle éprouvait la même chose que lui, même si elle refusait de l'admettre.

Le simple fait de dîner avec elle la veille, au milieu de sa famille, lui avait paru suffisamment difficile. Pourquoi tenait-elle à leur faire subir une épreuve supplémentaire en les mettant en présence l'un de l'autre, sans personne pour les dissuader de céder à la tentation ? Oh ! bien sûr, elle n'avait pas menti en prétendant qu'elle allait rendre visite à Clint et Alyssa. Mais il savait parfaitement que ce n'était pas le premier objectif qu'elle avait à l'esprit. Lui aussi avait prévu de profiter de son voyage au Texas pour passer les voir. Du reste, comme Forbes ne se trouvait pas si loin d'Austin, Clint avait même mis à sa disposition l'un des chalets du ranch familial de Golden Glade.

Mais voilà que Megan venait contrarier ses projets. Elle pourrait toujours essayer de le convaincre que son seul dessein était de prendre des vacances et qu'elle n'avait aucunement l'intention de se rendre à Forbes, il ne la croirait pas. Elle allait essayer d'obtenir des informations par ses propres moyens, c'était certain. Pourquoi diable le payait-elle, si elle tenait tant à tout faire elle-même ?

Il descendit de voiture et aperçut son 4x4 garé le long du mur de sa maison. Tout autour, le jardin avait un aspect à la fois sauvage et raffiné. Elle avait su lui donner une beauté naturelle en conservant son charme d'origine.

Il leva les yeux et contempla les collines et les prairies qui s'étendaient au loin, autour du Whisper Creek Canyon. La vue était splendide. Il connaissait aussi le grand lac qui portait le nom de l'arrière-grand-mère de Megan, Gemma, et qui grouillait de poissons d'après les dires de Riley. Si seulement la jeune femme lui avait laissé le loisir d'en juger par lui-même…

Il s'approcha de sa maison, une ravissante demeure, mais de taille plus modeste que celles de ses frères et de ses cousins. Avec sa charpente en cèdre, sa terrasse couverte et ses grandes fenêtres, elle avait tout d'un chalet de montagne dans lequel une petite famille aurait passé des vacances de rêve. Elle était parfaitement orientée pour offrir une vue imprenable, à la fois sur le canyon et le lac.

Ainsi qu'on le lui avait raconté, la maison principale et ses cent cinquante hectares de terrain avaient été légués à Dillon, l'aîné de tous les cousins. Il avait été prévu que chacun des autres enfants hérite de cinquante hectares au jour de son vingt-cinquième anniversaire.

A en croire Riley, la propriété de Megan était constituée d'une terre riche et formait un pâturage de premier choix. Elle avait accepté d'en confier une partie à Ramsey pour son élevage de moutons et une autre à Zane et Derringer pour leurs chevaux.

En se remémorant sa conversation d'hier soir avec Riley, Rico craignit d'avoir éveillé ses soupçons. Il lui avait posé tant de questions sur Megan… Mais s'il se doutait de quoi que ce soit, il n'avait rien laissé paraître. Sans doute avait-il été trop préoccupé par le carnet noir qu'il avait ouvert devant lui, celui sur lequel étaient inscrits les numéros de téléphone des femmes qu'il prévoyait d'appeler.

Rico regarda sa montre. Megan était-elle déjà levée à cette heure ? Quoi qu'il en soit, il n'allait pas attendre une minute de plus pour lui parler. Elle pouvait bien faire comme si elle ne ressentait pas l'attirance qu'il y avait entre eux, il savait parfaitement qu'elle niait l'évidence. Si elle n'avait pas bien compris ce qu'il lui avait dit à l'hôpital, il n'hésiterait pas à le lui répéter. Elle n'avait aucun besoin d'aller au Texas, et encore moins de lui faire croire qu'elle y allait uniquement pour voir sa famille.

Refermant sa veste pour se protéger du vent frais, il marcha jusqu'à la porte d'entrée et frappa. Au bout d'une minute, comme il n'obtenait pas de réponse, il cogna plus fort. Il attendit encore, mais Megan ne vint pas lui ouvrir. Etait-elle sortie prendre son petit déjeuner dans l'une des autres maisons du domaine ?

Il s'apprêtait à repartir lorsque la porte s'ouvrit brusquement. Il se figea, bouche bée. Vêtue seulement d'une chemise de nuit en satin, elle se tenait devant lui, encore plus sexy qu'il n'aurait pu l'imaginer.

En le voyant, elle ne cacha pas sa surprise.

— Que faites-vous ici ?

— Je suis venu vous parler, répondit-il en s'appuyant contre le mur. Mais comment pouvez-vous ouvrir grand la porte sans même demander qui a frappé ?

Elle le scruta avec un air outré.

— J'ai cru que c'était un de mes frères. D'ordinaire, ils sont les seuls à passer ici sans prévenir.

— C'est pour cette raison que vous êtes venue ouvrir dans cette tenue ?

— Oui. De quoi vouliez-vous me parler ? Vous faites entrer l'air froid en me forçant à garder la porte ouverte.

— De votre voyage au Texas.

Elle fixa sur lui un regard sévère.

— Bien, ponctua-t-elle en faisant un pas de côté. Entrez, je vous demanderai de me laisser le temps de m'habiller.

Fou de désir, il la regarda s'éloigner en admirant les lignes sublimes que dévoilait sa nuisette. Mais ses longues jambes étaient bien la dernière chose à laquelle il avait besoin de penser pour l'instant.

Il se détourna et ôta sa veste pour l'accrocher au

portemanteau avant de rejoindre le salon. La maison était accueillante, pleine de charme. A la fois pittoresque, rustique et confortable. Le mobilier de bois s'accordait parfaitement avec les poutres apparentes, et tous les tissus avaient été soigneusement assortis.

Par la porte ouverte, il vit une grande cuisine lumineuse, au milieu de laquelle trônait une table ronde. Celle-ci faisait face à une baie vitrée, par laquelle on pouvait admirer les montagnes et le lac. Il apercevait même le ponton qui partait de chez Micah et menait à l'endroit où était amarré le bateau à voiles.

— Avant toute chose, il faut que je prépare du café.

Il se retourna en entendant sa voix derrière lui. Sans même le regarder, elle passa à côté de lui et marcha jusque dans la cuisine.

— Bien sûr, prenez votre temps. De toute façon, je sais parfaitement ce que vous faites et je n'irai nulle part tant que je ne vous aurai pas dit ce que j'ai à vous dire.

Elle attendit d'avoir fait démarrer la cafetière pour lui répondre.

— Ah oui ? Alors pouvez-vous me dire ce que je fais ?

— Ce n'est pas par hasard que vous partez au Texas.

— En effet, j'ai expliqué la raison de mon voyage. J'ai besoin de vacances.

— Pourquoi avoir choisi le Texas ?

— Et pourquoi pas ? C'est un endroit que j'aime beaucoup et il y a longtemps que je n'y suis pas allée. J'ai manqué le bal annuel que Clint, Cole et Casey organisent toujours pour leur oncle. Je serai heureuse de les voir, surtout en ce moment, puisque Alyssa est de nouveau enceinte.

— Mais ce n'est pas pour cela que vous allez au Texas, Megan, et vous le savez aussi bien que moi. Pouvez-vous me regarder dans les yeux et m'affirmer que vous ne mettrez pas un pied à Forbes ?

— Non, je ne peux pas, parce que je vais y aller.

— Mais pourquoi ?

— Enfin, Rico, il s'agit de ma famille !

— Vous me payez pour mener cette enquête, contra-t-il.

Elle se redressa et le scruta avec de grands yeux emplis de détermination.

— Oui, et je vous ai demandé de vous accompagner à Forbes. C'est important pour moi d'être là quand vous apprendrez de nouvelles choses sur ma famille. Seulement vous ne démordez pas de votre règle stupide, selon laquelle vous devez absolument travailler seul.

— Megan, quand vous m'avez engagé, vous ne m'avez dit à aucun moment que vous souhaitiez participer aux recherches.

— Je ne l'avais pas prévu, répliqua-t-elle en croisant les bras avec autorité. Mais ce que vous m'avez appris au sujet de Clarice change tout. Vous vous rendez compte, il se pourrait que j'aie d'autres cousins ! Pourquoi ne comprenez-vous pas ce que cela représente pour moi ?

Il laissa échapper un soupir de frustration. D'une certaine manière, il comprenait son excitation. Jamais il n'oublierait l'été où sa mère avait ramené chez eux une jeune fille de quinze ans, Jessica, en leur annonçant, à Savannah et lui, qu'elle était leur sœur. Agés respectivement de seize et dix-neuf ans, ils n'avaient pas attendu pour se prendre d'affection pour elle. Le seul fait de savoir qu'elle était leur sœur leur avait suffi pour l'aimer.

— Je comprends très bien, Megan, dit-il calmement. Mais il y a des choses dont il faut que je me charge seul. Je dois faire plusieurs vérifications avant d'impliquer qui que ce soit dans cette histoire.

— Comme quoi ?

Décidément, elle n'allait pas lui accorder le dernier mot. Le fait était que certains éléments de son rapport sur Raphel demandaient à être confirmés. Pour l'instant, tout ce que Dillon avait appris de négatif à son sujet s'était révélé inexact. Mais avant de tirer des conclusions, Rico tenait à avoir en main autant de faits avérés que possible. Pour cela, il avait besoin d'examiner les registres de la municipalité.

Megan servit deux tasses de café et lui en tendit une.

— Que se passe-t-il, Rico ? Y a-t-il quelque chose que vous ne me dites pas ?

L'inquiétude qu'il lut dans ses yeux le toucha.

— Ecoutez, Megan, je n'en suis qu'au début de mes recherches. Je vous ai dit que j'avais découvert que Clarice avait sans doute donné naissance à un enfant. C'est tout ce que je sais pour l'instant. Tout le reste n'est que ouï-dire.

— De quoi parlez-vous ?

— Je préfère ne pas vous répondre.

Elle but une gorgée de café et le scruta d'un air de reproche.

— Vous me cachez des choses.

— J'agis de manière méthodique. Si vous voulez aller au Texas pour rendre visite à Clint et Alyssa, c'est parfait. Ce que je ne veux pas, c'est que vous veniez vous mettre en travers de mon chemin.

— Je vous demande pardon ?

— J'ai un travail à faire et je ne serai pas efficace si vous venez me déconcentrer.

— C'est typiquement masculin ! Vous ne pensez donc tous qu'à vous ? J'ai assez de frères et de cousins pour savoir comment les hommes se comportent. Vous voulez une femme un jour et une autre le lendemain. Je vous en prie, grandissez un peu.

— Vous croyez vraiment que c'est aussi simple ?

— Oh ! oui, soupira-t-elle. Je connais Zane, Derringer, Riley, Canyon et Stern. Je les vois tous les jours. Je les observe. Par chance, Derringer est transformé depuis qu'il a épousé Lucia. Mais il est bien le seul à avoir changé. Les autres ne pensent qu'à ce qu'ils veulent. Tout comme vous, Rico Claiborne. Vous êtes persuadé qu'il vous suffit de vouloir quelque chose pour l'obtenir, mais vous êtes-vous seulement demandé ce que je voulais, moi ? A vous entendre, je n'ai pas mon mot à dire ! Vous m'avez dit que vous saviez comment cela allait finir si je venais avec vous, et à aucun moment vous n'avez imaginé que je pourrais repousser vos avances. Et si je vous disais que je ne suis pas du tout attirée par vous ?

— Je dirais que vous vous mentez à vous-même, répliqua-t-il calmement. Vous éprouvez la même attirance que moi. Vous ne vous en rendez peut-être pas compte, mais je le sais. Je le vois dans vos yeux. Megan, vous ne pouvez pas nier ce qu'il y a entre nous.

Elle lui lança un regard accusateur.

— C'est vrai, reconnut-elle après un silence, je vous trouve séduisant. Mais vous êtes loin d'être le seul homme que je trouve séduisant. Il n'y a rien d'exceptionnel à cela.

— Et vous les regardez de la même façon que vous

me regardez ? Megan, les signes que vous m'envoyez, même sans le savoir, en disent plus long que tous les mots du monde.

Megan frissonna au son de la voix profonde, infiniment sensuelle, de Rico. Ses mots faisaient un tel écho à la conversation qu'elle avait eue la veille avec Pam… Mais il se faisait des idées, elle ne lui avait absolument rien montré du trouble qu'il éveillait en elle ! D'autant qu'à cet instant, elle ne ressentait que de la colère envers lui. Comment osait-il venir chez elle à l'improviste et lui dire de telles choses ?

Et dire qu'elle avait vu en lui un homme doté d'un sang-froid à toute épreuve… C'était pour cette raison qu'elle l'avait engagé. Et elle savait qu'elle ne s'était pas trompée.

S'il était vraiment attiré par elle, eh bien il n'aurait qu'à se contrôler !

— Rico, je vous assure que j'arriverai à prendre sur moi. Et je saurai aussi vous tenir à l'écart, ajouta-t-elle froidement. Vous pouvez être sûr que je ne perdrai pas mon sang-froid, et rien de ce que vous direz ou ferez ne changera cela.

Tous ceux qui la connaissaient savaient ce qu'il en était, et aucun ne l'aurait contredite en l'entendant. Surtout pas ceux qui la surnommaient « la reine de glace ».

— Ah non, vous croyez ? la défia-t-il. Mais vous n'êtes pas faite de pierre. Vous avez des sentiments. Vous êtes même une femme très passionnée. A mon avis, vous ne devriez pas vous montrer aussi catégorique.

A ces mots, elle ne put retenir son rire. C'était bien la première fois qu'on lui parlait ainsi !

— Passionnée, moi ?

— Oui, vous. La première fois que je vous ai vue, au mariage de Micah et Kalina, et que nos regards se sont croisés, j'ai senti une telle tension érotique entre nous… Et vous voulez me faire croire que vous n'avez rien ressenti ?

Elle baissa les yeux et fixa sa tasse de café. Elle se rappelait si bien cette journée… Bien sûr qu'elle avait ressenti la même chose que lui, et ce chaque fois que son regard avait rencontré le sien. Jusqu'à maintenant, elle avait pensé qu'elle s'était fait des idées mais, à présent, Rico ne faisait que confirmer ce qu'elle aurait dû voir comme une évidence.

Le soir de leur rencontre, elle s'était endormie en pensant à lui, et son image n'avait cessé de la hanter après cela. Contrariée par ce qui lui arrivait, elle en avait parlé à Gemma au téléphone, mais ce que lui avait dit sa sœur ne l'avait pas convaincue. Non, le désir n'était pas plus fort que tout. Elle avait beau être très attirée par Rico, elle savait aussi que sa maîtrise d'elle-même était inébranlable.

Elle le savait depuis le premier jour où elle avait été contrainte de la mettre à l'épreuve. Depuis le jour où, à l'âge de douze ans, elle avait appris qu'elle ne reverrait jamais ses parents. Comment aurait-elle pu oublier la façon dont Dillon et Ramsey s'étaient adressés à elle en lui demandant de s'asseoir pour les écouter ? Ce jour-là, ils avaient dû lui dire qu'elle avait perdu non seulement ses parents, mais aussi son oncle et sa tante adorés. Que tous les quatre avaient été tués dans un accident d'avion.

Dillon et Ramsey lui avaient promis qu'ils protégeraient l'unité de la famille, qu'ils veilleraient sur leurs frères et sœurs et que rien ne les séparerait les uns des autres. Et dire que Bane et Bailey n'avaient même pas atteint leur neuvième anniversaire à l'époque… Puis Ramsey lui avait expliqué à quel point il était important qu'elle soit forte et qu'elle garde son sang-froid. Comme elle était la plus âgée des filles de la famille, il lui avait dit compter sur elle pour aider Gemma et Bailey à surmonter leur chagrin. Cela ne voulait pas dire qu'elle devait ignorer sa propre peine, mais plutôt qu'elle devait trouver suffisamment de ressources au fond d'elle pour soutenir les autres. Elle avait écouté son frère, et elle avait suivi ses recommandations. C'était sur son épaule que les plus jeunes étaient venues pleurer, c'était elle qui les avait consolées, même si elle s'était sentie aussi dévastée qu'elles.

En apprenant à contrôler ses émotions, elle avait acquis une qualité essentielle pour son métier. Elle savait que tous les patients ne pouvaient pas s'en sortir, et elle ne leur faisait jamais la moindre promesse. Elle leur devait d'être aussi efficiente que possible et de les rassurer, mais, pour le reste, elle reconnaissait ses limites. Même si elle souffrait comme les autres médecins des drames qui se produisaient à l'hôpital, comme eux, elle gardait toujours son sang-froid.

— Vous avez peut-être du mal à vous contrôler, lança-t-elle à Rico, mais ce n'est pas mon cas. Je reconnais que vous me plaisez, seulement je sais maîtriser mes émotions. Aucune pulsion ne sera jamais assez forte pour prendre le dessus sur ma raison.

Il secoua la tête et la regarda en souriant.

— Vous croyez vraiment à ce que vous dites, n'est-ce pas ?

— Comment cela ?

— Vous croyez vraiment pouvoir contrôler un désir aussi intense que celui qu'il y a entre nous ?

— Oui, bien sûr.

— Dans d'autres circonstances, je pourrais vous donner raison. Nous pouvons parfois avoir le dessus sur nos émotions. Mais ce qui nous attire l'un vers l'autre est plus fort que ce que vous semblez croire. Ce n'est pas quelque chose d'anodin. Au contraire, c'est exceptionnel.

— Exceptionnel ? Allons, ne soyez pas ridicule.

Il poussa un long soupir, comme s'il cherchait à garder son calme.

— Megan, ce que j'essaie de vous dire, c'est que le désir que j'éprouve pour vous est plus intense que tout ce que j'ai pu ressentir auparavant.

Pourquoi fallait-il qu'il exagère autant ? Décidément, il était prêt à tout pour l'empêcher de venir au Texas !

— Est-ce que je devrais me sentir flattée ? rétorqua-t-elle en le fusillant du regard.

— Megan, écoutez…

— Non, Rico, c'est vous qui allez m'écouter.

Elle traversa la pièce et s'arrêta juste devant lui.

— Franchement, je ne sais plus quoi vous dire. J'ai reconnu que moi aussi, j'étais attirée par vous, mais je ne comprends pas pourquoi vous donnez autant d'importance à cette situation. Il y a quand même des choses plus importantes dans la vie que le désir, la passion et le sexe ! Le monde ne tourne pas autour de cela.

— Ah non ?

Les yeux plongés dans les siens, il prit une profonde respiration et laissa passer un long silence. Il y avait un tel feu dans son regard…

— Je voudrais vous poser une question, Megan, reprit-il d'une voix rauque. Quand avez-vous été pour la dernière fois avec un homme que vous désiriez vraiment ?

Sa question la laissa bouche bée. En réalité, elle n'avait jamais été avec un homme qu'elle désirait vraiment. Ni avec aucun homme, du reste. Au lycée, puis à l'université, il lui était arrivé de sortir avec des garçons. Elle avait même eu quelques rendez-vous avec des médecins de l'hôpital. Hélas, tous ces hommes avaient eu le malheur de lui rappeler ses frères et ses cousins. Elle avait reconnu dans leur attitude les mêmes stratagèmes dont parlaient entre eux les hommes de sa famille, et cela avait eu pour seul effet de la faire fuir. Si bien qu'elle avait la réputation d'être une femme glaciale, ce qui, à vrai dire, lui rendait un grand service. Les quelques baisers qu'elle avait échangés avec eux lui avaient paru si ennuyeux qu'elle n'avait jamais eu envie d'aller plus loin avec qui que ce soit. Elle était capable d'assumer qui elle était, elle n'avait aucune intention de se forcer à jouer un rôle qui ne lui convenait pas.

— J'attends votre réponse, insista Rico.

— Il n'est pas question que je vous réponde. Cela ne vous regarde absolument pas.

— Entendu. Alors vous prétendez pouvoir contrôler la passion qui s'est installée entre nous dès la seconde où nous nous sommes vus ?

— Oui.

— Alors montrez-moi comment vous contrôlez cela.

Sur ces mots, sans même lui laisser le temps de comprendre ce qui lui arrivait, il l'attira contre lui et posa la bouche sur la sienne. A cet instant, elle n'aurait pu nier qu'elle ne contrôlait plus rien. Tandis que sa langue agile prodiguait à ses lèvres les caresses les plus sensuelles, elle sentit des frissons de plaisir lui traverser le corps. Il continua ainsi quelques secondes, jusqu'au moment où, d'un mouvement passionné, il prit possession de sa bouche et la transporta dans un tourbillon de sensations infiniment érotiques.

Comme il allait libérer ses lèvres, elle se surprit à revenir vers lui, avide de son baiser. Jamais aucun homme ne l'avait embrassée de cette façon, jamais elle n'avait ressenti un désir aussi brûlant.

Elle se sentait incapable de réfléchir, à présent. Elle aurait voulu reprendre le contrôle de ses sens, réprimer les vagues brûlantes qui se succédaient en elle… Mais au lieu de cela, elle s'entendit pousser un long gémissement de plaisir.

Sans doute encouragé par sa réaction, il se montra encore plus ardent, jusqu'au moment où elle noua les bras autour de son cou et enfouit les doigts dans ses cheveux. Il y avait tant de passion, tant de désir dans son baiser… Chaque mouvement de sa langue réveillait un peu plus les émotions qu'elle avait enfouies au fond d'elle depuis tant d'années.

C'était si bon qu'elle se sentait incapable d'y mettre fin. Du reste, il ne semblait pas prêt non plus à libérer ses lèvres… Et comment aurait-elle pu s'en plaindre ? Elle brûlait tout à coup de poser les mains sur lui, de se plaquer contre lui pour mieux sentir son désir viril…

Comme s'il lisait dans ses pensées, il referma les mains sur ses fesses et l'attira plus près de lui. Aussitôt, le contact de son érection contre son ventre et de son torse contre ses seins la fit trembler d'excitation. Le fin tissu de sa robe formait une barrière bien mince entre eux, et il lui semblait sentir toute la chaleur de son corps puissant.

Combien de temps seraient-ils restés ainsi au milieu de sa cuisine s'ils n'avaient pas été interrompus ? Elle n'aurait su le dire. Mais lorsque la sonnerie d'un téléphone portable retentit et qu'ils s'écartèrent brusquement l'un de l'autre, elle reprit son souffle avec un sentiment de soulagement et de déception mêlés.

Il prit son téléphone dans la poche de son jean et regarda l'écran. Une expression de colère s'afficha alors sur son visage au moment où il décrochait.

— Je ne veux plus que tu m'appelles, gronda-t-il.

Puis, sans laisser à son interlocuteur le temps de lui répondre, il raccrocha avec un soupir rageur.

Etait-ce une femme qui avait cherché à le joindre ? Cette seule pensée la dérangea plus qu'elle ne l'aurait voulu.

— Vous auriez peut-être dû l'écouter.

— Certainement pas, répliqua-t-il avec un regard glacial.

Si elle était sûre d'une chose à cet instant, c'est qu'elle n'aurait pas voulu être à la place de cette femme. Qu'avait-elle bien pu lui faire pour qu'il lui montre autant d'animosité ?

Mais elle oublia bientôt cette interruption. En réalité, elle avait un souci bien plus important en tête : Rico Claiborne l'avait embrassée, et elle avait répondu à son baiser avec une ferveur qu'elle n'aurait jamais pu imaginer.

Il lui avait fait perdre tout contrôle d'elle-même.

Elle sentit sa gorge se serrer. Se connaissait-elle si mal ? De toute évidence, elle n'était pas aussi froide et distante qu'elle l'avait cru jusque-là. A elle aussi, le désir pouvait lui faire perdre ses moyens.

Furieuse contre elle-même, contre la faiblesse dont elle avait fait preuve, elle tenta de se convaincre que ce baiser n'avait rien eu d'exceptionnel. Mais elle ne pouvait se mentir à elle-même ; elle ne rêvait que d'une chose : se jeter de nouveau dans les bras de Rico et l'embrasser encore et encore.

Quand elle osa lever les yeux vers lui, elle vit qu'il l'observait avec attention.

— Je crois qu'il vaut mieux que vous partiez.

— Entendu. De toute façon, je vous ai prouvé que j'avais raison. Vous êtes aussi passionnée que belle, Megan, et rien n'a changé. J'ai toujours autant envie de vous, et même plus encore maintenant que je connais le goût de vos lèvres. Alors suivez mon conseil. Ne venez pas au Texas.

Au fond d'elle-même, elle savait qu'elle avait toutes les raisons de lui obéir. Mais elle refusait de céder.

— Si, Rico, je vais venir au Texas.

Il laissa passer un long silence. Elle ne parvenait pas à déceler ce qu'il y avait dans son regard mais, manifestement, il ne comprenait pas pourquoi elle agissait ainsi.

— Dans ce cas, dit-il finalement, j'imagine que nous nous verrons là-bas. Je vous aurai prévenue.

Il marcha jusqu'à la porte d'entrée et prit sa veste sur le portemanteau. Il se retourna et lui sourit, puis il ouvrit la porte et sortit sans un mot.

En sentant les battements effrénés de son cœur, Megan respira profondément pour essayer de recouvrer son calme. Une impression à la fois angoissante et enivrante l'envahit tout à coup : quoi qu'elle fasse, sa vie ne serait plus jamais la même désormais. Elle venait de goûter à la passion physique et, déjà, elle brûlait de se trouver de nouveau dans les bras de Rico.

- 4 -

Le vendredi matin, quand Megan ouvrit à Ramsey qui venait d'arriver, elle remarqua son regard amusé en direction des deux sacs de voyage posés au milieu de son salon.

— Rassure-moi, tu ne pars pas définitivement ? lui demanda-t-il en riant.

— Je ne crois pas, non. Pourquoi ? Mes sacs ne sont pas si gros que cela…

— Ah non ? J'aurai de la chance si je ne me donne pas un tour de reins en les portant jusqu'à la voiture. Et je suis prêt à parier que la compagnie aérienne va te faire payer un supplément.

— Tant pis. La plupart de ces affaires sont des cadeaux pour le bébé d'Alyssa. Elle va avoir une fille, alors je n'ai pas pu résister dans les magasins… Tu sais comment je suis.

Il savait mieux que personne à quel point elle était attendrie par les petites filles. Sa fille Susan, qui avait deux ans, avait été la première fille à naître chez les Westmoreland de Denver depuis Bailey. Megan adorait sa nièce et la voyait aussi souvent que possible. Elle allait lui manquer pendant son séjour au Texas.

Elle regarda son frère aîné, celui pour qui elle avait une admiration sans limite.

— Ram ?

Il prit la tasse de café qu'elle avait préparée pour lui et but une longue gorgée.

— Oui ?

— J'ai été une enfant sage, non ? Je ne vous ai pas causé trop de souci, à Dillon et toi ?

Il sourit et tendit la main pour lui caresser la joue.

— Non, sœurette, tu ne nous as causé aucun souci. Tu étais beaucoup plus facile que Bailey, les jumeaux et Bane. Mais n'importe qui aurait été plus facile que ces quatre-là, ajouta-t-il en riant.

Il fit une pause avant de reprendre la parole.

— Et au moins, contrairement à la plupart des grands frères, je n'ai jamais eu à m'inquiéter de voir des garçons vous tourner autour. Gemma, Bail et toi n'aviez besoin de personne pour les tenir à l'écart. Dillon et moi avons beaucoup ri de la façon dont vous les faisiez fuir, surtout toi. On aurait dit que tu prenais un plaisir fou à leur donner une bonne leçon.

— Non, ce n'est pas vrai, se défendit-elle en lui donnant une tape affectueuse.

— Ah, j'aurais cru pourtant. Quand tu étais au lycée, peu de temps avant ton entrée à l'université, nous avons eu l'impression que tu aimais bien Charlie Bristol. Toi, en tout cas, tu lui plaisais beaucoup, mais il n'a jamais osé t'inviter à sortir. D'après Riley, tu lui faisais peur.

Elle sourit en allant avec lui jusque dans la cuisine. Elle se souvenait très bien de Charlie Bristol, un jeune garçon qui venait passer tous les étés chez sa tante, une de leurs voisines.

— Il était sympa, et mignon.

— Mais tu ne lui as pas laissé la moindre chance, souligna-t-il en s'asseyant à table.

Ramsey avait raison. Même si, l'espace d'un instant, Charlie avait attiré son attention, elle l'avait oublié aussi vite. Elle avait été bien trop préoccupée par Gemma et Bailey, sur qui elle devait encore veiller à l'époque, pour envisager de sortir avec un garçon.

— Tu vas me manquer, sœurette.

— Toi aussi, tu vas me manquer, dit-elle en allant s'asseoir avec lui. Je ne suis partie que deux fois depuis que je travaille : chez Gemma quand elle a accouché de CJ, et chez Delaney à Téhéran. Un mois… C'est la première fois que je m'absente aussi longtemps de l'hôpital.

— Tu crois qu'ils vont s'en sortir sans toi ? la taquina-t-il.

— Il le faudra bien.

Déjà, à l'époque où elle était encore étudiante, elle avait toujours eu des réticences à s'éloigner de chez elle. Elle avait eu l'impression qu'on avait besoin d'elle ici, que sa place était auprès de sa famille, alors même qu'elle s'était sentie impuissante durant les années de rébellion de Bailey. Elle avait eu beau essayer de la raisonner, rien n'y avait fait. Bien sûr, ce n'était que son chagrin que sa sœur avait exprimé à sa manière, tout comme Bane et les jumeaux, mais Megan aurait voulu faire davantage pour l'aider.

— Ram, je peux te poser une question ?

— Encore ? Bon, d'accord, soupira-t-il en feignant un air agacé. Mais une seule.

— Tu crois que c'est une mauvaise chose d'avoir le contrôle sur ses émotions ?

Son sourire affectueux la détendit quelque peu.

— Ce n'est pas bon de trop chercher à se contrôler, cela peut provoquer du stress. Il est nécessaire de savoir relâcher la pression de temps en temps.

Seulement, ce n'était pas au stress ni à la pression qu'elle pensait, mais plutôt à la tension sexuelle qui s'était installée en elle depuis quelques jours. Depuis que Rico l'avait embrassée, allumant un feu qui avait jusqu'alors sommeillé au fond d'elle. Elle ne l'avait pas revu et savait qu'il était déjà parti au Texas. C'était Riley qui le lui avait dit la veille, quand il était passé la voir.

— Donc, ce n'est pas grave de…

— De se laisser aller par moments ? compléta-t-il en riant. Non, c'est même très sain, à mon avis. Tant qu'on ne fait de mal à personne, bien entendu.

Il se tut quelques secondes et la regarda avec attention.

— Tu prévois de t'amuser un peu pendant que tu seras au Texas, c'est cela ?

— Oui. Mais comme tu le sais, je n'y vais pas seulement pour m'amuser.

Ramsey et Dillon étaient les seuls à qui elle avait confié le vrai motif de son voyage. Ils savaient aussi qu'elle avait demandé à Rico de l'emmener avec lui et qu'il avait refusé. Bien entendu, elle s'était gardée de leur répéter la raison qu'il avait invoquée pour expliquer son refus. Elle avait juste précisé qu'il préférait travailler seul et n'avait pas besoin de son aide pour mener son enquête.

Ramsey et Dillon l'avaient écoutée sans jamais lui faire part de leur opinion. Ils avaient tous les deux cette grande qualité de ne donner de conseils que si on les leur demandait, du moins à ceux des Westmoreland qui avaient atteint l'âge adulte.

— Toutefois, sœurette, je voudrais te demander une faveur, dit-il en recouvrant son sérieux.

— Laquelle ?

— N'en veux pas trop à Rico d'avoir refusé de t'emmener. Tu le paies pour qu'il fasse un travail, et il tient à aller au bout de sa tâche.

— Et c'est ce qu'il fera. Je veux seulement être là. Ma présence pourrait être utile.

— Manifestement, il n'est pas de cet avis.

Si son frère avait su pourquoi… Mais après tout, Ramsey aurait sans doute pris la chose avec son flegme habituel. Il avait su des années avant Gemma ce que Callum ressentait pour elle, et jamais il n'avait cherché à se mêler de leur histoire. Il faisait assez confiance à ses sœurs pour qu'elles gèrent elles-mêmes leurs histoires personnelles, et ne serait intervenu qu'en cas d'absolue nécessité.

— Mais s'il y avait encore d'autres Westmoreland quelque part ? insista-t-elle sur un ton suppliant. Je t'ai dit ce que Rico avait appris sur Clarice. Elle a eu un enfant !

— Eh bien, Rico trouvera d'autres informations et te les transmettra. Laisse-le faire son travail. Et au fait, il y a autre chose.

— Oui ?

— Rico est quelqu'un de bien. Nous l'aimons tous beaucoup. J'ai plusieurs critères pour juger un homme, et notamment sa manière de se comporter avec sa famille. A en croire Jessica et Savannah, c'est un frère exemplaire.

Intriguée, elle s'appuya contre le dossier de sa chaise et scruta le visage de son frère.

— Pourquoi me dis-tu cela ?

Il resta silencieux un instant, puis un léger sourire se dessina sur ses lèvres.

— Ça, je te laisse le découvrir par toi-même.

Elle hocha la tête et lui rendit son sourire.

— D'accord. Et pour ce que je t'ai demandé tout à l'heure, la capacité à se contrôler ?

— Eh bien ?

— C'est essentiel, à certains moments, hein ?

— Oui. A certains moments.

— Mais je me rends compte qu'elle n'est peut-être pas aussi grande que je le croyais. Ce n'est pas trop grave, si ?

— Non, sœurette, la rassura-t-il en riant. Cela signifie juste que tu es un être humain.

Rico venait tout juste de finir son dîner dans un restaurant de Forbes lorsque son téléphone se mit à vibrer.

— Allô ?

— Bonjour, Rico. Notre père m'a appelée.

Il se figea en entendant la voix de Savannah.

— Moi aussi, il m'a appelé, lui confia-t-il en s'adossant contre sa chaise. Mais je ne lui ai pas laissé le temps de me parler.

— Moi non plus. Je me demande ce qu'il veut, j'ai peur qu'il essaie de contacter Jessica. Cela fait combien de temps maintenant ? Dix-huit ans, c'est bien cela ?

— Oui, à peu près. Je n'ai pas réussi à joindre Jessica aujourd'hui, mais j'ai parlé à Chase. Jessica ne lui a parlé de rien ; j'imagine qu'elle le lui aurait dit si Jeff Claiborne lui avait téléphoné.

— Je ne veux pas qu'il la perturbe alors qu'elle est enceinte, s'inquiéta Savannah.

— Toi aussi, tu as beaucoup à faire avec ton nourrisson.

— Oui, mais ce n'est pas la même chose pour moi. Ce n'est pas notre mère qui s'est suicidée à cause de Jeff. Je ne suis pas sûre que Jessica ait la force de l'affronter de nouveau.

— Je suis d'accord avec toi.

— Où es-tu ? l'interrogea-t-elle.

— A Forbes, au Texas. Une ville très agréable.

— C'est pour le travail ?

— Oui, pour la mission que m'a confiée Megan, répondit-il en prenant une gorgée de bière.

— Elle est avec toi ?

— Non. Pourquoi, elle devrait ?

— Je posais la question, c'est tout. Bon, je vais parler à…

— Savannah ? l'interrompit-il. Qu'cst-cc qui te fait croire que Megan pourrait être ici avec moi ? Je ne travaille jamais de cette façon.

— Non, mais je sais que vous vous plaisez bien tous les deux.

Il but une autre gorgée.

— Ah bon, tu crois ?

— Oui, je l'ai remarqué au mariage de Micah. Comme tout le monde, à mon avis.

— Tout le monde ?

— Oui, Rico. D'ailleurs, tu ne me contredis pas…

Il se mit à rire.

— Tu es trop curieuse. Où est Durango ? lui demanda-t-il pour changer de sujet.

— Il donne sa leçon d'équitation à Sarah.

— Tu lui diras bonjour de ma part, et fais un gros baiser à ma nièce pour moi.

— Je n'y manquerai pas. Eh, Rico, attends !

— Oui ?

— J'aime beaucoup Megan. Jess aussi, je le sais.

Laissant passer un bref silence, il ne put s'empêcher de se remémorer le baiser qu'ils avaient échangé quelques jours plus tôt.

— Tant mieux. Moi aussi, je l'aime beaucoup. Je dois te laisser maintenant. Au revoir, Savannah.

Il raccrocha avant qu'elle ait eu le temps de lui poser d'autres questions. En regardant autour de lui, il constata que le restaurant s'était rempli. Il s'était régalé et ne regrettait pas d'avoir suivi les conseils de son hôtel ; toutefois, aussi savoureux qu'ait été le repas qu'on lui avait servi, rien n'avait chassé de son esprit le souvenir de Megan. Le goût de ses lèvres l'avait tant envoûté qu'il lui semblait le sentir encore sur ses lèvres.

Il allait faire signe à la serveuse pour régler son addition lorsque son téléphone sonna de nouveau. Savannah refusait-elle de s'avouer vaincue ? Avec soulagement, il vit que l'appel venait de Martin Felder, un de ses amis qui, après une carrière au FBI, s'était installé en tant que détective privé. Il n'avait pas son pareil pour ce qui était de la recherche sur internet.

— Bonjour, Rico, pardon de ne pas t'avoir rappelé plus tôt. J'étais en train d'endormir Anna.

Rico n'avait aucune intention de lui faire des reproches. Il savait que, depuis qu'il avait perdu sa femme, Marcia, Martin consacrait une grande partie de son temps à sa fille. C'était ce drame qui l'avait poussé à quitter le FBI afin de travailler chez lui.

C'était grâce à lui que Rico avait découvert que Clarice avait eu un enfant.

— Je t'en prie. J'admire la façon dont tu t'occupes seul d'Anna, je ne te le dirai jamais assez.

— Merci, Rico, c'est bon de l'entendre. Si seulement Marcia avait été là pour voir son sourire la semaine dernière, le jour où elle a fêté ses trois ans… Elle ressemble de plus en plus à sa mère.

Il fit une courte pause avant d'en venir au sujet de son appel.

— J'ai lu un article intéressant tout à l'heure sur internet. Il parlait d'une habitante de Forbes qui s'apprête à fêter ses cent ans, et qui impressionne tout le monde par l'infaillibilité de sa mémoire.

— Comment s'appelle-t-elle ?

— Fanny Banks. J'ai pensé que tu voudrais lui parler, au cas où elle aurait connu Clarice Riggins. Je te transfère l'article par e-mail.

— Excellente idée, merci beaucoup.

Quelques minutes plus tard, Rico s'installait au volant de sa voiture de location. En consultant ses e-mails sur son téléphone, il vit que Martin lui avait déjà envoyé le texte. La famille de la dame en question organisait une fête pour son anniversaire le lendemain ; il ne pourrait donc pas la rencontrer avant samedi.

Il se remémora les arguments de Megan et le regard qu'elle lui avait adressé en lui expliquant pourquoi il était si important pour elle d'être là quand il ferait de nouvelles découvertes sur Raphel. Peut-être se montrait-il trop dur en refusant son aide. Mais après leur baiser, elle avait forcément compris pourquoi il préférait laisser autant de distance que possible entre eux. Elle ne pouvait plus ignorer le désir passionnel qu'ils avaient l'un de l'autre.

Lui, en tout cas, n'avait eu que la confirmation de ce qu'il savait déjà. Mais ce n'était pas tout. S'il s'était senti attiré par elle dès l'instant où il l'avait vue, il brûlait à présent d'un désir qu'il n'avait jamais éprouvé jusque-là. Il ne pensait plus qu'à elle depuis qu'il l'avait embrassée, il rêvait d'elle de jour comme de nuit, de son corps sublime et de ses lèvres exquises. Il lui était tout simplement impossible de la chasser de ses pensées. Il aurait voulu se montrer plus fort que cette obsession, mais il était bien obligé de reconnaître son impuissance.

En reposant son téléphone à côté de lui, il songea qu'elle devait être arrivée chez Clint à cette heure-ci. Il était trop tard pour qu'il se rende à Austin dès ce soir, toutefois il ne manquerait pas de faire le trajet demain… A moins que la nuit ne lui porte conseil et le dissuade de céder à une telle folie.

Mais il doutait que cela arrive.

- 5 -

— Merci, je suis vraiment rassasiée, assura Megan en regardant tous les mets qu'avait disposés Alyssa sur la table du petit déjeuner.

Elle aurait peut-être eu plus d'appétit si le dîner servi la veille par Chester, le cuisinier et intendant de la maison, avait été moins gargantuesque. Megan avait rencontré cet homme inestimable la dernière fois qu'elle était venue ici : chacun des repas qu'il préparait était une pure merveille.

Seulement, elle allait devoir faire un peu d'exercice physique avant de profiter de nouveau de sa cuisine.

Clint se mit à rire et aida sa femme à se lever de table. A voir la rondeur de son ventre, Megan avait du mal à croire qu'elle n'attendait pas des jumeaux.

— Que pourrais-je faire pour toi ? demanda-t-elle à Alyssa quand celle-ci fut confortablement installée dans le salon.

— Je te remercie, je n'ai besoin de rien. Clint s'en sort très bien avec Cain.

En effet, Megan avait déjà remarqué à quel point il se débrouillait bien avec leur petit garçon de trois ans, qui ressemblait de plus en plus à son père.

— Et tante Claudine arrive ce week-end pour nous aider.

— Tu crois qu'elle va rester combien de temps, cette fois-ci ? l'interrogea Megan en s'asseyant dans un fauteuil à côté d'elle.

— Si cela ne tenait qu'à moi, je ne la laisserais pas repartir, cria Chester depuis la cuisine qu'il était en train de ranger.

— Chester a des vues sur tante Claudine, expliqua Clint à voix basse. Mais il n'a pas encore réussi à la convaincre de rester ici et de ne pas retourner à Waco.

— Je me demande si elle n'a pas fini par céder, chuchota Alyssa. Elle m'a dit qu'elle envisageait de mettre sa maison en vente. Elle ne veut pas que Chester le sache, elle préfère lui faire la surprise.

Megan sourit en songeant au joli couple que formeraient Chester et la tante d'Alyssa, tous deux âgés d'une soixantaine d'années. C'était si beau de trouver l'amour à ce moment de la vie… Comme à tout autre, sans doute, si c'était ce que l'on cherchait.

Ce qui n'était pas son cas.

— Si c'est possible, j'aimerais beaucoup aller faire une promenade à cheval du côté de Golden Glade, particulièrement sur la rive sud du canyon. J'aime beaucoup cet endroit.

— Comme beaucoup de gens, observa Clint en adressant un regard complice à Alyssa. Tous les deux, nous avons découvert que c'était l'un des coins du ranch que nous préférions.

Attendrie, Megan remarqua le sourire plein d'amour qu'ils échangeaient. Ils avaient dû vivre un moment très particulier et sûrement très intime là-bas. Ils étaient si beaux tous les deux, ils allaient si bien ensemble. Cela lui apparaissait comme une évidence chaque fois qu'elle les voyait, ainsi que tous les couples qui s'étaient formés ces dernières années au sein de la famille Westmoreland.

Sans doute était-ce idiot de se sentir aussi émue à la vue de deux jeunes mariés, mais elle ne pouvait s'en empêcher.

— Tu n'auras qu'à dire à Marty que tu as envie de monter, lui suggéra Clint. Il te fera préparer un cheval.

— Merci.

Il était temps pour elle d'accorder un moment de tranquillité à Clint et à Alyssa. Cain était en train de faire une sieste et ils avaient sûrement envie d'en profiter pour se reposer.

— Je vais aller me changer, annonça-t-elle, impatiente de se retrouver seule en pleine nature.

Sur ces mots, elle se leva et monta dans sa chambre.

Rico savait qu'il avait tort. Tort d'avoir pris la route pour se rendre à Austin, tort de laisser son désir pour Megan prendre le dessus sur sa raison, tort de rouler trop vite pour aller la retrouver.

Mais il n'avait plus le moindre contrôle sur lui-même. Le simple fait de penser à elle éveillait en lui une telle excitation…

Quand il dépassa le panneau qui indiquait l'entrée dans la ville d'Austin, il ressentit une véritable décharge d'adrénaline. Il savait que le trajet à parcourir pour rejoindre le ranch de Golden Glade durerait au moins une vingtaine de minutes, mais peu lui importait à présent. Il allait retrouver Megan. Quelle surprise elle allait avoir en le voyant arriver, et surtout en apprenant qu'il la ramènerait avec lui à Forbes pour qu'elle rencontre aussi Fanny Banks !

Il devrait toutefois lui expliquer qu'elle ne pourrait pas participer davantage à son enquête. Après leur visite chez la vieille dame dont lui avait parlé Martin, il reconduirait Megan chez Clint et Alyssa et poursuivrait seul ses recherches. Rien n'avait changé concernant sa méthode de travail, il refusait toujours toute compagnie.

De plus en plus nerveux à mesure qu'il approchait du ranch, il regarda l'heure sur le tableau de bord. Clint serait sans doute en promenade sur ses terres en cette belle matinée ; quant à Alyssa, elle devait passer beaucoup de temps à se reposer en ce moment.

Il se sentait si pressé d'arriver… Il voulait lui aussi profiter du soleil de septembre, et de tout ce qui l'attendait à Golden Glade.

Enfin, quelques minutes plus tard, il quittait la route pour s'engager dans l'allée qui le menait à l'imposante demeure.

En contemplant la prairie vallonnée qui s'étendait devant elle, Megan eut le sentiment qu'elle n'avait jamais vu un paysage aussi beau. Bien sûr, elle aimait la propriété de sa famille à Denver, mais le spectacle qu'elle avait devant les yeux était indescriptible.

Après avoir mis pied à terre, elle attacha son cheval à un piquet et admira la vue qui s'offrait à elle. Les hordes de chevaux sauvages qui galopaient dans la vallée lui donnaient un sentiment de liberté enivrant. C'était sur ces terres que les triplés, Clint, Cole et Casey, avaient passé leur enfance auprès de leur oncle Sid. En son temps, Sid Roberts avait connu la célébrité, tout d'abord pour ses exploits en rodéo, puis en tant que dresseur de chevaux des plus réputés. Megan se souvenait même avoir entendu parler de lui à l'école !

A la mémoire de leur oncle, les triplés avaient choisi de consacrer mille cinq cents hectares du versant sud du domaine à une réserve pour les chevaux sauvages. Ainsi, des centaines d'entre eux étaient chaque année sauvés de l'abattage en faisant le voyage du Nevada jusqu'ici. Certains parcouraient les prés jusqu'à la fin de leur vie, d'autres étaient transportés dans le Montana où Casey, embrassant la carrière de son oncle, pratiquait son activité de dresseur, et les derniers partaient à Denver pour être confiés à ses associés, qui n'étaient autres que les cousins et les frères de Megan.

Elle se remémorait parfaitement le jour où Zane, Derringer et Jason avaient décidé de se joindre à l'entreprise fondée par Clint, Casey et son mari, McKinnon, leur cousin Durango. Tous les Westmoreland engagés dans cette activité partageaient la même passion et la même connaissance des chevaux.

En se tournant vers l'autre côté du chemin, elle aperçut un chalet qu'elle n'avait jamais vu auparavant. Il était masqué par les arbres, mais elle était certaine qu'il ne s'était pas trouvé là lors de sa dernière visite. Etait-ce un nid d'amour que s'étaient aménagé Clint et Alyssa ? Cela expliquait certainement le sourire complice qu'ils avaient échangé ce matin…

Après avoir fait quelques pas, elle retourna auprès de son cheval pour prendre la couverture qu'elle avait apportée ainsi qu'une sacoche contenant un livre et quelques fruits. Bientôt, elle eut choisi l'endroit idéal pour étendre sa couverture et s'allonger sur le dos. Le ciel était si bleu, tout était en si parfaite harmonie autour d'elle… Le hasard avait idéalement fait les choses en la poussant à prendre des vacances à ce moment précis. Ce séjour allait lui faire le plus grand bien.

Elle venait de lire un chapitre du roman policier écrit par son cousin Stone Westmoreland, plus connu sous le pseudonyme de Rock Mason, lorsqu'elle perçut le bruit des sabots d'un cheval sur le chemin. Il semblait tout près maintenant, mais elle avait été trop captivée par sa lecture pour l'entendre plus tôt.

Elle se leva, s'attendant à voir Clint au sortir du virage. Sans doute venait-il s'assurer que sa promenade se passait bien et qu'elle n'avait besoin de rien.

C'est alors qu'elle sentit son cœur cogner contre sa poitrine et son corps frissonner d'anxiété. Le feu aux joues, elle contempla la silhouette qui avançait vers elle. Bien sûr, elle avait su qu'elle serait amenée à revoir Rico, mais elle avait cru que ce serait à elle d'aller à sa rencontre à Forbes. Il s'était opposé si fermement à sa venue au Texas…

Quand il arrêta son cheval, elle le fixa, le souffle coupé. Il était plus beau que jamais. Sa façon de descendre de sa monture, d'un mouvement souple et infiniment viril, était beaucoup trop sexy pour la laisser indifférente. Etait-il aussi habile lorsqu'il prenait une femme entre ses bras ?

Cette seule pensée la fit rougir d'excitation. Et tandis qu'il marchait vers elle sans un mot, elle se sentit fondre sous son regard brûlant.

— Rico, dit-elle en le saluant d'un signe de tête.

Il leva son chapeau, lui laissant tout le loisir de détailler ses traits si séduisants.

— Bonjour, Megan.

Les yeux fixés sur elle, il continua à avancer vers

elle d'un pas aussi lent que décidé, tel un prédateur ayant repéré sa proie.

— Savez-vous pourquoi je suis ici ? l'interrogea-t-il d'une voix profonde.

— Non. Vous teniez tant à votre solitude…

Il la scruta en souriant.

— Mais si vous êtes ici, c'est bien que vous n'aviez pas l'intention de suivre mes instructions, souligna-t-il.

— Vous n'avez qu'à faire comme si je n'étais pas là, et m'ignorer quand je viendrai à Forbes.

— Je ne vois pas comment, objecta-t-il en s'arrêtant à quelques centimètres d'elle.

Dans ses pupilles, elle vit briller une flamme qui semblait refléter le désir qu'elle ressentait elle-même. Comment pouvait-elle garder son sang-froid alors qu'il la caressait ainsi du regard ? Cela lui faisait un effet tout aussi sensuel que s'il avait promené les mains sur elle…

— Je crois qu'il est temps que je rentre, prétexta-t-elle dans un souffle.

— Pourquoi êtes-vous si pressée, tout à coup ?

Elle laissa passer un silence.

— Rico, allez-vous me dire pourquoi vous êtes venu ? contra-t-elle pour éviter de lui répondre.

Au lieu de lui donner une explication, il prit délicatement son visage entre ses mains et mit sa bouche tout contre la sienne.

— Mais c'est très simple, Megan, dit-il finalement. C'est pour vous que je suis venu.

Durant la courte pause qui suivit, elle demeura muette de stupeur.

— Je n'ai pas réussi à oublier le baiser que nous avons échangé, reprit-il. Je sens encore le goût envoûtant de vos lèvres sur les miennes. Si une chose a changé, c'est bien celle-ci : j'ai encore plus envie de vous qu'avant.

Sur ces mots, il inclina la tête et prit possession de sa bouche.

A la seconde où il sentit que Megan répondait à son baiser, Rico sut qu'elle avait perdu tout contrôle d'elle-même. La passion et l'intimité avec lesquelles elle vint à la rencontre de sa langue et l'enlaça le stupéfièrent.

A son tour, il noua les bras autour de sa taille tandis que tout son corps brûlait d'un feu qu'elle attisait à chaque seconde. Ce baiser était si érotique, si différent de tout ce qu'il avait pu connaître jusque-là… C'était le souvenir de cette expérience qui l'avait tenu éveillé ces dernières nuits, c'était pour la revivre qu'il avait pris la route pour venir ici. Jamais un seul baiser n'avait éveillé en lui une excitation aussi intense, et, depuis qu'il avait embrassé Megan pour la première fois, son corps refusait de le laisser penser à autre chose.

Il frissonna quand elle pressa les hanches contre les siennes, prenant une position aussi intime que le leur permettaient leurs vêtements. C'est alors qu'elle se mit à bouger contre son érection, décuplant le plaisir que lui procurait leur étreinte.

Si elle continuait dans cette voie, il ne résisterait pas longtemps à la tentation de l'allonger sur la couverture qu'elle avait si bien disposée et de lui faire l'amour avec toute la passion qu'il ressentait. C'était un endroit si parfait pour cela…

Mais il savait qu'elle n'était pas encore prête à le suivre là où il prévoyait de l'emmener.

Néanmoins, quand il sentit qu'elle glissait la main sous sa ceinture pour toucher sa peau, il ne trouva pas la force de l'en empêcher. Elle tira alors sur le tissu de sa chemise pour la sortir du pantalon. A cet instant, il ne put que l'embrasser avec encore plus de ferveur et lui prodiguer des caresses encore plus brûlantes, sans jamais perdre de vue le respect instinctif qu'il témoignait à toutes les femmes qu'il fréquentait.

Bien sûr, avec Megan, ce respect était décuplé. Elle faisait partie de la famille Westmoreland, tout comme ses sœurs Savannah et Jessica, à présent. Ce n'était pas un élément anodin dans leur relation. Il était toujours décidé à aller au bout avec elle, mais il devait prendre garde à sa façon de mener son jeu de séduction. Plus que jamais, il devait faire les choses dans l'ordre, avec maîtrise et délicatesse.

Restait à savoir s'il parviendrait à se contrôler, songea-t-il tandis qu'il redoublait de passion. Et lorsqu'elle glissa les doigts sous sa chemise pour caresser sa peau nue, il dut cette fois se libérer de sa bouche pour reprendre son souffle.

Il en profita pour la regarder, et ses yeux restèrent captifs des siens. Il devait tout de suite s'écarter d'elle s'il voulait conserver une chance d'interrompre leur baiser. Seulement, elle ne lui en laissa pas l'occasion. Déjà, elle se hissait sur la pointe des pieds et glissait sa langue enchanteresse entre ses lèvres. Alors, il l'embrassa encore et encore, ne résistant pas au tourbillon de délices qui l'emportait. Comme il aurait voulu que cette étreinte dure éternellement…

Mais lorsqu'elle recommença à bouger contre son sexe durci par l'excitation, il comprit qu'il devait agir. C'était maintenant ou jamais.

Lentement, il éloigna son visage du sien et se sépara, non sans mal, de son corps tremblant de désir. Son regard brillait d'une telle flamme…

— Rico ?

Sa voix rauque ne fit rien pour apaiser ses sens. Jamais il n'avait eu autant envie de faire l'amour à une femme. Jamais.

— Oui ?

— Tu as recommencé.

— Quoi donc ?

— Tu m'as embrassée.

— Oui, reconnut-il en souriant. Et toi aussi, tu m'as embrassé.

Elle ne le nia pas.

— Il va falloir que nous passions un accord. Nous devons fixer certaines règles sur ce que nous nous autorisons ou non quand nous nous retrouvons seuls tous les deux.

Voilà qui promettait d'être intéressant, se dit-il sans réprimer un sourire interrogateur.

— D'accord, je te laisse proposer une liste et nous en parlerons.

— Je suis sérieuse, insista-t-elle en se redressant.

— Moi aussi, je suis sérieux. Et je te conseille d'établir une liste très précise, parce que je serai tenté d'essayer tout ce qui ne s'y trouvera pas.

Comme elle ne disait rien, il se mit à rire franchement.

— Tu te sentiras mieux après un bon repas, conclut-il pour l'aider à se détendre. Tu as manqué le déjeuner.

Ils ramassèrent les affaires qu'elle avait déballées et remontèrent à cheval.

— Je n'avais pas faim, protesta-t-elle.

— Ah non ? la taquina-t-il. J'aurais pourtant cru.

- 6 -

Quand ils furent arrivés à l'écurie, Rico remercia le garçon qui venait à leur rencontre pour les aider et lui indiqua qu'il s'occuperait lui-même des chevaux.

— Vous avez beau venir de Philadelphie, on dirait que vous avez toujours vécu au milieu des chevaux.

C'était volontairement que Megan avait recommencé à le vouvoyer. Elle ne voulait surtout pas que l'on devine ce qui s'était passé entre eux, et elle tenait aussi à reprendre ses distances avec Rico autant que possible.

Tout en ôtant la selle du dos de son cheval, il se tourna vers elle et lui adressa un sourire irrésistible.

— C'est le cas, d'une certaine manière. Mes grands-parents maternels possèdent des chevaux, et ils ont fait en sorte que Savannah et moi apprenions à les monter et à nous occuper d'eux.

— Et Jessica ?

Il laissa passer un silence avant de répondre.

— Jess a le même père que Savannah et moi, mais nous l'avons connue très tard. J'étais déjà à l'université quand j'ai rencontré ma demi-sœur.

— Ah.

Personne ne lui avait vraiment raconté l'histoire de la famille Claiborne, mais elle ne fut pas étonnée par cette nouvelle. Quand Megan avait rencontré la mère de Rico juste avant la naissance du bébé de Jessica, elle l'avait trouvée aussi aimable que belle. Sans doute cette femme était-elle pour beaucoup dans la parfaite entente qui existait entre Rico et ses deux sœurs. L'atmosphère qui régnait au sein de cette famille était admirable.

— Vous semblez très proches, Jessica, Savannah et vous. J'ai l'impression que vous vous entendez très bien.

— Oui, c'est le cas. Surtout depuis que j'ai renoncé à les régenter, ajouta-t-il en riant. Je suis très heureux d'avoir confié leur bonheur à Chase et à Durango. Je dois dire que tes cousins ont l'air d'assumer parfaitement cette tâche.

Elle n'allait certainement pas le contredire sur ce point. Du reste, tous les Westmoreland semblaient avoir trouvé l'âme sœur dans leur union. A commencer par Gemma, qu'elle avait vue vivre un amour parfait avec Callum quand elle était allée leur rendre visite en Australie. De toute évidence, le petit Callum junior, que tout le monde appelait « CJ », était la plus belle illustration possible de cet amour.

— Nous partirons tôt demain matin, annonça Rico.

Elle se remémora ce qu'il lui avait dit en arrivant ; c'était pour elle qu'il était venu.

— Et où allons-nous exactement ?

En se tournant vers lui, elle remarqua le rayon de soleil qui filtrait par la porte entrouverte et éclairait son profil altier. Cette lumière chaude mettait si bien en valeur son charme sensuel…

— Je vous emmène à Forbes, répondit-il, la forçant à chasser les images érotiques qui lui venaient à l'esprit. Vous m'avez bien dit que vous vouliez être là quand je trouverais des informations sur Clarice ? fit-il tout en ramenant les chevaux dans leur box.

Elle sentit son cœur bondir dans sa poitrine.

— Oui, bien sûr, s'écria-t-elle en le suivant. Vous avez découvert quelque chose ?

— Rien de plus que ce que je vous ai déjà dit. Toutefois, l'un de mes amis, à qui j'ai demandé de faire des recherches sur internet, m'a fait part d'un article qu'il avait lu cette semaine. Grâce à lui, j'ai appris qu'une habitante de Forbes fêtait aujourd'hui son centième anniversaire. Il se trouve qu'elle habite la même maison depuis plus de soixante-dix ans, et que cette maison est située à une quinzaine de kilomètres de la dernière adresse connue de Clarice. Nous avons toutes les raisons d'espérer qu'elles se sont connues et qu'elle se souvient d'elle.

— Mais, à cent ans, ses souvenirs doivent être assez flous…

Rico lui adressa un grand sourire.

— D'après l'article, cette dame épate tous ceux qui la connaissent par sa santé et sa bonne mémoire.

— Alors j'ai hâte de lui parler !

Il referma la porte des box avant de se tourner vers elle.

— Megan, j'accepte de vous emmener, mais c'est tout de même moi qui mène l'enquête, lui rappela-t-il.

— Bien entendu, répondit-elle sèchement.

Son insistance à vouloir garder les choses en main commençait à l'agacer. Toutefois, comme elle se rappelait les recommandations de Ramsey, elle convint de le laisser faire son travail en le dérangeant le moins possible. Elle pouvait déjà s'estimer heureuse qu'il ait changé d'avis et ait accepté de lui faire une place.

Ensemble, ils sortirent de l'écurie et prirent le chemin de la maison.

— Qu'est-ce qui vous a décidé à me laisser vous accompagner ? l'interrogea-t-elle.

— De toute façon, vous seriez venue à Forbes. Et puis, je me suis rendu compte que je ne serais pas mécontent de vous avoir auprès de moi.

Elle s'arrêta net et lui lança un regard noir.

— Rico, nous n'allons pas à Forbes pour nous amuser.

Le sourire qu'elle vit se dessiner sur ses lèvres réveilla tout le désir qu'elle avait mis de côté, au point qu'elle en oublia de respirer. Sa façon de la déshabiller du regard, de détailler son visage et chaque partie de son corps la faisait fondre de désir. Si seulement elle avait pu lui enlever sa chemise et découvrir son torse nu…

Mais à quoi pensait-elle ? Ce n'était vraiment pas le moment d'imaginer Rico débarrassé de ses vêtements.

— Qu'entendez-vous par « nous amuser », Megan ?

Elle croisa les bras avec autorité.

— Je ne sais pas, à vous de me le dire.

Il laissa éclater son rire.

— Ecoutez, vous aurez votre chambre d'hôtel et moi la mienne. Je vous ai dit que j'étais attiré par vous et que je savais comment cela finirait si vous veniez avec moi. Je n'ai pas changé d'avis. Mais je vous laisserai décider du moment où cela arrivera.

— Rien n'arrivera. Ce n'est pas parce que nous avons aimé nous embrasser que…

— Alors vous avez aimé cela, hein ?

Comme elle aurait voulu pouvoir faire disparaître ce sourire satisfait de son visage !

— Ce n'était pas désagréable.

Il renversa la tête en arrière et un rire rauque s'échappa de sa gorge.

— C'est tout ? Alors il va falloir que j'améliore ma technique d'ici la prochaine fois.

Elle n'osait imaginer ce qu'elle ressentirait s'il l'embrassait encore mieux qu'il ne l'avait déjà fait. Etait-ce seulement possible ? se demanda-t-elle, tout en se mordillant machinalement la lèvre.

— Ne faites pas cela.

— Quoi donc ?

— Ce que vous faites avec votre lèvre. Sinon, je vais être tenté de vous prouver mes progrès dès maintenant.

La tension qu'il y avait entre eux était si forte à cet instant qu'elle sentit le feu lui monter aux joues.

— En revanche, j'aime quand vous faites cela.

— Quand je fais quoi ?

— Quand vous rougissez. J'imagine qu'on ne vous a pas souvent parlé comme je le fais, je me trompe ?

Elle n'avait aucune raison de lui mentir.

— Non.

— Alors puis-je vous faire une suggestion, Megan ?

Comme elle aimait entendre son prénom dans sa bouche…

— Laquelle ?

— Habituez-vous-y.

Assis dans la cuisine, sur un tabouret de bar, Rico s'efforçait de se concentrer sur sa conversation avec Clint. Mais son regard était sans cesse attiré vers Megan. Quand ils étaient rentrés de promenade, Clint avait tenu à lui montrer un étalon dont il était très fier et qu'il était sur le point d'envoyer par le train à sa sœur, Casey. Pendant ce temps, Alyssa avait emmené Megan dans la chambre de son futur bébé pour lui faire découvrir la décoration qu'elle avait achevée le matin même.

Rico s'était réjoui du temps passé avec Clint et Cain. Comme tout enfant de trois ans, ce dernier cherchait à tout prix à attirer l'attention des adultes. Il était si épanoui, si éveillé… Jamais Rico n'avait vu un garçon de son âge s'exprimer aussi bien et monter à cheval avec autant d'aisance.

C'était émouvant de voir à quel point Clint et l'enfant étaient proches. Lors des nombreuses absences de son père, Rico avait si souvent rêvé de l'avoir auprès de lui… Par chance, son grand-père avait été là pour combler le vide qu'avait laissé celui qui avait trahi tout son entourage en menant une double vie.

Dans l'après-midi, Megan était montée faire une sieste et n'était redescendue qu'à l'heure du dîner. En la voyant apparaître vêtue d'une jupe courte et d'un haut qui découvrait ses ravissantes épaules, Rico était resté muet d'admiration. Et depuis le début du repas, il n'était pas parvenu à la quitter des yeux. Sa fraîcheur, sa beauté étaient à couper le souffle. Il lui semblait revivre sa rencontre avec elle trois mois plus tôt.

— Rico ?

La voix de Clint le fit sursauter.

— Pardon. J'étais perdu dans mes pensées.

— C'est ce que je vois, oui, remarqua-t-il en souriant. Si nous allions faire quelques pas dehors pour discuter sans que tu sois distrait ?

Rico rit à son tour en comprenant que Clint savait parfaitement ce qui le déconcentrait.

— D'accord, dit-il en prenant la tasse de café qu'on venait de lui servir.

Un instant plus tard, assis sur la terrasse, ils parlaient de l'élevage et des chevaux qui courraient l'année prochaine le Kentucky Derby et la course de Preakness Stakes.

— Alors, où en est cette enquête ? lui demanda Clint après un silence. Megan a parlé à Alyssa d'une vieille dame de Forbes qui a peut-être connu Clarice Riggins.

— Oui, je dois la rencontrer prochainement. Megan veut absolument venir avec moi.

Il lui expliqua ce qu'il avait lu dans l'article que lui avait envoyé Martin.

— Eh bien, j'espère qu'elle vous apprendra des choses intéressantes. Je ne sais que trop bien ce que l'on ressent quand on découvre que l'on ne connaissait pas toute sa famille. Je comprends Megan. Si ma mère ne nous avait pas fait des aveux avant de mourir, Cole, Casey et moi n'aurions jamais su que notre père était encore vivant. Je regrette encore maintenant le temps perdu.

Sur ces mots, il se leva et s'étira.

— Bon, je vais aller me coucher. Est-ce que Megan et toi resterez au moins pour le petit déjeuner demain avant de prendre la route ?

— Oui, répondit-il en se levant aussi. Mieux vaut voyager le ventre plein, et je fais confiance à Chester pour cela.

— Tu as raison, approuva Clint en riant. Bonne nuit.

A l'intérieur, il n'y avait plus un bruit et les lumières étaient éteintes. Alyssa et Megan étaient déjà montées.

Clint et lui avaient donc bavardé si longtemps ? Il était déjà près de minuit !

La maison de Clint était immense, et intelligemment séparée en quatre parties. En remarquant que Megan et lui occupaient seuls l'aile ouest, il n'avait pu s'empêcher de se demander si Clint et Alyssa avaient voulu leur accorder une certaine intimité… De toute évidence, l'attirance qu'ils éprouvaient l'un pour l'autre n'était un secret pour personne.

En passant devant la chambre de Megan, il ralentit machinalement le pas. A en juger par le filet de lumière qui apparaissait sous la porte, elle était encore éveillée.

Il s'arrêta et leva la main pour frapper.

Mais que lui dirait-il quand elle viendrait lui ouvrir ? Il était tard et il n'avait aucune raison de la déranger à cette heure. Du moins, aucune raison avouable.

A contrecœur, il poursuivit son chemin et regagna sa propre chambre. Il se sentait si peu fatigué…

Préférant mettre ce moment de calme à profit, il sortit son ordinateur portable de son sac et s'installa pour travailler. Il avait encore des recherches à faire sur internet avant de rencontrer Fanny Banks.

Il était assis à son bureau depuis un bon moment lorsqu'il entendit la porte voisine s'ouvrir et se refermer. Megan ne dormait toujours pas. Elle avait dû se lever pour descendre chercher quelque chose à boire.

Comme les minutes passaient et qu'il ne l'entendait pas revenir, il se résolut à la rejoindre en bas. Il longea le couloir, descendit l'escalier, traversa le salon et gagna la cuisine. Ce fut là qu'il la trouva, dans le noir, debout devant la fenêtre et absorbée dans la contemplation de la nuit. Seule la lumière de la lune l'éclairait, donnant une teinte pâle au peignoir rose qui la couvrait.

— Vous n'arrivez pas à dormir ? lui demanda-t-il à voix basse, pour éviter de lui faire peur.

Elle se retourna et le scruta avec de grands yeux étonnés.

— Que faites-vous debout à cette heure ?

Amusé, il s'appuya contre l'encadrement de la porte.

— C'était justement la question que je vous posais.

Elle se tut un moment et soupira avant de lui répondre.

— J'ai essayé de trouver le sommeil, mais je n'y arrivais pas. Je n'arrête pas de penser à mon père.

— A votre père ?

— Oui. Il aurait fêté son anniversaire samedi. Je l'aimais tant… Je suis fière de dire que j'étais une vraie fille à papa, ajouta-t-elle en souriant.

— C'est vrai ?

— Oui. Nous nous entendions à merveille. Je me souviens de notre dernière conversation, elle a eu lieu juste avant que ma mère et lui ne partent pour l'aéroport. Comme chaque fois qu'ils s'absentaient tous les deux, c'est Mme Jones qui devait rester à la maison pour veiller sur nous. Il m'a demandé d'être serviable avec elle et de l'aider à s'occuper de Gemma, de Bailey et des jumeaux. Ramsey se trouvait à l'université, Zane était sur le point de partir le rejoindre et Derringer était au lycée. J'avais douze ans.

Elle s'éloigna de la fenêtre pour s'asseoir à table.

— Ils ne sont jamais revenus, et le fait est que je n'ai pas su m'occuper de Bailey et des jumeaux. Gemma, elle, ne nous a pas causé le moindre souci.

Rico se remémora toutes les histoires qu'il avait entendues depuis qu'il connaissait les Westmoreland de Denver. Elever Bailey et les jumeaux n'avait pas été de tout repos, loin de là, et il vouait à Dillon et à Ramsey un respect et une admiration immenses pour la mission qu'ils avaient accomplie. Ils avaient surmonté de nombreuses épreuves pour conserver l'unité de leur famille.

— J'espère que vous ne vous reprochez pas les bêtises qu'ils ont pu faire.

Elle secoua doucement la tête.

— Non, mais j'aurais voulu pouvoir faire davantage pour aider Ramsey.

Il marcha jusqu'à la table et s'assit en face d'elle. Il fallait à tout prix qu'il poursuive cette conversation, sinon il allait être encore tenté de l'embrasser. Dès l'instant où elle s'était tournée vers lui, il avait senti le désir renaître entre eux comme un feu ardent.

— Vous n'aviez que douze ans, et vous avez fait tout ce que vous pouviez. J'en suis sûr. Vous avez tous fait ce que vous pouviez, seulement nous n'exprimons pas tous notre chagrin de la même manière. Je n'ose pas imaginer comment j'aurais réagi si j'avais perdu l'un de mes parents si jeune.

— Cela n'a pas été facile.

— Je peux seulement deviner à quel point vous avez souffert. Surtout en perdant un oncle et une tante en même temps que vos parents. J'admire beaucoup votre famille d'avoir surmonté ce drame, d'avoir montré autant de force.

— Tout aurait sans doute été moins difficile si nous avions connu les Westmoreland d'Atlanta, du Montana et du Texas à l'époque. Nous nous serions sentis moins seuls, surtout Ramsey et Dillon qui auraient pu se reposer sur d'autres membres de la famille, au lieu de tout assumer alors qu'ils étaient encore si jeunes. Vous savez, Rico, ajouta-t-elle après une pause, c'est pour cette raison que la famille est si importante à mes yeux. A tout moment de la vie, on peut avoir besoin du soutien de ses proches, et rien ne peut remplacer la famille dans les moments les plus difficiles comme dans les plus heureux.

Ses mots se perdirent dans le silence de la maison. Une minute passa, puis elle reprit la parole.

— Et qu'en est-il de vous ? Etiez-vous proche de vos parents, de votre père, quand vous étiez plus jeune ?

Pour répondre à sa question, songea-t-il en se levant, il avait besoin de se donner un peu de courage.

— Je vais prendre une bière, dit-il en ouvrant la porte du réfrigérateur. Vous voulez quelque chose ?

— Je vais prendre un soda, merci.

Il sortit les deux petites bouteilles avant de retourner s'asseoir.

— Mon père était représentant de commerce et voyageait beaucoup, mais nous étions très proches, commença-t-il. Je le vénérais littéralement.

Il ôta la capsule de sa bouteille de bière et but plusieurs gorgées.

— Mais c'était avant que je découvre que ce n'était qu'un imposteur, un horrible menteur. Il était marié à ma mère, qui vivait à Philadelphie, mais il était aussi engagé dans une relation avec une autre femme, qui habitait en Californie. Il les a trompées toutes les deux, leur a fait des promesses qu'il était incapable de tenir.

Il fit une pause pour boire une autre gorgée de bière.

— Le grand-père de Jessica a découvert la double vie de Jeff Claiborne et en a informé la mère de Jess et la nôtre. La mère de Jess s'est sentie si humiliée et si désespérée d'avoir consacré quinze ans de sa vie à un homme qui n'avait fait que lui mentir qu'elle s'est donné la mort. Ma mère, quant à elle, a demandé le divorce. J'étais en première année à l'université. Il est venu me voir et a essayé de me convaincre que ma mère était la véritable reponsable, que tout était arrivé par sa faute. Il m'a assuré qu'en tant qu'hommes nous devions nous serrer les coudes, et que si j'essayais de la raisonner et de lui dire du bien de lui elle renoncerait à le quitter.

Rico détourna les yeux tandis qu'il se remémorait cette époque douloureuse. Le souvenir de cette conversation le mettait dans un tel état de colère et de rancœur…

— Ce jour-là, reprit-il en se tournant de nouveau vers Megan, il a cessé d'être mon héros. Toute l'admiration que j'avais pour lui s'est évanouie en un instant. Je lui en voulais déjà d'avoir si mal agi et de refuser de le reconnaître, mais quand il a voulu m'impliquer dans cette histoire et me dresser contre ma mère…

Il fit une nouvelle pause pour boire. Il ne parlait que rarement de ce moment de sa vie. La plupart des gens qui connaissaient sa famille étaient au courant de cette histoire, alors ce devait être le cas de Megan, qui était amie avec ses deux sœurs.

Lorsqu'elle avança les mains pour saisir la sienne, il sentit une vague de désir le traverser. C'était comme si un fluide passait par leurs doigts entrelacés pour leur procurer un irrépressible élan de passion. De toute évidence, elle le ressentait aussi.

— Cela a dû être une période très difficile pour vous. Cependant, cette épreuve a tout de même amené quelque chose de beau pour vous tous : elle a eu le mérite de vous réunir, Jessica, Savannah et vous.

Oui, être auprès de ses sœurs était ce qu'il y avait de plus précieux pour lui, Megan avait raison. Il ne concevait plus sa vie sans l'une d'elles. Mais comment aurait-il pu ne pas être en colère en repensant à la façon dont Jessica avait perdu sa mère ?

Sans doute devait-il s'efforcer de voir le bon côté des choses et penser à tout ce que lui avait apporté sa rencontre avec Jessica. A cet instant, le sourire de Megan ne faisait que l'y encourager.

— Oui, vous avez raison, dit-il finalement.

— Cela m'arrive de temps en temps, ironisa-t-elle en libérant doucement sa main.

Il la connaissait à peine, et pourtant il se sentait déjà infiniment à l'aise avec elle. C'était une chose qu'il ne s'expliquait pas, comme il ne s'expliquait pas non plus le fait qu'ils restent assis dans le noir au milieu de cette cuisine. L'obscurité créait une atmosphère à la fois intime et sensuelle, qui attisait son désir bien plus qu'il ne l'aurait voulu. Il y avait si longtemps qu'il n'avait pas eu d'aventure avec une femme… Comment aurait-il pu rester insensible au contact de la main de Megan sur la sienne ?

Il l'observa tandis qu'elle buvait la boisson qu'elle lui avait demandée. Par la faible lueur venue de l'extérieur, il distinguait le mouvement de ses lèvres et les traits doux et harmonieux de son visage.

Elle leva les yeux et les plongea dans les siens. Aussitôt, il sentit un irrépressible frisson d'excitation le traverser. Comment contenir la folle envie de l'embrasser qui l'assaillait ? Il aurait voulu faire tellement plus que l'embrasser… Mais il n'allait pas lui faire l'amour ici. Même s'il savait que cela finirait par arriver. Après tout, il l'avait prévenue et elle avait refusé de l'écouter. L'attirance qu'ils éprouvaient l'un pour l'autre était trop intense, le moment viendrait où ils ne pourraient plus s'y soustraire.

Déjà, il ne pouvait résister à la tentation d'un baiser.

— Je crois que je vais remonter me coucher et essayer de m'endormir, dit-elle en se levant. Vous avez dit que nous devrions partir tôt demain, n'est-ce pas ?

Elle traversa la pièce pour aller jeter sa bouteille vide.

— Oui, juste après le petit déjeuner.

Comme elle lui tournait le dos, il ne put se refuser le plaisir d'admirer ses formes sublimes. Même sous son peignoir, il devinait la courbe de ses fesses et ses longues jambes fines…

— Que diriez-vous de venir vous promener avec moi ? lui proposa-t-il, cédant à son impulsion.

Elle se retourna et le scruta avec stupéfaction.

— Maintenant ?

— Oui. La nuit est magnifique.

— Où voulez-vous aller vous promener ?

— Sur le versant sud. La lune est pleine, or la dernière fois que je suis venu ici, nous sommes sortis Clint et moi pour nous occuper des chevaux par une nuit de pleine lune, et la vue du canyon était d'une beauté à couper le souffle.

— Alors vous voulez que nous sellions des chevaux et que…

— Non, l'interrompit-il en riant. Nous prendrons ma voiture.

A sa manière de l'observer, elle semblait convaincue qu'il avait perdu l'esprit.

— Vous savez l'heure qu'il est ?

— Oui. A cette heure-ci tout le monde dort, et nous sommes sans doute les deux seuls encore debout.

Elle inclina la tête et plissa les paupières, comme si elle cherchait à lire au fond de lui.

— Pourquoi voulez-vous que je vienne me promener avec vous maintenant, Rico ?

Une fois de plus, il n'avait aucune intention de lui mentir. S'il y avait une chose à laquelle il tenait avec Megan, c'était se montrer sincère.

— Parce que je veux vous emmener quelque part où je pourrai vous embrasser sans aucune retenue.

- 7 -

Megan sentit sa gorge se serrer, et peina à reprendre sa respiration. Rico avait été on ne peut plus clair ; il voulait l'emmener dans sa voiture à l'autre bout du domaine, là où ils pourraient s'embrasser à l'abri des regards.

N'avaient-ils pas passé l'âge de faire ce genre de choses ? Elle avait du mal à croire qu'un homme aussi expérimenté que lui, de plusieurs années son aîné, puisse avoir de telles idées. Et qu'entendait-il par « embrasser sans aucune retenue » ? Ce point-là n'était peut-être pas si clair que cela, en fin de compte…

— Vous vous rendez compte de ce que vous me demandez en m'invitant à me promener seule avec vous ?

Le sourire le plus sexy du monde apparut sur ses lèvres.

— Absolument.

Il l'avait déjà embrassée deux fois et, de toute évidence, il avait l'intention de franchir une étape supplémentaire. Comment aurait-elle pu s'en étonner ? Il ne lui avait pas caché ses desseins le jour où il était venu la voir à l'hôpital.

Mais il n'était pas question qu'elle cède. Deux baisers ne signifiaient rien. C'est vrai, elle ne l'avait pas repoussé, et elle s'était même quelque peu laissé dépasser par ses émotions. Néanmoins, elle allait reprendre le contrôle d'elle-même à présent. Elle devait se rendre à l'évidence : dès qu'il l'embrassait, elle perdait toute capacité à réfléchir et à agir raisonnablement.

Une telle situation ne devait donc pas se reproduire.

— Megan, avez-vous peur de moi ?

Sa voix suave, son regard à la fois doux et brûlant… Tout en lui la bouleversait d'une façon qu'elle n'aurait su décrire tant ces sensations étaient nouvelles pour elle. Non, elle n'avait pas peur de lui, mais elle craignait ce qu'il était capable d'éveiller en elle, elle craignait le désir ardent qu'elle éprouvait pour lui. C'était de la femme qu'elle devenait en sa présence qu'elle avait peur, en réalité. Comment aurait-elle pu lui faire comprendre qu'elle n'était pas prête à abandonner le contrôle qu'elle avait gardé sur elle-même toute sa vie ?

— Non, Rico, je n'ai pas peur de vous. Mais vous dites et vous faites des choses auxquelles je ne suis pas habituée. Vous avez jugé que mes frères et mes cousins m'avaient mise à l'abri des réalités, mais je ne partage pas votre avis. C'est moi seule qui ai décidé de me tenir à l'écart de certaines activités pratiquées par les jeunes de mon entourage. J'aime faire mes propres choix, je refuse de suivre la foule et de me forcer à être ce que je ne suis pas.

— Et ? ponctua-t-il, sans la quitter des yeux.

— Et je ne suis jamais allée me cacher avec un homme dans une voiture.

Voilà, elle avait dit ce qu'elle avait à lui dire. Sans doute allait-il faire marche arrière, à présent.

Mais en voyant ses yeux plus brillants que jamais,

elle comprit que sa révélation n'avait fait qu'attiser son désir viril. Son regard était si intense, son corps si attirant…

Le cœur battant la chamade, elle tenta de dissimuler l'excitation qui montait en elle.

— Vous voulez dire qu'aucun homme ne vous a jamais menée sur les chemins de l'amour ?

Il prit une voix si séductrice pour dire ces quelques mots qu'elle sentit qu'elle commençait à perdre pied.

— Oui, c'est bien ce que j'ai voulu dire. Et j'ajouterai que ce n'était la décision de personne d'autre que moi.

— Je vous crois sur parole, assura-t-il en souriant.

— Je considérais cela comme une perte de temps.

Baissant les yeux, elle fixa machinalement les pieds nus de Rico. Pourquoi était-elle aussi troublée par cette vue ? Ce n'était pas la première fois qu'elle voyait un bel homme marcher pieds nus, mais c'était bel et bien la première fois qu'elle y voyait une grâce aussi féline et masculine.

— Ah oui ?

— Oui. C'était une perte de temps pour moi, puisque rien de tout cela ne m'intéressait.

— Non ?

— Non. Je contrôle beaucoup trop mes émotions pour y avoir pris goût.

— Je n'ai pas eu l'impression que vous les contrôliez beaucoup quand nous nous sommes embrassés.

Si seulement elle avait pu le contredire…

— C'est vrai, reconnut-elle, c'est pourquoi je préfère éviter que cela se produise trop souvent.

En le voyant avancer vers elle, elle ne put réprimer un frisson d'excitation. Et quand il lui prit la main, elle ressentit la même émotion que lorsqu'elle avait saisi la sienne un peu plus tôt.

— Vous savez vous laisser aller, avec moi.

Il avait raison ; c'était bien ce qui l'inquiétait, du reste. Pourquoi avait-elle l'impression d'être une autre femme quand il était là ? Ni le Dr Thad Miller, ni le Dr Otis Wells, ni aucun des médecins de l'hôpital qui avaient essayé de la séduire n'avaient jamais eu le moindre effet sur elle.

— Megan ?

— Oui ?

— Vous me croiriez si je vous disais que jamais je ne vous blesserais intentionnellement ?

— Oui.

— Et cela vous aiderait-il si je vous laissais fixer le rythme ?

Sa voix profonde, chargée de désir, la fit trembler d'excitation.

— Qu'entendez-vous par là ?

— Vous gardez le contrôle, je ne ferai que ce que vous m'autoriserez à faire. Rien de plus.

Ses paroles la décontenancèrent. Ne comprenait-il pas qu'elle le voyait comme une menace à son propre équilibre ? Elle lui avait pourtant bien dit qu'elle ne souhaitait pas changer, qu'elle voulait garder sa force intérieure, et non céder à une faiblesse passagère. Bien sûr, Ramsey lui avait dit qu'il était bon de relâcher la pression, mais cela ne voulait pas dire qu'elle pouvait se montrer irresponsable.

— Megan ?

Elle releva les yeux vers lui. Son visage exprimait tellement d'assurance, de force, et de délicatesse dans le même temps… Elle avait du mal à lire au fond de lui, à savoir s'il ressentait le même trouble qu'elle. Mais cette seule pensée lui plaisait infiniment, elle ne pouvait pas le nier.

Après tout, que risquait-elle à sortir faire un tour avec lui ? Puisqu'elle ne parvenait pas à dormir, elle avait tout intérêt à profiter de cette belle nature et à laisser le vent lui caresser le visage. Cela ne pourrait lui faire que du bien. Elle faisait confiance à Rico : même s'il parlait en toute franchise, il ne l'obligerait jamais à rien. C'était un homme fin et respectueux. Et il le serait d'autant plus qu'il était ami avec ses frères et ses cousins. Ses sœurs avaient épousé des hommes de la famille Westmoreland, et il ne prendrait pas le risque de compromettre les relations familiales.

— Entendu, je viens avec vous. Donnez-moi juste le temps de me changer.

Rico sourit en franchissant le pas de la porte avec Megan. Il ne s'était pas trompé en lui disant que la nuit était belle et qu'il fallait en profiter. Il s'était toujours dit que s'il devait un jour quitter Philadelphie, ce serait pour s'installer au Texas. Le climat était idéal durant presque toute l'année, et il devait reconnaître qu'il avait eu le coup de foudre pour cet Etat la première fois qu'il y était venu pour chasser et pêcher avec son grand-père. Ses grands-parents n'avaient jamais approuvé le mariage de sa mère, mais cela ne les avait en rien empêchés de construire une relation privilégiée avec leurs petits-enfants.

— Cette pleine lune est d'une beauté incroyable, murmura Megan au moment où il lui ouvrait la portière côté passager.

— Oui. Et vous savez ce que l'on dit à propos de la pleine lune, n'est-ce pas ?

— Si vous essayez de me faire peur, je vous en prie, arrêtez tout de suite. J'ai la mauvaise habitude de regarder des films d'horreur et d'être ensuite trop terrorisée pour rentrer le soir toute seule chez moi. Il m'est souvent arrivé de rester dormir chez Dillon ou chez Ramsey pour cette raison.

Il dut se retenir pour ne pas lui dire que, si elle avait peur ce soir, elle ne devait pas hésiter à venir frapper à sa porte pour trouver du réconfort auprès de lui.

— Bien, dans ce cas j'éviterai de vous faire peur, promit-il.

Elle avait abandonné son peignoir au profit d'une robe légère qui se fermait devant. Et tout en l'aidant à s'installer à l'avant du 4x4, il rêvait d'en défaire les boutons un à un.

— Ce n'est pas trop serré ? l'interrogea-t-il en lui attachant sa ceinture de sécurité.

Qu'elle sentait bon… Son parfum frais et élégant faisait naître dans son esprit des envies qu'il allait avoir toutes les peines du monde à refréner durant cette petite escapade.

— Non, ça va.

Il perçut un léger tremblement dans sa voix. Se pouvait-il qu'elle soit en train de penser à la même chose que lui ?

— Parfait.

Refermant sa portière, il fit le tour de la voiture et s'installa au volant.

— Sans cette lune et ce ciel clair, nous ne verrions que la nuit ici, remarqua-t-elle.

— C'est vrai, reconnut-il en souriant, vous n'allez

pas profiter pleinement de la vue. Mais vous allez voir à quel point ce que je veux vous montrer est beau. C'est pour cette raison que Clint a fait construire son chalet là-haut. La vue sur le canyon est tellement mystérieuse de nuit… Et les soirs de pleine lune, il arrive que la lumière se reflète sur les rochers, ce qui donne l'impression que le canyon s'éclaire par lui-même.

— J'ai hâte de voir ça.

Et il avait hâte de sentir de nouveau le goût de ses lèvres sur les siennes, songea-t-il tout en serrant la main sur le volant. S'il ne prenait pas garde, il risquait de la promener sur le siège de Megan, de faire remonter le tissu de sa robe pour lui caresser la cuisse… Lui qui savait d'ordinaire si bien garder ses distances avec les femmes ! Pourquoi perdait-il tous ses moyens dès qu'il s'agissait de celle-ci ?

Profitant d'un tournant sur le chemin, il l'observa à la dérobée. A sa manière de se mordiller la lèvre, il devina qu'elle se sentait nerveuse. Il fallait qu'il entame la conversation, sur n'importe quel sujet. Qu'il la fasse parler pour qu'elle se détende.

Le plus simple était de l'interroger sur son travail.

— Vous croyez que l'hôpital parviendra à se passer de vous pendant un mois entier ?

Elle se tourna vers lui en souriant.

— C'est drôle, Ramsey m'a posé la même question. Mais vous savez bien que personne n'est irremplaçable.

— Et tous ces médecins qui se languissent d'amour pour vous ?

Elle lui lança un regard accusateur.

— Apparemment, vous ne m'avez pas crue quand je vous ai dit que je n'acceptais pas beaucoup de rendez-vous. Je ne devrais peut-être pas vous dire cela mais, à l'hôpital, ils me surnomment « la reine de glace » quand je ne suis pas là.

— C'est vrai ? demanda-t-il, incrédule.

— Oui.

— Et cela ne vous ennuie pas ?

— Pas vraiment. Je fais en sorte de leur faire comprendre qu'ils n'ont aucune chance avec moi. Tant mieux si le message passe.

— Eh bien ! Oui, je crois que c'est clair, en effet.

— Je suis ravie qu'ils se soient décidés à garder leurs distances. Je n'ai aucune intention d'avoir une liaison prochainement.

Ce message lui était-il destiné ? Il le saurait bien assez tôt.

— Qu'est-ce qui vous a décidée à devenir anesthésiste ?

En la voyant s'installer confortablement dans son siège, il ne put retenir un sourire de satisfaction. Enfin, elle se détendait un peu.

— Le jour où je me suis fait opérer des amygdales, un médecin est venu me voir pour m'expliquer que c'était lui qui allait m'endormir avant l'intervention. Il m'a parlé de tous les rêves merveilleux que j'allais faire.

— Et alors ?

— Alors quoi ? s'étonna-t-elle.

— Vous avez fait des rêves merveilleux ?

— Oui, si vous considérez que c'est merveilleux de rêver d'un séjour à Disneyland promis par vos parents.

Il rit tout en se réjouissant intérieurement de l'avoir auprès de lui. Il aimait tant sa compagnie. Sa voix, sa présence lui faisaient un bien fou.

— Est-ce qu'ils ont tenu leur promesse ?

— Oui ! répondit-elle avec l'enthousiasme de la

petite fille qu'elle avait été. C'était magique. Ce voyage en famille a été le premier d'une longue série. Une fois, nous avons même…

Il continua à l'écouter tout en se concentrant sur le chemin cahoteux sur lequel ils roulaient. Il aimait l'entendre parler d'elle, et surtout il remarqua qu'elle revenait sans cesse à sa famille. Ainsi qu'elle le lui avait dit, il était évident que c'était ce qui comptait le plus pour elle. Son amour pour ses parents, son oncle et sa tante, et pour tous les Westmoreland qui l'entouraient depuis leur mort à tous les quatre était poignant. Et pourtant, elle espérait encore voir sa famille s'agrandir…

Rico retint un soupir. Son expérience était si différente de la sienne, lui dont la mère était fille unique et dont le père n'avait eu aucune famille. C'était du moins ce qu'avait toujours dit Jeff Claiborne, mais ce n'était peut-être qu'un mensonge de plus.

Quand elle se tut brusquement, il suivit son regard à travers le pare-brise, vers le ciel.

— Que se passe-t-il ? demanda-t-il en freinant.

— Je viens de voir une étoile filante.

— C'est vrai ?

— Oui, affirma-t-elle en hochant énergiquement la tête.

— Vite, faites un vœu.

Elle ferma les yeux et laissa passer quelques instants avant de les rouvrir. Puis elle se tourna vers lui avec un grand sourire.

— C'est fait.

— Parfait.

Sur ces mots, il se remit à rouler.

— Merci de me l'avoir rappelé. La plupart des

hommes auraient trouvé cela idiot, l'idée ne leur serait même pas venue à l'esprit.

Il esquissa un sourire taquin.

— Mais je ne suis pas comme la plupart des hommes.

— Je commence à m'en rendre compte, monsieur Claiborne.

Il se garda de lui dire qu'elle était encore loin de savoir qui il était réellement, et jusqu'où il était prêt à l'emmener. Ce serait à elle de décider quand elle voudrait le découvrir.

- 8 -

— Je crois que cet endroit est idéal, dit Rico en s'arrêtant sur le chemin.

Megan regarda autour d'elle. Elle ignorait pour quelle raison il considérait cet endroit comme idéal, mais se retint de lui poser la question. Lentement, il détacha sa ceinture de sécurité et recula son siège pour étendre ses longues jambes. Elle l'imita, même s'il avait bien plus besoin de place qu'elle étant donné sa grande taille et sa carrure d'athlète.

Les yeux fixés droit devant elle, elle sentit tout à coup la chaleur de son regard posé sur elle. Instinctivement, elle baissa alors la vitre et respira le parfum des coquelicots et des citrouilles sauvages. Mais il y avait un autre parfum qui flottait autour d'elle, encore plus envoûtant que celui de la nature. C'était un parfum viril, infiniment érotique.

— Penchez-vous par la fenêtre et regardez par là-bas.

Elle suivit son geste et resta muette d'émerveillement. Ainsi qu'il le lui avait décrit, le canyon qui s'étendait en contrebas semblait s'être allumé, et des chevaux sauvages galopaient le long de ses rives. De là où ils se trouvaient, elle apercevait même une partie du lac.

— Alors, Megan, qu'en pensez-vous ?

Elle se tourna vers lui.

— C'est splendide. Et tellement paisible.

C'était aussi le lieu le plus isolé qu'on puisse imaginer, songea-t-elle, non sans trouble. Ils semblaient seuls au monde.

— Vous n'avez pas mis beaucoup de temps pour vous changer avant de partir, observa-t-il après un silence.

— C'est une habitude que l'on prend quand on vit avec des frères qui sont toujours pressés. Zane nous conduisait tous les jours à l'école, Gemma, Bailey et moi. Quand il n'était pas là, c'était à Derringer que revenait cette responsabilité. Nous n'avions pas intérêt à les faire attendre, gloussa-t-elle.

Curieusement, il paraissait captivé par ce qu'elle lui disait. Si bien qu'elle continua à lui parler de sa famille et de ses souvenirs d'enfance. Mais même s'ils riaient ensemble des anecdotes les plus drôles qui lui revenaient à la mémoire, elle savait qu'ils ne faisaient qu'occuper le temps. Elle sentait qu'il essayait de la mettre à l'aise, de l'aider à chasser toute nervosité quand elle se trouvait avec lui. Pourquoi tenait-il autant à ce qu'elle soit détendue ? Voilà ce qu'elle ne s'expliquait pas.

Du moins, elle n'en était pas sûre… Il lui avait quand même dit ce qu'il voulait faire en l'amenant ici, et cela ne l'avait pas empêchée d'accepter de le suivre. Après les deux baisers qu'ils avaient échangés, elle savait à quoi s'attendre. Sauf que, cette fois, il avait promis de lui laisser le contrôle de la situation.

— Vous avez chaud ?

Peut-être avait-elle baissé sa vitre avec une hâte quelque peu suspecte…

— Plus maintenant, il fait plus frais dehors que je ne le pensais, dit-elle en remontant sa vitre.

Prenant une profonde respiration, elle se pencha en avant pour continuer à contempler la vue. Mais rien n'y faisait. Elle ne parvenait pas à dissiper le désir qui s'était emparé d'elle. Rico, lui, restait silencieux ; toutefois elle sentait toujours son regard posé sur elle. Il n'avait presque rien dit depuis qu'ils avaient quitté la maison. Il l'avait écoutée.

— Megan ?

Le seul fait de l'entendre prononcer son nom la fit frissonner.

— Oui ? dit-elle, le cœur battant la chamade.

— Viens plus près de moi.

C'est alors qu'elle se rendit compte qu'elle avait la main crispée sur la poignée de la porte et qu'elle avait laissé un large espace entre eux, sur la banquette qui formait les sièges avant.

— Je pensais que vous… Que tu avais besoin de place.

— Non. C'est de toi dont j'ai besoin.

Ses mots, sa voix, son regard, tout en lui ne faisait qu'attiser la tension sexuelle qui s'était installée entre eux. Son timbre lui faisait l'effet d'une caresse délicieusement sensuelle.

Sans une parole, elle se glissa plus près de lui, occupant la place restée libre entre eux. Elle sentit alors son bras puissant entourer ses épaules.

— Encore plus près, la pria-t-il dans un murmure.

Elle leva les yeux vers lui.

— Pour venir plus près, il faudrait que je m'asseye sur tes genoux, lui fit-elle remarquer.

— C'était bien mon idée.

Il devait plaisanter. Elle n'allait tout de même pas faire cela !

Pourtant, en plongeant le regard dans le sien, elle comprit qu'il était très sérieux. Et la flamme qui brillait dans ses yeux bruns lui donna tout à coup l'envie folle de faire ce qu'il lui demandait.

— Megan, tu te rappelles la première fois que nous nous sommes embrassés ?

— Oui.

Jamais elle ne pourrait oublier ce qu'elle avait ressenti ce jour-là, pour la première fois de sa vie.

— Le soir suivant, je suis resté éveillé dans mon lit pendant des heures. Je n'arrivais pas à dormir, je ne faisais que revivre ce baiser.

Il arrivait donc aux hommes de faire ce genre de choses ? Certainement pas à tous les hommes, décida-t-elle en pensant à ceux qu'elle connaissait.

— C'est vrai ? dit-elle, incrédule.

— Oui. J'étais avide du goût de tes lèvres.

Cette fois, elle ne put réprimer le léger tremblement qui s'emparait d'elle.

— Tu es sérieux ?

Il tendit la main vers son visage et caressa la ligne de sa bouche.

— Oui. Et tu sais à quoi je pensais également ?

— Non, dis-le-moi.

— A la façon dont tu avais pressé ton corps contre le mien, à la chaleur que j'avais ressentie à travers nos vêtements. Et je n'ai pas pu m'empêcher de t'imaginer sans cette jolie robe que tu portais.

S'il disait ces mots pour lui faire abandonner toute résistance, c'était on ne peut plus réussi. Elle sentait toutes ses réticences l'abandonner, elle n'avait plus la moindre maîtrise de ses sens.

— Tu dis cela à toutes les femmes que tu cherches à séduire ? osa-t-elle lui demander.

Elle avait besoin de connaître la vérité. Il n'était pas question qu'elle se laisse manipuler par de beaux discours, aussi plaisants soient-ils.

— Non. Et d'une certaine manière, ajouta-t-il en prenant un air soucieux, c'est bien ce qui m'ennuie.

Elle avait tort de lui poser autant de questions. Mais elle ne pouvait pas faire autrement.

— Comment cela, c'est ce qui t'ennuie ?

Il hésita un moment avant de détourner les yeux pour regarder droit devant lui. Puis, lentement, il se tourna de nouveau vers elle.

— Je n'ai pas l'habitude de laisser les femmes entrer dans ma vie. Mais curieusement, je suis en train de faire une exception avec toi.

Cela n'avait pas l'air de lui faire plaisir, loin de là. Mais en fin de compte, n'aurait-elle pas pu dire la même chose à son sujet ? Elle l'avait déjà laissé l'embrasser deux fois, et elle avait répondu à ses baisers avec une passion qu'elle n'aurait jamais imaginée. Avant lui, elle n'avait jamais embrassé un homme deux fois. Et voilà qu'elle se trouvait assise tout contre lui, à 2 heures du matin, à l'endroit le plus romantique du Texas. Avait-elle perdu l'esprit ?

— Tu as des lèvres sublimes.

Les mots qu'il prononçait étaient si irrésistibles… Lui faisaient-ils cet effet parce que c'était la première fois qu'un homme lui parlait ainsi ?

— Merci, murmura-t-elle.

— Tu n'as pas à me remercier pour les compliments

que je te fais. Tout ce que je te dis, je le pense. Je ne te mentirai jamais, Megan.

Elle sentait tant de sincérité dans sa voix et dans son regard qu'elle ne put que le croire. Elle était prête à lui accorder toute sa confiance. Mais si elle ne lui disait pas merci, comment était-elle censée réagir à ses paroles ?

Troublée, elle leva les yeux vers lui. Et le regretta aussitôt. Le regard qu'ils échangèrent était si chargé de passion, de désir…

— Viens là, susurra-t-il.

Puis il la souleva et étendit les jambes sur la banquette avant de l'asseoir sur lui. Aussitôt, elle sentit contre ses fesses la pression de son érection sous la fermeture Eclair de son jean. Et lorsqu'il commença à la caresser entre les cuisses, elle ne put retenir un soupir de plaisir.

Alors, comme s'il répondait à son appel, il l'attira à lui pour prendre possession de ses lèvres. Le goût de sa langue dans sa bouche, ses caresses, le contact de son sexe durci contre ses fesses, tout ce qu'elle sentait contribuait à l'emporter dans un tourbillon de délices. Tremblante de plaisir, elle savourait les mouvements avides de sa langue.

Comment comprendre l'intensité de ce qu'il y avait entre eux ? Les relations avec les hommes l'avaient toujours si peu intéressée… Et voilà qu'elle se laissait entraîner dans une étreinte plus passionnée que tout ce qu'elle aurait pu imaginer.

Quand, après un long moment, il détacha les lèvres des siennes, elle vit dans son regard la lueur qu'elle avait remarquée dès leur première rencontre. Une lueur emplie de promesses. Lentement, il déboutonna sa robe, découvrant son soutien-gorge. Il continua son geste en la dévorant des yeux, jusqu'au moment où il put dégrafer son sous-vêtement pour mettre sa poitrine à nu. Alors elle sentit la pointe de ses seins se tendre sous l'effet de ses caresses. Instinctivement, elle se cambra et soupira d'excitation.

C'est alors que, dans un gémissement rauque, il l'attira de nouveau à lui pour poser les lèvres sur l'un de ses mamelons et y passer la langue avec une habileté qui la fit chanceler. C'était une sensation plus exquise que tout ce qu'elle avait connu auparavant. Sans plus maîtriser les mouvements de son corps, elle renversa la tête en arrière et ondula au rythme de son plaisir, pour mieux sentir son érection sous elle. C'était si bon de sentir sa langue sur ses seins, de savoir à quel point il avait envie d'elle…

Grisée, elle agrippa ses épaules, puis enfouit les doigts dans ses mèches brunes tandis qu'il continuait à lécher la pointe de ses seins.

C'est à cet instant qu'elle eut l'impression de quitter le monde réel. Glissant la main sous sa robe, il se mit à caresser ses cuisses nues. Ses doigts chauds lui faisaient tant de bien, elle qui n'avait jamais laissé un homme la caresser, même à travers ses vêtements… Cette fois, elle se sentait prête, avide même de le laisser lui donner du plaisir. Et de lui en donner en retour.

Il fit doucement remonter sa main le long de ses jambes. Les sensations que lui procuraient ses caresses l'encouragèrent à bouger au-dessus de lui. Finalement, obéissant à son excitation, elle ouvrit les cuisses pour l'inviter à aller plus loin. Alors, elle sentit ses doigts contre sa petite culotte et laissa échapper un long gémissement. Elle n'osait même plus penser au contrôle d'elle-même auquel elle tenait tellement, tant elle avait dépassé ses propres limites.

Comme elle avançait les hanches pour aller à la rencontre de sa main, il l'embrassa encore et glissa les doigts sous sa petite culotte pour la caresser aussi intimement que possible.

En sentant ses doigts contre son sexe, elle manqua perdre l'équilibre. Mais il la tenait fermement et il continua à l'embrasser tout en la caressant.

— J'aime te toucher, susurra-t-il tout contre ses lèvres. Tu es si douce, si brûlante…

Elle se retint de lui dire qu'elle aimait aussi qu'il la touche, que ses caresses la faisaient trembler de plaisir et qu'elle n'avait plus aucune envie de lui résister.

— Et tu sais ce qui est encore meilleur que te toucher de cette façon ? demanda-t-il en bougeant les doigts contre elle.

A vrai dire, elle l'ignorait, et elle osait à peine l'imaginer.

— Non, murmura-t-elle sans cesser d'explorer ses cheveux.

— Alors, laisse-moi te montrer.

D'un geste, il lui fit changer de position pour la déshabiller entièrement. Puis il hissa ses cuisses sur ses épaules, de chaque côté de son cou. Elle eut tout juste le temps de croiser son regard chargé de désir avant qu'il ne la fasse crier de plaisir.

— Oh ! Rico ! gémit-elle en sentant sa bouche entre ses jambes.

Les mains fermées sur ses hanches, il se mit à lui lécher le sexe avec une telle ardeur qu'elle eut la sensation qu'il y prenait autant de plaisir qu'elle. C'était si bon, si incroyablement bon… Elle ne cherchait plus à retenir les gémissements qui s'échappaient de ses lèvres, elle savait qu'elle ne pouvait plus se contrôler. Comment aurait-elle pu imaginer qu'un tel plaisir était possible ? Elle se sentait si proche de l'extase, chaque seconde qui passait la menait vers un monde inconnu de plaisirs sublimes…

— Rico, murmura-t-elle dans un souffle. Je… Il faut que je…

Elle n'acheva pas sa phrase. Pour une raison simple : elle n'avait pas la moindre idée de ce qu'il lui fallait faire. Elle n'avait jamais vécu de telles choses avec un homme, Rico était le premier à lui faire vivre un tel moment d'intimité. Exactement comme Callum avait été le premier pour Gemma. Sa sœur avait eu raison en lui disant que cela valait largement la peine d'avoir attendu, mais, si ce n'était que le début, elle doutait de pouvoir survivre à la suite.

Ce qui se passa ensuite, elle n'aurait su le décrire. Mais ce qu'il fit avec sa langue et la manière dont il plaqua la bouche contre son sexe lui arrachèrent un cri de jouissance qui la surprit elle-même.

Il ne s'interrompit pas pour autant. Gardant la bouche contre elle, il continua ce qu'il avait si bien commencé, comme s'il ne devait plus jamais la laisser s'en aller. Comme s'il voulait que ce moment dure éternellement.

Mieux valait chasser cette pensée de son esprit, décida-t-elle aussitôt dans un éclair de lucidité. Elle prit alors une profonde inspiration, et, déjà, un autre cri aigu s'échappait de sa gorge. Le corps tremblant, elle se laissa emporter par un second orgasme.

Ce ne fut que lorsqu'elle commença à reprendre son souffle qu'il se redressa lentement pour l'allonger sur la banquette. Elle se sentait vidée de ses forces. Il se plaça lentement au-dessus d'elle, puis l'embrassa tendrement, lui offrant le contact doux et intime dont elle avait tant besoin à cet instant.

Ils demeurèrent ainsi plusieurs secondes, jusqu'au moment où il l'enlaça.

— Ce n'est qu'un début, tu sais, lui murmura-t-il à l'oreille. Ce n'est qu'un début.

- 9 -

Le lendemain matin, Megan et Rico quittèrent le ranch de Golden Glade après le petit déjeuner pour se rendre à Forbes. Après une demi-heure de route, Rico comprit, en voyant la couche de nuages gris qui apparaissait au-dessus d'eux, qu'il pleuvrait avant qu'ils n'atteignent leur destination.

Il se tourna brièvement vers Megan. Elle dormait profondément depuis qu'ils roulaient sur l'autoroute, ce qui était pour le mieux. Elle n'avait pas dû trouver un sommeil très réparateur la nuit dernière.

Sur le chemin du retour, au petit matin, elle était restée silencieuse et, dès qu'ils étaient arrivés au ranch, elle lui avait rapidement dit bonsoir avant d'aller s'enfermer dans sa chambre. Et ce matin, à la table du petit déjeuner, elle s'était montrée très discrète. Il l'avait surprise plusieurs fois les paupières à demi closes, lourdes de fatigue. Par chance, Clint et Alyssa, s'ils s'étaient étonnés de son état de somnolence, s'étaient bien gardés de faire le moindre commentaire.

Rico se rappelait chaque instant de la nuit dernière, et, à vrai dire, il n'avait pensé à rien d'autre depuis qu'il était rentré au ranch avec Megan. Elle avait montré tellement de passion… Et le simple fait de songer qu'il avait été le premier à libérer toute cette passion ne faisait que le rendre encore plus fou de désir.

Ramsey l'avait mis en garde contre le caractère affirmé de sa sœur. Soit. Aussi déterminée soit-elle, elle ne parviendrait pas à résister à un plan de séduction habilement mené, se dit-il. Elle le lui avait déjà montré. Et il ne pouvait que se réjouir de lui avoir prouvé qu'il n'y avait rien de mal à jouir de l'attirance qu'ils éprouvaient l'un pour l'autre.

Bien sûr, il ne pouvait que respecter et admirer sa volonté de rester elle-même, de ne pas vouloir imiter la majorité des gens pour leur plaire. Il reconnaissait dans son attitude celle de ses deux sœurs, dont la dignité et la force de caractère l'impressionnaient chaque jour un peu plus. Il n'oubliait pas le courage avec lequel Savannah s'était préparée à vivre seule sa grossesse, au cas où Durango aurait refusé de reconnaître leur enfant. Il la connaissait suffisamment pour savoir qu'elle n'avait en aucun cas songé au mariage, le jour où elle s'était rendue dans le Montana pour lui annoncer qu'il allait être père. Jeff Claiborne lui avait donné une image beaucoup trop repoussante du mariage pour qu'elle l'ait envisagé pour elle-même. Et Rico aurait pu en dire autant.

Pourtant, Savannah avait épousé Durango et était aussi heureuse avec lui que Jess l'était avec Chase. Rico se sentait apaisé de les savoir épanouies, et cela lui avait permis de consacrer plus de temps à ses propres activités. A son travail notamment. Mais aussi à Megan, depuis quelques jours, se dit-il en la regardant de nouveau.

Cela faisait des années qu'il n'avait pas réellement accordé d'attention à une femme. Du reste, il ne lui avait pas menti la veille. Ce qui s'était déjà passé entre eux n'était qu'un début. Comme elle ne lui avait pas répondu, il avait été tenté ce matin de lui proposer de parler de ce qui s'était passé la nuit dernière ; seulement, elle s'était endormie avant qu'il ait eu le temps de lui poser la moindre question.

Sans doute était-ce mieux ainsi. Avant d'avoir une conversation avec elle, il était nécessaire que tout soit clair pour lui. Si seulement il avait pu s'expliquer pourquoi elle lui inspirait des émotions aussi intenses… Il devait encore y réfléchir.

Il allait la laisser dormir autant qu'elle en aurait besoin et, lorsqu'elle se réveillerait, il aurait une discussion avec elle.

Megan fut réveillée par le bruit du tonnerre et de la pluie qui battait les vitres de la voiture. En ouvrant les paupières, elle fixa d'abord le pare-brise ruisselant, puis elle tourna les yeux vers Rico. Concentré sur la route, il semblait essayer de se frayer un chemin à travers l'orage.

Ce n'était pas le moment de le distraire, décida-t-elle, évitant d'attirer son attention. Mais elle pouvait le contempler à la dérobée. Comment aurait-elle pu résister ? En observant ses mains masculines serrées sur le volant, elle se remémora les caresses sublimes qu'elles lui avaient prodiguées la veille. Aucun homme n'avait jamais osé la toucher comme Rico l'avait fait, mais, pour lui, cela avait semblé la chose la plus naturelle du monde.

Elle avait envie de changer de position, mais elle y renonça. Il ne devait pas savoir qu'elle était réveillée.

Elle avait besoin de temps pour réfléchir, pour recouvrer ses esprits. Elle était encore quelque peu bouleversée par ce qui lui était arrivé la nuit dernière. Si, d'après Ramsey, il était nécessaire à tout le monde de se laisser aller de temps en temps, on pouvait dire qu'elle avait suivi son conseil.

Du reste, elle ne regrettait rien. Elle aurait voulu avoir des remords, mais elle n'y arrivait pas. Elle n'avait pas de mots pour décrire l'expérience qu'elle avait vécue. Rico lui avait donné tant de plaisir…

Et dire qu'il lui avait dit que ce n'était qu'un début !

Elle ne s'était sentie qu'à moitié consciente au moment où il lui avait susurré cette promesse à l'oreille, mais elle était certaine d'avoir bien entendu. Elle avait encore tellement de mal à croire qu'elle lui avait permis de la caresser, de l'embrasser comme il l'avait fait.

Bien sûr, il lui avait promis de lui confier le contrôle des événements. Mais elle avait perdu tout contrôle à partir du moment où il avait posé les lèvres sur les siennes. Elle avait cessé de réfléchir, accueillant tout ce qu'il avait à lui offrir sans plus se poser la moindre question, et avec une passion qui l'avait surprise elle-même.

— Tu es réveillée.

Détachant le regard de ses mains, elle leva les yeux vers son visage. Il s'était rasé, mais elle se rappelait parfaitement la sensation de sa barbe courte contre la peau de ses cuisses. Si seulement elle avait pu oublier, elle n'aurait pas été si nerveuse à cet instant.

— Oui, je suis réveillée, dit-elle en se redressant sur son siège.

Avant qu'elle ne comprenne ce qu'il était en train de faire, il quitta la route, s'arrêta sur le côté et détacha sa ceinture de sécurité. Puis il se pencha au-dessus d'elle et l'embrassa, la privant d'un coup de sa respiration. Elle aurait dû se mettre en colère, mais comment l'aurait-elle pu alors qu'elle fondait de plaisir ? Ce baiser lui rappelait avec quelle facilité elle pouvait succomber à la passion et au désir qu'il éveillait en elle, ainsi qu'elle l'avait fait la veille.

— Bonjour, Megan, murmura-t-il en effleurant sa bouche de la sienne.

— Bonjour, Rico.

Si c'était sa manière de la réveiller d'une sieste, elle allait être tentée de répéter l'expérience aussi souvent que possible.

— Tu as bien dormi ?

— Très bien.

— Tant mieux. Tu sais que cela fait plus d'une heure ?

Elle le regarda avec stupeur.

— C'est vrai ?

— Oui. Je me suis arrêté pour prendre de l'essence, et tu n'as même pas ouvert les yeux.

— J'étais fatiguée, reconnut-elle en s'étirant légèrement.

— Je te comprends.

Elle regarda droit devant elle tandis qu'il reprenait la route. Se passant la langue sur les lèvres, elle savoura le goût de sa bouche resté sur la sienne. Aussitôt, un frisson d'émotion la traversa.

— Tu as envie d'en parler ?

— De quoi ? lui demanda-t-elle, soudain en proie à l'angoisse.

— D'hier soir.

Etait-ce ce que faisaient un homme et une femme après avoir partagé un moment de plaisir ?

— C'est la coutume ? l'interrogea-t-elle.

— De quelle coutume parles-tu ?

— Cette discussion du lendemain au cours de laquelle on dit que l'on regrette, que rien de tout cela n'aurait dû arriver et où l'on se promet que cela ne se reproduira pas.

Elle devina un sourire espiègle sur son visage.

— Ce n'est pas exactement ce à quoi je pensais, non. Je t'ai bien dit que ce qui s'était passé n'était qu'un début.

— Aurai-je mon mot à dire ?

— Oui. Tu n'as qu'à dire que tu ne veux pas que je te touche et je ne te toucherai pas. Jamais je ne pourrais forcer la main à une femme, Megan.

Elle le croyait sur parole. A vrai dire, elle imaginait volontiers des femmes essayant de lui « forcer la main ». Si seulement tout était aussi simple qu'il avait l'air de le penser, se dit-elle en se mordillant nerveusement la lèvre. Elle aurait voulu être capable de lui dire de ne pas la toucher… Seulement, elle ne rêvait que d'une chose : sentir de nouveau ses mains sur elle.

— Et si je ne te dis rien ? le défia-t-elle.

— Alors l'issue sera inévitable, répondit-il avec un calme déconcertant.

Elle savait à quoi il pensait. Il l'avait prévenue depuis longtemps déjà.

— Bien, parlons-en, convint-elle finalement.

Quand il s'arrêta de nouveau sur le bord de la route, elle se demanda s'ils arriveraient un jour à Forbes. Une fois de plus, il détacha sa ceinture de sécurité pour se tourner vers elle.

— C'est ainsi, Megan, je suis attiré par toi. Je n'en ai jamais fait un mystère. Mon attirance pour toi est d'une intensité que je suis incapable d'expliquer. Non pas que cela me dérange, mais c'est une situation troublante, étant donné que c'est la première fois que je ressens quelque chose d'aussi fort.

Elle aurait pu en dire tout autant à son sujet.

— Ceci devrait être un voyage professionnel destiné à trouver des réponses sur l'histoire de ta famille. Maintenant que tu es là, c'est beaucoup plus que cela.

— C'est-à-dire ?

— C'est aussi à propos de nous qu'il va falloir trouver des réponses. Le fait de t'avoir constamment auprès de moi m'aidera peut-être à comprendre pourquoi tu me fais cet effet-là.

Megan sentit son cœur cogner contre sa poitrine. Il voulait donc découvrir pourquoi ils étaient à ce point attirés l'un par l'autre ? Mais la raison lui paraissait assez simple : elle était une femme, il était un homme. Un homme extrêmement séduisant, de surcroît. Elle devait reconnaître qu'il y avait tout de même un mystère : elle avait connu beaucoup d'hommes séduisants, pourtant aucun n'avait jamais éveillé de désir en elle avant lui.

— Je ne veux pas te bousculer. Quand nous arriverons à Forbes, tu auras ta propre chambre d'hôtel.

Il laissa passer un silence.

— Comme je te l'ai dit, Megan, je n'ai pas l'intention de donner à notre relation un sens que tu ne voudrais pas lui donner. Mais tu dois savoir que j'ai très envie de te séduire, et que je ferai tout pour te convaincre d'aller plus loin. Si je suis sûr d'une chose, c'est que je ne suis pas comme ces hommes qui ont été obligés de renoncer à toi après un seul rendez-vous.

S'il savait à quel point il était différent d'eux, en effet… Et à quel point elle était déjà séduite !

Détachant les yeux des siens, elle regarda par la portière S'il avait besoin de comprendre les raisons de leur attirance mutuelle, sans doute était-ce le cas pour elle aussi. Elle ne s'expliquait toujours pas pourquoi il lui faisait perdre tout contrôle, et encore moins pourquoi elle mourait d'envie d'aller plus loin avec lui, alors qu'elle s'était toujours crue si loin de ce genre de désir.

— Si tu crois que je vais formuler le moindre regret sur ce qui s'est passé cette nuit, Rico, tu te trompes.

— Ah oui ?

— Oui.

Elle n'allait certainement pas lui confier qu'il lui avait ouvert les yeux sur plusieurs choses. Et si elle était loin de regretter ce merveilleux moment d'intimité passé avec lui, elle ne regrettait pas non plus d'avoir attendu si longtemps pour découvrir le plaisir. Elle ignorait pourquoi il était important que Rico ait été le premier à la mener à la jouissance, mais elle sentait que cela avait un sens. Restait à trouver lequel. Elle avait besoin de savoir pourquoi c'était lui qui avait mis au jour une partie d'elle-même dont elle n'avait jamais soupçonné l'existence auparavant.

— Alors nous sommes d'accord ?

— Pour l'instant, oui.

— Comment cela, pour l'instant ? s'étonna-t-il tout en redémarrant.

La pluie avait cessé de tomber et un rayon de soleil perçait à travers les nuages.

— J'ai encore beaucoup de choses à apprendre sur toi.

— Bien, pose-moi toutes les questions que tu veux.

— N'importe lesquelles ?

— Oui, du moment qu'elles ne sont pas trop intimes ou qu'elles ne relèvent pas du secret, ironisa-t-il.

— D'accord.

Elle réfléchit à la meilleure manière de poser sa première question, et opta finalement pour la formule la plus simple possible.

— As-tu déjà été amoureux ?

Il laissa échapper un rire grave.

— Non. Du moins, pas depuis Mme Tolbert.

— Mme Tolbert ?

— Oui, mon institutrice quand j'avais huit ans.

— Tu te moques de moi.

— Qu'est-ce que tu ne crois pas ? rétorqua-t-il en riant. Que j'étais amoureux de Mme Tolbert ou qu'elle était mon institutrice ?

— Ni l'un ni l'autre. Tu veux me faire croire que, en dehors de Mme Tolbert, aucune femme ne t'a jamais intéressé ?

— Ce n'est pas ce que j'ai dit. Je suis un homme, les femmes m'intéressent. Tu m'as demandé si j'avais déjà été amoureux, je te réponds. Pourquoi remets-tu ma réponse en question ?

— Je ne sais pas. Alors tu es comme Zane et Riley.

— De quel point de vue ?

— Zane et Riley adorent les femmes. Ils se vantent tous les deux de ne jamais avoir été amoureux, et assurent que cela ne leur arrivera jamais.

— Dans ce cas, non, je ne suis pas comme Zane et Riley. Je te l'ai dit, je suis intéressé par les femmes. Il m'arrive d'avoir besoin d'être avec elles, je crois que c'est on ne peut plus naturel. Mais je n'ai pas peur de tomber amoureux, c'est une éventualité que je ne rejette pas du tout. Seulement, je n'ai pas connu de relation sérieuse depuis l'université.

Elle résista à l'envie de lui parler du coup de téléphone qu'il avait reçu et qui l'avait mis tellement en colère. Apparemment, il y avait bien une femme qui tenait à lui, même si ce n'était pas réciproque.

— Tu as donc déjà eu une relation sérieuse ?

— Oui.

— Mais tu n'étais pas amoureux ?

Elle avait de plus en plus de mal à suivre sa logique.

— Non.

— Alors pourquoi fréquentais-tu cette femme ?

Une minute s'écoula, si bien qu'elle crut qu'il n'allait pas lui répondre.

— Mes grands-parents maternels, qui appartiennent à un milieu social élevé, tenaient à ce que leur petit-fils épouse une femme du même milieu qu'eux. Ils m'ont présenté Roselyn. Nous nous sommes vus régulièrement pendant ma première année d'études supérieures. Je l'aimais bien, mais cela s'est arrêté le jour où j'ai découvert son vrai visage.

— Que s'est-il passé ?

— Je me suis peu à peu rendu compte du mépris qu'elle avait pour les gens modestes, et c'est devenu intolérable quand ma sœur Jessica est entrée dans ma vie. Pour Roselyn, il était évident que j'allais la rejeter, qu'elle n'était pas des nôtres. Elle parlait de ma sœur ! Plus rien n'était possible entre nous. J'ai rompu.

— Tes grands-parents n'ont pas trop mal réagi ?

— Ils étaient déçus, mais ils ont compris. Ils

n'avaient pas l'intention de commettre deux fois la même erreur. C'était ce motif qui les avait poussés à essayer de dissuader ma mère d'épouser mon père, ce qui avait causé un froid entre eux pendant près de deux ans. Ils ne voulaient pas risquer de me perdre pour la même sottise.

— Tu es proche de tes grands-parents ?

— Oui, très.

— Et ton père ? J'ai cru comprendre que vous n'étiez plus en très bons termes.

Elle vit les traits de son visage se crisper instantanément.

— Non, c'est certain. Ce qu'il a fait est impardonnable. Jessica, Savannah et moi ne l'avons pas vu depuis dix-huit ans.

— C'est triste.

— Oui.

Elle aurait voulu lui demander qui, de son père ou lui, avait décidé de rompre les liens, mais elle comprit qu'il n'avait aucune envie d'en parler. De toute évidence, cette blessure n'était pas encore refermée.

- 10 -

— Tiens, voici la clé de ta chambre, fit Rico. La mienne est juste à côté, si tu as besoin de quoi que ce soit. Il y a une porte qui y mène directement, tu peux frapper à n'importe quelle heure du jour et de la nuit.

— Merci, répondit Megan en souriant de son sous-entendu bien explicite. Je m'en souviendrai.

Elle jeta un œil autour d'elle. Forbes ne ressemblait pas à ce qu'elle avait imaginé. C'était une ville charmante, fondée au début du XIXe siècle par des migrants mexicains dont les descendants peuplaient encore la ville en grande partie. C'était d'ailleurs dans un délicieux restaurant mexicain que Rico l'avait invitée à déjeuner en arrivant. L'atmosphère chaleureuse de l'établissement lui avait donné envie de citer le nom de Raphel dans l'espoir qu'il serait familier à l'un des employés ou des clients. Mais elle avait promis à Rico qu'elle le laisserait mener son enquête, et elle voulait tenir parole. Si bien qu'elle s'était tue.

— Je te laisse te reposer, j'ai quelques coups de téléphone à passer. Je voudrais contacter la famille de Fanny Banks pour savoir si nous pouvons bientôt lui rendre visite.

— Ce serait formidable.

Ils montèrent ensemble dans l'ascenseur. L'intérieur de

l'hôtel était on ne peut plus moderne, ce qui surprenait lorsqu'on le comparait à la façade ancienne. Mais la réceptionniste leur avait expliqué que cette rénovation était due à l'incendie qui avait détruit la décoration d'origine, dix ans plus tôt. Cela avait dû être un véritable drame, songea Megan, mais elle devait admettre que l'établissement avait été refait avec le meilleur goût.

Seule avec Rico dans l'ascenseur, elle ne tarda pas à croiser son regard brûlant.

— Viens un peu par ici, lui enjoignit-il.

La profondeur de sa voix la fit frissonner.

— Pourquoi ?

— Viens, et tu le sauras.

Nonchalamment appuyé contre la cloison, il avait une allure plus sensuelle que jamais.

— Viens, Megan, insista-t-il avec un sourire enjôleur. Je te promets de ne pas te mordre.

Ce n'était pas vraiment ce qu'elle craignait, et il le savait parfaitement. Cependant, elle était prête à entrer dans son jeu de séduction.

— Et si c'était plutôt toi qui venais par ici ? le défia-t-elle.

— D'accord.

Quand il avança vers elle, elle recula jusqu'à ce qu'elle sente la paroi de l'ascenseur contre son dos.

— Je plaisantais.

— Pas moi, répliqua-t-il sur un ton suave.

Il plaqua les mains de chaque côté de son corps, formant autour d'elle une prison de rêve. Puis il mit son visage tout près du sien.

— Non…, murmura-t-elle d'une voix tremblante. Si quelqu'un montait… Nous sommes presque arrivés à notre étage.

D'un geste, il poussa le bouton qui bloquait l'ascenseur.

— Aucun risque.

Puis, sans même lui laisser le temps de respirer, il prit possession de sa bouche et l'embrassa passionnément. Aussitôt emportée dans un tourbillon de sensations exquises, elle vint à la rencontre de sa langue et gémit de plaisir quand il pressa contre elle son sexe durci par l'excitation.

Elle n'aurait su dire combien de temps dura leur baiser, mais il s'écarta d'elle brusquement, de manière aussi soudaine qu'il était venu.

— Pourquoi tu as fait ça ? l'interrogea-t-elle, interloquée.

— Parce que j'ai envie de toi, c'est tout.

Il lui parut si imposant à cet instant qu'elle eut l'impression qu'il emplissait tout l'ascenseur. A sa manière de la regarder, elle crut qu'il était prêt à la déshabiller et à lui faire l'amour, ici et maintenant. Il était si beau, si charismatique, si sexy… Elle n'était même pas certaine qu'elle lui aurait résisté s'il avait essayé, tant la flamme qui envahissait son corps était ardente.

— J'ai envie de toi, Megan, je suis prêt à te le dire autant de fois qu'il le faudra. Chaque fois que j'en aurai l'occasion, je n'hésiterai pas à te le rappeler.

— Pourquoi ?

Cherchait-il à faire une démonstration de force ? Il avait forcément compris que son expérience avec les hommes était pour le moins limitée. Elle n'avait pas cherché à le lui cacher, bien au contraire. Alors qu'essayait-il de lui prouver ? Si c'était sa façon à lui d'essayer de comprendre le lien qui les unissait l'un à l'autre, il fallait au plus vite qu'elle trouve sa propre manière de faire. Sinon, elle allait bientôt se laisser dépasser par les événements.

Tandis qu'il faisait repartir l'ascenseur, elle se demanda si son fameux contrôle d'elle-même ne l'avait pas abandonnée pour de bon.

Après avoir laissé Megan dans sa chambre, Rico rejoignit la sienne et posa ses clés sur la commode. C'était la première fois de sa vie qu'il osait mêler le plaisir au travail, mais il savait qu'il n'aurait pas pu faire autrement. Cela n'avait aucun sens, il en était conscient, mais il lui était tout simplement impossible de résister à ce qu'il éprouvait pour Megan.

Il était sur le point d'ôter sa veste lorsque son téléphone portable sonna. En reconnaissant le numéro qui s'affichait sur l'écran, il ne put retenir un soupir d'exaspération. C'était celui de Jeff Claiborne. N'avait-il pas été assez clair en lui disant qu'il ne devait plus le rappeler ?

Il fut tenté de laisser sa messagerie répondre à sa place, mais une impulsion le poussa à décrocher.

— Tu n'as pas compris ce que je t'ai dit la dernière fois ? lança-t-il d'une voix furieuse.

— Ricardo, j'ai besoin de ton aide.

— Mon aide ? rétorqua-t-il, la mâchoire serrée de colère. C'est bien la dernière chose que tu obtiendras.

— Mais si tu refuses, je risque de mourir. Ils ont menacé de me tuer.

La voix de son père était désespérée.

— De qui parles-tu ?

— C'est un homme envers qui j'ai une dette de jeu. Morris Cotton.

Rico lança un juron. Quelques années auparavant, son grand-père lui avait bien dit que Jeff Claiborne était impliqué dans des affaires douteuses.

— Bon, tu as l'air d'avoir un sérieux problème. Mais je me demande bien pourquoi je me sentirais concerné. Et pitié, épargne-moi le refrain sur les relations entre père et fils. Je n'ai plus de père.

Un silence passa.

— Dans ce cas, dis-toi juste que je suis un être humain qui a besoin d'aide.

Il soupira rageusement.

— Tu dis que tu as des ennuis ? Que ta vie est en danger ?

— Oui.

— Eh bien, va voir la police.

— Tu ne comprends donc pas ? Je ne peux pas aller voir la police. Ils me tueront si…

— Si quoi ?

— Si je ne leur apporte pas cent mille dollars.

Rico se sentit bouillir de colère.

— Et tu t'es cru permis d'appeler la fille et le fils à qui tu n'avais pas parlé depuis dix-huit ans pour qu'ils te sortent d'affaire ? Je crois que tu t'es bercé d'illusions. Nous n'avons plus aucun lien avec toi.

— Tu ne peux pas dire que je n'ai pas été un bon père !

— Ah non, vraiment ? Tu t'es comporté comme un imposteur en menant deux vies parallèles, une pauvre femme s'est suicidée à cause de toi, cela ne te suffit pas ?

— Je ne l'ai pas forcée à prendre ces cachets.

Même après tout ce temps, son père était incapable de formuler des excuses ou même d'assumer ses responsabilités. C'était à peine croyable.

— Ecoute-moi bien. Tu ne recevras pas un centime de notre part. Nous ne te devons rien. Si tu as besoin d'argent, tu n'as qu'à travailler pour en gagner.

— Tu crois vraiment que je pourrais gagner une telle somme en travaillant ?

— Tu étais un bon commercial, je suis sûr que tu trouveras une idée.

— Je vais appeler ta mère. J'ai entendu dire qu'elle s'était remariée à un homme riche. Peut-être qu'elle…

— Je te déconseille de faire ça, l'interrompit-il sur un ton glacial. Elle n'est plus celle dont tu as pu te moquer si allègrement.

— Elle était ma seule épouse.

— Mais que fais-tu de tous les mensonges que tu leur as racontés, à elle et à la mère de Jessica ? Tu ne te rends pas compte du mal que tu leur as fait ?

— Je les aimais toutes les deux, dit-il après une pause.

Son attitude était incompréhensible. Comment pouvait-il rester indifférent au suicide d'une femme qu'il prétendait avoir aimée ?

— Non, tu as profité d'elles. Elles ont tellement souffert à cause de toi.

Il y eut un nouveau silence.

— Ricardo, réfléchis quand même à ce que je t'ai demandé.

— Je n'ai pas besoin d'y réfléchir. Ne m'appelle plus.

Sur ces mots, il raccrocha et soupira longuement. Puis, presque aussitôt, il téléphona à l'un de ses amis, un agent réputé de la police de New York.

— Stuart Dunn, annonça celui-ci en décrochant.

— Salut, Stuart, c'est Rico. J'aurais besoin que tu fasses une petite recherche pour moi.

Un moment plus tard, après avoir achevé sa conversation et pris une douche salvatrice, Rico enfila un pantalon de toile et une chemise qu'il avait achetée lors de son premier passage à Forbes. Son expérience lui avait appris que la meilleure façon d'obtenir des informations de la part des commerçants était de leur acheter des articles. Hélas, la plupart des gens avec qui il avait engagé la conversation jusqu'à maintenant étaient trop jeunes pour se souvenir de Clarice. Il était bien passé au siège du quotidien local, le *Forbes Daily Times*, pour faire quelques recherches, mais on lui avait dit qu'il devait obtenir une autorisation de la part du propriétaire du journal pour accéder aux archives de l'année qui l'intéressait.

Cette règle l'avait surpris, mais il n'avait eu d'autre choix que de s'y plier, d'autant que les numéros les plus anciens n'avaient pas encore été numérisés et qu'il ne pouvait rien faire sans y avoir accès physiquement. Et surtout, il avait été beaucoup trop impatient de rejoindre Megan chez Clint et Alyssa pour s'opposer à son interlocuteur.

Heureusement, elle était auprès de lui, maintenant. Dans la chambre voisine. Et il avait tout le loisir de penser à tout ce qu'il allait pouvoir faire avec elle. Etait-ce une mauvaise idée d'avoir une liaison avec elle ? Il connaissait si bien sa famille… Elle était devenue la cousine par alliance de ses deux sœurs ! Mais après tout, il l'avait prévenue à plusieurs reprises. Il pourrait la provoquer une dernière fois pour la pousser à s'enfuir, lui accorder une dernière chance de se dérober.

Néanmoins, si elle s'obstinait à rester, il ne la chasserait pas lui-même. Il ne lui avait pas fait croire qu'il resterait dans son coin, à l'admirer de loin. Il lui avait déjà fait franchir une première étape, et ne lui avait pas caché jusqu'où il voulait la mener. A présent qu'il avait goûté sa peau et découvert le bonheur de lui donner du plaisir, il ne s'arrêterait que si elle le lui demandait. Pour sa part, il avait le sentiment que son désir pour elle ne cesserait jamais de s'accroître.

Il frissonna tout à coup. Il lui semblait avoir senti son parfum. Et ce ne fut qu'une poignée de secondes plus tard qu'il l'entendit frapper à sa porte. Avait-il un sixième sens pour deviner la présence de Megan Westmoreland ?

Il traversa la pièce pour aller lui ouvrir. Quand il la découvrit sur le seuil, vêtue d'un simple jean et d'un pull qui soulignaient chaque courbe de son corps, il eut le souffle coupé. Elle était éblouissante.

— Je suis prête à aller fureter, annonça-t-elle.

— Fureter ?

— Oui, j'ai hâte de découvrir des choses sur la jeunesse de Raphel, et tu as dit que tu devais retourner au siège du journal pour consulter les archives.

C'était vrai, il avait mentionné ce détail durant leur trajet. Mais cela n'avait été qu'une façon pour lui d'entretenir une conversation neutre avec elle, pour éviter de s'arrêter encore sur le bord de la route et de la dévorer de baisers. A présent, il n'avait pas le cœur de l'empêcher de venir avec lui.

— Je suis prêt aussi.

Ils sortirent ensemble dans le couloir.

— A vrai dire, reprit-il, je pensais que tu voudrais faire la sieste pendant que je continuais mes recherches.

— Je suis trop impatiente pour me reposer. Et puis, j'ai déjà beaucoup dormi en voiture. Je suis pleine d'énergie, maintenant.

Cela, il n'en doutait pas, songea-t-il en observant son regard pétillant.

— Souviens-toi quand même qu'il s'agit de mon enquête, souligna-t-il. Si je découvre quelque chose qui peut être intéressant pour mes recherches, je ne t'en ferai pas forcément part.

Elle lui lança un regard noir tout en avançant avec lui vers l'ascenseur.

— Pourquoi y aurait-il des choses que tu devrais me cacher ?

— C'est ma façon de travailler, c'est tout. C'est à prendre ou à laisser. Je ne devrais pas avoir à me justifier, du moment que j'obtiens les résultats que tu attends de moi en tant que cliente.

— Bien sûr, mais…

— Il n'y a pas de mais.

Il s'arrêta net et lui lança un regard sévère.

— Soit tu t'adaptes à ma manière de faire, soit tu restes ici jusqu'à mon retour.

A en juger par son expression furieuse, il avait réussi son exercice de provocation. Restait à savoir quelle allait être sa réaction.

Après un instant de suspens, elle croisa les bras avec autorité.

— Très bien, martela-t-elle. Mais je te préviens, ton rapport final a intérêt à être satisfaisant.

Il se pencha légèrement et déposa un baiser sur ses lèvres.

— Tu ne sais pas encore à quel point je suis capable de te satisfaire ? murmura-t-il d'une voix rauque.

— Prétentieux.

Il rit tout en continuant à effleurer sa bouche, mais elle le repoussa avec colère.

— Je crois que je vais prendre l'escalier.

— Et, moi, je crois que je vais te prendre tout court. Mais plus tard.

Elle fit volte-face et se précipita vers l'autre bout du couloir.

— Tu vas vraiment le faire ! lança-t-il en la voyant s'éloigner.

— Tu le vois bien, rétorqua-t-elle en haussant la voix pour qu'il l'entende.

— Oh ! oui, je te vois. Et j'apprécie beaucoup la vue que j'ai d'ici.

Cette fois, elle se retourna et revint vers lui à grands pas. En remarquant son regard outré, il comprit qu'il était allé un peu trop loin.

— Tu crois être le seul à pouvoir faire ça ? gronda-t-elle en plantant les poings sur les hanches.

— A pouvoir faire quoi ? demanda-t-il innocemment.

— Mettre quelqu'un hors de soi. Crois-moi, Rico, tu le regretteras quand je me mettrai vraiment en colère.

En effet, il commençait à se rendre compte qu'il n'avait aucune envie de voir cela.

— Tu n'as aucune raison d'être hors de toi. J'étais sincère en disant que j'avais l'intention de te faire l'amour plus tard.

Elle poussa un soupir excédé.

— Et tu penses être le seul à prendre part à cette décision ?

— Non, ce sera notre décision à tous les deux.

Mais bientôt, je t'assure que tu en auras autant envie que moi.

Elle leva la main pour le faire taire.

— Je te retrouve en bas, dit-elle sèchement.

Puis elle s'éloigna pour rejoindre la cage d'escalier.

Resté seul, il laissa échapper un long soupir. Elle avait toutes les raisons du monde de lui en vouloir, puisqu'il l'avait délibérément provoquée. Et maintenant, il pressentait qu'elle allait lui faire payer son comportement. Megan Westmoreland n'était pas le genre de femme à qui l'on pouvait parler aussi grossièrement sans conséquences. Cependant, songea-t-il en empruntant l'ascenseur, quelque chose lui disait qu'elle n'allait pas partir pour autant. Elle l'avait accompagné à Forbes dans un but précis et, déterminée comme elle l'était, elle n'allait sûrement pas se laisser décourager pour si peu.

Lorsqu'il fut arrivé au rez-de-chaussée, elle n'était pas encore là. Ce qui n'avait rien de surprenant, étant donné qu'elle avait huit étages à descendre à pied.

Il se mit à faire quelques pas dans le hall.

— Me voici, Rico Claiborne, entendit-il bientôt derrière lui. Prête à t'affronter.

— Tu crois en être capable ?

— Je suis prête à relever le défi, assura-t-elle avec un regard fier.

Il ne s'était pas trompé. Et à en croire la flamme qui brillait dans ses yeux, son orgueil n'était pas son seul motif pour rester avec lui à Forbes. Il y avait tellement de désir entre eux…

— Je ne suis pas certain que tu saches dans quoi tu t'engages, Megan.

— Oh ! si. Crois-moi, je le sais parfaitement.

Que devait-il comprendre ? Il lui sembla que son sourire était empli de sous-entendus. Mais peut-être avait-elle décidé à son tour de le provoquer.

— Parfait. Allons-y.

Ils allaient sortir de l'hôtel lorsque son téléphone vibra dans sa poche. Il le prit, espérant qu'il ne s'agissait pas encore d'un appel de Jeff Claiborne. Mais par bonheur, c'était la petite-fille de Fanny Banks qui le rappelait déjà.

— Changement de programme, annonça-t-il à Megan après avoir raccroché. Nous irons consulter les archives du journal plus tard. C'était Dorothy Banks, sa grand-mère peut nous recevoir maintenant.

- 11 -

— Bonjour, en quoi puis-je vous aider ?

— Bonjour, madame. Je m'appelle Rico Claiborne et voici Megan Westmoreland.

La femme qui était venue les accueillir au portail semblait âgée d'une cinquantaine d'années. Avec un grand sourire, elle les invita à entrer.

— Je vous attendais. C'est moi que vous avez eue au téléphone, je suis Dorothy Banks.

Comme Rico s'effaçait pour la laisser passer, Megan suivit leur hôtesse dans le jardin et admira aussitôt la maison qu'elle découvrait.

— C'est splendide, fit-elle.

Cette demeure de deux étages aurait pu être classée monument historique. Elle avait dû être construite au début du siècle dernier, et son architecture victorienne se dressait au milieu d'un jardin véritablement enchanteur. Le terrain qui les entourait devait s'étendre sur cinq hectares au moins, et était arrangé à merveille. Quant à la façade, elle était percée de hautes fenêtres et ornée d'un perron aux coins duquel s'élevaient deux majestueuses colonnes.

L'intérieur de la maison la subjugua tout autant que l'extérieur. Les parquets et les murs étaient manifestement d'origine, et le mobilier avait été choisi en parfaite harmonie avec le style de la maison. En ce milieu d'après-midi, la lumière du soleil baignait les vastes pièces.

Comme elle prenait le temps d'admirer chaque détail, Megan marchait à présent quelques pas derrière Dorothy Banks et Rico, mais elle entendit la conversation qu'ils entamaient.

— Vous m'avez dit que Mlle Westmoreland était une descendante de Raphel Westmoreland, c'est bien cela ?

— Oui, je l'aide dans les recherches généalogiques qu'elle a décidé d'entreprendre. Or, au cours de notre enquête, nous avons découvert le nom de Clarice Riggins, qui semble avoir été une amie proche de Raphel. Etant donné que Mme Banks habitait déjà ici dans la première moitié du XXe siècle, nous avons espéré que nous pourrions lui demander si ce nom lui rappelait quelque chose.

Dorothy afficha un large sourire.

— Eh bien, je peux déjà vous dire que la réponse est oui. Clarice Riggins et ma grand-mère étaient des amies d'enfance. Même si Clarice est décédée bien avant ma naissance, j'ai souvent entendu ma grand-mère Fanny parler d'elle en évoquant ses souvenirs.

Megan s'était approchée d'eux et, sous l'effet de cette nouvelle, elle toucha instinctivement la main de Rico. C'était une chance inespérée !

— Mais c'est à ma grand-mère que vous devriez parler, ajouta Dorothy.

— Cela nous ferait un plaisir infini, lui assura Megan, sans parvenir à cacher son excitation. Vous êtes sûre que nous n'allons pas la déranger ?

— Tout à fait sûre. Elle adore parler du passé. J'ai

souvent entendu les mêmes histoires, précisa-t-elle en riant. Elle sera ravie de s'adresser à de nouveaux auditeurs. Asseyez-vous, je vais la chercher. Elle est assise sur la terrasse, à l'arrière de la maison. Elle aime profiter de la douceur de l'après-midi.

— Nous ne voudrions pas interrompre son moment de repos, intervint Megan.

— Non, ne vous inquiétez pas pour cela. J'ai souvent entendu parler de Clarice, mais le nom de Raphel Westmoreland ne me dit rien, j'ignore si ma grand-mère l'a connu. Il faut que vous lui posiez directement la question.

Quand Dorothy quitta le salon, Megan se tourna vers Rico.

— Nous allons peut-être enfin apprendre quelque chose ! s'enthousiasma-t-elle.

— C'est possible. Mais ne te réjouis pas trop vite, d'accord ?

— D'accord.

Elle respira profondément et regarda autour d'elle.

— Cette maison est superbe. A la fois spacieuse et chaleureuse. Ce doit être une propriété familiale.

— C'est aussi ce que je me disais.

— Cela me rappelle notre maison de Denver et…

Elle s'interrompit en voyant Dorothy revenir, accompagnée d'une vieille dame qui marchait en s'appuyant sur une canne. D'un même mouvement, Rico et elle se levèrent pour la saluer. Fanny Banks était âgée, cela ne faisait pas de doute, mais elle n'aurait jamais imaginé qu'elle était centenaire. Elle paraissait encore si alerte…

Tandis que Dorothy faisait les présentations, Megan observa Fanny. Pourquoi avait-elle l'impression de lire une certaine détresse dans son regard ? Elle se trompait certainement, mais elle tenait quand même à tout faire pour la rassurer sur leurs intentions.

— Bonjour, madame, c'est un grand honneur de vous rencontrer, dit-elle en lui serrant affectueusement la main. Je suis en retard, mais je vous souhaite un très bon anniversaire. Vous êtes radieuse.

Cette fois, le regard de Fanny Banks se mit à briller.

— Merci beaucoup. Je préfère que vous m'appeliez Fanny si vous le voulez bien. Ainsi, je me sentirai moins vieille.

Elles rirent à l'unisson avant que Fanny ne reprenne la parole.

— J'ai cru comprendre que vous aviez certaines questions à me poser ?

— Oui, si vous en êtes d'accord.

Elle se tourna vers Rico pour l'encourager à prendre la suite. Elle savait qu'il expliquerait les choses mieux qu'elle, et surtout elle ne voulait pas lui faire croire qu'elle prenait sa place.

Ils restèrent debout tandis que Dorothy aidait sa grand-mère à s'installer dans un fauteuil.

— Bien, ponctua-t-elle une fois qu'elle fut assise. Que vouliez-vous me demander au sujet de Clarice ?

— A vrai dire, la personne sur laquelle nous cherchons des informations est Raphel Westmoreland, qui, d'après ce que nous avons appris, faisait partie de l'entourage de Clarice.

Comme Rico disait ces mots, Megan vit de nouveau une note d'inquiétude apparaître dans les yeux de Fanny. Cette fois, elle était sûre de ne pas l'avoir imaginée.

— Et Raphel Westmoreland était votre grand-père ? demanda-t-elle en se tournant vers Megan.

— Il était mon arrière-grand-père, corrigea-t-elle en prenant une voix aussi douce que possible.

Elle raconta alors aux deux femmes l'histoire des Westmoreland de Denver, la mort des deux seuls petits-fils de Raphel et de leurs femmes respectives dans un accident d'avion et ce qu'il était advenu des quinze enfants, dont elle-même, qu'ils avaient laissés. Puis elle leur expliqua comment, quelques années plus tôt, ils avaient découvert que Raphel avait eu un frère jumeau prénommé Reginald, ce qui les avait menés à rechercher d'autres membres éventuels de la famille Westmoreland. Et à venir en voyage ici, pour poursuivre leur enquête.

Fanny baissa les yeux et fixa ses mains fines, comme si elle essayait de les examiner… ou de se concentrer sur quelque chose.

— Je suis sincèrement désolée pour la perte que vous avez subie, dit-elle enfin à Megan. Cela a dû être très difficile pour vous tous.

Ensuite, elle contempla de nouveau ses mains et resta silencieuse durant de longues secondes, avant de se tourner successivement vers Rico et Megan.

— Vous m'obligez tous les deux à rompre une promesse que j'ai faite il y a de nombreuses années, mais je crois que vous méritez de connaître la vérité.

Megan se sentit nerveuse tout à coup. Elle échangea un regard avec Rico, puis ils se tournèrent tous deux vers Fanny.

— Et quelle est cette vérité ? l'interrogea Rico.

La vieille dame hésita et regarda sa petite-fille, qui l'encouragea à continuer. Alors, elle se tourna vers Megan.

— L'homme que votre famille connaît sous le nom

de Raphel Westmoreland était un imposteur. Le véritable Raphel Westmoreland a péri dans un incendie.

Megan sentit sa tête tourner.

— Oh ! non, murmura-t-elle.

Puis elle s'effondra dans les bras de Rico.

— Megan.

Rico tenait Megan entre ses bras et lui caressait doucement la joue en essayant de la ranimer. Elle s'était évanouie, et à présent la pauvre Fanny était mortifiée à l'idée d'avoir mal agi. Dorothy, elle, s'était empressée d'aller chercher un gant de toilette humide avec lequel Rico tamponnait maintenant le visage de la jeune femme.

Il sourit en la voyant relever doucement les paupières. Dans ses yeux, il vit la peur et le trouble mêlés.

— Elle se trompe, Rico, murmura-t-elle. Ce n'est pas possible autrement. Mon arrière-grand-père ne peut pas avoir menti pendant toutes ces années.

Il fut tenté de lui demander pourquoi elle en était si sûre, mais jugea aussitôt que ce n'était pas le moment de la déstabiliser. Elle était bien assez bouleversée.

— Viens, nous devrions nous asseoir et écouter la fin de l'histoire, tu ne crois pas ?

Comme elle hochait la tête, il la soutint le temps qu'elle s'installe sur le canapé. Elle devait avoir conscience que Dorothy et Fanny l'avaient entendue, car elle se hâta de leur faire ses excuses.

— Je vous demande pardon, dit-elle. Seulement, Fanny, ce que vous venez de nous révéler est trop accablant. Mon arrière-grand-père est mort avant ma naissance, mais tous ceux qui l'ont connu ont toujours témoigné de sa bonté et de son honnêteté.

— Je ne dis pas qu'il n'était pas bon et honnête, ma chère Megan, lui assura-t-elle avec douceur. Je dis simplement qu'il n'était pas le véritable Raphel.

Instinctivement, Rico prit la main de Megan pour la réconforter.

— S'il n'était pas Raphel, intervint-il, alors qui était-il ?

— Un ancien détenu du nom de Stephen Mitchelson.

— Un ancien détenu ! s'écria Megan.

— Oui.

— Mais comment ? Pourquoi ?

Fanny prit une profonde inspiration et soupira.

— C'est une longue histoire.

— Nous avons tout le temps, lui assura Rico en lançant un regard vers Megan.

Il commençait à s'inquiéter pour elle. C'était pour lui éviter des chocs comme celui-ci qu'il avait tout d'abord refusé qu'elle vienne. Pourquoi diable avait-il cédé ?

— D'après ce que m'a raconté Clarice, commença Fanny, elle a rencontré Raphel dans le Wyoming alors qu'elle était en visite chez sa tante. Il était là de passage, c'était un homme qui vivait sans attaches. Elle lui a parlé de sa maison à Forbes et lui a dit qu'elle pourrait l'aider s'il voulait se fixer quelque part, que son père l'embaucherait pour travailler dans son ranch. Pendant son séjour dans le Wyoming, elle a rencontré un autre voyageur, un ancien prisonnier nommé Stephen Mitchelson. Elle a engagé une relation avec ce dernier, et s'est bientôt trouvée enceinte. Elle savait que sa famille n'accepterait jamais Stephen. Elle a cru qu'elle ne le reverrait jamais.

Fanny fit une pause et but une gorgée d'eau fraîche.

— Seulement, l'homme qui s'est présenté ici au Texas quelque temps plus tard n'était pas Raphel mais Stephen. Il a annoncé à Clarice que Raphel était mort dans un incendie, et que, pour prendre un nouveau départ, il allait s'emparer de son identité et commencer une nouvelle vie ailleurs. Elle l'a laissé partir, sans même lui dire qu'elle attendait un enfant de lui. Par amour, elle lui a offert le choix de la liberté sans chercher à le retenir. J'étais là le jour où elle a pris cette décision, poursuivit-elle après une pause. J'étais avec elle quand elle l'a regardé partir sans se détourner. Et j'étais aussi auprès d'elle au moment où elle a donné naissance à leur bébé. Seule.

Il y eut un long silence, puis Megan parla d'une voix douce.

— Que sont-ils devenus, elle et son bébé ?

— Elle est partie par le train pour aller s'installer chez des cousins éloignés, en Virginie. Son père refusait de la garder alors qu'elle avait eu un enfant hors mariage. Hélas, elle n'est jamais arrivée à destination. Le train a déraillé au cours du trajet, et elle et son bébé sont morts tous les deux.

— Oh ! non, soupira Megan en enfouissant son visage dans ses mains. C'est affreux.

Quel destin tragique, songea-t-il à son tour. Cette femme qui avait trouvé la force de faire un tel sacrifice n'avait pas été récompensée de son courage.

Megan se redressa lentement, c'est alors qu'il découvrit son visage décomposé. Et pour cause… Si Fanny disait vrai, cela signifiait qu'elle n'était pas une Westmoreland. Ni elle ni aucun des soi-disant Westmoreland de Denver. Et elle devait se demander comment elle allait annoncer cela à sa famille.

Quelques heures plus tard, assis dans sa chambre d'hôtel, Rico regardait Megan qui faisait les cent pas devant lui. Après avoir quitté la maison des Banks, ils s'étaient rendus au siège du journal local pour consulter les archives. Cependant, ni cette visite ni celle qu'ils avaient faite ensuite au tribunal ne leur avaient apporté grand-chose. Les vieux journaux avaient tout de même confirmé l'accident de train et la mort de Clarice et de son bébé, ainsi que l'incendie dans le Wyoming au cours duquel plusieurs hommes avaient trouvé la mort mais n'avaient pu être identifiés.

De nombreuses questions restaient encore sans réponse, mais Rico n'avait plus l'énergie d'y réfléchir aujourd'hui. Ce soir, il ne voulait se concentrer que sur Megan. Elle était sa principale préoccupation pour l'instant.

— Si tu essaies de creuser un trou dans le sol, je pense que tu es sur la bonne voie, dit-il.

Elle s'arrêta brusquement. Et lorsqu'il vit ses yeux inondés de larmes, il se leva pour la prendre dans ses bras.

— Eh, ne pleure pas, murmura-t-il. Nous allons éclaircir tout cela. Je te le promets, Megan.

Elle secoua la tête et s'écarta de lui.

— Tout est ma faute. Dans mon empressement aveugle à tout apprendre sur la vie de Raphel, j'ai fait plus de mal que de bien à ma famille. Tu as entendu Fanny Banks comme moi. L'homme que tout le monde prenait pour Raphel Westmoreland était en réalité un ancien détenu nommé Stephen Mitchelson. Que vais-je bien pouvoir leur dire ? « Bonjour tout le monde, figurez-vous que nous ne sommes pas des Westmoreland, nous sommes des Mitchelson ! »

Il comprit au son de sa voix à quel point elle se sentait déchirée par ce que leur avait confié Fanny Banks.

— Nous ne sommes encore sûrs de rien, Megan.

— Fanny Banks a suivi toute cette histoire de près, Rico. J'ai toujours dit que nous ignorions encore beaucoup de choses sur notre arrière-grand-père. Il est mort sans avoir dit à personne qu'il avait un frère jumeau et sans jamais avoir parlé du reste de sa famille. Maintenant, je comprends pourquoi. Il ne savait sans doute rien de la vie de Raphel. Je ne sais pas comment Isabelle, la quatrième femme, est entrée dans sa vie, mais ce que je sais, c'est que Raphel, ou plutôt Stephen, a passé toute la fin de son existence avec mon arrière-grand-mère Gemma. D'après le journal qu'elle a laissé, celui que Dillon m'a fait lire, elle a été très heureuse avec lui et le considérait comme un homme très bon. Le portrait qu'elle fait de lui dans son journal ne correspond en rien à celui d'un repris de justice. Je n'ai toujours entendu parler que d'un homme généreux, honnête et aimant.

— C'était sans doute vrai.

Elle continua, comme si elle ne l'avait pas entendu.

— Je dois envisager la possibilité que l'homme que mon père et mon oncle ont tant aimé, vénéré même, que l'homme qu'ils ont considéré comme le meilleur grand-père du monde n'était pas Raphel Westmoreland mais un prisonnier qui…

— Megan, l'interrompit-il avec douceur en la serrant de nouveau contre lui. Tant que rien n'est confirmé, je ne veux pas que tu t'effondres ni que tu envisages le pire. Nous continuerons nos recherches demain pour essayer d'obtenir de nouvelles informations.

Elle soupira et s'essuya les yeux.

— Je vais aller dans ma chambre, dit-elle en s'écartant de lui. J'ai besoin de rester seule un moment. Merci de m'avoir écoutée.

— Tu ne veux pas dîner ?

— Je n'ai pas faim. Je me ferai peut-être monter quelque chose plus tard.

— Tu es sûre ?

Elle haussa les épaules avec dépit.

— Pour l'instant, Rico, je ne suis sûre de rien. J'y verrai plus clair après une bonne douche et un peu de repos.

Il hocha la tête.

— As-tu l'intention de téléphoner à Ramsey ou à Dillon pour leur raconter ce qu'il s'est passé ?

— Pas pour l'instant. De toute façon, je ne pourrais pas leur annoncer cela par téléphone.

Elle marcha jusqu'à la porte avant de se retourner.

— Bonne nuit, Rico. A demain.

— Essaie de dormir, dit-il avant qu'elle ne se retire dans sa chambre.

Quand elle eut refermé la porte derrière elle, il se passa les mains sur le visage en soupirant. Il se sentait tellement en colère…

Regardant sa montre, il s'assura qu'il n'était pas trop tard pour passer un coup de téléphone et sortit son appareil de sa poche. Après quelques secondes, une voix lui répondit.

— Allô ?

— Allô, Martin, c'est Rico. J'aimerais que tu vérifies certaines informations que j'ai obtenues aujourd'hui, si tu as le temps.

Durant les vingt minutes qui suivirent, il lui raconta leur visite chez Fanny Banks.

— Tu remets en question l'honnêteté d'une vieille dame ? s'étonna son ami.

— Oui.

— Enfin, Rico, elle a cent ans.

— Je sais.

— Bien. Dans ce cas, je vais m'y mettre tout de suite. Si cet homme était vraiment un imposteur, j'en trouverai la preuve. Mais nous parlons d'un temps où les changements d'identité étaient plus que courants.

C'était bien la dernière chose que Rico avait envie d'entendre.

Après avoir raccroché, il regarda machinalement la porte qui le séparait de Megan. S'il ne trouvait pas tout de suite une occupation, il allait être trop tenté de la rejoindre dans son lit. Comme il sentait son appétit se réveiller, il prit sa veste sur le dossier de sa chaise et sortit dîner.

Une heure plus tard, Megan avait pris sa douche et enfilé un pyjama de soie. Allongée sur son lit, elle essayait de trouver le calme quand elle entendit Rico revenir dans sa chambre. Elle avait frappé à sa porte un peu plus tôt, mais n'obtenant pas de réponse, elle en avait conclu qu'il était allé chercher quelque chose pour le dîner. C'était justement pour lui proposer de partager son repas qu'elle avait voulu le voir, puisque le service d'étage lui avait apporté une portion beaucoup trop généreuse pour le petit appétit qu'elle avait ce soir.

Elle avait repris le contrôle de ses émotions à présent, et en repensant à sa faiblesse de tout à l'heure, elle se sentait reconnaissante envers Rico, qui avait été là au moment où elle avait eu besoin de lui. Même pendant qu'ils recherchaient les archives des journaux dans un sous-sol poussiéreux, elle avait senti sa présence rassurante auprès d'elle. Il lui avait offert une épaule sur laquelle déverser son chagrin, et ce geste lui avait été du plus grand secours.

Il était rentré depuis dix minutes à peine quand elle l'entendit frapper à sa porte.

— Oui, entre.

Il ouvrit lentement la porte et lui parut si imposant, si infiniment séduisant, qu'elle préféra détourner les yeux pour les fixer de nouveau sur l'écran de télévision qu'elle avait allumé. Dieu savait ce qu'elle risquait de faire si elle le regardait une seconde de plus.

— Je voulais te prévenir que j'étais rentré, dit-il.

— Oui, je t'ai entendu, répondit-elle en serrant la télécommande dans sa main.

— Tu as dîné ?

Du coin de l'œil, elle le vit s'appuyer contre l'encadrement de la porte.

— Oui, c'était très bon.

— Qu'est-ce que tu as mangé ?

— Une salade au poulet grillé. Ils m'ont apporté une part gigantesque.

Gigantesque, c'était exactement l'effet qu'il lui faisait à cet instant. Elle avait le sentiment qu'il emplissait toute la pièce, qu'il aurait pu la soulever comme une plume et l'emmener pour un autre voyage sensoriel. A cette pensée, elle sentit une délicieuse chaleur l'envahir.

— Pourquoi rougis-tu ?

— Sans raison.

— Alors pourquoi évites-tu de me regarder ?

Elle se força à se tourner vers lui, et aussitôt ses yeux plongèrent au fond des siens. Voilà exactement pourquoi elle avait fixé la télévision avec tant d'obstination. Pour éviter cela. Car lorsqu'il la regardait de cette façon, toute volonté de résistance l'abandonnait. Elle perdait le contrôle d'elle-même, elle devenait incapable de réfléchir. Ce regard était comme une caresse. Il faisait naître en elle le désir qu'une femme ressent pour l'homme qu'elle aime.

Elle était tombée amoureuse de Rico Claiborne.

Cette évidence la fit trembler d'émotion. Comment aurait-elle imaginé que cela pouvait arriver si vite, si brusquement et si délicieusement ? Il lui avait parlé comme aucun homme ne l'avait jamais fait avant lui. Il l'avait écoutée, l'avait comprise comme personne avant lui non plus. Il avait éveillé en elle des émotions intenses, insoupçonnables. Sa force et sa sensibilité avaient trouvé le chemin de son cœur, tandis que sa sensualité lui avait révélé les chemins du plaisir.

Oui, elle l'aimait. Elle l'aimait du plus profond d'elle-même.

La gorge serrée, elle s'efforça de penser à la réalité. Elle ne devait surtout pas se bercer d'illusions. Ce qu'elle voyait dans les yeux de Rico était enivrant, mais ce n'était que du désir physique. Ce sourire sexy qui naissait sur ses lèvres n'était rien d'autre qu'un appel au plaisir.

— Pourquoi souris-tu ? lui demanda-t-elle néanmoins, pour dissimuler son trouble.

— Je ne crois pas que tu tiennes vraiment à le savoir.

— Si, je t'assure que si.

Ce soir, elle avait besoin de penser à autre chose qu'à son arrière-grand-père et à ce qu'il avait commis comme faute. Elle devait oublier, au moins pour un moment, qu'elle venait peut-être de détruire sa famille.

— Puisque tu veux connaître le fond de ma pensée, murmura-t-il en avançant lentement vers elle, j'étais en train de penser à tout ce que je meurs d'envie de faire avec toi.

Sous l'effet de ses mots, de sa voix grave et sensuelle, elle sentit une vague d'excitation la traverser.

— Mais pourquoi ne ferais-tu qu'y penser, Rico ?

Quand il fut arrivé au bord de son lit, il s'arrêta.

— Megan, ne me tente pas.

Elle leva les yeux vers lui.

— C'est toi qui ne devrais pas me tenter.

— Que sais-tu au juste de la tentation ?

Elle était suspendue à son regard de feu.

— Ce que je sais, c'est que c'est quelque chose que j'ai découvert très récemment, répondit-elle en se rappelant leur rencontre, au mariage de Micah. Je ne peux pas oublier la force de ce que j'ai ressenti la première fois que je t'ai vu. C'était si nouveau pour moi. Je me souviens aussi de notre premier baiser, j'aurais voulu qu'il continue toujours, susurra-t-elle, perdue dans un rêve. Mais c'est cette nuit passée au ranch avec toi qui m'a appris ce qu'était la vraie tentation. La nuit où tu as mis ta bouche contre moi.

Etait-elle vraiment en train de lui dire tout cela ? Il lui semblait que la voix d'une autre parlait à travers elle.

— Je n'avais jamais connu ce plaisir auparavant, reprit-elle. Cette jouissance exquise. Et j'ai été tentée de te faire la même chose. De te toucher, de te goûter.

Son regard s'assombrit, et une tension érotique envahit l'air qui les entourait. Alors il tendit la main vers elle et, lorsqu'elle la prit, il l'aida à se lever et l'attira contre lui. Elle sentit aussitôt la chaleur de son corps et l'intensité de son excitation, et les caresses voluptueuses qui parcoururent son corps achevèrent de lui faire perdre toute notion de la réalité.

— Je veux te faire l'amour, Megan, lui susurra-t-il à l'oreille. C'est la première fois de ma vie que j'ai autant envie d'une femme. Tu es tellement belle…

Elle n'essaya pas de le contredire. Elle avait bien trop envie de le croire, et de rester dans ses bras toute la nuit. De faire l'amour avec lui, de le sentir en elle. Elle voulait être celle qui le satisferait autant qu'il la satisferait.

Prenant son menton entre les doigts, il lui leva légèrement la tête pour la regarder dans les yeux. Ils prirent le temps de s'observer, de laisser monter le désir en eux. Puis il inclina la tête et l'embrassa longuement, passionnément. Avec autant de ferveur que si sa vie en dépendait. C'était tellement bon…

Cette fois, elle était sûre de ce qu'elle voulait. Elle voulait perdre le contrôle d'elle-même comme jamais. Elle voulait briser toutes les chaînes dans lesquelles elle s'était enfermée.

Ecartant la bouche de la sienne, elle saisit sa chemise et l'ouvrit dans une telle hâte qu'elle manqua en arracher les boutons.

— Doucement, mon cœur. Qu'est-ce que tu fais ?

— J'ai besoin de te toucher, murmura-t-elle.

— Attends, laisse-moi t'aider.

Il fit glisser sa chemise le long de ses épaules, lui arrachant un soupir d'excitation. Il avait un corps si parfait, si irrésistiblement sexy.

Instinctivement, elle porta les mains à la boucle de sa ceinture et la défit en quelques secondes avant de la jeter sur le sol. Puis elle fit descendre sa fermeture Eclair, avec une audace qui la surprit elle-même. Elle avait tellement envie de lui offrir ce qu'elle avait reçu de lui !

Après tous les rêves qu'elle avait faits depuis qu'elle l'avait rencontré, voilà que la réalité devenait infiniment plus belle, plus excitante que le fruit de son imagination.

Prenant ses mains dans les siennes, il les éloigna le temps de se débarrasser de son pantalon et de son boxer. Dès l'instant où il dévoila son sexe, allongé et raidi par l'excitation, elle ne put s'empêcher de poser la main sur la pointe de son érection, non sans remarquer que sa respiration devenait plus profonde et saccadée.

Alors elle commença à aller et venir le long de son sexe, à explorer l'objet de tout son désir. Avec bonheur, elle le caressa d'abord du bout des doigts avant de resserrer la main autour de lui.

— Tu as tout ce que tu voulais ? ironisa-t-il d'une voix rauque.

— Presque.

Ce fut le dernier mot qu'elle prononça avant de le prendre dans sa bouche.

***

Rico eut soudain le souffle coupé. La tête rejetée en arrière, il enfouit la main dans les boucles brunes de Megan et savoura les sensations qu'elle lui offrait. Les mouvements de sa langue lui infligeaient une si délicieuse torture qu'il n'aurait pas cru qu'un tel plaisir fût possible.

— Qui t'a appris ça ? murmura-t-il dans un souffle.

L'espace d'un instant, elle interrompit son geste et leva les yeux vers lui.

— Tu aimes ?

Puis elle reprit ce qu'elle avait si bien commencé, accordant le rythme de sa respiration à chaque mouvement de sa bouche. Il était tout près de l'extase, mais il refusait de se laisser aller maintenant. Il voulait attendre d'être en elle, ainsi qu'il n'avait cessé de le rêver depuis le jour où ils s'étaient rencontrés.

— Megan.

N'y tenant plus, il écarta doucement sa tête et se retira. Puis il la souleva et l'allongea sur le lit, où il se hâta de lui ôter son pyjama. Il avait tellement, tellement envie d'elle…

Il ramassa son pantalon et prit le préservatif qu'il gardait dans son portefeuille. Il le mit sans perdre une seule seconde puis posa les yeux sur Megan. En voyant qu'elle le dévorait des yeux, il éprouva une véritable montée d'adrénaline.

— J'ai une autre question à te poser, Megan. Et tu es obligée d'y répondre maintenant.

Elle leva un regard étonné vers lui.

— Je t'écoute.

— Te sens-tu pleine d'énergie ?

— Pourquoi cette question ?

— Parce que, commença-t-il en se rapprochant du lit, j'ai prévu de te faire l'amour toute la nuit.

- 12 -

Toute la nuit…

Alors que les mots de Rico résonnaient encore délicieusement dans l'esprit de Megan, elle le contempla avec délices tandis qu'il la rejoignait sur le lit. Dès qu'il fut allongé auprès d'elle, il la prit dans ses bras et l'embrassa sur la bouche. Elle brûlait de sentir le poids de son corps sur elle, seulement ils devaient parler avant d'aller plus loin. Il fallait qu'il sache certaines choses, et pas seulement si elle avait « de l'énergie ». Elle avait besoin de lui parler. Bien sûr, elle mourait d'envie de lui avouer ses sentiments, mais elle savait que c'était une très mauvaise idée, puisque leur liaison ne serait que passagère. Elle ne voulait surtout pas qu'il se sente coupable de ne pas éprouver la même chose pour elle. Ce dont elle voulait lui parler en revanche, c'était sa virginité. Il n'avait peut-être pas clairement compris à quel point son expérience avec les hommes était restreinte, or il fallait qu'il le sache.

Cependant, elle n'avait pas la moindre envie d'interrompre le baiser qu'ils étaient en train d'échanger. Le contact de sa peau contre la sienne était brûlant, et les assauts exquis de sa bouche ne lui laissaient pas l'occasion de prononcer une seule parole. Finalement, lorsqu'il abandonna ses lèvres, ce fut pour lui embrasser les seins et lécher ses mamelons tendus pas le désir.

Croyait-il vraiment qu'ils auraient la force d'aller au bout de la nuit ?

— Oh ! Rico, soupira-t-elle en sentant ses doigts entre ses cuisses.

Il continua à lui embrasser les seins tandis que sa main caressait son sexe, la faisant sombrer dans des abîmes de plaisir.

Mais elle ne pouvait pas oublier ce qu'elle avait maintenant à l'esprit. La question qu'il lui avait posée quelques instants plus tôt prouvait qu'il la croyait expérimentée, et il fallait qu'il sache la vérité. Seulement, ce n'était pas le moment de la lui dire, décida-t-elle au moment où un frisson la traversait. Il venait d'insérer un doigt à l'entrée de son sexe, et ce seul geste lui donnait tant de plaisir qu'elle s'agrippa instinctivement à ses épaules.

Finalement, il abandonna ses seins et se redressa. Puis, passant sa main libre dans ses cheveux, il attira son visage contre le sien et l'embrassa avec une passion virile qui la fit trembler d'excitation.

— Je sens que tu es prête maintenant, dit-il dans un souffle. Tu es tellement brûlante… Je ne peux plus attendre.

La bouche contre son oreille, il la torturait de sa langue, lui mordillait le lobe et la dévorait de mille baisers. Puis, enfin, il vint se placer au-dessus d'elle, entre ses jambes.

— Je vais te faire du bien, mon trésor. Je veux que ce soit mieux que tout ce que tu as connu jusqu'à maintenant.

Elle ouvrit la bouche pour lui dire que, justement,

elle n'avait encore connu personne comme elle s'apprêtait à le connaître, lui. C'est alors qu'elle sentit la pointe de son érection venir à l'entrée de son sexe.

— Détends-toi, mon cœur, murmura-t-il tout en prenant son sexe pour l'introduire en elle.

Elle sentit sa caresse virile entre ses cuisses et se mit à gémir sous l'effet de l'excitation.

— Oui, vas-y, ouvre-toi pour moi.

— Cela ne va pas être facile, parvint-elle à articuler.

Il la fixa, l'air intrigué.

— Pourquoi dis-tu cela ? l'interrogea-t-il tout en continuant son mouvement habile.

— Ce n'est pas parce que je suis tendue que tu as du mal à…

— Alors c'est pour quelle raison ?

— Je n'ai encore jamais fait l'amour, Rico.

Il se figea.

— Tu veux dire que…

— Oui, c'est bien ce que je dis. Parce que je n'ai jamais désiré personne avant toi.

Parce qu'elle n'avait jamais aimé avant lui.

— Mais je t'en prie, Rico, ne t'arrête pas maintenant. Je veux que tu me fasses l'amour ce soir.

Il se pencha et l'embrassa langoureusement.

— Rien ne pourrait m'en empêcher, mon trésor. Même si ma vie en dépendait, je ne pourrais pas renoncer à te faire l'amour ce soir.

Il l'embrassa de nouveau mais, cette fois, avec une ardeur qui réveilla toute son excitation. Puis, se servant de ses genoux, il lui écarta davantage les jambes avant de placer un oreiller sous ses fesses.

— Je voudrais pouvoir te dire que tu n'auras pas mal, mais…

— Ne t'en fais pas pour cela. Fais-le maintenant.

— Fais-le maintenant ? répéta-t-il avec un sourire espiègle.

— Oui, je t'en prie. Je ne peux plus attendre. Cela fait vingt-sept ans que j'attends cela, Rico.

C'était lui qu'elle avait attendu pendant tout ce temps. Elle ne le comprenait que trop bien à présent.

— Je veux te regarder pendant que je viens en toi, murmura-t-il en lui caressant le visage.

Elle sentait la force de son sexe en elle. Il se mit à avancer, lentement, puis il lui saisit les hanches et, sans la quitter des yeux, donna un puissant coup de reins pour la pénétrer.

Comme elle poussait un cri, il se pencha et prit possession de sa bouche, lui faisant oublier sa douleur. Il avança encore jusqu'au moment où elle sentit toute son érection en elle, et où elle se resserra spontanément autour de lui.

— Qu'est-ce que tu es en train de me faire ? lâcha-t-il d'une voix rauque en soupirant de plaisir.

— Je ne sais pas.

C'était son corps qui réagissait, elle lui aurait menti en lui disant qu'elle maîtrisait parfaitement ses mouvements.

Il l'embrassa encore et, lentement, commença à bouger en elle. Il allait tout doucement, comme pour laisser le temps à son corps de s'habituer à lui. Puis, progressivement, il changea de rythme et accéléra, sans jamais cesser de l'embrasser.

C'est alors qu'elle commença à sentir le plaisir. Un plaisir différent, encore plus incroyable que celui qu'il lui avait donné jusque-là. Il lui semblait que son esprit avait quitté son corps et que seuls ses sens la guidaient à présent. C'était comme si elle avait perdu la raison. Elle s'entendit gémir de plus en plus fort, crier de bonheur chaque fois qu'il allait et venait en elle.

Peu à peu, il bougea de plus en plus vite, de plus en plus fort. Elle ondulait maintenant au même rythme que lui, leurs soupirs montant à l'unisson à mesure qu'ils approchaient de l'orgasme. Puis, tout à coup, ce fut comme une véritable explosion de jouissance. Il la prenait avec une force qui les mena tous deux au sommet du plaisir, là où la réalité n'existait plus. Tandis que la jouissance la faisait trembler, elle sentit qu'il continuait à bouger, ne faisant que décupler son orgasme.

Elle ne sut combien de temps l'extase dura mais, lorsqu'ils se détendirent enfin, elle comprit qu'elle n'oublierait jamais le moment qu'elle venait de vivre. Le moment le plus exceptionnel de toute son existence.

Haletant, il retomba à côté d'elle et se perdit avec elle dans un long silence.

— Nous allons nous reposer un peu, suggéra-t-il à mi-voix. Comment te sens-tu ?

Elle savait parfaitement qu'il pouvait lire dans ses yeux la réponse à sa question.

— Je me sens bien.

Les battements de son cœur étaient effrénés. Cette fois, elle avait bel et bien perdu le contrôle. Mais elle était loin de le regretter. Rico Claiborne lui avait fait découvrir l'amour, et cela valait tout l'or du monde.

Quand Megan ouvrit les yeux, elle n'aurait su dire combien de temps elle avait dormi. Mais Rico était toujours allongé près d'elle, et c'était tout ce qui comptait.

Elle n'avait pas rêvé.

— Je crois qu'il est temps que tu m'expliques comment une femme qui sait si bien donner du plaisir à un homme avec sa bouche peut encore être vierge. J'ai bien une hypothèse, mais j'aimerais mieux entendre ta version.

Elle le regarda avec surprise et amusement mêlés.

— Comment cela ? Tu penses que je suis une adepte du plaisir oral ? Non, ce n'est pas cela, ajouta-t-elle en riant. Ça non plus, je ne l'avais jamais fait.

— Tu veux dire que…

— C'était une autre première fois pour moi, oui.

— Eh bien, je ne l'aurais pas imaginé, commenta-t-il en riant.

— C'est vrai ? l'interrogea-t-elle, incrédule. C'était si bien que ça ?

— Oui, confirma-t-il en effleurant sa joue du bout des doigts. Oui, mon trésor, c'était si bien que ça. Mais si j'étais le premier, comment as-tu su quoi faire ?

Elle se plaqua contre lui pour se blottir dans ses bras.

— Il faut croire que tu m'inspires…

— Et tu n'as pas été tentée d'essayer avant ce soir ?

Elle décela une note d'amusement dans sa voix, mais elle ne voyait pas ce qu'il y avait de drôle à cela. Elle ne lui avait pas menti en lui disant qu'elle n'avait jamais éprouvé de désir pour un autre homme.

— Non.

— J'en suis très heureux. Mais je suis quand même très surpris que tu n'aies pas eu la curiosité d'avoir d'autres amants avant moi.

— Selon moi, la curiosité n'est pas un motif suffisant pour me retrouver au lit avec un homme. Les choses auraient été différentes si j'avais été engagée dans une relation sérieuse mais, jusqu'à maintenant, j'ai consacré ma vie à mes études puis à mon travail. Je n'ai jamais eu de temps pour une relation sérieuse. En tout cas, aucun des hommes que j'ai rencontrés ne m'a donné envie de prendre le temps pour cela.

Avec Rico, tout avait été différent. Ce n'était pas par curiosité qu'elle avait voulu faire l'amour avec lui, mais tout simplement parce que son désir avait été trop fort pour qu'elle y résiste.

Du reste, comment aurait-elle pu le regretter ? La vue de son corps nu l'avait fascinée autant qu'elle avait attisé son excitation. Il émanait de lui une telle force et une telle sensualité, et il avait si bien su l'initier au plaisir…

Seulement, elle se serait menti à elle-même en prétendant qu'il ne s'était agi que de sexe ce soir. Elle aimait Rico. Même si elle savait que ses sentiments n'étaient pas partagés, elle était certaine de ce qu'elle éprouvait. Tout ce qu'elle voulait à présent, c'était savourer ce qu'elle vivait, profiter de ce moment où elle osait se laisser aller pour la première fois de sa vie. Elle avait gardé si longtemps le contrôle de ses émotions, croyant que c'était la meilleure façon de garder son équilibre… Voilà qu'elle découvrait à quel point il pouvait être agréable de se libérer complètement.

Et elle ne demandait qu'à s'abandonner de nouveau entre les bras de Rico.

Quittant son étreinte, elle changea de position pour se placer au-dessus de lui.

— Que fais-tu exactement ? lui demanda-t-il en essayant de l'attirer de nouveau dans ses bras.

Mais elle résista.

— Je dois m'occuper de quelque chose, murmura-t-elle. Tu as dit que tu me confiais le contrôle de la situation, alors laisse-moi faire. Tu as dit aussi que tu avais envie de moi, et que tu savais comment cela finirait si je venais avec toi. Tu ne t'es pas trompé. Mais, maintenant, c'est à moi de te montrer à quel point j'ai envie de toi.

— Tu devrais prendre un peu de temps pour te remettre.

Elle se mit à rire.

— Il me faudrait beaucoup trop longtemps pour me remettre d'un homme comme toi. Je ne veux pas attendre. S'il te plaît, laisse-moi prendre soin de toi.

Il la regarda droit dans les yeux et leva les mains pour lui caresser le visage. Du bout des doigts, il dessina le contour de sa bouche en la dévorant du regard. Ses pupilles brillaient d'un désir si ardent…

— Oui, je vais te laisser prendre soin de moi, susurra-t-il. Tu es la seule femme qui puisse le faire.

Enchantée d'entendre ces mots dans sa bouche, elle se pencha et se délecta du contact de sa langue sur ses lèvres. Et dès l'instant où leur baiser se fit plus passionné, elle sentit entre ses cuisses son sexe se durcir de nouveau pour elle. Ivre d'excitation, elle s'agrippa à ses épaules pour l'embrasser encore et encore.

C'est alors qu'elle le sentit frémir sous elle. C'était si bon de savoir qu'elle lui donnait autant de plaisir que cela ne fit que l'encourager à aller plus loin. Elle mit alors les hanches contre les siennes et plaça son érection entre elle et lui avant de bouger, lentement, avec toute la volupté qu'elle ressentait en elle. Elle n'aurait su dire à quel moment il avait eu l'occasion de remettre un préservatif, mais peu importait. Cela n'ôtait rien à son plaisir.

Elle ferma les yeux afin de mieux apprécier ce contact intime et les gémissements rauques qu'elle lui arrachait à chaque mouvement. Mais bientôt, il l'interrompit entre deux soupirs.

— Megan, je te veux. Maintenant. Je ne peux plus attendre.

Décelant l'urgence qu'il y avait dans sa voix, elle comprit qu'il était temps de le libérer. Alors elle s'étendit au-dessus de lui pour qu'il puisse entrer en elle.

Dès qu'elle sentit la pointe de son sexe à l'entrée du sien, tout son corps frissonna. Peu à peu, il la pénétra, jusqu'au moment où elle put commencer à bouger au-dessus de lui. Tout en fixant son regard au sien, elle ondula doucement d'abord, puis de plus en plus fort à mesure que les soupirs de Rico se faisaient plus intenses.

Finalement, il lui saisit les hanches et se souleva pour la pénétrer encore plus profondément.

— Oh ! Megan, c'est tellement bon…

Ses mouvements étaient si virils, si habiles, qu'elle avait la sensation que son sexe devenait encore plus fort en elle. Il n'en fallut pas davantage pour que la jouissance commence à monter en elle. Ils criaient maintenant à l'unisson, et transportée par l'excitation, elle continua à aller et venir jusqu'au moment où il atteignit l'extase avec elle. Le plaisir était si fort qu'elle peinait à respirer. Et quand elle sentit que son érection était toujours présente en elle alors qu'ils venaient tous deux d'avoir un orgasme, ce fut comme si son désir était décuplé d'un seul coup.

Il se retira et la fit bouger de manière qu'elle se trouve sous lui, son dos contre son ventre musclé.

— Reste dans cette position, je veux voir tes fesses pendant que je te fais l'amour.

Sans une hésitation, elle se mit à quatre pattes et sentit bientôt la pointe de son sexe entrer en elle. Il commença à aller et venir très lentement, lui occasionnant des vagues de plaisir irrésistible. Puis, lorsqu'il bougea plus vite et plus fort, elle plaqua les fesses contre son ventre tandis qu'il mettait les mains sur ses seins. Savourant ses caresses délicieusement érotiques, elle tourna la tête pour croiser son regard. En voyant les flammes qui brûlaient dans ses yeux, elle sentit son excitation croître en elle.

— Rico, gémit-elle dans un souffle.

— Oh ! mon trésor… J'ai envie de t'entendre dire mon vrai prénom. « Ricardo ».

— Oh ! Ricardo, soupira-t-elle.

Elle ressentait encore plus de passion chaque fois qu'elle entendait sa voix. Tandis que des spasmes de plaisir faisaient trembler son corps, elle ferma les yeux et se laissa transporter dans un tourbillon de plaisir.

Entendre son prénom dans la bouche de Megan suffit à décupler l'excitation de Rico. Ivre de plaisir, il lui saisit les hanches et la pénétra encore plus profondément, gémissant en même temps qu'elle chaque fois qu'il allait et venait en elle.

Lorsque, finalement, elle se figea tout en se resserrant autour de lui, il sentit qu'ils atteignaient tous les deux le sommet du plaisir. C'était si enivrant de la sentir s'abandonner à ce point… Il brûlait de la faire jouir, d'oublier le monde qui les entourait et de basculer avec elle dans l'extase. Avec elle, et avec aucune autre. Jamais il n'avait ressenti cela auparavant, et s'il était sûr d'une chose à cet instant, c'était qu'aucune autre ne pourrait désormais trouver sa place auprès de lui.

Megan était celle qu'il avait attendue pendant toutes ces années.

Quand ils eurent ressenti les ultimes spasmes de l'orgasme, il la maintint tout contre lui tandis qu'il s'allongeait avec elle sur le côté, son corps souple et gracieux blotti au creux du sien. Il avait besoin de rester en elle et de demeurer ainsi un moment, les bras autour d'elle. La plénitude que lui procurait cet instant était indescriptible. Jamais il n'aurait cru possible qu'une étreinte soit aussi harmonieuse, aussi parfaite.

— Aurais-tu d'autres choses à m'annoncer ? lui demanda-t-il après un long silence.

— Il y a bien une chose, oui. A propos des préservatifs.

— Oui ?

— Ce n'est pas nécessaire, je suis sous contraceptif pour avoir un cycle régulier. Et je suis en bonne santé.

— Eh bien, merci de m'en informer. Sache que je suis aussi en bonne santé.

Il l'embrassa dans le cou et lui caressa le ventre. Déjà, la perspective de lui faire l'amour sans aucune barrière le rendait impatient.

— Rico.

Elle tourna la tête pour le regarder.

— Oui ?

— J'aime me laisser aller avec toi. M'abandonner à toi.

Il se pencha pour l'embrasser sur les lèvres.

— Moi aussi, j'aime m'abandonner et me laisser aller avec toi.

Il était plus sincère qu'il n'aurait su le dire. Mais pour l'instant, l'heure n'était pas à lui confier ce qu'il ressentait ni même à essayer de le comprendre lui-même. Il voulait se concentrer sur le travail qu'elle lui avait confié. Plus il pensait à l'histoire que leur avait racontée Fanny Banks, plus il avait de mal à y croire. Bien sûr, les archives qu'il avait consultées avec Megan confirmaient certains détails de son récit. Toutefois, son instinct lui disait qu'il devait encore effectuer certaines vérifications.

Il avait été surtout préoccupé par Megan et par sa réaction depuis leur visite chez les Banks, si bien qu'il n'avait pas pris le temps de réfléchir sérieusement à l'affaire qui l'avait mené ici. C'était pour cette raison qu'il n'avait pas voulu qu'elle l'accompagne au départ ; il avait su qu'il aurait le plus grand mal à se concentrer sur sa mission en sa présence. Mais maintenant qu'il repensait au déroulement de son enquête, et notamment aux dernières heures écoulées, de nombreuses questions lui venaient à l'esprit.

Il attendrait le lendemain matin pour parler à Megan. Pour l'heure, il voulait qu'ils profitent ensemble de l'instant magique qu'ils vivaient. Ils avaient tous les deux besoin de dormir, mais il savait qu'ils n'auraient pas besoin d'un long sommeil pour retrouver l'énergie de faire l'amour.

Il lui semblait que jamais son envie d'elle ne serait rassasiée.

- 13 -

— Je ne crois pas à l'histoire de Fanny Banks.

A ces mots, Megan leva des yeux étonnés vers Rico.

— Ah non ?

— Non. Quelqu'un essaie de nous cacher quelque chose.

— Que pourrait-on bien vouloir nous cacher ? s'étonna-t-elle. Et puis, tu oublies les documents qui nous ont confirmé certains éléments. L'accident de train, l'incendie… Ce sont des preuves, non ?

— Je ne sais pas.

Elle reposa sa fourchette dans son assiette et s'appuya au dossier de sa chaise.

— Ecoute, je reconnais que cette nouvelle m'a bouleversée. Rien ne me soulagerait plus que d'apprendre que Fanny Banks s'est trompée, que ses souvenirs sont confus. Mais elle n'a aucun problème de mémoire.

— Justement, c'est étrange.

— Pourquoi ce changement d'opinion ? l'interrogea-t-elle après une pause. Hier, tu avais l'air tout à fait prêt à la croire.

— C'est vrai. Comme toi, j'ai été convaincu, surtout après avoir trouvé plusieurs concordances avec les archives journalistiques. Mais hier soir, pendant que tu dormais, j'ai réfléchi à tout cela et je me suis rendu compte que nous avions tiré des conclusions trop rapides. Il y a une chose que nous avons omis de prendre en compte.

— Laquelle ?

— La ressemblance physique entre les Westmoreland de Denver et ceux d'Atlanta. Elle est flagrante. N'importe quel inconnu devinerait que vous faites tous partie de la même famille en vous voyant.

Il avait raison. Elle se rappelait parfaitement la première fois qu'ils s'étaient tous retrouvés. Quand Dare Westmoreland, le célèbre shérif d'Atlanta, était entré dans la pièce, tous les Westmoreland de Denver étaient restés muets de stupéfaction. Il était le portrait de Dillon.

— Je suis persuadé que vous avez les mêmes gènes. Si le doute persiste, nous pourrons faire des tests ADN.

— Mais je ne vois pas pourquoi Fanny Banks aurait inventé une telle histoire.

Il plia sa serviette sur la table du petit déjeuner.

— Moi non plus, du moins pas encore. Je me fie à mon instinct.

Il avança la main pour prendre la sienne.

— Hier, j'ai vu à quel point son récit te touchait et je n'ai plus pensé qu'à cela. Je ne voulais pas que tu souffres. Ta douleur est devenue la mienne et je ne pouvais plus penser à autre chose.

Elle comprenait ce qu'il voulait dire, et ces mots la bouleversaient. En faisant l'amour avec lui, elle s'était sentie si proche de lui… Elle avait réellement eu la sensation qu'ils ne faisaient plus qu'un. Le seul fait de se remémorer la nuit qu'ils avaient passée ensemble la troublait au plus profond d'elle-même.

— Si tu dis vrai, comment allons-nous le prouver ?

— J'ai une autre stratégie en tête. Nous allons retourner chez les Banks et poser à Fanny les questions que le choc d'hier nous a fait oublier. J'ai besoin de savoir que tu me fais confiance, ajouta-t-il en serrant sa main dans la sienne. Est-ce le cas ?

— Oui, répondit-elle en le regardant droit dans les yeux. Je te fais confiance.

Après le petit déjeuner, Rico téléphona aux Banks pour demander un nouveau rendez-vous. Hélas, la fille de Dorothy lui annonça que sa mère et son arrière-grand-mère s'étaient absentées pour un voyage à Brownwood et qu'elles ne seraient de retour que le soir.

Megan et lui avaient donc la journée devant eux.

Tandis qu'ils venaient de remonter dans sa chambre d'hôtel, il l'attira à lui.

— Comment te sens-tu ? s'inquiéta-t-il. Tu n'as pas mal ?

C'était la première fois qu'il posait cette question à une femme avec qui il avait fait l'amour… Mais c'était aussi la première fois qu'il était le premier amant d'une femme.

Elle posa les mains sur son torse.

— Je vais très bien. Et toi ? ajouta-t-elle après une pause.

— Moi ?

— Oui, dit-elle avec un sourire espiègle. Je ne t'ai pas ménagé non plus.

Il n'allait pas la contredire sur ce point. Le seul fait de la revoir à genoux au-dessus de lui le faisait frissonner d'excitation.

— Non, mais faire l'amour avec toi a été une

expérience incroyable. Tu ne peux pas imaginer à quel point j'ai aimé ça.

Le sourire qui illumina son visage prouva à quel point elle était heureuse de l'entendre.

— C'est vrai ?

— Oui. Je n'ai même pas de mots pour décrire ce que j'ai ressenti.

Se hissant sur la pointe des pieds, elle caressa ses lèvres du bout de la langue. Son geste tentateur, infiniment sensuel, réveilla tout son désir en un instant.

— Alors montre-le-moi, Rico, susurra-t-elle tout contre sa bouche. Montre-moi à quel point cela t'a plu. Abandonnons-nous encore l'un à l'autre.

Sans attendre une seule seconde, il se débarrassa de sa chemise, puis ôta ses chaussures et ses chaussettes. Oui, il allait lui prouver qu'il la désirait plus que tout.

Suivant son exemple, elle se dénuda et il se délecta de la vue qu'elle lui offrait en faisant glisser son jean sur ses cuisses, ainsi qu'il le faisait simultanément. Quand il découvrit sa petite culotte, il songea qu'elle lui allait à ravir… Mais il savait qu'il l'aimerait encore plus une fois qu'elle l'aurait enlevée.

Totalement nu, il la contempla tandis qu'elle enlevait ses sous-vêtements.

— Donne-la-moi, lui enjoignit-il en voyant qu'elle allait jeter sa petite culotte sur une chaise.

Avec un regard interrogateur, elle la lui lança. Alors il l'attrapa d'une main et embrassa le tissu fin et délicat. Il était plus excité que jamais, à présent.

Soudain, il eut une idée très précise de ce qu'il voulait faire. D'un pas qu'il ne commandait même plus, il franchit l'espace qui les séparait et tomba à genoux devant elle. Là, il lui saisit les cuisses et posa la tête contre son ventre. Puis il se mit à l'embrasser autour du nombril avant de descendre le long de ses hanches pour passer la langue sur ses cuisses et tout près de son sexe. Le goût sucré de sa peau le rendait fou.

Enfin, lorsqu'elle ouvrit légèrement les jambes, il avança pour passer la langue à l'entrée de son sexe. Il sentit ses mains s'agripper à ses épaules, ses doigts s'enfoncer dans sa peau, tandis qu'elle murmurait son prénom entre deux soupirs de plaisir. Il continua à lui offrir les baisers les plus intimes, jusqu'au moment où, ne résistant plus à la tentation, il la pénétra de sa langue. Elle se mit à gémir plus fort et ses doigts abandonnèrent ses épaules pour s'enfouir dans ses cheveux. Quand il entendit des cris aigus s'échapper de sa gorge, il redoubla de ferveur pour la mener à l'orgasme.

Sans doute se serait-elle effondrée sur le sol s'il ne l'avait pas fermement tenue par les hanches.

Sans lui laisser reprendre son souffle, il la prit dans les bras et la porta jusqu'au grand fauteuil dans lequel il s'assit.

— Voilà qui va être parfait. Tu veux *t'abandonner*, tu vas pouvoir le faire. Et moi aussi.

A présent, elle était assise au-dessus de lui, les jambes de chaque côté de sa tête, les mollets reposant sur ses épaules. Il lui souleva légèrement les hanches, et, enfin, il put entrer en elle sans qu'aucune barrière ne les sépare. Il sentait son sexe humide et chaud autour du sien, et plus encore que la nuit précédente, il savait qu'il était ici à sa place. Que nulle part ailleurs, il ne pourrait être aussi bien.

— C'est tellement bon, murmura-t-il d'une voix rauque.

Megan partageait de toute évidence son plaisir. Son regard brillait d'un tel désir… Elle chercha un moment sa position, puis commença à bouger doucement au-dessus de lui en gémissant. Il la saisit alors par la taille et accorda son rythme au sien.

A mesure que la tension sexuelle grandissait entre eux, que la pièce qui les entourait se chargeait d'une chaleur excessivement érotique, il accélérait le tempo de ses coups de reins et la pénétrait de plus en plus fort, de plus en plus profondément.

Il sut exactement à quel moment elle avait atteint l'extase. Et ses sensations l'entraînèrent lui aussi vers les spasmes les plus intenses, les plus délicieux.

— Oh ! mon trésor, que c'est bon de jouir en toi…

Dans son regard, il vit qu'elle avait senti son orgasme en elle. Et il savait que c'était une autre nouveauté pour elle, tout aussi plaisante que les précédentes.

— Oui, c'est bon pour moi aussi, murmura-t-elle avant de se pencher pour prendre possession de sa bouche.

Elle l'embrassa avec une passion plus ardente que tout ce qu'il aurait pu imaginer. Il y avait dans son baiser un désir intense, mais ce n'était pas tout. Et ce qu'il y avait en plus, il n'aurait su le définir. Il savait seulement qu'aucune femme ne lui avait jamais procuré cette sensation auparavant, et que cela faisait naître en lui une foule d'émotions.

Elle ne lui laissa pas le temps d'y réfléchir davantage. Déjà, elle libérait ses lèvres et poussait un autre cri d'extase. Ses réactions étaient si excitantes qu'il ne résista pas longtemps au plaisir qui montait de nouveau en lui. Il jouit encore, juste après elle, non sans crier son nom au moment où la plus exquise des sensations s'emparait de lui.

Retombant dans le fauteuil, ils eurent toutes les peines du monde à retrouver leur respiration. Megan laissa reposer sa tête contre son torse, lui laissant tout le loisir de caresser son dos et ses fesses. Il éprouvait une intense satisfaction physique, mais ses émotions allaient bien au-delà du plaisir sexuel. Alors que son corps était encore uni au sien, il comprit brusquement pourquoi il y avait une telle osmose entre eux, pourquoi son attirance pour elle lui avait fait perdre le sommeil et le contrôle sur lui-même.

Il l'aimait.

C'était la seule interprétation possible à ses émotions. La seule évidence qui expliquât pourquoi il ne pouvait plus envisager de poursuivre sa vie sans elle.

Prenant une profonde inspiration, il déposa un baiser sur son épaule. Elle frissonna et, aussitôt, il sentit son sexe se durcir de nouveau en elle.

Alors, elle leva vers lui un regard languissant.

— Ce n'est pas possible…, fit-elle. Je dois être en train de rêver.

— Tu as dit que tu voulais que nous nous *abandonnions*. Tu vois, je ne contrôle plus rien, moi non plus.

Elle noua les bras autour de son cou et l'embrassa.

— C'est vrai, j'ai dit ça ? demanda-t-elle en riant.

— Oui. Et maintenant, je vais te porter contre le mur.

— Tu es réveillée ?

Megan se tourna vers Rico qui la regardait, profitant d'être arrêté à un feu rouge. Elle avait la sensation d'avoir quitté la terre ferme et d'évoluer dans un nuage de volupté. Elle s'était sentie si faible tout à l'heure qu'elle avait cru qu'il devrait la porter jusqu'à la voiture en sortant de sa chambre d'hôtel.

Après avoir fait l'amour dans le fauteuil, ils avaient recommencé contre le mur, puis sous la douche, avec tant de passion qu'elle était maintenant plus épuisée que jamais. Il fallait pourtant qu'elle se remette avant d'arriver chez les Banks…

— Oui, mais à peine.

— Tu voulais *t'abandonner…*

— Je n'aurais pas pu le faire davantage. Et c'est grâce à toi.

— Merci, dit-il en riant. Il faudra voir si l'air de Denver et du Colorado nous réussit aussi bien que celui du Texas.

Rico était-il conscient de ce qu'il insinuait en lui disant cela ? Cela signifiait qu'il prévoyait de poursuivre une relation avec elle. Seulement, ils vivaient loin l'un de l'autre. Viendrait-il lui rendre visite pour partager des moments de plaisir avec elle ?

Le téléphone de Rico sonna, l'empêchant de lui poser cette question. Il regarda l'écran et poussa un juron.

— Je croyais t'avoir dit de ne pas m'appeler, gronda-t-il en décrochant.

Un silence passa.

— Je ne t'ai pas envoyé la police, rétorqua-t-il. Je voulais vérifier ton histoire. C'est ce que j'ai fait, et j'ai découvert que tu avais menti. Je ne te donnerai pas d'argent pour que tu le dépenses de cette façon. Il n'en est pas question.

Sur ces mots, il raccrocha. C'était la deuxième fois qu'il recevait un coup de téléphone de ce genre en sa présence, et elle ne pouvait s'empêcher d'être gênée à l'idée qu'il y ait une autre femme dans sa vie. Même si, de toute évidence, il cherchait à l'en faire sortir.

— Apparemment, fit-elle doucement, ton refus de t'engager n'est pas clair pour tout le monde.

— De quoi parles-tu ? demanda-t-il, les sourcils froncés.

— C'est la deuxième fois que cette femme t'appelle pendant que je suis avec toi.

— Cette femme ?

— Oui. J'imagine que c'est une femme.

Elle savait qu'elle n'avait aucun droit de formuler des commentaires sur sa vie privée, mais elle ne pouvait s'en empêcher. Elle avait besoin de connaître la vérité.

— Non, dit-il après un long silence, ce n'était pas une femme. C'était l'homme qui était autrefois mon père.

Elle sursauta.

— Ton père ?

— Oui. Cela fait plusieurs fois qu'il m'appelle pour m'emprunter de l'argent. Il a même téléphoné à Savannah. Il prétend que sa vie est en danger parce qu'il a une dette de jeu, mais j'ai découvert que c'était faux. Manifestement, c'est la drogue, son véritable problème, et à cause de cela il a été renvoyé de son travail il y a déjà plusieurs mois.

— Qu'as-tu l'intention de faire ? lui demanda-t-elle après un silence.

Il la regarda avec étonnement.

— Comment cela ?

— Je veux dire, que vas-tu faire pour l'aider ?

— Rien. Cet homme a fait du mal à ma mère, et Jess a perdu la sienne à cause de lui.

Megan savait que cela ne la concernait pas, mais ce

qu'il lui disait la touchait. La famille était si importante à ses yeux…

— Rico, c'est ton père.

— Un père méprisable, oui. Je ne comprendrai jamais comment il a pu être aussi absent aux moments où j'avais le plus besoin de lui. Et dire qu'il osait me faire croire que c'était à cause de son travail de représentant commercial qu'il ne pouvait pas rester auprès de nous… Je n'ai compris que bien plus tard que notre foyer n'avait presque vécu que sur les fonds de ma mère. C'est aussi une fois adulte que j'ai su pourquoi nous passions tant de temps en Californie. Il menait une autre vie au sein d'une autre famille. Il n'a jamais demandé pardon pour le mal qu'il nous avait fait à tous, et il fait porter la faute à tout le monde sauf à lui-même. Alors non, je n'ai pas l'intention de lui rendre le moindre petit service. Je pense ce que je lui ai dit. Je refuse qu'il me téléphone.

De toute évidence, il n'était pas prêt à changer d'avis, songea-t-elle en se mordant la lèvre pour se retenir d'insister.

— Megan ?

— Oui ?

— Je sais que la famille compte beaucoup pour toi, je le sais car je suis comme toi. Mais il faut apprendre à se séparer de ceux qui nous font du mal. Jeff Claiborne n'a su faire que du mal.

— Mais il semble qu'il ait besoin d'aide. Il faudrait peut-être qu'il fasse une cure de désintoxication.

— Sûrement, mais ce ne sera pas moi qui la financerai.

Elle fut gênée par sa décision catégorique. Voilà qu'elle était tombée amoureuse d'un homme qui était définitivement fâché avec son père. Une telle situation était si loin d'elle ! Elle aurait voulu lui demander pourquoi il le rejetait à ce point, mais elle eut peur de le mettre en colère. Elle lui avait posé suffisamment de questions pour aujourd'hui, mieux valait attendre avant de lui reparler de ce sujet.

Mais elle le ferait, à n'en pas douter.

- 14 -

— Monsieur Claiborne, mademoiselle Westmoreland, dit Dorothy Banks en ouvrant le portail avec une réticence évidente. Ma fille m'a dit que vous aviez téléphoné. Nous vous avons dit tout ce que nous savions et, très honnêtement, je ne crois pas que cela fera du bien à ma grand-mère d'avoir une nouvelle conversation avec vous.

Mais Rico n'avait pas l'intention de renoncer.

— Vous nous avez dit le contraire la dernière fois que nous sommes venus, objecta-t-il tandis qu'elle les menait à l'intérieur.

— Oui, mais c'était avant que je me rende compte des effets que tout cela pouvait avoir sur elle. Je vous en prie, asseyez-vous, dit-elle tout de même.

— Merci, répondit-il en prenant place avec Megan sur le canapé. Si votre grand-mère n'est pas disponible, peut-être accepterez-vous de répondre à certaines de nos questions ?

— Je ne sais de cette histoire que ce que ma grand-mère m'en a raconté, précisa-t-elle en s'installant dans un fauteuil placé en face d'eux. Mais je ferai de mon mieux, car elle n'est plus la même depuis votre visite. Elle a très mal dormi la nuit dernière, ce qui ne lui ressemble pas. Je pense que le fait d'avoir rompu une promesse lui pèse sur la conscience.

Rico avait pourtant le sentiment que les préoccupations de Fanny avaient une tout autre origine.

— Merci d'accepter de nous parler.

Il avait été convenu avec Megan que ce serait lui qui poserait les questions.

— D'après l'avis général, la mémoire de votre grand-mère est infaillible aujourd'hui encore. Y aurait-il une raison pour qu'elle puisse chercher à rendre certains souvenirs confus, de manière intentionnelle ?

Dorothy le regarda avec méfiance.

— Que voulez-vous dire, monsieur Claiborne ?

Il respira profondément. Il n'avait pas encore tout dit à Megan, et notamment il ne lui avait pas parlé du rapport que lui avait adressé Martin pendant qu'elle dormait.

— Ce n'est pas Stephen Mitchelson qui a survécu à cet incendie, et j'aimerais savoir pourquoi votre grand-mère a voulu nous faire croire le contraire.

— Je ne sais pas, répliqua-t-elle, stupéfaite. Mais vous avez l'air absolument sûr que ma grand-mère s'est trompée.

Non, il n'en était pas absolument sûr, mais il avait de fortes suspicions. Grâce à Martin, il avait vu une photo de Mitchelson à l'époque où il avait été arrêté, et cette photo ne ressemblait en rien à celles de Raphel qu'il avait pu voir chez les Westmoreland, à Denver.

Il vit que sa révélation surprenait Megan autant que Dorothy Banks.

— Peut-être Clarice lui a-t-elle menti, suggéra-t-il, sans vraiment y croire.

— Peut-être.

— Mais vous savez parfaitement que ce n'est pas le cas, n'est-ce pas, monsieur Claiborne ?

Rico se retourna au son de la voix frêle de Fanny Banks. Elle se tenait debout dans l'encadrement de la porte, appuyée sur sa canne.

— Grand-mère, je croyais que tu étais en train de dormir, s'exclama Dorothy en se précipitant vers elle pour l'aider à s'asseoir.

— J'ai entendu la sonnette.

— Eh bien, M. Claiborne et Mlle Westmoreland sont revenus pour poser d'autres questions. Ils se demandaient si certains de tes souvenirs n'étaient pas quelque peu confus.

— Non, rien n'est confus dans mon esprit. J'étais seulement désespérée, ma chérie.

Dorothy la regarda avec inquiétude.

— Je ne comprends pas.

Une fois assise, Fanny Banks demeura silencieuse durant une longue minute. Puis elle se tourna vers Megan et Rico.

— Je suis heureuse que vous soyez revenus. L'autre jour, j'ai cru qu'il me serait plus facile de mentir une nouvelle fois, mais j'en ai assez de tous ces mensonges. Je veux dire la vérité à présent, aussi difficile que cela puisse être.

— Nous sommes prêts à l'entendre, lui assura-t-il d'une voix aussi encourageante que possible.

— Ce n'est pas Clarice qui est partie dans le Wyoming, cette année-là, et qui s'est trouvée enceinte. C'est moi. Clarice, ma chère amie, a seulement voulu m'aider à sortir de cette situation difficile. Alors, elle a élaboré un plan. Nous étions toutes les deux célibataires, mais elle avait une tante qui vivait dans l'Est et qui rêvait d'avoir des enfants. Une femme exemplaire. Nous sommes donc convenues que nous partirions en voyage chez elle pendant six mois sous un prétexte quelconque, pour que je puisse accoucher là-bas et confier mon bébé à son oncle et sa tante. Cela nous apparaissait comme un arrangement parfait.

Elle marqua une courte pause.

— Seulement, poursuivit-elle, quelques semaines avant notre départ, Raphel est arrivé pour m'annoncer que Stephen avait trouvé la mort dans un incendie. Il se trouve que, pendant son séjour ici, il a rencontré Clarice et qu'ils se sont tout de suite plu.

Rico adressa un sourire à Megan. Il savait dorénavant ce que signifiait le coup de foudre…

— Je vous en prie, continuez votre récit.

— J'ai paniqué. En voyant Clarice entamer une relation avec Raphel, j'ai eu peur qu'elle change d'avis et qu'elle abandonne notre projet. D'autant que son père avait engagé Raphel pour qu'il réalise divers travaux chez lui. Finalement, quand elle m'a confié qu'elle était amoureuse de lui, j'ai menti en affirmant que Raphel était en réalité Stephen, le père de mon bébé. Je lui ai raconté la même histoire qu'à vous lors de votre première visite. Elle m'a crue, et m'a même reproché de cacher à cet homme qu'il allait être père et de le laisser partir. Désormais persuadée que Raphel m'était destiné, Clarice a renoncé à lui, et a convaincu son père de le renvoyer, afin de mettre un maximum de distance entre eux.

Elle se tut de nouveau quelques instants et se frotta nerveusement les mains.

— Mon égoïsme a coûté à ma meilleure amie son bonheur avec Raphel. Il n'a jamais compris pourquoi elle s'est mise soudain à repousser ses avances, ni pourquoi son père l'a chassé. Il a quitté Forbes le jour où nous sommes montées dans le train qui devait nous emmener en Virginie. Nous étions dans ma chambre en train de préparer nos bagages, et nous l'avons vu par la fenêtre monter au volant de son camion et s'éloigner dans un nuage de poussière. J'ai volé à mon amie le seul et unique bonheur qu'elle aurait pu connaître.

Rico fut bouleversé en voyant des larmes couler sur les joues de la vieille dame.

— Et qu'en est-il du bébé ? l'interrogea-t-il après lui avoir laissé le temps de recouvrer ses esprits. Clarice a-t-elle eu un bébé ?

— Oui. Je n'ai appris qu'elle était enceinte que lorsque nous sommes arrivées chez son oncle et sa tante.

— Elle était enceinte de Raphel ? demanda Megan.

— Oui. Elle croyait m'avoir trahie et pensait que nous attendions toutes les deux un bébé du même homme. Même à ce moment-là, je ne lui ai pas avoué la vérité. Elle a pensé que ses parents accepteraient qu'elle ait eu un enfant hors mariage et a décidé de le garder. Seulement, quand elle est rentrée au Texas avec lui, elle a découvert qu'elle s'était bercée d'illusions. Ses parents l'ont rejetée, aussi a-t-elle décidé de repartir en Virginie pour commencer une nouvelle vie avec son enfant. Et c'est là que le train a déraillé.

— Il est donc vrai que Clarice et son bébé sont morts tous les deux, conclut Megan d'une voix triste.

— Non.

— Non ? s'exclamèrent Dorothy, Megan et Rico à l'unisson.

— Clarice n'est pas morte tout de suite ; quant à son fils, il s'en est tiré avec quelques égratignures.

— Son fils ? murmura Megan avec émotion.

— Oui, elle a donné naissance à un fils. A cause de moi, Raphel ne l'a jamais su. L'enfant a survécu grâce à Clarice, qui l'a protégé de son corps au moment de l'accident. Nous sommes arrivés à l'hôpital avant qu'elle ne s'éteigne, reprit Fanny après une pause. C'est là qu'elle nous a parlé d'une femme qu'elle venait de rencontrer à bord du train, une femme qui avait perdu son bébé un an plus tôt… Cette femme, contrairement à son mari qui a péri dans l'accident, s'en est tirée indemne.

Dorothy tendit un mouchoir à sa grand-mère pour qu'elle sèche ses larmes.

— Clarice, ma meilleure amie, dit-elle entre deux sanglots, qui était toujours prête à faire des sacrifices pour les autres et qui savait qu'elle ne survivrait pas à ses blessures, a choisi de confier son bébé à cette femme.

La voix de Fanny Banks tremblait de plus en plus à mesure qu'elle avançait dans son récit.

— A cause de mon mensonge, Clarice a préféré ne pas me laisser élever son enfant. Elle craignait qu'il ne me rappelle la prétendue trahison de Raphel. Quant à sa tante, elle avait déjà la charge de mon propre bébé et n'aurait pu en accueillir un second. La dernière volonté de Clarice a été de s'assurer que son enfant aurait un foyer après sa mort.

Megan pleurait aussi à présent. Elle prit le temps de sécher ses larmes, avant de reprendre la parole.

— Il se pourrait donc qu'il y ait bel et bien d'autres Westmoreland quelque part, murmura-t-elle.

— Oui, confirma Rico en lui prenant la main. Et si c'est le cas, nous finirons par les retrouver.

Il se tourna ensuite vers Fanny, et sa gorge se serra lorsqu'il vit le chagrin qu'elle libérait enfin, après l'avoir enfoui au fond d'elle pendant tant d'années. Le poids de la culpabilité avait dû être si lourd à porter...

Comprenant qu'elle avait besoin de se retrouver seule, il se leva et offrit sa main à Megan.

— Nous avons désormais les réponses que nous cherchions. Il est temps pour nous de nous en aller.

Megan se leva à son tour et s'approcha de Fanny pour l'étreindre.

— Merci de nous avoir révélé la vérité. J'espère que vous vous pardonnerez ce qu'il s'est passé et que vous trouverez la paix. Je vous le souhaite de tout mon cœur.

En entendant la douceur de sa voix, Rico sut avec certitude que c'était elle, la femme qu'il aimait au plus profond de lui-même. Malgré son propre chagrin, Megan était capable d'accorder son pardon à celle qui avait trahi non seulement son arrière-grand-père, mais aussi la femme qui avait donné naissance à leur fils. Un fils dont Raphel n'avait jamais entendu parler.

Lui prenant la main, il salua Fanny et Dorothy Banks et leur dit au revoir. Puis Megan et lui quittèrent la maison.

Dès qu'il eut refermé derrière lui la porte de sa chambre d'hôtel, Rico prit Megan dans ses bras et l'embrassa longuement, avec une passion qui la fit frissonner. Instinctivement, elle l'enlaça et répondit à son baiser avec tout l'amour qu'elle ressentait.

— Megan, j'ai envie de toi, murmura-t-il tout contre ses lèvres.

— Moi aussi, j'ai envie de toi.

En plongeant le regard dans le sien, elle comprit que l'homme qui la tenait dans ses bras était celui qu'elle aimerait toujours.

Elle voulait oublier la tromperie de Fanny Banks, ainsi que la façon dont celle-ci avait trahi Clarice, cette véritable héroïne. Elle ne voulait plus penser à l'enfant que Clarice avait dû abandonner avant de mourir, celui dont Raphel Westmoreland n'avait jamais su l'existence. Elle ne voulait plus imaginer la douleur qu'il avait dû ressentir le jour où la femme qu'il aimait, celle pour qui il avait eu un véritable coup de foudre, lui avait tourné le dos sans raison.

Quand Rico la souleva pour la porter jusqu'au lit, et qu'il se pencha au-dessus d'elle pour l'embrasser, elle comprit qu'il était le seul à pouvoir la libérer des pensées qui la torturaient.

— Je veux m'abandonner encore avec toi.

D'un même mouvement, ils commencèrent à se déshabiller l'un l'autre avec frénésie, tout en se dévorant mutuellement de baisers. Quand ils furent enfin dévêtus, Rico la prit dans ses bras. Elle enroula les jambes autour de lui et sentit son érection au creux de ses hanches.

Alors il l'embrassa langoureusement, avec une ferveur plus intense que jamais. Il la tenait si fort contre lui qu'il semblait ne jamais vouloir la laisser s'éloigner de lui. Elle brûlait de le sentir enfin en elle, mais elle dut attendre encore un instant. Il la porta jusqu'au canapé où il la délivra enfin de sa torture en la pénétrant.

A présent que son corps ne faisait plus qu'un avec

le sien, il se plaqua contre elle et appuya son front contre le sien.

— Ne bouge pas, susurra-t-il d'une voix rauque tout en avançant plus profondément en elle. Comme je voudrais rester ainsi pour toujours…

— C'est le personnel de l'hôtel qui va être surpris en entrant demain matin, dit-elle en riant.

Elle le sentit rire avec elle, mais il ne faiblit pas.

— Tu es prête ? lui demanda-t-il après un moment.

— Oui, je suis prête.

Alors, tandis qu'il la tenait par les hanches et qu'elle lui saisissait les épaules, il commença à aller et venir en elle, jusqu'au moment où elle bougea à son tour en adoptant son rythme exquis. Son plaisir était décuplé par les frottements de son torse contre ses seins, et ses mouvements lui arrachèrent des cris de satisfaction.

— Est-ce que tu me sens ? murmura-t-il en s'inclinant pour atteindre en elle un point sensible à l'extrême.

— Oh ! oui, gémit-elle.

— Et là ? ajouta-t-il en adoptant un angle tout aussi excitant.

— Oui…

C'est alors que, la maintenant encore plus fermement, il lui écarta davantage les cuisses et la pénétra plus fort, plus profondément. Elle lisait le plaisir sur son visage et, à cet instant, ce qu'elle désirait le plus était de le satisfaire.

Sans cesser ses mouvements en elle, il passa la langue sur ses mamelons et l'embrassa, faisant monter en elle la jouissance jusqu'au moment où ils crièrent à l'unisson.

— Mets tes jambes autour de moi, lui enjoignit-il, sans leur laisser le temps de reprendre leur souffle.

Elle s'exécuta, et il la porta jusqu'au lit où ils s'effondrèrent ensemble.

— Je t'aime, dit-il dans un murmure, en plongeant les yeux dans les siens.

Son cœur bondit dans sa poitrine. Dans un élan d'amour, elle se redressa pour l'embrasser passionnément.

— Je t'aime aussi. Je crois que je suis tombée amoureuse de toi à la seconde où tu as posé les yeux sur moi, le jour du mariage de Micah.

— Moi aussi, dit-il avec un rire rauque. Si je ne voulais pas que tu viennes avec moi au Texas, ce n'était pas seulement parce que je brûlais de désir pour toi. C'était aussi parce que je savais à quel point ces recherches sur Raphel et Clarice étaient importantes pour toi. J'avais peur de te décevoir.

— Tu ne me décevras jamais. Mais tu dois reconnaître que nous formons une bonne équipe, non ?

— Sans aucun doute, approuva-t-il en l'embrassant. Et je crois qu'il est temps de sceller un accord entre nous.

— Pardon ?

— Un accord définitif.

Comme elle le regardait avec stupeur, il poursuivit :

— Tu sais, le mariage. C'est ce que font les gens qui s'aiment, n'est-ce pas ? Ceux qui découvrent qu'ils ne veulent plus jamais être séparés l'un de l'autre.

Cette fois, elle ne put retenir les larmes de bonheur qui naissaient au coin de ses yeux.

— Oui.

— Tu acceptes de m'épouser ?

— M'as-tu fait ta demande ?

Il se dégagea de son étreinte et descendit du lit pour s'agenouiller. Puis il lui prit la main.

— Megan Westmoreland, veux-tu être ma femme et m'accorder le droit de t'aimer pour toujours ?

— Et nous pourrons nous *abandonner* l'un à l'autre à tout moment ?

— Oui, à tout moment.

— Alors oui, Ricardo Claiborne, je veux t'épouser.

— Nous déciderons d'une date plus tard, mais je tiens à t'offrir une bague avant que nous quittions le Texas.

— Oh ! Rico. Je t'aime.

— Je t'aime aussi, Megan. Tu sais que je ne suis pas parfait, mais je te promets de tout faire pour être à jamais l'homme dont tu as besoin.

Il remonta sur le lit et s'allongea auprès d'elle.

— Nous allons vivre heureux ensemble, promit-il. Et je veux croire qu'un jour nous retrouverons les descendants de Raphel. C'est si triste que Fanny Banks ait supporté le poids de la culpabilité pendant toutes ces années…

— Oui, d'autant qu'elle ne nous aurait jamais dit la vérité si nous n'étions pas revenus. Pourquoi ?

— Qui sait ? Sans doute s'était-elle préparée à emporter ce secret dans sa tombe. Je regrette seulement que Raphel n'ait pas connu son enfant. Et tu te souviens qu'il faut encore retrouver la quatrième femme qui semble avoir été liée à lui. Isabelle Connors.

— Une fois que je serai de retour à Denver, je raconterai toute l'histoire à ma famille. Je suis sûre que l'un de nous aura envie de retrouver la trace d'Isabelle, mais aussi du fils de Clarice.

— Tu as envie de connaître toute la vérité, n'est-ce pas ?

— Oui, mais j'ai appris à prendre du recul. Les recherches sur ma famille sont toujours importantes pour moi, mais ce n'est plus l'essentiel dans ma vie. L'essentiel, c'est toi.

Elle respira profondément et se blottit au creux de ses bras. Elle espérait que toutes les pièces du puzzle seraient un jour rassemblées mais, pour l'instant, elle voulait seulement profiter du bonheur qui l'envahissait.

Elle avait toutefois un ou deux sujets à aborder avec Rico.

— Rico ?

— Oui, mon cœur ?

— Où allons-nous vivre ? A Denver ou à Philadelphie ?

— Où tu voudras, murmura-t-il en lui caressant la joue. Je serai chez moi tant que je serai auprès de toi. Grâce à la technologie moderne, je peux travailler presque n'importe où.

Elle hocha la tête, consciente qu'elle était prête elle aussi à le suivre là où il voudrait aller.

— Et… As-tu envie d'avoir des enfants ?

— Oui. J'espère que je serai un bon père.

— Tu seras le meilleur, lui assura-t-elle en souriant. Il existe de bons pères, et d'autres qui auraient pu mieux faire. Mais ces derniers restent tout de même des pères.

Elle leva les yeux vers lui.

— Ton père, par exemple. Un jour, Rico, tu devras trouver au fond de toi la force de lui pardonner.

— Pourquoi ? répliqua-t-il avec défiance.

— Parce que, commença-t-elle en l'embrassant, ton père sera le seul grand-père de nos enfants.

— Non, ma mère s'est remariée à un homme très bien.

Décidément, elle allait avoir toutes les peines du monde à lui faire changer d'avis.

— Je n'en doute pas, et c'est une très bonne chose. Nos enfants auront donc deux grands-pères. Tu m'as dit toi-même que la famille était aussi importante pour toi qu'elle l'est pour moi. Quoi qu'il ait fait, Jeff Claiborne mérite une deuxième chance. Peux-tu me promettre que tu la lui donneras ?

Il posa sur elle son regard brillant.

— J'y réfléchirai.

— Tant mieux. Cela me rendrait très heureuse, tu sais. Même si je n'ai jamais rencontré ton père, je sais qu'il doit y avoir du bon en lui.

— Qu'est-ce qui te fait dire cela ?

— Tu es son fils, et il n'y a que du bon en toi. Je suis fière que tu m'aies choisie.

Les yeux emplis d'amour, il la serra contre lui et l'embrassa.

— Megan Westmoreland Claiborne, j'aime t'entendre dire cela.

Sur ces mots, ils s'embrassèrent avec plus de passion que jamais, avant de s'abandonner de nouveau au plaisir le plus sublime.

New York, deux semaines plus tard

Debout devant la porte qui lui paraissait la plus hostile de toutes, Rico, à contrecœur, se résigna à frapper. Quelques secondes plus tard se tenait devant lui l'homme qu'il avait aimé et admiré pendant toute son enfance. Jusqu'au jour où il avait découvert la vérité.

Jeff Claiborne mit un instant à le reconnaître, et Rico lui-même n'aurait sans doute pas identifié son père s'il l'avait croisé dans la rue. L'alcool et la drogue l'avaient transformé, et son allure était étonnamment négligée pour un homme qui avait été si soigné dans le passé.

— Ricardo. Cela faisait longtemps.

Incapable de lui répondre, il pénétra dans son petit appartement. Il n'avait pas l'intention de faire la conversation et n'était là que dans un seul but.

— Je vais me marier dans quelques mois avec une femme merveilleuse, annonça-t-il. Megan croit que la famille est ce qui compte le plus au monde. Elle est convaincue que nous devons tous savoir pardonner et que tout le monde mérite une seconde chance.

Il marqua une pause avant de continuer.

— J'en ai parlé avec Jessica et Savannah, et nous sommes prêts à t'aider. A condition que tu aies suffisamment de volonté. Nous sommes d'accord pour financer ton séjour en cure de désintoxication et tous les soins dont tu auras besoin. Mais nous n'irons pas au-delà de cela. As-tu vraiment envie de t'en sortir ?

Jeff Claiborne se laissa tomber sur une chaise et se prit la tête dans les mains.

— Je suis conscient du mal que je vous ai fait à tous les trois. Ainsi qu'à ta mère. Et quand je pense à ce que Janice a fait à cause de moi… Je sais ce que j'ai fait, reprit-il après un long soupir. Je sais que tu ne me crois pas, mais je les aimais toutes les deux. De manière différente. Et je les ai perdues toutes les deux.

Rico n'était pas prêt à entendre cela maintenant. Il

était persuadé qu'un homme peut et doit se consacrer à une seule femme. Lui vouer tout son amour.

— Etes-vous prêts à me pardonner, tous les trois ?

Rico mit un long moment à lui répondre.

— Je ne peux pas parler à la place de mes sœurs, mais, en ce qui me concerne, cela prendra du temps.

— Mais tu as la volonté de le faire ?

— Cela dépendra de toi. Si tu te donnes le mal nécessaire pour te remettre, il est certain que cela nous aidera tous. Mais tu n'as pas le droit d'appeler tes enfants afin qu'ils te donnent de l'argent pour que tu t'achètes de la drogue. Commence par nous respecter si tu veux que nous en fassions autant avec toi.

— Je veux seulement faire partie de votre vie. Je n'ai jamais vu mes petits-enfants.

— Et tu ne les verras que quand tu seras en bonne santé. J'en reviens donc à ma première question. As-tu la volonté de t'en sortir ?

— Oui, dit-il en se levant lentement.

— Je reviendrai dans deux jours. Prépare tes bagages, tu devras être prêt à partir.

— D'accord, mon fils.

Il frémit d'angoisse en entendant ces mots. Mais ainsi que Megan le lui avait rappelé, il ne pouvait nier le lien de sang qui les unissait, malgré tout son ressentiment envers lui.

C'est alors que Jeff Claiborne eut un geste inattendu. Il lui tendit la main.

— J'espère que tu réussiras un jour à me pardonner, Ricardo.

Il hésita un moment avant de la lui serrer.

— Je l'espère aussi.

Sur ces mots, il fit volte-face et s'en alla.

Epilogue

— Ravissante jeune femme, m'accorderez-vous cette danse ?

— Avec joie.

Megan mit sa main dans celle de Rico et le suivit sur la piste de danse. Elle était si heureuse de célébrer leurs fiançailles avec ses amis et toute sa famille…

Personne n'avait été surpris par l'annonce qu'ils avaient faite à leur retour du Texas. Megan elle-même avait pourtant du mal à croire à son bonheur, même à présent qu'elle tournoyait entre les bras de l'homme qu'elle aimait. Souvent, elle regardait le merveilleux solitaire qui ornait maintenant sa main gauche pour se rappeler qu'elle ne rêvait pas. Cette bague était un souvenir qu'elle garderait à jamais de leur séjour au Texas.

La célébration de leur mariage aurait lieu au mois de juin mais, avant cela, une autre fête de fiançailles aurait lieu à Philadelphie avec les proches de Rico. Elle avait rencontré ses grands-parents quelques semaines plus tôt, et l'accueil chaleureux qu'ils lui avaient fait l'avait profondément touchée. De toute évidence, ils étaient fous de joie que Rico ait enfin décidé de fonder une famille.

Il l'attira contre lui tout en tournant avec elle au

rythme de la musique. Sa manière de lui prendre la taille, de la regarder et de lui sourire lui prouvait à chaque instant à quel point il l'aimait.

— Tu passes un bon moment ? lui demanda-t-il.

— Très bon, et toi ?

— Oui. Il y a beaucoup de monde ici ce soir, observa-t-il avec un sourire espiègle.

— Tous ces gens sont là pour fêter le début de notre avenir.

Elle regarda par-dessus son épaule et se mit à rire.

— Qu'y a-t-il de si drôle ?

— C'est Riley. Ce matin, Canyon et lui ont tiré à la courte paille pour savoir qui aurait la charge d'organiser la fête de Noël de l'entreprise familiale, cette année. C'est le quarantième anniversaire de Blue Ridge Management, et nous avons près de mille employés. C'est lui qui a été tiré au sort, et je crois qu'il est furieux à l'idée de passer son temps libre à cela. Cela va empiéter sur ses loisirs, si tu vois ce que je veux dire.

— Oui, dit-il en riant, je vois très bien ce que tu veux dire. Je commence à connaître Riley.

Quand la chanson s'acheva, il la prit par la main et l'entraîna sur la terrasse. En cette première semaine de novembre, la neige avait déjà commencé à tomber à Denver. C'était ici qu'ils avaient décidé de s'installer, même s'ils prévoyaient déjà de faire de nombreux séjours à Philadelphie pour rendre visite aux proches de Rico. Ils iraient aussi à New York pour voir son père, qui était encore en cure de désintoxication. Megan l'avait rencontré et était consciente qu'il faudrait du temps à Jeff Claiborne pour se remettre de ses excès, mais au moins il faisait tout pour s'en sortir.

— J'espère que tu as une bonne raison pour me faire venir ici, dit-elle en frissonnant. Il fait froid et, comme tu l'as remarqué, ma robe ne me couvre pas beaucoup.

— Je vais te réchauffer.

Rico la prit dans ses bras et l'embrassa langoureusement. En un instant, elle sentit un feu brûler en elle. Chaque mouvement de sa langue la faisait un peu plus fondre de désir.

Finalement, il libéra ses lèvres et lui adressa le sourire le plus aimant, le plus irrésistible du monde. Les yeux plongés dans les siens, elle contempla l'image du bonheur qui s'offrait à elle. Dans le regard de l'homme qu'elle aimait, elle voyait se dessiner les plus belles promesses, le plus bel avenir possible.

Jamais elle n'avait été aussi heureuse.

Retrouvez la famille Westmoreland
dès le mois de novembre
dans votre collection Passions *!*

Passions

Le 1er août

Passions n°412

Un diamant à Wild River - Charlene Sands

Série : «Les secrets de Waverly's»

Alors qu'elle tente d'échapper à une horde de paparazzis, Macy, l'héritière de la richissime famille Tarlington, est secourue par un homme qui lui est inconnu – ou presque. En effet, celui-ci n'est autre que le sublime cow-boy qui, quelques heures plus tôt, a fait l'acquisition d'un des diamants Tarlington, lors d'une vente aux enchères. Bouleversée par les émotions qu'il suscite en elle, et désireuse de fuir la pression qu'elle subit à New York, Macy accepte bientôt la folle proposition que lui fait Carter McCay : l'accompagner chez lui, pour quelques jours seulement, à Wild River...

Le secret d'un été - Karen Templeton

Parce qu'elle vient d'hériter de la propriété où elle a passé de si merveilleux étés, Melanie est de retour à St Mary Cove. Et immédiatement, elle est assaillie par les souvenirs – ainsi que par le doute. Que va-t-elle faire de cette maison aujourd'hui en ruines ? Comment, surtout, réagira-t-elle lorsqu'elle reverra Ryder Caldwell, dont elle était éperdument amoureuse autrefois, avant qu'il ne lui brise le cœur, dix ans plus tôt ? Ryder, à qui elle n'a jamais révélé son précieux secret...

Passions n°413

Un prince pour ennemi - Michelle Celmer

Si Vanessa se rend sur la splendide île de Varieo avec sa fille, c'est parce que le roi lui-même les y a invitées. Seulement voilà, arrivée sur place, Vanessa découvre que le roi est absent, et qu'il l'a confiée aux soins de son fils, le prince Marcus Salvatora. Hélas, celui-ci se montre immédiatement des plus hostiles à son égard. De toute évidence, il la prend pour une intrigante et, malgré les regards chargés de désir qu'il lui adresse, pour son ennemie personnelle...

Un héritier sous le charme - Helen R. Myers

De retour à Oak Grove, la petite ville de son enfance, Mack Graves n'a qu'une envie : repartir au plus tôt. Mais sa rencontre avec Alana Anders, qui le captive par sa beauté impétueuse, vient bientôt à bout de ses réticences. Elle est sa nouvelle voisine, lui apprend-t-elle, car elle habite tout près de Last Call Ranch, le domaine dont il vient d'hériter. Et s'il doit la côtoyer chaque jour, son séjour forcé sera sans doute plus plaisant qu'il ne l'avait imaginé... Hélas, Mack est bien vite détrompé par la cruelle vérité : Alana, si elle a le pouvoir de le troubler, a également celui de réclamer une part de son héritage...

Passions n°414

Le serment d'un Dante - Day Leclaire

Si elle veut pouvoir se réconcilier avec sa famille, Kat n'a pas le choix : elle doit se marier, et vite. Hélas, le seul homme avec lequel elle pourrait convoler n'est autre Gabriel Moretti, le fils illégitime des Dante – et son ennemi juré. Aussi, c'est le cœur serré qu'elle lui propose ce marché inimaginable : s'il accepte de la prendre pour femme, elle lui offrira le bijou d'exception qu'elle a toujours refusé de lui vendre. D'abord réticent, Gabriel finit par accepter son offre, mais à une condition : leur union, bien que de façade, devra être consommée...

Souvenirs troublants - RaeAnne Thayne

Lorsque Taft, chef de la brigade des pompiers de Pine Gulch, sauve la vie de Laura et de ses deux enfants, il est plus ému que jamais. Alors qu'il a tout fait pour oublier celle qu'il était sur le point d'épouser, dix ans plus tôt, la jeune femme a gardé le pouvoir de le faire chavirer d'un seul regard. Malheureusement, s'il est tenté de la reconquérir, Laura ne semble pas prête à lui laisser une seconde chance. Particulièrement glaciale à son égard, la femme de ses rêves n'a visiblement pas oublié ce passé qui les a séparés...

Passions n°415

Une promesse entre nous - Brenda Harlen

Série : «Passions dans le Montana»

Sublime. C'est le mot qui vient à l'esprit de Clayton Traub lorsqu'il aperçoit la jeune femme qui tient la maison d'hôtes dans laquelle il va loger. Bien sûr, il n'est que de passage à Thunder Canyon, mais rien ne l'empêche de savourer son séjour – de toutes les manières possibles... Seulement voilà, à peine cette beauté se lève-t-elle pour lui montrer sa chambre que Clayton comprend pourquoi il n'est pas question pour lui de la séduire. La douce, la délicieuse Antonia est enceinte...

Rebelle attirance - Abigail Strom

Sur la liste de toutes les personnes dont Holly aurait été ravie de ne plus jamais entendre parler, Alex McKenna occupe sans conteste la première place. Aussi est-elle désemparée lorsqu'elle découvre qu'il est le nouvel entraîneur de football de son fils. Bien qu'ayant gagné en respectabilité, le mauvais garçon d'autrefois est toujours aussi sexy, sulfureux, inquiétant. Et il a gardé le pouvoir de l'agacer – et de la troubler – d'un seul regard. Pourtant, Holly le sait, elle doit garder ses distances avec lui. Car hier comme aujourd'hui, Alex McKenna n'est pas un homme pour elle...

Passions n°416

Le sourire d'une enfant - Sara Orwig

Lorsque William Delaney lui demande de devenir la préceptrice de sa nièce dont il est soudain devenu le tuteur, Ava n'a pas le cœur de refuser. La petite Caroline, qui s'est repliée sur elle-même depuis la disparition de ses parents, a de toute évidence besoin d'elle pour retrouver le sourire. Mais à peine est-elle installée à Dallas qu'Ava regrette sa décision. Vivre sous le même toit que Will, cet homme puissant qui semble déterminé à la mettre dans son lit, s'avère en effet une épreuve pour elle. Une épreuve d'autant plus délicate qu'Ava n'est pas insensible à la séduction de son nouveau patron...

L'amant impossible - Beth Kery

Elle le désirait. Son regard envoûtant, sa virilité, tout en lui la grisait. Qu'était-il pour elle ? Un objet de fantasme ? Un homme qu'elle haïssait et qui, curieusement, l'attirait à la mesure du ressentiment qu'elle lui portait ? Un séducteur à qui elle brûlait d'appartenir ? Soudain, Colleen Kavanaugh s'arrache à la rêverie à laquelle elle a eu la faiblesse de s'abandonner, sur la plage de Harbor Town. Quelles que soient les raisons pour lesquelles Eric Reyes la fait vibrer, jamais elle ne devra céder à l'attirance qu'il exerce sur elle. Car depuis que le destin a frappé leurs familles respectives, Eric est son ennemi...

Passions n°417

Un été très sexy...

Brûlant week-end - Kate Hoffmann

Coincée dans un chalet avec un apollon pour seul compagnie, Greta devrait être aux anges. Bien sûr, l'apollon n'est autre qu'Alex, son meilleur ami, le seul homme qui lui soit interdit. Mais, comment résister à cette chance qui lui est offerte d'explorer, enfin, les sensations aussi délicieuses qu'explosives qu'il éveille en elle ?

Un désir infini - Janelle Denison

Will n'a qu'une seule raison d'aller à cette réunion des anciens du lycée : revoir Ali et se faire pardonner la façon dont il l'a abandonnée dix ans plus tôt. Une occasion, aussi, d'assouvir tous les fantasmes qu'elle fait naître en lui depuis si longtemps...

Objectif fantasme - Cindi Myers

Photographier des hommes nus pour un calendrier ? Pourquoi pas. Il en faut beaucoup plus pour effaroucher Samantha, surtout si c'est pour la bonne cause. Sauf que « M. Juillet » éveille en elle un feu irrésistible...

3 mois sans sexe...ou pas ? - Thea Devine

Pour Lo, c'est la rupture de trop ! Finies les histoires d'un soir avec des hommes qui ne pensent qu'à entrer dans son lit : elle se met au « régime sans homme ». C'est compter sans son patron, aussi séduisant que déterminé à la faire céder. Car il semble convaincu que, entre eux, l'attraction provoquera des étincelles inoubliables...

De sulfureuses vacances - Samantha Hunter

Pour fêter ses trente ans, Edie s'est offert des vacances de rêve : villa en bord de mer, plage et aventures sulfureuses. Aussi, lorsqu'elle découvre que ladite villa est occupée par son propriétaire, elle décide de tout faire pour ne pas laisser ses vacances lui échapper. Et même de tenter de séduire cet homme particulièrement troublant...

www.harlequin.fr

A paraître le 1er juillet

Best-Sellers n°568 • suspense

La peur sans mémoire - Lori Foster

Intense et bouleversante. La nuit qu'Alani vient de passer avec Jackson Savor résonne en elle comme une révélation. Après son enlèvement à Tijuana, deux ans plus tôt, et les cauchemars qui l'assaillent depuis, jamais elle ne se serait crue capable de s'abandonner ainsi dans les bras d'un homme. Et pourtant, Jackson, ce redoutable mercenaire qui n'a de limites que celles fixées par l'honneur, a su trouver le chemin de son cœur. Hélas, cette parenthèse amoureuse est de courte durée. Au petit matin, à peine sortie de la torpeur du plaisir, Alani comprend qu'il y a un problème : son amant, si empressé un peu plus tôt, a tout oublié de leurs ébats torrides. Pas de doute possible : il a été drogué. Mais par qui ? Et comment ? Le coupable est-il lié aux odieux trafiquants sur lesquels Jackson enquête ? Ces questions sans réponse, ce sentiment d'impuissance, Alani les supporte d'autant plus mal qu'elle y a déjà été confrontée. Mais au côté de Jackson, et pour donner une chance à leur histoire, elle est prête à affronter le danger, et ses peurs…

Best-Sellers n°569 • suspense

Le mystère de Home Valley - Karen Harper

Mille fois, Hannah a imaginé son retour à Home Valley, la communauté amish où elle a grandi et avec laquelle elle a rompu trois ans plus tôt. Mille fois, elle a imaginé ses retrouvailles avec Seth, l'homme qu'elle aurait épousé s'il ne l'avait cruellement trahie. Mais pas un seul instant elle n'aurait pensé que cela se ferait dans des circonstances aussi dramatiques. Car dès son retour, alors qu'elle a décidé sur un coup de tête de se rendre de nuit dans le cimetière de la Home Valley, elle est prise pour cible par un homme armé, qui heureusement ne parvient qu'à la blesser. Pourquoi cet homme a-t-il voulu la tuer ? Va-t-il s'arrêter là ? Pour répondre à ces angoissantes questions, Hannah décide d'apporter toute son aide au ténébreux Linc Armstrong, l'agent du FBI chargé de l'enquête, et qui suscite la méfiance chez les autres membres de la communauté amish — et surtout chez Seth. Ecartelée entre deux mondes, entre deux hommes, Hannah va bientôt être submergée par ses sentiments – des sentiments aussi angoissants que les allées du cimetière plongées dans l'obscurité…

Best-Sellers n°570 • thriller

Piège de neige - Lisa Jackson

Prisonnière du criminel pervers qu'elle traque depuis des semaines dans l'hiver glacial du Montana, l'inspecteur Regan Pescoli n'a plus qu'une obsession : s'échapper coûte que coûte. Aussi essaie-t-elle, dans le cachot obscur et froid où elle est enfermée, de dominer la terreur grandissante qui menace de la paralyser. Car ce n'est pas seulement sa vie qui est en jeu, mais également celle d'autres captives, piégées comme elles et promises à la mort. Pour les sauver, autant que pour retrouver ses enfants et Nate Santana, l'homme qu'elle aime, Regan est déterminée à découvrir le point faible du tueur. Pour cela, il lui faudra aller au bout de son courage, de sa résistance physique… Et vaincre définitivement ce maniaque, avant qu'il ne soit trop tard.

Best-Sellers n°571 • suspense
Les disparues du bayou - Brenda Novak

Depuis l'enlèvement de sa petite sœur Kimberly, seize ans plus tôt, Jasmine Stratford a enfoui ses souffrances au plus profond d'elle-même et s'est dévouée corps et âme à son métier de profileur. Mais son passé ressurgit brutalement lorsqu'elle reçoit un colis anonyme contenant le bracelet qu'elle avait offert à Kimberly pour ses huit ans. Bouleversée, elle se lance alors dans une enquête qui la conduit à La Nouvelle-Orléans. Là, elle ne tarde pas à découvrir un lien effrayant entre le meurtre récent de la fille d'un certain Romain Fornier et le kidnapping de sa petite sœur. Prête à tout pour découvrir la vérité, Jasmine prend contact avec Romain Fornier, seul capable de l'aider à démasquer le criminel. Elle se heurte alors à un homme mystérieux, muré dans le chagrin et vivant dans le bayou comme un ermite. Un homme qu'elle va devoir convaincre de l'aider à affronter le défi que leur a lancé le tueur : *« Arrêtez-moi »*.

Best-Sellers n°572 • roman
L'écho des silences - Heather Gudenkauf

Allison. Brynn. Charm. Claire. Quatre femmes prisonnières d'un secret qui pourrait les détruire… et dont un petit garçon est la clé. Allison garde depuis cinq ans le silence sur le triste drame qu'elle a vécu adolescente et qui l'a conduite en prison pour infanticide. Brynn sait tout ce qui s'est passé cette nuit-là, mais elle s'est murée dans l'oubli pour ne pas sombrer dans la folie. Charm a fait ce qu'elle a pu, bien sûr, pourtant elle a dû renoncer à son rêve et se taire. Alors elle veille en secret sur son petit ange. Claire vit loin du passé pour tenter de bâtir son avenir avec ceux qui comptent pour elle. Et elle gardera tous les secrets pour protéger le petit être qu'elle aime plus que tout au monde. Quatre femmes réfugiées dans le silence, détenant chacune la pièce d'un sombre puzzle.

Best-Sellers n°573 • roman
Un jardin pour l'été - Sherryl Woods

Son cœur qui bat plus vite lorsqu'elle consulte sa messagerie, son imagination qui s'emballe lorsqu'elle revoit en pensée le visage aux traits virils de celui dont elle est tombée amoureuse… Moira doit se rendre à l'évidence : elle ne peut oublier Luke O'Brien. Il faut dire qu'avec ses cheveux bruns en bataille, son regard parfois grave mais pétillant de vie, son sourire irrésistible, cet Américain venu passer ses vacances en Irlande n'a guère eu de mal à la séduire. Sauf qu'après le mois idyllique qu'ils ont passé ensemble, Luke est reparti aux Etats-Unis reprendre le cours de sa vie, et peut-être même retrouver une autre femme. Alors que Moira tente de se persuader que tout est ainsi pour le mieux, son grand-père lui demande de l'accompagner à Chasepeake Shores, la petite ville de la côte Est des Etats-Unis où vit Luke. Moira n'hésite que quelques secondes avant d'accepter. Même si, dès lors, une question l'obsède : saura-t-elle convaincre Luke qu'il y a une place pour elle dans sa vie ?

Best-Sellers n°574 • historique
La maîtresse de l'Irlandais - Nicola Cornick

Londres, 1813.

Autrefois reine de la haute société londonienne, Charlotte Cummings a vu son existence voler en éclats lorsque son époux – las de ses frasques – a mis fin à leur mariage du jour au lendemain. Brusquement exclue des soirées mondaines, ruinée et endettée, Charlotte n'a eu d'autre choix que de renoncer à son honneur en vendant ses charmes chez la cruelle Mme Tong. Jusqu'à ce qu'un jour un troublant gentleman ne lui redonne espoir en lui proposant un pacte aussi tentant que surprenant. Si elle accepte de devenir sa maîtresse, elle retrouvera son statut de lady et les privilèges qui vont avec. D'abord hésitante, Charlotte finit par se soumettre à ce scandaleux marché, même si elle pressent que cet homme mystérieux lui cache quelque chose…

Best-Sellers n°575 • historique
Un secret aux Caraïbes - Shannon Drake

Mer des Caraïbes, 1716.

Roberta Cuthbert ne vit que pour se venger du cruel pirate qui a tué ses parents et anéanti le village de ses ancêtres, en Irlande. Pour cela, elle a tout abandonné, allant jusqu'à se faire passer pour un homme et entrer dans la piraterie, afin de parcourir les mers à la recherche de son ennemi. Pourtant, le jour où elle fait prisonnier le capitaine Logan Haggerty, elle comprend que son déguisement ne sera d'aucune protection contre les sentiments troublants que cet homme éveille en elle. Comment pourrait-elle maintenir son image de pirate impitoyable quand elle ne s'est jamais sentie aussi féminine que sous son regard doré ? Bouleversée, Roberta n'en est pas moins déterminée à ignorer la tentation, coûte que coûte. Jusqu'à ce que le capitaine la sauve de la noyade lors d'une violente tempête, et qu'ils ne s'échouent tous deux sur une île déserte…

Best-Sellers n°576 • érotique
L'éducation de Jane - Charlotte Featherstone

Jane le sait : lord Matthew peut être dur. Cassant. Impitoyable avec ceux qu'il pense faibles. Pourtant, lorsqu'elle l'a trouvé, affreusement blessé, dans l'hôpital où elle travaille, et qu'elle l'a veillé jour et nuit, c'est lui qui, les yeux protégés par un bandage, se trouvait à sa merci. Lui, l'homme à la réputation sulfureuse, qui la suppliait de le laisser toucher son visage, sa peau, ses lèvres, son corps tout entier, comme si ces gestes troublants avaient le pouvoir de le ramener à la vie. Alors aujourd'hui, même s'il a recouvré la vue et risque de la trouver laide, comparée à ses nombreuses maîtresses, même s'il est redevenu l'aristocrate arrogant dont les frasques libertines défrayent la chronique mondaine, Jane est décidée à se livrer à lui, corps et âme. Un choix insensé qui pourrait la détruire, mais devant lequel elle ne reculera pas. Car à l'instant où Matthew a posé les mains sur elle, elle a su qu'elle avait trouvé son maître…

www.harlequin.fr

OFFRE DE BIENVENUE

2 romans Passions et 2 cadeaux surprise !

Vous êtes fan de la collection Passions ? Pour prolonger le plaisir, recevez gratuitement **2 romans Passions** (réunis en 1 volume) **et 2 cadeaux surprise !**

Une fois votre colis de bienvenue reçu, si vous souhaitez continuer à recevoir nos romans Passions, cela se fera automatiquement. Vous recevrez alors chaque mois 3 volumes doubles inédits de cette collection au prix avantageux de 6,84€ le volume (au lieu de 7,20€) auxquels viendront s'ajouter 2,95€* de participation aux frais d'envoi.

*5,00€ pour la Belgique

▶ **Vous n'avez aucune obligation d'achat et cette offre est sans engagement de durée !**

Les bonnes raisons de s'abonner :

- Aucun engagement de durée ni de minimum d'achat.
- Vos romans en avant-première.
- - 5% de réduction systématique sur vos romans.
- La livraison à domicile.

Et aussi des avantages exclusifs :

- Des cadeaux tout au long de l'année qui récompensent votre fidélité.
- Des réductions sur vos romans par le biais de nombreuses promotions.
- Des romans exclusivement réédités pour nos abonné(e)s notamment des sagas à succès.
- L'abonnement systématique à notre magazine d'actu ROMANCE.
- Des points cadeaux pouvant être échangés contre des livres ou des cadeaux.

Rejoignez-nous vite en complétant et en nous renvoyant le bulletin !

RZ3F09
RZ3FB1

N° d'abonnée (si vous en avez un) ☐☐☐☐☐☐☐☐

Nom : .... Prénom : ....

Adresse : ....

CP : ☐☐☐☐☐ Ville : ....

Pays : .... Téléphone : ☐☐☐☐☐☐☐☐☐☐

E-mail : ....

☐ Oui, je souhaite être tenue informée par e-mail de l'actualité des éditions Harlequin.

☐ Oui, je souhaite bénéficier par e-mail des offres promotionnelles des partenaires des éditions Harlequin.

Renvoyez cette page à : Service Lectrices Harlequin – BP 20008 – 59718 Lille Cedex 9 - France

Date limite : **31 décembre 2013**. Vous recevrez votre colis environ 20 jours après réception de ce bon. Offre soumise à acceptation et réservée aux personnes majeures, résidant en France métropolitaine et Belgique. Offre limitée à 2 collections par foyer. Prix susceptibles de modification en cours d'année. Conformément à la loi Informatique et libertés du 6 janvier 1978, vous disposez d'un droit d'accès et de rectification aux données personnelles vous concernant. Il vous suffit de nous écrire en nous indiquant vos nom, prénom et adresse à : Service Lectrices Harlequin - BP 20008 - 59718 LILLE Cedex 9. Harlequin® est une marque déposée du groupe Harlequin. Harlequin SA – 83/85, Bd Vincent Auriol – 75646 Paris cedex 13. SA au capital de 1 120 000€ - R.C. Paris. Siret 31867159100069/APE5811Z

Recevez la

NEWSLETTER

www.harlequin.fr

Vous souhaitez être tenue
informée de toute l'actualité
des éditions Harlequin ?

C'est très simple !

Inscrivez-vous
sur notre site internet.

Rendez-vous vite sur

www.harlequin.fr

Composé et édité par les

éditions HARLEQUIN

Achevé d'imprimer en France (Malesherbes)
par Maury-Imprimeur
en juin 2013

Dépôt légal en juillet 2013
N° d'imprimeur : 181968